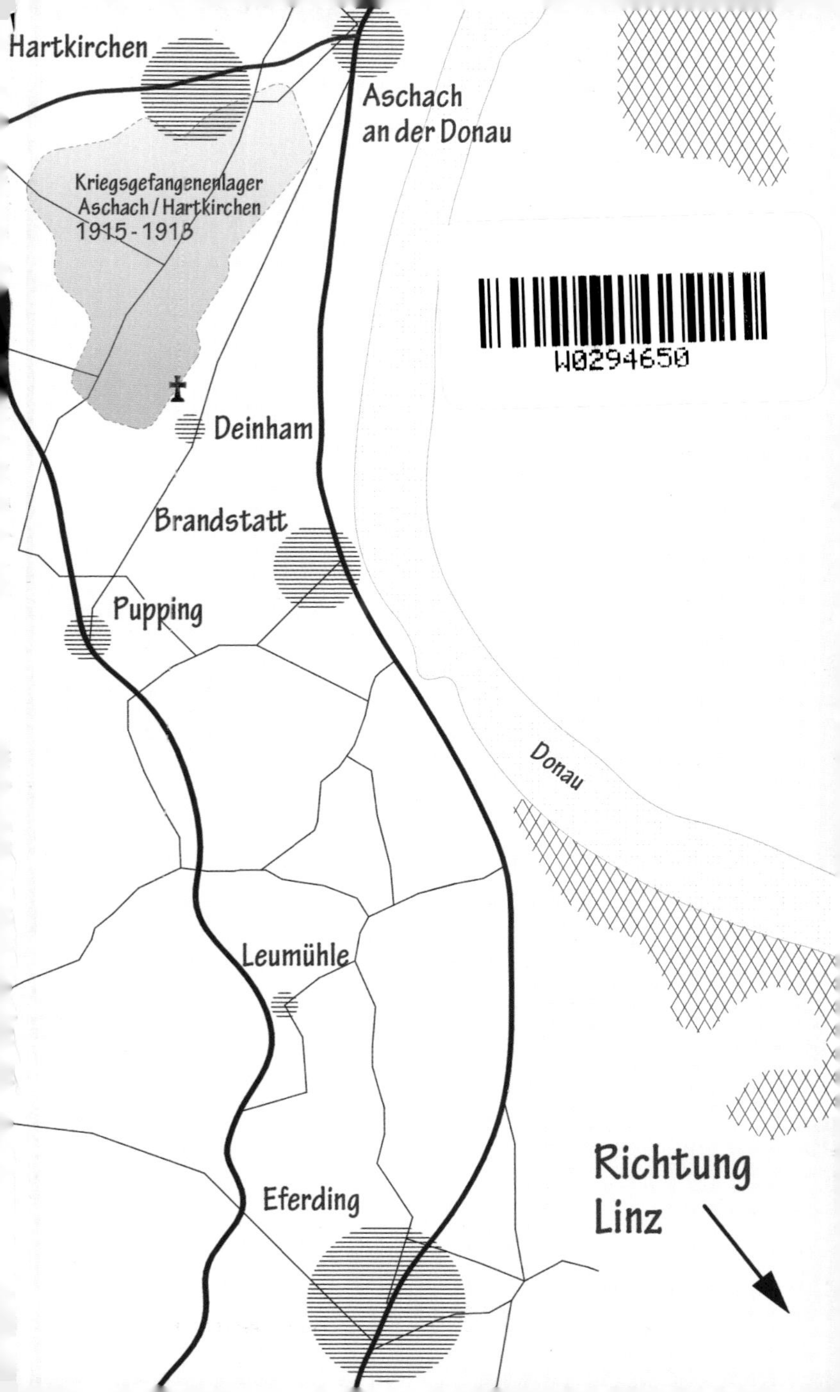
Hartkirchen
Aschach
an der Donau
Kriegsgefangenenlager
Aschach / Hartkirchen
1915 - 1918
Deinham
Brandstatt
Pupping
Donau
Leumühle
Eferding
Richtung
Linz

W0294650

Karin Peschka

Dschomba

Roman

Für
Toni

Der Serbe tanzt

Steig mir aufs Grab, mein Freund, tanz zwischen den Toten, es regnet oder es regnet nicht, wen kümmert's.

Seht euch diesen Mann an. Ob er immer noch so verrückt ist wie vor dreiundzwanzig Jahren, als er ankam in Eferding? „Das soll eine Stadt sein?“, soll er gerufen haben. „Und das soll ein Friedhof sein?“ Und gleich den Pfarrer beleidigt, der kein einfacher Pfarrer war, sondern ein Dechant, und das ist mehr.

An der Großmutter lehnen, sie fragen: „Was für ein Dechant?“ Sagt sie, dass es ein richtiger war, einer, der die Predigt auch für sich hielt, nicht allein für die Gemeinde. Die lauschte in den Bänken. „Kalt war's in der Kirche damals schon, aber was weißt du. Gehst ja nie.“

„Stimmt nicht, Oma.“ (Die Großmutter trägt eine Schürze über dem Kleid, hat die Hände im Schoß, unter dem runden Busen.) „Warum war der Dechant beleidigt?“ – „Weil er ihn einen Pfarrer genannt hat, als der ihn vom Friedhof ...“

Bricht ab, die alte Frau, schaut nur.

„Sag, Oma, erzähl, was hat er gemacht, der Verrückte?“

„Schht, wirst still sein. Hast nicht gelernt, dass man nur gut reden soll über Fremde und über Nichtfremde auch?“

„Erzähl, Oma.“ Stur bleiben, an der Schürze zupfen, kariert ist sie, mit frischen Flecken vom Kochen. Sehen, dass die Hände müd sind.

„Lass. Getanzt hat er auf dem Friedhof.“

„Nur getanzt, das war doch ...“

„Du Quälgeist. Nackt soll er gewesen sein. Komplett nackt, mitten im November. Genieselt hat's und die Gräber alle aufgeputzt von Allerheiligen her, war nicht lang danach.“

„Nackt!“ Über die Erzählung jubeln, die immer wieder aufkommt und jedes Mal anders ausgeschmückt wird, oder ist es wahr? Leibhaftige Augenzeugen gibt es wenige, sagt die Großmutter, die meisten Leute kennen die Szene vom Hörensagen, vom Weitersagen, vom Hingehörthaben, und nichts Genaues weiß man nicht.

Aber das: Wer den Serben (oder den Jugo, wird so oder so genannt) ärgern will – er soll im Herbst 1954 nackt auf dem katholischen Friedhof zwischen den Gräbern herumgesprungen sein, barfuß auf dem Kies, mittelalt, nicht dünn, nicht dick. War ein gestandenes Mannsbild, sagt die Großmutter. Wenn ihn jemand ärgern will und zum Beispiel ruft: „Na, Dragan, hast deine Toten heut schon durchgezählt? Nicht, dass d' einen übersiehst!" Dann antwortet er, der andere möge ihm aufs Grab steigen, es kümmere ihn nicht.

Zufrieden sein für den Moment, sich lösen von der Großmutter, die eine Arbeit wieder aufnehmen will, die vor allem das Enkerl loswerden will und es verscheucht: „Geh jetzt."

Damit wir Kinder uns zusammenfinden, hinten, wo der Konsum gebaut wurde, daneben liegt brach ein Stück des Inneren Grabens. Wird ein Parkplatz draus werden, noch ist es ein Wäldchen voller Stauden, gerade hoch genug, um uns zu verbergen. Wir treffen uns in der Mitte, bei der Königskerze ist unser Altar, zu ihr tragen wir Geschichten, wie jene des nackten Serben.

Mag sein, die Zeit hat ihn ausgezogen, und alles, was er, dieser Dragan, dieser Fremde, sich tatsächlich vom Leib gerissen hatte, waren die Schuhe. Wir könnten ihn fragen, er hat einen Mund, er spricht unsere Sprache sogar im Dialekt. Wenn er sprechen will. Aber wer von uns traut sich? Nein, nein, lieber spielen wir die Szene nach; wer den kürzesten Grashalm zieht, muss der Jugo sein. Muss verrückt herumtanzen und barfuß auf spitze Steine steigen.

Dechant

Als sich Herbert Genzl am neunten November 1954 in seinem Arbeitszimmer im Pfarrhof zum Kaffee setzen wollte, klopfte es an der Tür. Herein kamen, ohne die Aufforderung zum Eintreten abzuwarten, ein Gendarm und der Bestatter, es gab damals nur einen in Eferding. Kurz darauf eilten die zwei Männer mit dem Dechant in die Bahnhofstraße zu einem der beiden Seiteneingänge des Friedhofs, weil dessen Haupteingang beides war: verschlossen und belagert. Eine Menge drängte sich ans schmiedeeiserne Gitter, jeder wollte sehen und staunen, die Hinteren stießen die Vorderen und fragten: „Sagt, was tut der, randalieren? Wo bleibt die Gendarmerie?"

Die Vorderen machten die Sache nicht besser. „Unglaublich, unglaublich!", wiederholten sie. Und: „Schau dir das an!" Was die Ungeduld und Neugier der anderen steigerte.

Währenddessen standen Bestatter, Gendarm und Dechant bei der schlichten hölzernen Tür, die damals oft benutzt wurde, weil weniger Verkehr auf der Straße. Im Herbst 1954 konnte man dort gut stehen, die Tür einen Spalt öffnen und hineinspähen, sehr vorsichtig, denn zum Schluss hat der Wahnsinnige ein Messer eing'steckt und ist ein Mörder, der einen anfällt und aus ist's.

„Ich hab mir gedacht, Herr Dechant, weil es doch ein Friedhof ist, also Ihr Friedhof ist." Fing der Gendarm an. Und dass der Bestatter auch dieser Meinung sei. Und da der Friedhofswärter krank im Bett liege, von ihm habe man nur die Schlüssel geholt, sei man direkt zu ihm. Unterbrach der Dechant gröber, als er wollte (im Pfarrhof wurde der Kaffee kalt), was er sich dächte. Dass das Gesetz auf Gottesäckern anders laute als rundherum? Dass ein Wahn, weil er zwischen Kreuzen und Gräbern stattfinde, ein göttlicher wäre? Lauschte dann aber doch, denn zu sehen war nichts durch den Spalt. Kam ihm vertraut vor, das Gehörte, das, was dieser Mann mehr schrie als sang. Man hatte ihn vorsorglich durchs Versperren aller Türen und Tore eingeschlossen, er hatte es nicht bemerkt oder es war ihm bewusst. Der Fremde brüllte ein Lied, das dem Dechant bekannt vorkam. „Das ist Serbokroatisch. Hört ihr? Das ist ein serbisches Wiegenlied."

Summte ein paar Worte mit.

Und öffnete die Tür ein Stück weiter. Bestatter und Gendarm wichen zurück. Der eine schob sich die Dienstkappe zurecht, der andere den Hut. An dessen Rand sich Tropfen sammelten, es nieselte stärker, und als ein Vogel schwarz und zeternd aufflatterte, erschraken beide.

Dem Dechant, der ohne Kopfbedeckung aus dem Haus geeilt war, wurde der Regenschirm lästig. Ein graues Unding und wirklich zu groß, er sperrte sich in der Öffnung der Tür. Der Geistliche beugte sich tiefer hinein in *seinen* Friedhof, den Griff des Schirms fest in der Hand: Der dünne Stoff blieb an einem Nagel im Holz hängen. Ein Rucken, ein feiner Riss. Weg damit.

„Obacht!", rief einer, dem der Schirm vors Rad gefallen war. Der Mann fluchte, kam ihm das Fluchen überhaupt leicht an. War bekannt dafür. Er sollte von diesem Moment an behaupten und die Behauptung bei jeder Gelegenheit noch Jahre und Jahrzehnte später wiederholen: Der Serbe habe stets nur Unglück bedeutet, er hätte sich wegen ihm fast das Genick gebrochen. Der Dechant könne nichts dafür, ihn träfe keine Schuld, aber dem Fremden, man wisse eh. Und wusste es wieder nicht genau. Dabei musste der Mann lediglich abbremsen, wobei ihm ein Paket vom Gepäckträger sprang und auf den nassen Boden fiel.

Das Fluchen erreichte den Dechant nicht, der nun voll im Eingang stand, wie in einem Rahmen, ein lebensgroßes Heiligenbild. Ein Heiliger im Moment der Erscheinung, und erschienen war ihm das: Da tanzte einer mit offenem Hemd und aufgekrempelten Hosen, ohne Schuhe, ohne Hut, ohne Jacke, ohne Scham gleich neben den Kindergräbern. Das ist nicht der beste Teil, nicht dort, wo die Reichen liegen, die Wohltäter und Ehrenbürger. Nein, bei den einfachen Grabstätten und den puppenstubenkleinen Gräbern schwang der Unbekannte seine Arme und stampfte mit den Beinen und drehte sich und brüllte dabei jenes Wiegenlied in den dunkler werdenden Himmel.

„Herr, hilf", flüsterte der Dechant. Ob er ein Kreuzzeichen schlug? Ist nicht überliefert. Gendarm und Bestatter warteten hinter ihm. Vor ihm der Friedhof, tot und leer bis auf den Wahnsinnigen, weil, so einer musste das sein. Kerzen flackerten in den Laternen neben den Allerheiligen-Gestecken, ein Grabstein hatte einen schweren Mantel umgehängt, ein anderer eine Jacke, eine Kappe obenauf.

Wo wohl die Schuhe sind, fragte sich der Dechant und hielt Ausschau. Die Schuhe und die Socken, sie müssen doch. Spähte, als wäre es im Moment die dringlichste Sache, die fehlenden Stücke zu finden, ohne sich weiter in das Geschehen einzumischen oder auch nur einen Schritt auf den Mann zuzugehen. Als könne man dies erst dann tun, wenn die Kleidung komplett zusammengefunden war, eine Ordnung wiederhergestellt. Eine Verzögerung vor der Handlung, die er zu setzen hatte.

Das wusste der Dechant, kannte sich gut. An manchen Tagen, bevor er aus der Sakristei in den Altarraum schritt, draußen raunte die Gemeinde und rückte auf den harten Bänken. Die Ministranten standen bereit zum Einzug. Da war es nicht viel anders. Da war das Herumnesteln am Ornat auch so ein Hinausschieben. Es freute ihn einfach nicht.

Mann

Heute ist Dragan Dschomba ein alter Mann. Alt, aber kein Greis wie unser Großvater, mit dem er manchmal am Stammtisch sitzt, immer an der schmalen Seite, im Rücken den grünen Kachelofen. Im Winter knackt das Holz darin, ab und zu kommt jemand und strottet mit dem langen Eisenstab in der Glut. Dazu muss man sich hinhocken, weil dem Kachelofen ein kleiner Tisch vorgebaut ist, eine Ablage für Zeitungen und Brotkörbe. Ohne sich kleinzumachen, ist das Türchen nicht zu erreichen, durch das wir Geschwister Holzscheite in den Ofen schieben dürfen, aber nur, wenn der Vater es anschafft. Und hinter uns steht, zusieht.

Der Kachelofen hält die Hitze so gut, dass er immer erst am nächsten Vormittag hergerichtet werden kann. Das zerknüllte Zeitungspapier würde sich von selbst entzünden, die Späne, die kurzen Scheite verbrennen. Alle paar Tage räumt ihn der Vater aus. Dann klappt er die kleine Tischplatte hoch und kehrt die Asche recht vorsichtig in den Ascheneimer, weil es sonst staubt.

Am Morgen knarrt die Großmutter um sechs Uhr die Stiege hinunter, kümmert sich nicht um den Lärm und unseren Schlaf, aber um alles andere. Schneidet das Gemüse, keiner kann es besser als sie, die Fisolen schräg für den Salat, schält Erdäpfel, arbeitet bis um zehn Uhr, das ist ihr Tagwerk.

Und Herr Dschomba? Das ist keiner, dem man vors Gesicht springt und sagt: „Erzählen Sie uns etwas." Und darum geht's doch, dass jemand erzählt. Nicht von dem, das wir kennen oder kennenlernen könnten von selbst, sondern vom Unerreichbaren, weil zu weit weg, zu lang vergangen. Kommt ein Fremder ins Gastzimmer, oder einer, der zwar kein Fremder ist, weil ewig hier, aber dem das

Fremde anhängt (schau, wie er aussieht, wie er sich bewegt), dann weiß der mehr. Dann wird's interessant, vorausgesetzt, er redet.

Warten müssen. Ist der Ofentisch frei, dort auf der Bank knien und probieren, wie lange sich die Hand oder die Wange an die heißen Kacheln drücken lässt, und hoffen, nicht vertrieben zu werden von Gästen, die den Tisch brauchen. In Zeitungen blättern, Schlagzeilen lesen und sie kaum verstehen (*Unfall im Kernkraftwerk Gundremmingen*, *Jimmy Carter neuer Präsident*, die USA ist weit weg, Deutschland auch), aber in Wahrheit lauschen. Alles aufsaugen, wie der gelbe Schwamm im Badezimmer der Großeltern. Ein kleiner Schwamm sein.

Auf der anderen Seite des Kachelofens sitzt Herr Dschomba. Es ist sein Stammplatz. Sitzt ruhig, wo hinter ihm herumgewetzt wird, wo Bierdeckelhäuser gebaut werden und einstürzen.

Sehr selten allein sein mit ihm. Weil die Mutter Wäsche aufhängt, der Großvater fort ist; der Vater oben im Wohnzimmer schläft bis halb vier, dann geht die Mutter hinauf und ruht sich aus bis fünf.

Kurz aufs Geschäft aufpassen, falls jemand kommt. Und kommt ausgerechnet Herr Dschomba, grüßt, setzt sich auf seinen Platz. Dann ist er ein freundlicher Mann. Stolz sein zu wissen, was er trinken will, es ändert sich nie: ein Schnitt Bier. Kein Seiterl, keine Halbe. Ein Schnitt.

Wir sind Wirtskinder und kennen keinen anderen Gast, der nicht zuvor mindestens eine Halbe trinkt, meistens zwei oder mehr, bevor er zum Schluss einen Schnitt Bier bestellt, ins schon benutzte Glas hinein. Das fast gerade unter den Zapfhahn gehalten wird, sodass es mehr Schaum gibt als sonst, und erst wenn der Schaum sich senkt, steht fest: Es ist ein guter Schnitt geworden oder ein schlechter.

Der Großvater hat erklärt: Herr Dschomba spielt nicht, weder Karten noch etwas anderes. Es gibt nur ein einziges Spiel, auf das er sich einlässt: jenes, einen guten oder einen schlechten Schnitt zu erwischen. Daher dürfen wir nie schwindeln und das Glas schräger halten, denn wir Schwestern und unser Bruder, wir können sehr wohl ordentlich Bier einschenken.

Der Großvater sieht alles, ist still und schaut.

Von ihm um die Schnapskarten und den Bummerlzähler geschickt werden. Ein kleines Gestell mit verschiedenfarbigen Kugeln. Verstehen wollen, was damit gemacht wird. Der Bruder behauptet, es zu wissen, aber ob das stimmt?

Uhr

Hinter der oberen Tür der hohen Standuhr, die zwischen den beiden Fenstern des Gastzimmers steht, verbirgt sich kein Pendel. Die Uhr ist aus Lärchenholz wie die Wandvertäfelung. Die Tische tragen Birnholzplatten, unter ihnen der Schiffboden mit seinen breiten Brettern, war schon da, bevor die Großeltern das Haus gekauft hatten und hier noch zwei ihrer sieben Kinder zur Welt kamen, der Vater als jüngstes.

Hinter der oberen Tür der Standuhr sind die Bierblöcke und die Packungen mit Bierdeckeln. Vorräte an Zahnstochern, frisch gefüllte Maggi-Fläschchen (braunes Glas, roter Verschluss), volle Salz- und Pfefferstreuer. Außerdem die Schnapskarten und Bummerlzähler.

Eintauchen in den Geruch des Uhrkastens, eine Mischung aus Kork, Holz und Pfeffer.

Hinter der unteren Tür der Standuhr, das wissen nur wir und die Gäste, die zufällig einen Blick auf uns werfen, wenn wir sie öffnen, stapeln sich grüne und rote Tischtücher und weiße Deckservietten. Den Duft von frisch Gewaschenem in der Nase, das Bild vor Augen, wie es auf dem Trockenboden hängt und weht, und der Trockenboden ist die offene Terrasse über der Garage.

Lieber von außen hinaufklettern, statt die grob gezimmerte Stiege in der Holzhütte zu nehmen. Sich fürchten vor der Dunkelheit, von der Schwester dafür ausgelacht werden. Mutiger ist sie, verwegener. Wenn doch ein Korb mit nasser Wäsche durch die Holzhütte hinauf auf den Trockenboden getragen werden muss, dann schnell. Schnell an der Kohlenschütte und dem Hackstock, in dem die Axt steckt, vorbei, nicht nach links sehen (dort könnte sich im Dämmer alles verbergen), gestreift werden vom Licht, es kommt durch die Spalten zwischen den Latten, und flimmert es in diesen Lichtstreifen; Sägespänestaub atmen und erlöst in die Sonne treten. Sich Zeit lassen beim Wäscheaufhängen oder dabei, auf der Mauer zu sitzen und nichts zu tun.

Bis jemand ruft. Im Gastzimmer vor der Uhr hocken.

„Der Großvater braucht die Schnapskarten, bring sie ihm endlich."

Herr Dschomba sitzt ihm gegenüber, noch drei andere Männer haben Platz genommen, zwei davon spielen mit, einer spechtelt. Herr Dschomba schweigt und trinkt erst einen Schnitt, dann einen Großen Schwarzen.

Wissen: Der Großvater riecht nach Küche, seinem Rasierwasser und Zigaretten. Und Herr Dschomba riecht nach Wald.

Wissen: Nach einiger Zeit fängt eine Erzählung an, wird über das Abenteuer Krieg gesprochen, *das jetzt auch schon wieder lang her ist*.

Dem einen ein Achterl Roten bringen, dem anderen einen gespritzten Weißen, dem dritten einen Bierwärmer und dem, der nichts redet an den meisten Tagen, einen Kaffee. Ohne Milch, ohne Zucker.

Den trinkt er so schnell, wie er das Bier langsam getrunken hat, und geht. Steht auf, rüttelt sich zusammen, dieser Mensch, nimmt seine Kappe und nickt zum Abschied in die Runde. Ihm nicht im Weg sein wollen, ihm die Tür aufhalten wollen, aber zu feig sein dafür. Ihm den Kaffee serviert haben, auf dem kleinen ovalen Tablett liegen abgezählt die Zeche und immer ein paar extra Schillinge. Die Münzen in die rote Sparkasse bei der Schankabwasch werfen. Jeden Sonntag teilt die Mutter nach dem Mittagsg'schäft das Trinkgeld unter uns auf.

Manchmal, wenn nichts los ist, nicht gleich abräumen, sondern auf Herrn Dschombas Platz sitzen, die Wärme des Ofens spüren (wenn Winter ist), auch die Bank ist noch warm, aber das ist die Körperwärme des alten Mannes. Das Tablett mit der leeren Kaffeetasse, der nie benutzte Kaffeelöffel, die Münzen, die Männer, die lachen oder schimpfen, das Klackern der Bummerlkugeln, das Klatschen der Karten auf den Tisch, dazwischen die zurückgebliebene Stille und Bäume und Moos und etwas, das sich schwer benennen lässt.

Friedhof

Der Dechant hatte einen halben Schritt in den Friedhof hineingetan, stand mit einem Fuß auf dem Kies, mit dem anderen noch auf der Schwelle der Seitentür. Hinter ihm nach wie vor Gendarm und Bestatter und der Mann, dessen Paket vom Rad gefallen war. Ein Querulant, im Kern kein schlechter Mensch, aber unzufrieden und streitlustig. Auch jetzt, nachdem er sich ein Bild gemacht hatte von der Situation. Der Dechant hörte ihn schimpfen, wenn sich keiner traue, dann ginge *er* hinein, dann würde *er* dem Verrückten die Leviten lesen und Anstand beibringen, das könne wirklich nicht sein, dass einer die Grabesruhe störe, die. Er suchte nach dem richtigen Wort, der Geistliche wusste es. „Pietät“, murmelte er, drehte sich um, befahl Ruhe, befahl, die Tür zu schließen, nein, er würde rufen, wenn. „Lasst mich mit ihm allein“, sagte er.

Und war es. Am Haupttor, wo ein Rumor entstanden war, als Genzl in der Seitentür erschien, wurde es still, hielten die Leute den Atem an, wurde geflüstert und beschlossen, gemeinsam den Fremden zu überwältigen, sollte er dem Dechant auch nur ein Haar krümmen. Sie hatten einen guten Blick auf die Szene, was sich heute noch beweisen lässt: Vom Tor aus sieht man einen großen Teil des Friedhofs, auf jeden Fall bis hinüber zu jener Stelle, wo im November 1954, an einem nasskalten Tag, ein Mann in Hemd und ohne Schuhe herumtanzte und brüllte und sich wohl den Tod holen würde oder Schläge oder Gefängnis.

Einer der Schaulustigen am Haupttor deutete auf die Aufbahrungshalle gleich links hinter dem Gitter. „Schad, dass sie nicht frei ist“, meinte er, für den Kerl da. Ein paar lachten, ein paar aber dachten an die Frau, die in der Halle aufgebahrt worden war am Vorabend, vielleicht dass es eine Verbindung gäbe. Fragten sie erst sich selbst und dann die Umstehenden. Hinter dem gelben Glas der Tür, auf der die Parte in einem Rahmen steckte, flackerte Licht, und wussten alle, wie es drin aussah und wie kalt es war, wenn man neben dem Sarg stand, seine letzte Aufwartung machte und fröstelnd hoffte, der Deckel wäre zu und im Deckel kein Guckfenster, durch das man der Toten ins wächserne Gesicht sehen könnte, müsste, wollte. (Weil man einmal ein Kind gewesen war und gezwungen wurde, mitzugehen, zu tun, was sich gehörte.)

Man blieb lieber draußen und lebendig und reckte sich, war versucht, auf das Gitter zu steigen, sich hinaufzuziehen ein Stück, tat es sogar, dennoch: War nichts mehr zu sehen vom Dechant und dem Verrückten, keine Spur von beiden, bloß der leere Friedhof und nichts.

Jetzt erst legte sich eine Ruhe über alles. Tropfte es und fuhren Autos und Mopeds durch den späten Nachmittag, bellte ein Hund und ein anderer antwortete, natürlich außerhalb der Friedhofsmauern, von drinnen kam kein Laut.

An den Rändern wurden die Männer nervös, auch bei der Seitentür, an die der Gendarm im Wechsel ein Ohr presste (was unangenehm war, das Holz war nass) und versuchte, durch einen Spalt zu erkennen, ob er eingreifen müsste, die Tür aufreißen, die Waffe gezogen, um den Dechant zu retten. „Ksch“, machte er, brachte den Streitlustigen zum Schweigen, der ansetzen wollte zur nächsten Tirade und nun gekränkt war. Der Bestatter, bei dem sich der Radfahrer beschweren wollte, schüttelte den Kopf und legte den Zeigefinger an den Mund. Wobei ihm einfiel, die Uhr am Handgelenk, Himmel, so spät, es war vereinbart, die Kränze zu richten und die großen Kerzen anzuzünden in der Aufbahrungshalle.

Denn die Angehörigen der Verstorbenen standen bereits in ihren Vorzimmern, kämmten den Kindern die Haare, obwohl darüber eine Haube kommen sollte, richteten

Krägen und Schals und steckten saubere Taschentücher ein. Das war die Pflicht. Die Totenwache beim Sarg (mehr ein Besuch als eine Wache), das Totenbeten am Vorabend des Begräbnisses in der Seitenkapelle der Kirche. Die Kränze bestellen, die Parten verteilen, die Zehrung reservieren, überlegen, sollen die Sargträger eingeladen werden, gibt man ihnen ein Trinkgeld, falls ja, wie viel.

Die Angehörigen der Verstorbenen waren vom Tod überrascht worden. Zwei Wochen zuvor war die Mutter guter Dinge gewesen. Schlecht auf den Beinen und allein in ihrem abgelegenen, ärmlichen Sacherl, das nur über den unbefestigten Forstweg zu erreichen war, das jetzt, obwohl ihrer aller Elternhaus, endgültig verfallen würde. Aber hatte nicht und nicht zu einer der Töchter oder zum Sohn ziehen wollen, die sture Alte, man hatte es ihr angeboten. Werden sie sich wiederholt versichern, wütend auf die Mutter, die keinem zur Last fallen wollte und so zur größten Last geworden war. (Sie hatten sie tot gefunden, winzig in ihrem Federbett, das Schlafzimmer – zum Glück – eiskalt, weil unbeheizt, was die Verwesung aufgehalten hatte, sie war aufgespart worden für den Sarg.)

Jahre später wird man sich erzählen, die Frau wäre in ihrem vergilbten Hochzeitskleid gestorben, mit dem Kruzifix in den Händen, und wäre alles vorbereitet gewesen, als hätte sie ihr Ende vorhergesehen oder herbeigeführt.

Jahre später werden die Erzählungen immer eigener, werden sich kreuzen jene der Toten in der Aufbahrungshalle und jene des Serben, der zwischen den Gräbern tanzte. Werden sich kreuzen und in einen Zusammenhang gebracht, den es nie gab. Behaupten die einen und die anderen glauben es nicht.

Dass Dragan Džomba Totenwache gehalten hatte für die Frau, hat kein Mensch je erfahren. War vor dem Sarg gestanden, vom Licht hineingelockt in die Aufbahrungshalle, ein leerer Tag, an dem er kurz nach Mittag angekommen war in der Stadt. War ein Lastwagen stehen geblieben, hatte sich die Tür geöffnet, hat der Fahrer gemeint: „Das hier ist der einzige Friedhof, den ich kenne in Eferding." Aber: „Du kannst ja fragen, prijatelju, wenn's der falsche ist." Und der Freund, der prijatelj, war ausgestiegen, ließ sich seinen ranac reichen, seinen Rucksack, sich Glück wünschen, und schlug die Tür zu, Blech auf Blech. Der Lastwagen fuhr weiter, Richtung Passau, entlang der Donau stromaufwärts.

Und dann, im Eingang, unter dem Torbogen. Neben der hohen Tür mit gelbem, undurchsichtigen Glaseinsatz. Dragan, unschlüssig, fühlte, dass er hier noch nicht angekommen sein konnte, las den Namen auf der Parte – Erna Zeisig – und trat, um etwas zu tun, um den Schritt in den Friedhof hinauszuzögern, in die Halle. Die Luft drinnen seit jeher kälter als draußen. Der Sarg dunkles Holz, am Kopfende leicht erhöht. Rechts noch ungeordnet: die Versammlung der Kränze. Schöne Kränze, mit Rosen und Lilien und Erika und Schleierkraut und Schleifen. Stand starr, der Serbe, die Kappe in den Händen. Die breiten Schultern gesenkt, leicht gebückt vor dem da. Vor dem, was da vor ihm stand. Sah im Sargdeckel das Fensterchen, sah gleich weg.

Die Namen auf den Schleifen waren nicht zu lesen, derjenige, der sie geliefert hatte, musste in Eile gewesen sein oder kein Herz haben oder Angst vor der Leiche. Ein Lehrling vielleicht, überlegte Dragan. Er hatte seine Kappe auf dem Sarg abgelegt, ganz unten, am Fußende. Hockte vor den Kränzen, befühlte die Blumen, die Zweige, die Buchstaben auf der Seide. Las laut vor, tatsächlich las er der Verstorbenen vor, wer sich von ihr verabschiedete. „Erna", sagte er in Richtung Sarg, und sagte es in einwandfreiem Deutsch, „hier grüßen ein Franz und eine

Gerhilde samt Kindern. Ein hübscher Kranz ist das, schaut teuer aus, sogar in Wien hab ich selten so einen gesehen. Ich werde ihn, wenn es dir recht ist, dort hinhängen." Er war aufgestanden, um einen der hölzernen Kranzhalter, die neben der Tür lehnten und die der Bestatter vorbereitet hatte für ihren Einsatz, um eines dieser Gestelle rechts neben dem Sarg aufzustellen. Dann hob er den Kranz von diesem Franz und seiner Gerhilde und den namenlosen Kindern auf den Halter, rückte ihn zurecht.

„Wenn du einverstanden bist, Erna", wandte sich Dragan Džomba erneut an die Verstorbene, „dann mache ich weiter, jetzt, wo ich damit angefangen habe." Und sah hinüber zum Fenster im mahagonibraunen Deckel, der fest verschraubt war mit dem letzten Bett, das nicht so weich sein konnte wie jenes, das die Frau gewohnt gewesen war, unmöglich. Man lebte karg, aber schlief üppig und weich.

Solche Gedanken hatte der Serbe, mit solchen Gedanken musste er sich plagen, sie fingen an zu kreisen und fanden kein Ende, verwirrten sich, wenn er nicht achtgab. Da war es gut, etwas zu tun zu haben. Nach und nach, die Finger wurden ihm klamm, füllte sich der Raum, war eine Ordnung eingebracht, waren die Kränze verteilt, die Schleifen geglättet, ein einzelnes Gesteck in Form eines Kreuzes auf den Sarg gelegt, die Kerzenständer mit großen Kerzen bestückt, man müsste sie nur noch anzünden. Sagte Dragan zum Abschied, die Kappe wieder in der Hand, über das Guckfenster gebeugt. „Spavaj, sestro! Schlaf", flüsterte er, und die Schwester, die keine war, schlief, die Augen fast ganz geschlossen, zwei kleine Halbmonde, die ein wenig glänzten. „Wahrscheinlich hat der Lehrling grüßen wollen", sagte Dragan, „und hat sich geschreckt. Was musst du auch blinzeln. Sei ihm nicht bös."

Erzählung

Beobachten, wie Herr Dschomba geht. Sobald er seine Schillinge auf das kleine Tablett gelegt hat und sich aufruckelt, erhebt er sich gebückt. Erst nach zehn bis zwanzig Schritten geht er aufrecht. Bevor er in die Schlossergasse einbiegt, dort, wo sich die Schmiedstraße leicht windet und über dem Juwelier die große Uhr die Zeit anzeigt. Lässt er den Kopf kreisen, dehnt die Schultern, manchmal knackst er mit den Fingern.

Sich nicht trauen, ihm weiter zu folgen als bis vor die Haustür.

Nachdem er dem Großvater zugenickt hat und die Tür sich hinter ihm schließt, weil sie zufällt, wenn man sie nicht extra aufspreizt. Dann (obwohl er gegangen ist) ist er immer noch da.

Eine Entscheidung treffen: Draußen einen Blick auf seine Schultern, den breiten Rücken und das Kopfkreisen werfen, oder lieber hierbleiben und auf Geschichten hoffen.

Wenn der Großvater beschließt, für den Tag genug zu haben vom Stammtisch, oder hinausgeht, um eine Smart oder eine Dames zu rauchen und dabei das Treiben in der Schmiedstraße zu betrachten. Ein alter Mann (älter als alles), so schmal, dass man sich in seiner Größe täuscht. Dann ist die Luft rein, sind die Männer am Stammtisch unter sich. Was werden sie reden?

Geschäftig sein. Mit dem kleinen Tischbesen die Tischtücher von unsichtbaren Bröseln befreien, die Aschenbecher leeren oder leere besser ausputzen über dem Mistkübel in der Schank. Zahnstocher nachfüllen, kontrollieren, ob genug Weinflaschen da sind. (Aber nicht in den Keller gehen, um welche zu holen.) Auf das Gerede der Männer lauschen, über Herrn Dschomba reden sie. Einer meint, Herr Dschomba wäre der uneheliche Sohn einer Frau namens

Erna Zeisig gewesen, er selbst habe die gekannt, weil mit einer ihrer Töchter verbandelt, wovon die Zeisig, eine seltsame, sicher nicht normale Frau, wenig gehalten habe. Sie hatte sich einen Reichen als Schwiegersohn gewünscht, und die Tochter wäre dann.

Von der Tochter nichts wissen wollen, von Herrn Dschomba hören wollen, von seiner Ankunft in der Stadt. Mit dem Trinkgeld klimpern, es laut zählen, vielleicht hilft's.

Ein anderer fragt nach. Ob das stimmen könne, er selbst lebe erst seit fünf Jahren in der Stadt, da höre man die verschiedensten Gerüchte.

Wahrheit und Märchen. Einer tötet eine neunköpfige Schlange und mistet riesige Kuhställe aus allein. Hexen sperren kleine Kinder in Käfige und essen sie auf, sobald sie fett sind. (Die Finger prüfen.) Einer taucht auf am Tag nach dem Tod der Frau, die seine Mutter gewesen sein könnte. Oder es war anders, nämlich *ganz* anders. Schweigen am Tisch.

Hinter der Schankvitrine zu keinem Laut erstarren. Ahnen, was kommt, und *das* kommt selten genug. Dazu muss vieles passen. Herr Dschomba außer Sicht- und Hörweite. Der Großvater ebenfalls. Von den Stammgästen jene Männer da, die Herrn Dschomba übersehen, solange er mit am Tisch sitzt. Deren Augen eng werden, sobald er gegangen ist und sein Platz vor dem Kachelofen leer und doch nicht. Setzt sich lange keiner hin, auch wenn man auseinanderrücken könnte. Muss erst Zeit vergehen. Wenn das alles passt, die Tür zugefallen ist und unter den Männern der Querulant, dann wird es spannend.

Richtung Küche schauen, ist der Vater hier? Auch der hat gute Ohren, von ihm wissen wir Wirtskinder den heimlichen Schimpfnamen für den Gast, wissen, was ein *Querulant* ist. Einer, der Unruhe stiftet. Der nur Ärger bringt. Dem wir auf keinen Fall das eine Bier zu viel geben dürfen. Wir müssen dem Vater versichern, das verstanden zu haben: Im Zweifel sollen wir ihn holen. Er würde ihn dann hochkant.

Aber der Vater ist beschäftigt und der Großvater raucht seine Zigarette.

Sich auflösen, eins werden mit der braunen Gastzimmereinrichtung, zum Möbel werden. Dann redet der Querulant. Schlohweiße Haare, die Augenbrauen buschig, die Augen eisblau. Kein Kartenspieler. Ganz anders wäre es gewesen, behauptet er, das hätte er damals schon gewusst und auch jedem gesagt, damals, als der Verrückte am Friedhof getanzt hatte, nackt.

Im Ofen knackt ein Holz. Über den Köpfen der Männer blaugrauer Rauch. In den Rauch hinein fällt das Wort „Mörder". Eh leise, eh so, dass es mehr geflüstert ist als gesagt. Aber weil einer (der vor fünf Jahren Zugezogene) den Kopf schüttelt und sich dabei zum Nachbarn dreht, so eigenartig lächelnd. Muss das Wort wiederholt werden, lauter dieses Mal. „Ein Mörder, glaub's ruhig." Und ob der Stammtischkollege denke, als *Zuagroaster* mehr zu wissen als einer, dessen Vorfahren schon vor zweihundert Jahren Bauern waren hier?

Es knistert. Ob der Vater? Nein, kein Vater, ob vielleicht die Mutter? Sie kann umgehen mit allen. Sie bringt Randalierer hinaus, bevor sie zu solchen werden können. Bevor der Vater kommt mit seinem *Hochkant*.

Aber die Geschichte hören wollen. Auch der Zugezogene ist ein Beruhiger, lässt sich nicht aufgansln. „Na gut", sagt er, „dann erzähl von deinem Mörder." Wischt sich gerade so viel von seinem eigenartigen Lächeln aus dem Gesicht, dass der Querulant anfängt zu reden.

Er wisse aus sicherer Quelle, dass dieser Dragan Dreck am Stecken habe. „Und irgendwann krieg ich ihn dran." Wofür? Für Körperverletzung, Raub, Mord. „Sucht's euch aus." Es könne kein Zufall sein, dass die alte Erna gestorben ist, als der Serbe, der *Jugo*, in der Stadt aufgetaucht war, seit damals sammle er Beweise für dessen Schuld am Tod der Frau, die für ihn war wie eine Pflegemutter. (Werden Augenbrauen hochgezogen am Tisch, in Verwunderung. Das ist neu.)

„Ich sag: Wie eine Pflegemutter war sie für mich!"

Wagt einer zu fragen, ob das wohl stimme, aber neugierig fragt er das: „Wie kommt's? Du bist doch auf eurem Hof aufgewachsen." Und zum Zugezogenen: „Ein Bauernhof in der Nähe von Pupping. Ein Bruder vom Hans hat ihn übernommen."

Der Querulant, der eigentlich Johann heißt und als Hans angesprochen wird, gibt keine Antwort. Schafft noch ein Bier an. Die Männer am Stammtisch wenden sich zur Schank und ein zweiter sagt: „Mir bringst auch eins, bitte."

Die Gläser holen und neu befüllen, schnell, aber nicht zu schnell, denn ist das Bier schlecht eingeschenkt, beschwert sich dieser Hans und kommt ins Schimpfen. Aufs G'schäft aufpassen und gleichzeitig in der Obhut der Männer sein. Die uns Kinder kennen von klein auf. Sie sind mit dem Großvater alt oder mit dem Vater erwachsen geworden. Der Querulant kann uns nichts tun, nicht mit Worten und nicht tatsächlich. Wir müssen ihm nicht einmal nahe kommen, man nimmt uns das Bier ab und reicht es über den Tisch.

„Danke." Ob noch jemand etwas? Wieder hinter der Schank verschwinden, den Zapfhahn abwischen und Ordnung machen in der Vitrine.

Er trinkt, setzt das Glas ab, fährt fort. „Ich kannte die Erna und sie kannte mich, das muss euch reichen." (Tut es das?) Spürt wohl selbst, die Zeit wird knapp, das Mördertum will untergebracht werden, man darf sich nicht aufhalten mit Geschichten aus der Jugendzeit. Die er vielleicht für sich behalten will, wirkt unzufrieden, wie einer, der eine Tür geöffnet hat, die zubleiben sollte.

In der Küche läutet das Telefon und verstummt, jemand hat abgehoben. Die Stimme der Mutter im Vorhaus, sie grüßt auf die Straße hinaus. Schnell, mach, red vom Mord. Der sich als keiner herausstellt, denn: „Ob er sie erstickt hat und sich dann versteckt im Haus für ein paar Tag?" Er behauptet etwas und schwächt es ab, dumm ist er nicht. Es hätte gereicht, sagt er, und so wird's gewesen sein, dass der Jugo bei der Erna auftaucht und sich vorstellt als ihr verlorener Sohn. „Ihr Herz war schwach, gut ist es ihr nicht gegangen damals, der Schock war zu viel. Hat sich hingelegt und ist gestorben. Und der *Dschomba* trägt die Schuld bis heute."

Enttäuscht sein, die Geschichte kennen, ändert sich nie, wird immer so erzählt, als wäre es das erste Mal. Immer auf den Mord hoffen, immer wird er angekündigt und abgeschwächt und übrig bleibt am Schluss: So wird's gewesen sein oder doch anders.

Tauchen nach und nach kleine Wahrheiten auf, dann betreffen sie den Querulanten und andere, aber niemals Herrn Dschomba.

Ihm ein Verbrechen zutrauen wollen und gleichzeitig hoffen, es wäre gelogen.

Unruhe am Tisch, die Männer rücken auseinander, nehmen den Platz vor dem Ofen ein, Auslöser dafür ist der Großvater: Zurück vom Rauchen, vom Leuteschauen vor dem Haus, setzt er sich schweigend hin und fordert Raum.

Tür

Es gab einen Grund, warum die Spechtler am Friedhofstor weder den Dechant noch den Fremden entdecken konnten. Warum der Gendarm an der Seitentür vergeblich sein Ohr an das Holz presste oder durch einen Spalt spähte, da nichts zu hören war von den beiden, kein Gerede, kein Geschrei, auch der seltsam gebrüllte Gesang war verstummt. Ein paar Krähen, der Straßenverkehr, sein eigenes Schnaufen und der Bestatter, der sagte, dass die Angehörigen der Erna Zeisig gleich kämen, er müsse die Kränze richten und ihnen Bescheid geben, warum das Tor versperrt wär.

„Gehst halt,“, sagte der Gendarm. Blieb der Querulant mit seinem schwarzen Fahrrad und dem Paket, das er wieder auf dem Gepäckträger festgebunden hatte. Er schimpfte, es war beschmutzt.

„Was willst, dir ist wenigstens keiner drüberg'fahren. Hätt passieren können. Ist was Zerbrechliches drinnen?“, fragte der Gendarm, der Stephan Hintersteiger hieß. Der Fahrradmann meinte mit böser Stimme, er solle sich lieber um den Verbrecher kümmern als um Sachen, die ihn nix angingen.

„Aber wenn's kaputt ist, dann wirst Anzeige erstatten, oder?“ Antwortete nicht, der andere. „Spätestens dann soll's mich was angehen, oder?“ Wieder keine Antwort, spuckte statt einer solchen auf den Boden. „Ich schlag vor, Hans, du verschwindest jetzt.“

Weil, es reicht einmal. Und kalt und ungemütlich war dem Hintersteiger auch. Sah dem Querulanten nach, war vor Kurzem eine Beschwerde eingegangen über ihn, hatte gute und schlechte Tage.

Heut war für alle ein schlechter Tag. Einer, an dem ständig etwas übersehen oder vergessen wurde. Der Gendarm tastete in der Tasche, drinnen waren die Schlüssel vom Haupttor und von den Seitentüren des Friedhofs. „Fix Teufel“, fluchte Hintersteiger. Nun ja. Der Bestatter würde es schon merken und jemanden schicken. Räusperte sich und drückte, die rechte Hand an der Waffe, mit der linken den Türgriff hinunter, atmete durch und.

Weit offen stand die Tür. Viel weiter, als er es geplant hatte, hing leichtgängig in den Angeln, dieses Mistding.

Füße

Die Wahrheit über das, was tatsächlich geschehen war auf dem Eferdinger Friedhof im November 1954, sollten zeit ihres Lebens nur zwei Menschen kennen: Herbert Genzl, Dechant, ursprünglich aus Steyr stammend, vor Jahren seitens der Diözese nach Eferding versetzt. Und Dragan Džomba, aufgewachsen in einem kleinen Ort, am Ufer der Save gelegen und in der Nähe Belgrads, aus freien Stücken in Eferding gelandet, die so frei nicht waren.

Als Genzl die Tür des schmalen Seiteneingangs hinter sich ins Schloss drückte, gab das einen kleinen Laut, ein metallisches Klicken. „Herrgott, Herbert", sagte er zu sich; das Geräusch hatte den Brüllgesang auf der Stelle unterbrochen. Es hatte die Aufmerksamkeit des Fremden auf ihn gezogen. Dabei war der Geistliche noch unsicher, wie den Mann ansprechen, sanft, streng?

Genzl schloss die Tür, das Klicken unterbrach Gesang und Regen: Es hörte auf zu nieseln. Džomba, die Arme in die Höh gestreckt, stoppte in der Tanzbewegung, drehte sich um, der Bart wirr, das Haar wirr, Augen und Mund aufgerissen, der Blick so traurig, das Gesicht so voller Verzweiflung, dass dem Geistlichen das Herz wehtat, es sich mit Mitleid füllte, es zum Bersten brachte und er zu Boden stürzte.

Er fand sich auf der niedrigen Umrandung eines Grabes sitzend wieder, der Fremde neben ihm, ihn stützend, der schwere Mantel – jener Mantel, der einen Grabstein verziert hatte – war ihm über den eigenen Mantel um die Schultern gelegt worden. Der Dechant, er saß gebeugt, den Kopf zwischen den Knien, spürte eine Hand im Rücken und betrachtete seine schwarzen Schuhe. Die man putzen musste, dachte er, polieren. Schade drum, waren schön sauber gewesen. Sah neben seinen Schuhen nasse Männerfüße mit Haaren auf Zehen und Rist, sah, den Kopf vorsichtig zur Seite neigend, die dazugehörigen Beine, ebenfalls gut behaart, darüber den Rand der bis zu den Knien aufgekrempelten Hosen. Arme, schäbige Hosen. Das ist kein Reicher nicht. Doppelte Verneinung, dachte er. Und an den Deutschunterricht, den er in der Kaiser-Franz-Josef-Schule manchmal supplierte, wenn der Lehrer ausfiel und er Zeit hatte. Wäre gern ein Lehrer geworden, ein weltlicher. (Aber die Familientradition.)

Weiter sah er nicht. Um weiter sehen zu können und den ganzen Mann in Augenschein zu nehmen, hätte Genzl sich aufrichten müssen. Gott bewahre. Wenn nun tatsächlich das Herz? Hatte er seine Tabletten genommen, lagen sie im Pfarrhof auf dem Tisch in der kleinen Schüssel? Hatte ihn nicht der Arzt erst kürzlich gescholten, er solle seine Medizin gleich beim Frühstück einnehmen und nicht den ganzen Tag liegen lassen? Herrje. Genzl stöhnte kurz und legte sich *in deine Hände, mein Herr*. Verbarg sein Gesicht und schüttelte den Kopf.

„Atmen Sie, pope", forderte der Halbnackte auf, die Stimme nicht so tief, wie Genzl es erwartet hätte von so einem Mann. So einem *präsenten* Mann. Der leise nach Schweiß roch (ja, leise!) und vor Hitze dampfte. Glaubte der Dechant zu wissen. Genzl krächzte: „Dechant, bin kein Pope, kein Pfarrer, sondern ein Dechant." Und dann, weil der andere nicht reagierte, sagte er zur Sicherheit: „Dolazim u miru."

„Dobro", lachte der Fremde, er lachte tatsächlich, sagte auf Deutsch und ohne auffälligen Akzent, dass er sehr froh sei, dass der Herr Pfarrer, entschuldige, der Herr Dechant *in Frieden käme*, sonst hätte er ihn womöglich erschlagen müssen und hier, bei den Kindern, begraben.

Und griff nach der Hand des Dechants, einfach so. Nach jener, die ihm am nächsten war. Der rechten. Denn er saß zu seiner rechten Seite. Rechts mortalitas, links immortalitas? Nein, genau umgekehrt. (Jesus saß zur Rechten des Herrn.) Genzls Geist war ein unruhiger, nichts wollte gelingen. Aufstehen? Seine Hand aus der des Fremden ziehen? Es stach in der Brust allein beim Gedanken daran.

Zudem war die Berührung angenehm, wenn er sie zuließ. War ein gutes Gefühl, das andauern durfte. Sollte aber nicht, er wurde etwas gefragt. „Was?" Musste den Kopf heben. Und dem Mann ins Gesicht sehen, der ihm nicht mehr zur Seite saß, sondern vor ihm hockte. Ihn musterte mit dunklen Augen, die sich nicht deuten ließen. Griff auch nach der linken Hand: „Der Friedhof ist kein Platz für einen, der krank ist." Kam noch näher an ihn heran, im Atem kein Alkohol, dabei hätte ein Rausch vieles erklärt, wäre von allen akzeptiert worden, ein wenig Entrüstung, ein wenig Getue. Aber mit der Zeit.

Fühlte ihm gar die Stirn. Verdunkelte die Handfläche des offenkundig um ihn Besorgten Genzl die Sicht. Ein seltsamer Mensch. Hockte ruhig vor dem Dechant. Sagte nichts, tat nichts, tröstete nicht, beschwichtigte nicht. Überlegte, schürzte die Lippen und kratzte sich schließlich am Hals, das Kinn gereckt. „Warte", sagte der Fremde. Der ein serbisches Wiegenlied gebrüllt hatte mit einer Stimme, die das Blut in den Adern.

Ach, Blödsinn, dachte der Pfarrer, Verzeihung, der Dechant. Er richtete sich im Sitzen auf und streckte die Beine in den Kies. So konnte er den anderen beobachten und dabei sein Herz vergessen. Was tat der da? Bückte sich von Grab zu Grab, rüttelte sacht an den Laternen, aber nur an solchen, in denen Kerzen brannten, ging von einer zur anderen. Ja, fror der Mensch nicht?

Genzl zog sich den Mantel enger um den Leib. Für seinen Teil: Ihm war so kalt, dass er zitterte. Das Zittern hatte er nicht wahrgenommen, oder war es erst jetzt gekommen?

Sollte gerade eintreten, was ihm der Arzt prophezeit hatte, früher oder später bei gleichbleibender Lebensweise? Zu sterben, nein, auf dem Friedhof zu sterben, das wäre ein prosaischer Tod für einen Geistlichen. Genzl musste lächeln. Ob sie ihn im Pfarrhof aufbahren würden oder seinen Leichnam der armen Erna Zeisig in der Aufbahrungshalle als Gesellschaft beistellen? Beim Sarg hatten ihre Kinder sicher tief in die Tasche gegriffen; das schlechte Gewissen, das durch Ernas Familie zog, war ihm vertraut. Seiner wäre daneben eine Schande. Lächelte wieder, dachte an sein Testament, in dem er sich – ausdrücklich! – einen Arme-Leute-Sarg bestellt hatte und ein Begräbnis zweiter Klasse. Damit sie etwas zum Reden haben, seine Schäflein, und zum Streiten auch.

„Na siehst du, es muss dir besser gehen, wenn du lachen kannst." Der Fremde stellte ihm eine Grablaterne zwischen die ausgestreckten Beine, in der ein Licht flackerte. Hockte sich hin, nahm wieder Genzls Hände in die seinen, dann legte er sie auf das gewölbte Dach der kleinen Laterne. Warm war es, fast heiß, gerade so, dass man sich nicht verbrannte.

„Aber", fing Genzl an, den Tränen nahe, weil das Zittern nachließ und mit ihm die Angst.

„Keine Sorge, ich richt's wieder. War schlecht angeschraubt, das Ding. Ist vieles hier nicht gut angeschraubt."

Hockten zwei Männer auf einem Friedhof vor einer Laterne, wie ums Lagerfeuer in einer anderen Welt. Kannten sich nicht, aber kümmerten sich. Der eine war alt, der andere im Vergleich noch jung. Der eine hatte schmutzige Schuhe und waren ihm auch Hose und Mantel dreckig geworden vom Sitzen auf der bemoosten Grabumrandung. (Und wie viele Farben das Moos hatte, Genzl nahm es wahr.) Der andere hatte nur Hosen an und ein offenes Hemd, war barfuß und barhäuptig. Und sagte: „Was machen wir? Soll ich dich nach Hause bringen oder noch mehr Laternen holen?“ Er sah zur Seitentür hinüber. „Oder wird mich dein Polizist da wegen Grabschändung verhaften?“ Spannten sich ihm die Muskeln an, bei aller Gelassenheit war das nicht zu verbergen.

Blieb ruhig, aber bereit.

Blieb dem Dechant zugewandt.

Behielt dabei den Gendarmen im Blick.

„Herbert Genzl“, sagte Genzl und streckte dem Fremden seine angewärmte Rechte entgegen. „Hilf mir auf, bitte, und hilf mir heim.“ Winkte dann auch dem Gendarmen, er solle kommen, mithelfen. „Steck die Waffe weg und beeil dich“, rief er ihm zu, sähe er denn nicht, dass der Regen wieder stärker werde?

Margerite

Ob unser Pfarrer auch ein Dechant ist? Mit dem Großvater in die Kirche gehen, in den Eferdinger Dom. Weil hoch und spitzbogig. Ein Langschiff, was für ein Wort. In der Bank unter der Kanzel ist unser Platz. Ein Messingschild mit geschwungener Schrift. Mit dem Finger die Linien nachfahren. Der fremde Name auf dem dunkel-goldenen Schild ist der des Vorbesitzers unseres Hauses: *Jos. Heftberger, Gastwirth zum Krebsen.*

Sitzen und atmen. Die weihrauch-kalte Luft hat ein Gewicht. Das Handtäschchen auf dem Schoß. „Tu's her", will der Großvater, legt es weg, es stört beim Händefalten, beim Knien und Aufsteh'n und wieder Hinsetzen, beim Bekreuzigen in richtiger Reihenfolge. Im Täschchen: ein Stofftaschentuch, ein Rosenkranz (rosige Glasperlen mit Kreuz an einem Silberkettchen), ein kleines, uraltes Gebetsbuch, von der Großmutter erbettelt, ein Schatz. Nicht zu gebrauchen für den Gottesdienst.

Aber was man hat.

Nimmt man mit.

Früh ist es am Tag, nach der Messe gibt es kein Aufhalten. Gleich heim, mithelfen beim Frühschoppen.

Auf dem freien Platz hinter den letzten Kirchenbänken, bei den vieleckigen, mächtigen Säulen, stehen Männer; sie warten den Schlusssegen nicht ab. Sind während der Kommunion die schweren Türen zu hören, auf und zu. Kein Kommen, aber ein Gehen, und das ist ärgerlich, weil sie die Türen leise schließen könnten, statt sie ins Schloss fallen zu lassen. Der Lärm stört beim Heiligfühlen. Wegen der Geduld mit dem Pfarrer und seiner langweiligen Predigt.

Ist er ein Dechant?

Die Frage im Handtäschchen verstauen. Wie das geht, eine Frage einzupacken.

Sich heilig fühlen wollen als Dank für das Murmeln, und gelernt zu haben: Bei der Wandlung wird gekniet. Der Kopf gesenkt, gebetet. Auf ein Wunder gehofft? Rundherum knarren die Bänke, räuspert und schnäuzt man sich.

Im Knien die magischen Worte flüstern: „Eingehst unter mein Dach." Die Bilder hinter der Stirn halten, von Sünden und Seelen, die gesund werden. Segeln allerdings davon, diese Bilder, und werden blass. Segeln davon mit dem Langschiff, aus der Kirche hinaus, in eine Idee, einen Plan, weil das Wetter gut ist und am Nachmittag.

Die Augen fest zusammenkneifen.

„Hände falten, Gosch'n halten." Wer hat das gesagt?

Später (endlich) fällt die große Kirchentür hinter uns nicht zu. Sie wird von den Hinausgehenden offen gehalten. Lockt die Helligkeit, blendet die Augen. Und die Luft, die leicht wird, weil der Besuch der Heiligen Messe erledigt ist und eine Pflicht erfüllt.

Welchen Weg nehmen wir nach Hause? Den langen oder den kurzen? Über den Stadtplatz oder durch die Schlossergasse mit ihren hellrot-gelb-grauen Fassaden auf der einen Seite, auf der anderen die Gartenzäune der Stadtplatzhäuser und die Zufahrt zur Werkstatt, in die wir die kaputten Fahrräder bringen.

Durch die Schlossergasse. Aber bleibt der Großvater an ihrem Anfang stehen und redet mit Herrn Dschomba, der ihn bemerkt und auf ihn gewartet hat. Hält ein Büschel Blumen in der Hand, mit der anderen sein Fahrrad. (Ist es kaputt?) Wird größer und größer, ein schwarzer Berg.

„Warst in der Kirche, Franz?" (Niemand sonst spricht ihn so an. Immer nur: Herr Peschka oder Peschka allein.) – „Würd dir auch nicht schaden." – „Meine Kirche hat ein blaues Dach und einen grünen Boden." Sagt Herr Dschomba und lacht. Der Großvater lacht mit. Meint, dass es würdig sei und recht. Er zieht Zigaretten aus der

Tasche, bietet dem anderen eine an. Sie rauchen und reden. Dass er dem alten Genzl die Blumen ans Grab bringe, sagt Herr Dschomba und der Großvater meint, er solle dem Dechant Grüße ausrichten und dass er ihn in guter Erinnerung halte.

Die Kirchgänger haben sich aufgeteilt auf die Eferdinger Wirtshäuser, in diesen wieder aufgeteilt auf die gewohnten Tische, dort auf den gewohnten Platz. Kaum je wird gewechselt. Und wenn? Dann stellen wir den Falschen das falsche Getränk hin oder Debreziner statt Gulasch.

Die Männer, die vorhin zu früh die Kirche verlassen haben, sitzen schon beim zweiten Bier, das manchmal, aber selten, ein Schnitt ist. Die Geschwister laufen hin und her, sind eifrig und gefangen im Trubel. Die Garderobe hängt voller Jacken und Hüte, und noch und noch werden Jacken und Hüte hingehängt, wo Platz ist oder keiner. Das Gastzimmer ist ein einziges Wörtermeer, eine einzige Begrüßung, Bestellung, ein Bitte und Danke und darf's noch was sein?

Jemand muss die Brotkörbe mit Semmeln füllen, Kren reiben, Teller abräumen und zur Abwasch stellen. Davor die Speisereste in den Traungkübel putzen. Jemand muss Besteck abtrocknen und jemand hat endlich gelernt, Gabel und Messer ordentlich in Servietten einzurollen, ist stolz darauf und würde gern.

Hierbleiben wollen am Anfang der Schlossergasse und doch nicht. Gut ist es im Schatten der beiden Männer, einer vertraut, einer nicht. Sogar die größeren Buben haben Angst, Herrn Dschomba anzusprechen.

Aber die Pflicht zieht. Den Großvater am Rock zupfen. „Na, lauf schon", sagt er, und dass er ohnehin zum Richterwirt gehen wird, dort ist sein Stammtisch an Sonntagen. Der alte Wirt hilft nur mehr, wenn der junge ihn darum bittet. Etwas einzuwürzen oder ihn zu vertreten im Krankheitsfall, selten genug.

Neben Herrn Dschomba durch die Schlossergasse gehen. Wie konnte das.

Hat der Großvater sich von ihm verabschiedet, Herr Dschomba trägt sein Büschel und hat denselben Weg. „Hast ja denselben Weg wie die Kleine, könnt's miteinander gehen ein Stück." Die Kleine sein, nicht das Mensch oder das Enkerl. Ein Vogel sein können, ein Hund. Am Nachmittag vielleicht, aber vorher die Wirtstochter und brav im G'schäft.

Schon sind wir am Ennsergasserl vorbei, das so schmal zwischen die Häuser gezwickt ist, dass man links und rechts die Mauern berühren kann. Und aus dem immer kalte Luft weht und einen streift und nach Keller riecht. Das Ende der Schlossergasse, wo sie in die Schmiedstraße mündet, kommt näher und näher. Von dort ist es nur einmal quer über die Straße bis daheim. Herr Dschomba geht wie zehn Schritte über der Erd. Und er geht wie ein normaler Mensch. Und wie ein Räuber, ein Ritter, der ein Fahrrad schiebt. „Gefallen sie dir?", fragt Herr Dschomba und hebt das Büschel. „Wiesenblumen."

Die im Handtäschchen verstaute Frage will heraus. „Ist unser Pfarrer ein Dechant?" – „Wer? Nein. Dein Pfarrer ist ein Pfarrer." Schaut auf die Blumen (gleich ist die Gasse zu Ende), zieht eine Margerite heraus. „Hier, für dich, Devojka." Und: „Devojka heißt Mädchen." Herr Dschomba nickt zum Abschied. Und geht weg. Nach rechts. Wird kleiner, der Berg.

„Wo bleibst denn?"

Die Schwester steht im Eingang unseres Gasthofs, die Hände in den Hüften, knapp zwei Jahre älter. Zwei Jahre sind viel.

Dämmer

Sonntagnachmittag, drei verzauberte Stunden. Von zwei bis fünf Uhr wird zugesperrt. Kann sein, es sitzen noch Gäste an einem der Tische, haben bezahlt, aber nicht ausgetrunken. Sagt die Mutter, sie bräuchten sich nicht zu beeilen, sie müsse eh erst. Jeder kennt jeden, jeder weiß, die werden schon gehen. Im Schloss der Haustür steckt der Schlüssel.

Zusammenräumen. Eifrig sein. Die Gläser trocknen, die Sudlade der Kaffeemaschine ausleeren.

Der Vater ist fertig und hängt den Schurz an den Haken, der Bruder ist zum Tennisplatz geradelt, die Schwester wischt die Nirosta-Anrichte ab und Frau E., die kleine, alte Frau, die in der Küche hilft, lobt sie dafür.

Endlich Bewegung, Sesselgeschiebe und Geräusche des Aufbruchs. Ins Vorhaus laufen, die Tür aufsperren, freundlich „Auf Wiedersehen“ sagen. Hinter den Gästen, die sich langsam entfernen, abschließen. Am Sonntagnachmittag ist alles langsam.

Geht, geht. Nicht die Gäste, die sind ausgesperrt. Die Eltern, die Schwester, Frau E. Die sich als erste verabschiedet, wohnt nicht weit weg. Fährt der Vater an die Aschach zum Fischen oder legt er sich im Wohnzimmer auf die Couch? Bleibt die Mutter im Garten? Und die Schwester, trifft sie eine Freundin? Alle ziehen sich zurück.

Gastzimmer und Küche im Halbschlaf. Am Ofentisch sitzen, die Beine auf der Bank, und lauschen. Spüren, wie sich der Gasthof ausruht, wie es ihm in den Ohren dröhnt, so, wie wenn man gesungen hat und Lärm gemacht und plötzlich still geworden ist: Das tanzt nach in einem, das kommt nicht gleich zur Ruh.

Das Glas der Gastzimmerfenster ist, unterteilt durch dünne Sprossen, getönt und unregelmäßig. Man sieht hinaus, aber ein wenig verschleiert, genauso sieht man herein. Und weil es draußen hell ist, sonnig, und drinnen kein Licht brennt, sind die Leute, die vorbeigehen, deutlich zu erkennen. Aber die, die hereinsehen wollen, müssen sich ganz zu den Scheiben beugen, legen die Hände wie Scheuklappen links und rechts an ihre Gesichter, um etwas auszumachen.

Was wollen sie wissen? Wie es ausschaut bei uns? Kommen zur Unzeit. Müssen sich woanders bedienen lassen.

Im ersten Stock steht vor der Küchentür der Großeltern ein weißer Kasten, aus dem es nach Pofesen duftet. „Oma, schau." Die Margerite aus Herrn Dschombas Büschel. Die Großmutter weiß, für wen die Blumen sind. „Zum Genzl bringt er den Strauß", sagt sie, „für sein Grab."

Genzl? (Es wissen, aber nachfragen müssen.)

„Der Dechant, der ihn vom Friedhof geholt hat, ich hab dir die Geschichte erzählt."

Der Dechant, der ihn, als er nackt?

Die Großmutter nickt. „Nackt oder halbnackt oder angezogen. Der Dechant hat ihn damals vom Friedhof geholt, und dann hat er ihn gezähmt."

Hat dieser Dechant den Herrn Dschomba an einer Kette gehalten, die hatte er um den Hals geschlungen und das Halsband war mit Stacheln, und Herr Dschomba knurrte, weil er ungezähmt sein wollte.

Im Bild versinken. Träume werden herausfallen, und in der Nacht wird die Schwester wieder aufwachen, wegen der Träumerei im anderen Bett.

„Wo bist schon wieder?", fragt die Großmutter, sperrt den Kasten auf. Legt eine Pofese auf eine Serviette. „Da, nimm."

Wo das Grab vom Genzl ist?

„Such's", schlägt sie vor, auch sie will ihren Zaubernachmittag haben.

Aber wie?

Sie sagt, dass es eh einfach wär: „Hältst Ausschau nach einem Blumenstrauß, dem eine Margerite fehlt."

Pfarrhof

Der Gendarm Stephan Hintersteiger und der Fremde, der sich ihm noch nicht vorgestellt hatte, stützten den Dechant auf dem Weg zum Pfarrhof. Um kein Aufsehen zu erregen, schlug Hintersteiger einen Umweg vor, der auch eine Abkürzung war. Durch den Hof vom Gasthof Kreuzmayr und einen dunklen Durchgang konnte man damals, von der Bahnhofstraße kommend, in den Inneren Graben gelangen, weiter zur Schmiedstraße und über Schlossergasse und Starhembergstraße Richtung Stadtpfarrkirche.

Anders herum, auf dem geraden Weg, wären sie von der Versammlung am Haupttor bemerkt worden, unruhige Männer mit Helden-Ambitionen. Die versuchten, vom Querulanten aufgestachelt, durch das versperrte Tor den Friedhof auszuspähen, um den Dechant vor dem Wahnsinnigen zu retten. Die auch beratschlagten, das im Torbogen oben offene Gitter hinauf- und hinüberzuklettern, den bewehrten Spitzen zum Trotz, aber sich nicht einig werden konnten, wie später August Hintersteiger erzählte, der Bestatter und Cousin des Gendarmen.

Der Querulant war nicht an vorderster Front, sondern stand einige Meter hinter der Menge, sein Fahrrad haltend und alles besser wissend.

Auch der Gendarm kannte seine Schäflein, nicht nur der Dechant. Und griff sich daher, sobald sie von der Schmiedstraße in die Schlossergasse eingebogen waren, den erstbesten Buben. „Wart“, befahl er, kramte, Genzl nicht loslassend, die Schlüssel für das Haupttor und die Seitentüren aus der Tasche und drückte sie in die Bubenhand. „Kennst den Hintersteiger August?“, fragte er, und da genickt wurde: „Gehst zum Friedhof, dort ist er. Gibst ihm den Schlüssel und richtest aus, alles in Ordnung, nichts passiert.“ Wieder Nicken. „Abmarsch“, befahl der Gendarm.

Der Bub, der auch ein Ministrant war, schaute erschrocken, weil der Dechant gestützt werden musste. Dann grüßte er brav und rannte los. Dass er sich Zeit lassen soll, rief ihm der Gendarm hinterher, fluchte, bat um Vergebung und riet zur Eile.

Nahm an, dass die Männer sich in Bewegung setzen würden. Nahm an, dass sie davon ausgingen, er hätte den Fremden auf die Gendarmerie gebracht, und dass sie dort mehr erfahren würden. Es waren nicht viele, kein Mob mit Lynch-Absicht wie im Western, das nicht. Aber wohler wäre ihm, könnte er Genzl und den Verrückten (er misstraute ihm) schnellstmöglich im Pfarrhof abliefern.

Wenigstens hatte der sich wieder Schuhe und Jacke angezogen. Er wechselte mit dem Dechant von Zeit zu Zeit ein Wort in einer fremden Sprache. Eins hin, eins her. Sah aus, als wäre dieser Kerl noch vor nicht allzu langer Zeit kräftig genug gewesen, um Genzl huckepack zu nehmen.

Der Gendarm drehte sich um: Niemand war hinter ihnen, und was hatte er erwartet? Eine Meute mit Fackeln und Mistgabeln? Stattdessen hupte ein Auto, öffnete sich ein Fenster in einem Haus mit desolater Fassade (der Putz abgeblättert, die Farbe verblasst) und war Radiomusik zu hören, „Sieben einsame Tage". Den Text konnte Hintersteiger auswendig, obwohl er den Schlager langweilig fand. Bald erreichten sie das Ende der Schlossergasse, die hier wieder schmäler wurde, so schmal wie an ihrem Anfang.

Der Kirchturm ragte in den dunklen Himmel, fehlten noch Fledermäuse, die um den Turm flatterten. Schräg dahinter der Pfarrhof, ein Herrschaftsgebäude, die Fenster im gelb gestrichenen Mauerwerk weiß umrankt, das steile Dach zweistöckig, und erhob sich über das, was von der Stadtmauer übrig geblieben war, sah nicht viel jünger aus. Sah aus, wie ewig in der Stadt und sich im ewigen Kirchenschatten behauptend.

Endlich war man angekommen. Endlich wurde der Gendarm die Last los und er atmete auf, als sich die Tür hinter dem Dechant und dem Fremden schloss. Schnell in die Wachstube, dachte Hintersteiger, der vor der Verabschiedung gefragt hatte, ob er bei Rausam, Genzls Hausarzt, anläuten solle. Genzl, auf einem weichen Sessel im Pfarrhofflur sitzend, halb aus dem Mantel geschlüpft, halb verdeckt vom anderen, der ihm dabei half, hatte sich bedankt, und nein, man würde telefonieren, er bräuchte sich keine Sorgen zu machen. Worüber sich Hintersteiger freute, denn weder Rausams Praxis noch dessen Wohnung lagen auf seinem Weg, sondern hätten den nächsten Umweg bedeutet, die nächste Verzögerung, dabei wollte er nur eines: ins Trockene, ins Warme.

Also verabschiedete er sich, man wisse, wo er zu finden sei. Er würde auf der Gendarmerie seinen Bericht schreiben und dann Feierabend machen. Schüttelte zwei Hände, eine mit festerem und eine mit weniger festem Griff.

Als er aber, den Schlagertext summend (*Der Mittwoch eine Plag, Donnerstag ist grau, der Freitag, Samstag blau ...*), ein paar Schritte gegangen war. Auf die hohen Bäume des Schlossparks zu, dichte Baumkronen, darunter würde es trockener sein. Dabei die hellen Fensterreihen des Starhemberg'schen Schlosses betrachtete, wo Herrschaft und Knechtschaft gewohnt hatten und hatte sich nicht viel geändert daran (sagte man), wo er in den hofseitigen Wohnungen eine Frau wusste, die er, früher und ungebunden, heiraten hatte wollen. Fiel ihm der Blick ein, den der Mann ihm zugeworfen hatte. Im Flur. Nicht Genzl, der andere. Beim Abschied? Oder als er. Halt. Als er den Bericht erwähnte, den er schreiben musste.

„So nicht, mein Freund", sagte der Gendarm laut und machte auf dem Absatz kehrt. Grub dabei eine deutliche Spur in den weichen Boden, war mitten unter den Bäumen.

Deren Schutz er verließ, doppelt energisch, weil sich seiner Pflicht bewusst. Stand wieder vor der Pfarrhoftür, klopfte, und sofort knurrte und kläffte dahinter der Hund, ein kleiner, wilder Jack Russell, vorher in einem Zimmer eingesperrt, jetzt hielt er Wache.

„Umukni, psiću", hörte der Gendarm, die Schultern hoch- und den Kopf eingezogen. Wegen des Regens oder wegen des Hundes, der tatsächlich still war. Der sonst nie still war und gefürchtet über die Pfarrgrenze hinaus. Der „Bestie" genannt wurde, seiner Kleinheit zum Trotz, oder „Satan". Der alle hasste, ausgenommen den Dechant, dessen Haushälterin und vielleicht noch den Mesner. Er jagte die Ministranten und biss sie, wenn er sie erwischte, in die Waden. Nicht zwickte: Er biss. Und war aus diesem Grund in die privaten Räumlichkeiten des Pfarrhofs verbannt. Aber nun war er still. Die Tür öffnete sich, Hintersteiger wich zur Seite, die Bestie würde ihm an die Beine fahren.

Nichts geschah. Unten eine Hundeschnauze, oben das Gesicht des Fremden. „Der Dechant ist in der Küche. Brauchst ihn?", fragte er. Der Gendarm setzte zum Sprechen an, da musste Bonnie – die Bestie war ein Weibchen – doch ein wenig knurren, es ließ sich nicht vermeiden. Winselte aber gleich, denn der Mann, der sich hier nach wenigen Minuten so aufführte, als wäre er der Hausherr oder zumindest jemand, der den Hausbrauch kennt (dachte Hintersteiger), hatte ihr einen Tritt versetzt. Ein Trittchen, nichts Festes, nur eine Erinnerung, dass man die Klappe zu halten hat, wenn die Großen sprechen. Oder dass das einsame Zimmer droht, weiß man sich nicht zu benehmen. Vielleicht gibt es auch kein Abendessen, aber das wird später entschieden. (Erinnerte sich Hintersteiger an etwas, an das er sich nicht erinnern wollte. Verdrängte das Aufkeimende durch andere Überlegungen, der Situation und seinem Beruf angemessener.)

Ob das ein grausamer Mensch war, den sie am Eferdinger Friedhof eingesammelt hatten? Und ob er guten Gewissens den Dechant mit ihm allein lassen konnte? Wo bald die Agnes kommen würde, die Haushälterin. Was hatte er sich gedacht, was war er für ein Gendarm.

„Na?“, fragte der andere. Hatte Bonnie aufgehoben und streichelte ihr das Köpfchen. Der Hund bleckte, wie in einer Mischung aus Knurrlaune und Lächeln, die Zähne.

Hintersteiger riss sich zusammen. Schob sich an Mann und Hund vorbei: „Ich kenn den Weg, danke.“ Und dass er mit dem Dechant unter vier Augen zu sprechen gedenke, während der fremde Herr Zeit habe, seine Identität nachzuweisen.

„Was willst?“, fragte der und stellte Bonnie wieder auf den Boden.

„Einen Ausweis will ich, den Pass, Passporta, verstehen?“

Und wieder fiel eine Tür laut ins Schloss, die zur geräumigen Küche, in der es einen Herd, eine Kredenz, einen Tisch, eine Eckbank und einen Herrgottswinkel gab, samt Jesu-Kreuz und dem Jesus einen vertrockneten Palmbuschen in den vorgewölbten Rücken gesteckt. Unter dem Genzl saß, mit einem Glas Wasser vor sich und einer Tablette in der Hand.

„Schau“, sagte er, das kleine runde Ding zwischen Zeigefinger und Daumen, betrachtete es selbst ganz genau. „Was nutzt einem das Beten, wenn man auf die Medizin vergisst?“ Verzog das Gesicht. „Weißt, Hintersteiger, mir graust vor dem Zeug, seit jeher. Lieber lass ich mir eine Spritze geben, bevor ich das schluck.“ Sagte er, steckte sich die Tablette in den Mund und. Nahm einen Schluck Wasser dazu und. Versuchte es wieder und. Noch einen Schluck Wasser und. Schob das Wasser von Backe zu Backe und.

Hintersteiger verlor die Geduld. Vergaß seine Zurückhaltung dem alten Dechant gegenüber, trat zum Tisch und hob Genzls Kinn an. „Schlucken“, befahl er streng. Genzl schluckte, nickte, dankte. „Sie müssen den Kopf nach hinten legen“, bekam er als Erklärung. Der Gendarm hatte sich hingesetzt. „So geht’s leichter.“

Dann wurde geredet. Gab es Frage und Antwort und Rückfrage und wieder Antwort und Zusicherung. Stieg die Ungeduld in der Pfarrhofküche. In der es warm war und nach Kaffee duftete, in der man besser saß als in der Wachstube, weswegen man nicht sofort zu einem Ergebnis kommen konnte.

Hintersteiger: „Ich trau ihm nicht, Herr Dechant.“

Genzl: „Ich trau ihm schon.“

Hintersteiger: „Das ist ein Fremder, wer weiß, woher.“

Genzl: „Ich kenn die Leut.“

Hintersteiger: „Und in welcher Absicht er hier ist.“

Genzl: „Na, ich werd ihn halt fragen.“

Hintersteiger: „Ich würd ihn lieber mitnehmen.“

Genzl: „Dafür gibt es keinen Anlass.“

Hintersteiger (seinen Trumpf hervorkramend): „Eine Anzeige wegen Störung der Totenruhe.“

Genzl: „Wer will ihn anzeigen?“

Hintersteiger: „Sie, Herr Dechant?“

Genzl spielte den Trumpf aus. Hatte er, Hintersteiger, vorhin nicht behauptet, es wäre „sein“ Friedhof, also der des Dechants? Und könne er, der Dechant, folglich nicht selbst entscheiden auf seinem Grund und Boden? „Was meinst?“, fragte er und beugte sich halb über den Tisch, legte gar die Faust drauf. „Falls also nicht von anderer Seite eine Anzeige kommt, und mit der anderen Seite meine ich die Toten selbst in ihren Gräbern. Falls sich keiner von denen beschwert, dann gibt es nichts zum Anzeigen.“ Und dass ein jeder Mensch lernen müsse, zu vertrauen, ja, auch auf Gott. „Von mir aus auch auf den“, donnerte Genzl, die Wangen färbten sich rot ein, die Zornesfalte wurde tiefer, „aber wichtiger ist der gesunde Menschenverstand, auf den sollst vertrauen, Hintersteiger, und darauf, dass dein Dechant einen solchen besitzt!"

Der Gendarm war mit dem Sessel vom Tisch weggerückt und machte den Mund zu. Verschloss darin das Argument der Grabschändung, weil die Laterne wird kaum allein von ihrem Sockel gesprungen sein, so viel hatte er feststellen können beim Warten auf den Fremden, als der seine Sachen zusammenklaubte.

Hintersteiger wusste, dass dem Dechant der Geduldsfaden leicht riss. Und er wusste auch, dass Genzl jede Aufregung vermeiden sollte: Das Herz war schwach. Alle wussten das, weshalb man sich zurückhielt im Umgang mit ihm, ihn schonte, sogar beim Beichten die schlimmsten Vergehen verschwieg, und bei jeder Predigt hoffte, er würde sich nicht in Rage reden. Und falls doch, falls seine Stimme stieg und den Kirchenraum füllte und abprallte und hin- und hergeworfen wurde zwischen dem alten Stein, dann betete man in den Reihen der Sünderinnen und Sünder: Herr, gib, dass er sich beruhigt, gib, dass ein Arzt da ist, gib, dass er heute seine Herztablette genommen hat.

„Gut", sagte Hintersteiger. „Ich bitte Sie nur, mich anzurufen, falls."

Genzl: „Falls was?" (Gepolter.)

Hintersteiger: „Falls Ihnen Zweifel kommen."

Genzl: „Wenn du meinst."

Hintersteiger: „Ich besorg dem Mann ein Zimmer."

Genzl: „Haben wir hier."

Hintersteiger: „Sie wollen ihn hier aufnehmen?"

Genzl schweigt. (Strenger Blick hinauf. Könnte auch das Kreuz im Herrgottswinkel gemeint gewesen sein.)

„Darf ich", Hintersteiger zögerte, „darf ich morgen nach dem Rechten sehen?"

Genzl seufzte, zog die Faust vom Tisch.

„Du darfst, mein Sohn“, antwortete er mild.

Sagte, lauter: „Komm herein.“

Hatte es geklopft?

Und fing Bonnie auf, die durch die sich öffnende Tür gewischt war und dem Dechant entgegenflog. Ihm, auf seinem Schoß thronend, das Kinn abschleckte und dazwischen dem Gendarmen ein Knurren zuwarf und dafür nicht gescholten wurde. Der andere, der Neue, der Fremde, der im Flur gewartet hatte, querte die Küche, setzte sich ohne zu fragen an den Tisch, auf die Bank. Musste den Tisch, um Platz zu haben, ein wenig verschieben, das Wasser im Glas schwankte. Es lag nicht daran, dass das ein mächtiger, massiver Mann war. Sah, bei Licht betrachtet, eher so aus, als wäre er das noch vor Kurzem gewesen. Schlotterte die Jacke an ihm, und die Hose war im Bund auch loser als nötig. Hintersteiger hatte genug hungrige Männer gesehen in seinem Leben und grad erst in jüngster Vergangenheit. Ein Krieg spült vieles aufs Land, was in den Städten gelebt hatte und lang nicht oder noch immer nicht heimkonnte, weil das Daheim zu weit weg war oder kein Daheim mehr.

„Hier, Polizist“, sagte der Fremde. Legte seine Papiere auf die braune Tischplatte. So, dass sich Hintersteiger bewegen musste, um sie zu greifen. „Bin ein Gendarm“, gab der zurück, nahm die Papiere an sich. Blätterte und las: „Dzomba.“

„Džomba, Herr Gendarm. So spricht man meinen Namen aus. Mit Dsch.“ Bonnie kletterte von Genzls Schoß und setzte sich neben den Gast. Ein solcher war er, ein Gast. Selten genug. Aus diesem Grund hatte auch der Tisch sich bewegt: Weil auf der Bank kaum je einer saß außer dem Dechant auf seiner Seite.

Besuch wurde in den anderen Räumen empfangen, in den offiziellen. Hier war das Private, und Dragan Džomba ein Rätsel, und Hintersteiger hatte keine Lust, es zu lösen.

Agnes

Der Gendarm ging am Schloss, diesem übergroßen Vierkanter, diesem Großbauern in Sonntagstracht, wie Genzl das Gebäude in einer vielbeachteten Predigt genannt hatte, vorbei Richtung Stadtplatz. Ging nicht unter den Bäumen, sondern blieb auf dem Weg, denn der Regen hatte nachgelassen, war nur mehr ein Rieseln, er nahm es kaum wahr. In der Tasche die Papiere von diesem *Dschomba*, hatte sie mitgenommen und wurde nicht nach dem Grund gefragt. Hatte gesagt: „Holst sie dir morgen ab." Und wurde genickt dazu, gleichmütig genickt, diese Gleichmut saß Hintersteiger im Magen.

Oder war's Hunger. Oder war's der Hund, der einem anderen folgte, als wär's immer so gewesen.

„Der Herr Gendarm." Jemand sprach ihn an, die Pfarrersköchin. Genzls Haushälterin, so war es ihr lieber. „Agnes", grüßte Hintersteiger. Was folgte, war ein kurzes Gespräch, kurz, weil die Frau ihn zur Eile drängte, man würde auf ihn warten, ein Haufen Männer, sie sei grad an der Gendarmerie vorbeigekommen, dort stünden sie und machten Lärm. Erzählten von einem Verrückten, der den Pfarrer bedroht hätte, und dass er wohl verhört werden würde und man den Frieden in der Stadt beschützen müsse und so weiter.

„Die Üblichen", sagte Agnes. „Sie glauben, du bist mit dem Fremden auf der Wachstube. Und jetzt sehe ich dich hier im Schlosspark." Agnes, eine große Frau, eher jung als alt, knüpfte sich das Kopftuch auf und faltete es neu. Feine Tropfen fingen sich in ihrem Haar und glänzten darin. Verschwanden unter dem Stoff, ein dichtgewebtes, grünes Tuch mit roten Blumen und Girlanden. Schön, dachte Hintersteiger. Beruhigte sich auch sein Magen, Agnes hatte so eine Wirkung. Auf jeden eine andere.

Und keine Sorge um den Dechant in ihrem Gesicht. In den grauen Augen. Die Bögen der Augenbrauen darüber recht fein. Die Nase und die Wangenknochen deutlich. Aber der Mund, der war das Beste an ihr. Volle Lippen und eine Eigenart, die den Unterschied machen konnte zwischen attraktiv und nicht. Auch darüber war man sich uneins, fand es anziehend oder aber sah diese Eigenart als einen Ausdruck einer Abschätzigkeit, als wolle die Frau die Leute der kleinen Stadt verhöhnen: Sie verzog beim Reden oder beim Lächeln die Oberlippe rechts nach oben. Der schiefe Mund der Agnes, die beim Dechant den Haushalt führte und die wenig erzählte von sich. Im Krieg aus Passau nach Eferding gekommen und geblieben. Hätte später wieder heimkönnen, wollte nicht. Warum, war ein Rätsel.

Sie nahm die Tasche in die andere Hand, eine große, braune Ledertasche mit kurzen Henkeln, oben offen, ein Topf war zu sehen. Hintersteiger fiel der Hunger wieder ein.

„Beim Dechant ist der Fremde. Ein Serbe."

Zog sich eine Braue hoch und die Lippe gleich mit.

„Beim Dechant?"

„In der Küche sitzen sie. Hast genug gekocht für zwei?"

Wanderte die Lippe noch ein winziges Stück. Hintersteiger sah es genau.

Agnes wohnte bei einer Witwe am Stadtrand und fuhr, wenn es nicht regnete, mit dem Fahrrad zur Arbeit. Kochte im Pfarrhof oder in der Küche der Witwe, die in Trauer war seit neun Jahren. Ihr Sohn, der hier vor Agnes stand, hatte sie eingestellt gegen Kost und Logis, damit sich jemand um die Mutter kümmerte. Die eigene Frau, die Stephan Hintersteiger geheiratet hatte, weil sie eine gute Partie zu werden versprach und er es den Eltern hatte recht machen wollen, besonders dem Vater, der gegen Kriegsende gefallen war, weil noch schnell die ganz Alten und die ganz Jungen geopfert werden mussten. Die eigene Frau, mit der er eine hastige, magere Hochzeit gefeiert hatte, der Vater schon in Uniform, die Mutter schon in Trauer: Diese Frau kam mit der Schwiegermutter nicht zurecht.

Mit deren Jammern und Greinen und dass ihr einzig der Sohn geblieben wäre und Hitler ihn ihr lassen hat, und dass der Vater hätte bleiben sollen, haben es andere auch geschafft, den Dienst zu verweigern und zu vermeiden. Zählte an den Fingern ab: dieser, jener und der und der und der. Lebten, waren fröhlich, gingen am Sonntag zum Frühschoppen. So einer hätte der Vater noch sein können, gute Jahre vor ihm, hätte eine Freude gehabt an den Enkelkindern. Zwei Mädchen und ein Bub, acht, fünf und drei, um diese Zeit schon im Pyjama, am anderen Ende der Stadt, in einer neuen Siedlung. Alles hatte Hintersteiger falsch gemacht, so empfand er. Sein Haus nicht neben das der Mutter gebaut, den Sohn nicht nach dem Vater benannt, sich nicht um eine Beförderung bemüht, das Auto zu teuer, die Schwiegertochter eine Enttäuschung, und nie, nie sprach er ein Gegenwort. Nie, nie sagte er: „Aber ihr habt sie gewollt."

Im Nieseln, im Schlosspark. Legte sich eine Hand leicht auf seinen Arm.

„Was hast du?"

Der Gendarm, in seiner Rolle zurück, schüttelte den Kopf. „Nichts." Streckte sich und lachte falsch. „War ein langer Tag. Geh zum Dechant, er ist auf dem Friedhof umgefallen." Unterbrach die Frage. „Schau, dass der Arzt kommt, er wird wieder drauf vergessen."

„Und der andere?"

„Der wird sich benehmen. Wenn nicht, dann ruf an. Aber ich glaub."

„Was?"

„Ich glaub, ich beeil mich besser."

Im Gartensaal des Schlosses wurde Licht gemacht, warfen die Kronleuchter neue Schatten in den Park. Vom Stadtplatz her näherte sich Lärm, und Stephan Hintersteiger beeilte sich.

Grab

Am Friedhof steht links und rechts hinter dem Torbogen je eine Bank. Dort sitzen, wenn es so heiß ist, dass alle jammern und im Schatten bleiben müssen. Aber im Frühling. Wo könnte das Grab vom Dechant sein? Wo fehlt in einem Blumenstrauß diese eine Margerite? Die nicht leiden soll, hat ein feuchtes Taschentuch um den Stängel gewickelt.

An Sonntagnachmittagen, an denen das Wetter *angenehm* ist, die Luft *gut*, sind viele Leute hier. Grabgängerinnen und Kerzerlanzünder. Nach den frisch eingesetzten Pflanzen sehen. Ob sie wurzeln.

Am Brunnen gibt man sich die blech-grauen Gießkannen in die Hand. Die Mutter hätte sicher einen Auftrag gehabt: „Kannst gleich gießen, wennst schon auf den Friedhof gehst." Nicht um ein Grab, sondern um zwei müssen wir uns kümmern: um das Zanzerl-Grab, in dem die Großeltern der Mutter liegen, die Urli-Oma ist erst vor ein paar Jahren gestorben. Und um das große Peschka-Grab direkt an der Friedhofsmauer, nicht weit entfernt von der Seitentür zur Bahnhofstraße. Ob sie sich öffnen lässt, diese kleine, alte Tür?

Und würden der Margerite neue Wurzeln wachsen, wenn man sie in die Erde steckt? Die Mutter zieht Ableger ihrer Oleander in Gurkengläsern. Die großen Pflanzen, die im Vorhaus in ihren Kübeln überwintern, sind in den Hof umgezogen. Teilen sich den Platz mit Tischen und Sesseln und Gästen.

Wie das wär, selbst in einem Glas zu stecken. Wachsen weiße Fäden aus den Fußsohlen, dann ins Grab gepflanzt, dort groß werden und austreiben und hinuntergreifen mit den Wurzeln zu den Särgen.

Die Stimme der Mutter, sie geht vom Brunnen Richtung Ausgang, neben ihr eine Frau. Über wen sprechen sie?

(Über die Jüngste, die Träumerin, den Frissnigl.) Die Mutter hält den Unkrautstecher in der Hand, sie hat Erde unter den Fingernägeln und einen grünen Daumen.

Schnell hinter einer Säule verstecken. Dort, wo Steinplatten die Gräber verschließen, wo der Grabschmuck ein Gruftschmuck ist. Die Eisenringe sind rostig, niemand kann von innen die Platten heben und verschieben.

Sobald die Mutter weg ist, ein schlichtes Grab mit einem frischen Blumenstrauß suchen, dem eine Margerite fehlt. Im rechten hinteren Eck des Friedhofs sind die seltsamsten Grabstätten, wild verwachsen, mit Gittern und Türchen. Dort sollte ein richtiger Dechant liegen. Dort liegt er nicht. Weiter. Gehen, schauen, nichts hören. Wirtskinder sollen grüßen. Von Wirtskindern wird das erwartet. (Es ist keine Absicht.)

Blumensträuße überall. Gekaufte mit Rosen. Getrocknete und aus Plastik ebenfalls. Von den Selbstgepflückten gibt es wenige.

Beim Brunnen das Taschentuch ins Wasser halten, die Margerite lässt den Kopf hängen. Dann zum Tor, zur Bank, die rechts vom Eingang steht.

Und seh etwas, was du nicht siehst. Es ist weiß und gelb und grün. Und liegt neben den Füßen und ist eine Margerite wie die im Taschentuch. Herr Dschomba war da. Er wird auch gern hier sitzen und sich ausruhen. Der Weg nach Eferding könne sich ziehen, wenn man nur ein klappriges Fahrrad hat. Hat er einmal zum Vater gesagt.

Die Blume kommt zu ihrer Schwester ins nasse Taschentuch. Sie sind sich ähnlich. Dass der Strauß von verschiedenen Wiesen kommen könnte, ist Unsinn. Sitzt man einmal auf dem Rad, steigt man nicht gleich wieder ab. Man pflückt einen Strauß, bindet ihn zusammen und *dann* fährt man dorthin, wo man hinwill.

Das haben wir im Gasthaus gelernt: Keinen Weg umsonst machen. Nie leer gehen. Den Salat zum Gast tragen und auf dem Weg zurück in die Küche beim anderen Gast den Teller wegräumen und fragen, ob es noch ein Getränk sein soll oder ein Kaffee.

Bank

Die beiden Margeriten stecken zwischen Löschblättern und sind dicke Bücher draufgelegt. Die Bücher gehören dem Bruder als *Erbe*. Es sind Bände eines Lexikons, zwei fehlen, weil heimlich aus dem Bruder-Zimmer geholt und die anderen so verschoben, dass er es nicht bemerkt. Den Bruder danach fragen? Er spielt Tennis, fährt Ski und ist vier Jahre älter. (Die Bücher des Bruders, der Fotoapparat der Schwester. Die Finger zurückhalten.)

Am nächsten Sonntagvormittag, eine Woche nach dem Fund der zweiten Blume, wieder auf der Friedhofsbank sitzen.

Es ist so: Wer Bauchschmerzen hat, kann nicht beim Frühschoppen helfen. Muss die Eltern glauben lassen, dass es nicht geht, aber doch geht, dass es kein Problem ist, allein zu bleiben für zwei, drei Stunden. Gelingt es, gibt es Kamillentee und Zwieback im Wohnzimmer im zweiten Stock, gibt es die Couch und den Fernseher und eine Wärmeflasche auf den Bauch. Wird, sobald es passt, die Schwester geschickt oder der Bruder, oder die Mutter selbst kommt, wenn sie sich losreißen kann. Wenn das G'schäft nachlässt. Um nachzusehen.

Um nach der kleinen Kranken zu sehen, die (so etwas noch nie gemacht hat), die (die Stiegen hinunterschleicht, dabei genau weiß, welche Stufe knarrt und welche nicht), die (mit Klopfhalsherz auf der letzten Stufe stehen bleibt und schaut und lauscht), die (mit den Schuhen in der Hand bloßfüßig über den kalten Steinboden an der offenen Küchentür vorbeischleicht in dem Moment, in dem der Vater in die Speis muss), die (in den Hof saust, in die Holzhütte saust, weil Onkel Franz bei der Hoftür steht, hereinkommt, vorbeigeht), die (sich beruhigt und raus und quer und über die Straße die Schuhe angezogen). Die statt im Bett oder auf der Couch zu liegen und Tee zu trinken, zu lesen oder fernzusehen, auf der rechten Friedhofsbank sitzt und wartet.

Auf Herrn Dschomba. Wiederholt sich der Sonntag mit Kirchgang und Wirtshaus für die einen. Wiederholt sich für ihn der Sonntag mit Blumenpflücken und Grabbesuch. Es muss so sein. Auch, dass er sich daran erinnert, wie viele Margeriten er gepflückt hat, daran, dass er eine davon der Enkeltochter vom alten Peschka geschenkt hat, und dass aber beim Nachzählen zwei Margeriten fehlten.

Hier bei der Bank war sie und ist gerettet worden, weil gepresst, und wenn er möchte, kann er sie haben, sobald sie richtig trocken ist. Verwelkt ist gestorben, aber gepresst ist ewig. Im Gebetsbuch liegt ein Vergissmeinnicht zwischen den Seiten, und das hat die Großmutter als kleines Mädchen hineingepresst, da hat's noch einen Kaiser gegeben, sagt sie, und dass sie den Kaiser gesehen hat und eine große, gold-verzierte Kutsche und Pferde mit weißen Federbüschen im Zaumzeug und alle in Festtagstracht, die Männer und die Frauen und schwere, rotglänzende Stoffe und Goldhauben und Mädchen mit Häubchen, und so eins zu haben wär schön, nur zum Ansehen, nicht zum Tragen.

Eine Wolke verdunkelt Licht und Himmel. Es ist Herr Dschomba, steht vor der Bank. Ihm ins Gesicht sehen ganz ohne Scheu. Wird gleich Scham draus werden und Verlegenheit.

Herr Dschomba, älter als der Vater, nicht so alt wie der Großvater, setzt sich auf die Bank und sagt: „Schönes Wetter heute."

Liegt der Mut gepresst im Kasten, zwischen den Seiten des Lexikons. Luft holen wollen und mit der Luft ein Wort aus dem Bauch, *Margerite* oder *Strauß* oder *Grab*. Stellt Herr Dschomba eine Frage ins Luftholen hinein.

„Wie bitte?"

„Ob es dir besser geht, Devojka."

Herr Dschomba, der Menschenberg, sitzt breit und lehnt sich zurück. Er hat eine Zigarette hinter dem Ohr, aber keinen Blumenstrauß in der Hand.

„Hast du Feuer?“, fragt er und deutet auf die Zigarette.

Kopfschütteln.

„Sicher nicht?“

Kopfschütteln.

„Nichtraucherin?“

Nicken. Und lächeln.

„Was mache ich dann mit der Zigarette?“

Herr Dschomba seufzt schwer.

Überlegen.

„Ich dachte“, fährt er fort, der Berg in seiner fleckigen Jacke, die Hände grob und sauber, der Geruch nach Wald und Moos, „ich dachte, ich setz mich hier ein wenig in die Sonne mit meiner Zigarette und ruh mich aus.“

Erhebt sich halb, klopft jede einzelne Tasche ab, hinten, vorne, innen, außen, Hose, Jacke.

„Ich hab die Streichhölzer vergessen. Magarac.“

Setzt sich. Dreht sich her.

„Sicher kein Feuer?“

Lachen seine Augen schon. Obwohl der Mund ernst bleibt. Lachen die Augen.

Aber es gibt eine Lösung. Links und rechts ist niemand. Vorsichtig aufstehen und sich ducken. Suchen, finden, eine brennende Grabkerze aus ihrer Laterne stehlen, die Flamme schützen, aufrecht zurück zur Bank kommen, auf das Heimliche vergessen.

„Bitte, Herr Dschomba.“ – „Devojka!“, ruft er, die Zigarette schon im Mund. Seine großen Handschüsseln umfassen die Hände samt Kerze und Flamme, beugt sich und knistert es und riecht es nach Tabak und verbranntem Papier, und gibt er Hände und Kerze und Flamme wieder frei. Zieht tief ein. Behält alles in sich einen Augenblick.

„Devojka“, wiederholt er, das Wort umspielt mit Rauch, „hvala, ich danke dir, meine Rettung.“ Sieht her, den Kopf zur Seite gelegt, sieht her wie auf etwas Nettes. Deutet mit dem Kinn in Richtung der Gräber. „Aber jetzt bring das Licht zurück, gut? Gehört nicht uns, gehört dem Herrn Verstorbenen, oder ist es eine Frau? Sag Danke, und pass auf, dass dir der Wind das Licht nicht stiehlt.“

Als müsste das gesagt werden. Sticht der Stolz beim Zurücktragen der Kerze. Friedhofswärterin, das wär ein Beruf. Wären die Gießkannen beim Brunnen immer in perfekter Ordnung, und wehe, jemand nähme eine mit nach Hause.

Und am Abend, wenn das Tor geschlossen wird, wäre man allein auf dem Friedhof. Abgesehen von den vielen Vögeln, ob er sie hört? (Die Frage stellen.) Herr Dschomba soll hinhören, kein Vergleich zum Abend, dann müsse er kommen und lauschen. Amseln und Spatzen und im Sommer die Schwalben und die Tauben und manchmal ein Kuckuck und Vögel, die Grünlinge heißen und Rotschwänzchen und Blaumeisen … und.

„Hast du Fasane hier auf deinem Friedhof?“

Hier nicht, aber schon oft einen gesehen. (Unterwegs mit der Linzer Lokalbahn, Hügel, Wälder, Felder, taumeln Federn durch die Luft, flattert es weiter in Hochschaubahnen. Die Mutter sagt: Der dumme Vogel!)

Herr Dschomba lacht. Klopft sich die Zigarettenasche in die hohle Hand. Auf *seinem* Friedhof in Deinham beobachte er sie oft, man muss ruhig sein, sonst laufen sie weg. Sagt der Mann, der Berg, der Schlot, der hier sicher nicht rauchen darf. Darf man rauchen auf einem Friedhof?

„Man darf sogar Schnaps trinken“, ist die Antwort, aber dass man teilen muss, ein paar Tropfen davon aufs Grab, das ist, als würde man

„Anstoßen?“

„Devojka, du bist ein kluges Mädchen für dein Alter. Anstoßen, ja, so ist es." Aber was er dann sagt. „Weißt du, wer mir die Zigarette geschenkt hat?" Hält sie zwischen Zeige- und Mittelfinger geklemmt. „Ist keine von meinen. Ich trag meine nicht hinter dem Ohr spazieren. Stell dir vor, von Deinham – weißt du, wo das ist? – bis hierher verlier ich sie, dann hab ich nichts davon. Schau." Zieht eine flache, silberne Dose aus der Tasche, öffnet sie, zeigt zwei Reihen dünner Zigaretten, fehlt keine. „Sind Selbstgedrehte, ist billiger." Steckt die Dose wieder ein.

Wissen, was kommt. Er hat die Zigarette vom Großvater. Es sagen wollen, aufzeigen, wie in der Schule, ich, ich, ich weiß es. Aber es nicht tun. Weil.

„Devojka, ich hab dich gefragt vorhin, ob es dir besser geht."

Weil deswegen.

„Ich hab deinen Großvater getroffen." Erzählt, als ob es um keine Verfehlung ginge. „Ich müsst nicht durch die Stadt, wenn ich hierherkomme. Aber ich weiß, dass der Franz am Sonntag immer den gleichen Weg nimmt von der Kirche ins Gasthaus. Und ich weiß, dass er oft ein Devojka bei sich hat. Manchmal die Schwester, manchmal dich."

„Oder den Bruder."

„Selten den Bruder. Der ist schon groß."

Eine Ablenkung überlegen. Jetzt von der Margerite erzählen, die verloren ging und gefunden wurde und gepresst liegt im Kasten. Aber nicht zu Wort kommen. Herr Dschomba besitzt ein silbernes Etui mit selbstgedrehten Zigaretten und einen eigenen Friedhof mit Fasanen.

„Ich frag deinen Großvater", sagt er, „was ist mit der Enkelin, haben sie dich heut ohne sie in die Kirche geschickt?" (Als würde sich der Großvater schicken lassen.) „Ich frag, ob das Kind noch beichten muss oder keine

Lust hatte, und frag nur so, weißt du, wie man dumm redet an einem schönen Tag, damit es was zum Reden gibt." (Die Gespräche zwischen Erwachsenen, die sich um nichts drehen und ewig dauern, endloses Herumstehen und Stillstehen, und das Atmen wird einem ganz schwer dabei.) „Hat aber der Franz ein ernstes Gesicht gemacht. Die Kleine ist krank, hat er gesagt, hat Bauchschmerzen, liegt im Bett." Zieht an der Zigarette. „Ich frag nach, ob er die ältere oder die jüngere Enkeltochter meint, er sagt: die jüngere."

Schaut her.

Schaut her.

Legt die Hand auf das Holz zwischen uns.

Beugt sich.

Sagt: „Also du. Du liegst nicht im Bett. Geht es dir besser?"

Nicht weinen wollen, aber das ernste Gesicht vom Großvater. Und die Schuld und die Familie hintergangen. Laufen die Tränen frei, und schluchzen, von wegen verloren und gefunden und Blume und Wiese und gepresst ist nicht verwelkt.

An der Seite Herrn Dschombas nach Hause, aber durch Garten und Hof. Stellt sich breit in den Eingang zur Küche, lenkt den Vater ab, der unbesorgt am Herd steht und rührt und fröhlich ist. Herr Dschomba muss nichts sagen, nur deuten, gibt ein Zeichen, jetzt.

Die Stufen knarren sehr wenig. Erster Stock, zweiter Stock, der Tee ist kalt, der Zwieback unberührt, das Bauchweh echt geworden.

Kern

Agnes sah zu, wie Hintersteiger sich entfernte, auf dem Weg blieb, beim Stadtplatz nach links abbog und sie ihn nicht mehr sah, aber hörte. Hörte das Gebrumm der Männer ansteigen, schob sich der Lärm durch den frühen Abend bis zu ihr und weiter. Über dem Geschrei die Stimme des Gendarmen, er konnte laut sein, wenn er wollte. War es selten, aber wenn, dann war einiges passiert, dann war ihm die Laus über die Leber gelaufen. So sei er als Bub schon gewesen, sagte seine Mutter. „Der Stephan war ein braver Bub, aber wenn ihm die Laus über die Leber gelaufen ist, wehe, wehe." Dann habe sein Vater (selig) den Gürtel aus dem Hosenbund gezogen.

Agnes stand und lauschte sich zurück in die andere Küche, in die vom Gendarmenhaus. Der Vater habe zwar eine strenge Hand gehabt, aber die Menschen gekannt. War einer bös, war er bös. War einer gut, war er gut. Hatte keinen Unterschied gemacht, weder auf der Straße noch daheim. „Nie!" Fuchtelte die Alte mit ihrem mageren Zeigefinger Agnes vor dem Gesicht herum. „Nie!" Wurden die wässrigen Augen noch nasser, Agnes wusste, was kommen würde. Der schmerzhafte Teil der Erzählung, wo dem Gerechten Unrecht widerfahren ist, weil bei einer Beförderung übergangen und in ein anderes Amt versetzt, eines ohne Personenverkehr und ohne Uniform.

Agnes fragte nicht nach, obwohl die Antwort Frau Hintersteiger deutlich auf der Zunge brannte. Die Antwort auf alle Fragen seit neun Jahren, dass er allein aus diesem Grund hätte eingezogen werden können; wär ihm nicht die Gendarmen-Uniform genommen worden, hätten sich die richtigen Leute für ihn eingesetzt, wär er noch am Leben. Hätt er sich nicht gewehrt gegen die neue Zeit. Wär er kriegswichtig gewesen für den zivilen Schutz der Heimatstadt. (Sagte sie, schmückte es aus, spann den Faden immer weiter.) Und bräucht ihr keine Fremde zur Hand gehen im eigenen Heim.

Agnes wusch weiter das Geschirr ab, trocknete die Teller, richtete den Topf mit dem Dechant-Essen. Hätte ihr die Alte ruhig helfen können, so gebrechlich war sie nicht. Hatte alle aus dem Haus gejagt. Bauerntöchter und Kleinhäusler-Frauen und Stadtmädchen, die ihr vom Sohn vorgestellt worden waren als Hilfe. „Hilfe!“, schrie die Alte. „Das sollen Hilfen gewesen sein, das waren Lasten. Konnten nix, taugten nix!“ Schrie die Alte, wenn sie auf die Depression vergaß. Die real war, die da war vierundzwanzig Stunden am Tag und sich manchmal zurückzog. Eine Katze, die auf dem Ofen schläft.

Es gab eine Katze im Gendarmenhaus, die sich an den Beinen rieb oder beim Fenster saß und hinauswollte. Starr saß, unbewegt, und hinauswollte. Bei der Tür lag, sich aufrichtete und den langen Körper dehnte, sobald die Tür aufging, und hinauswollte. Sie musste drinnenbleiben, unbedingt. Die Fenster im Erdgeschoss waren dünn vergittert, stand die Luft, auch wenn man sie öffnete. Die Gitter hatte der Sohn angebracht, weil die Katze, eine Freigängerin als Kätzchen, der einzige Trost der Mutter war. Würde die Murli überfahren werden, würde sich die Mutter vor einen Lastwagen oder den Zug werfen.

Agnes, im Schlosspark, die Tasche mit dem Essen schwer, das Geplärre der unzufriedenen Männer im Ohr, darüber deutlich Stephans Stimme. Agnes dachte: So gebrechlich ist sie nicht, die Mutter, als dass sie am Weg zum Bahnübergang scheitern würde. Vielleicht wenn man vergisst, die Tür zu schließen. Man könnte es vergessen.

Gebrechlich, zerbrechlich.

War ihr, der Gründlichen, Sorgfältigen, am ersten Tag ein Glas zerbrochen, beim Abwaschen, war vorher ein Haarriss zu sehen gewesen, hätte aussortiert werden sollen. So aber: Ist noch gut, wird verwendet. Tut seinen Dienst. Die Alte: Ist mein Glas, ich bin es gewohnt. Der Riss ist nur an der Oberfläche. Ist mein Glas seit Jahren.

Und zerbrach beim Abwasch, musste so sein, war zu erwarten gewesen. Zog sich ein Schnitt über die Handfläche, mit der Agnes der Witwe nicht ins Gesicht schlug, als diese ihre Depression vergaß und mit dem Stock aufzog und drohte und zeterte und keifte und keine Fremde haben wollte in ihrer Küche, keinen Trampel, der ihr das Liebste nimmt. (Die Katze versteckte sich in der Speis, auch dort ein Fenster, auch das vergittert seit jeher, wegen der Motten und Fliegen.)

Schlug ihr mit der blutigen Hand nicht ins Gesicht, aber nahm ihr den Stock weg, packte sie am Oberarm; die Blutflecken würden nie wieder aus der Bluse gehen, war zum Wegwerfen. Und sagte nichts, Agnes, die fremd war im fremden Haus und keine Lust mehr hatte auf Geschrei und Beschuldigung, aber auch keine, sich neu ein Heim zu suchen. Packte zu und hielt fest und schüttelte die Alte, grad so, dass die aufhörte und still wurde. Und sie duldete von dem Zeitpunkt an. Aber die Bluse ungewaschen in einen Sack steckte und im Kasten verbarg, bei den Stoffresten, den selbst genähten und nach dem Krieg wieder aufgetrennten Fahnen, die ihr der Mann verboten hatte aufzuhängen. (Hätte er nicht, wäre er.) War Gendarmenwitwe, sammelte Beweise.

Agnes hatte die Bauerntöchter und Kleinhäusler-Frauen und Stadtmädchen kennengelernt. Und von Gläsern mit Sprüngen gehört und Narben gesehen. Und die ihre nicht gezeigt.

Trug sie etwas lange in der rechten Hand, juckte der dünne weiße Strich und erinnerte sie. Wie jetzt, im Schlosspark, daran: dass ein Fremder bei Genzl saß, nicht im Arbeitszimmer, sondern in der Küche.

Strich sich den Mantel glatt und ging, hatte auch der Lärm vom Stadtplatz her aufgehört, einer zu sein. Dafür war der Regen wieder stärker geworden und ein Grund, sich zu beeilen. Galt für die Männer, die sich ihren Unmut über den verschwundenen Mörder, den sie dingfest hatten machen wollen, mit nach Hause nehmen konnten. Einpacken, aufheben für die bessere Gelegenheit. Oder mit ins Wirtshaus, zur Bestätigung, und um dem Zorn ein größeres Gewicht anzusaufen.

Galt für Agnes, die ihren Schirm im Pfarrhof vergessen hatte am Vortag, sich aber keinen von der Witwe ausleihen wollte. Nichts zu tun haben wollte mit deren Besitz, sich daher einen Hausstand im Kleinen angeschafft hatte. (Ein Suppenteller, ein flacher Teller, ein Holzbrett für die Jause, ein Glas, eine Tasse aus echtem Porzellan, drei Handtücher, zwei Garnituren Bettwäsche samt Tuchent und Polster.) Hatte für klare Verhältnisse gesorgt, wohnte für Kost und Logis gegen Haushaltsführung und Witwenpflege, war alles festgehalten vertraglich, in dreifacher Kopie, von Genzl als Instanz aufgesetzt und unterfertigt von Agnes Kern als Dienstnehmerin, Hermine Hintersteiger als Wohnungsgeberin und Stephan Hintersteiger als Zeugen.

Aber der Schirm. Groß und grau, feiner Stoff, aus dem Reich mitgebracht, aus Deutschland, hatte der eigenen Mutter gehört. Und war nicht dort, wo er sein sollte, im Pfarrhof, im Schirmständer hinter dem Eingang.

Ein zweiter Mantel hing neben dem vom Dechant. Agnes zog den ihren aus und hängte ihn so, dass er keinen der anderen Mäntel berührte. Nahm ihr Kopftuch ab und prüfte sich im Spiegel über der Truhe, dabei eher einen Blick in sich als auf sich werfend.

Bonnie winselte in der Küche. Und als Agnes vor den beiden Männern stand, mit ihren grauen Augen und der schweren Tasche, erhob sich der eine und blieb der andere sitzen. Rückte Dragan aufstehend den Tisch ein Stück weg und musste Genzl das Glas festhalten.

„Guten Abend", sagte Agnes. Betrachtete die beiden, stellte die Tasche auf die Anrichte und beruhigte den Hund, der an ihr hochsprang. „Gleich, Bonnie, gleich."

„Guten Abend", sagte auch Genzl. „Agnes, Sie sehen, wir haben einen Gast."

„Ich sehe es, natürlich."

„Er wird für ein, zwei Tage hierbleiben."

„Hat er Hunger?"

Sah ihm den Hunger an, aber auch die Zurückhaltung, und dass die Scheu keine war. Nahm die Hand, die er ihr entgegenstreckte, dieser Mann. Ein wenig gebückt war er, als wollte er sich kleiner machen, und Agnes dachte: Mich täuschst du nicht.

Drückte kurz diese Hand und spürte in der ihren die dünne Narbe brennen, und war ihr, als müsste der, wie hieß er, Unbekannte, dieses Brennen auch spüren, denn er zog die seine schnell zurück. Wenn ein Verbrannter auf eine Verbrannte trifft. Dachte Genzl.

„Agnes, geht es Ihnen gut?"

Der Dechant sah zwei Menschen vor sich, die etwas gemein hatten. Ein leichter Zweifel durchzog ihn, ob es richtig gewesen war, den Serben eingeladen zu haben.

Weg mit den dummen Gedanken. Wollte er sagen, sagte stattdessen: „Weg mit der Förmlichkeit. Frau Kern, liebe Agnes, das hier ist Herr Džomba, er war so freundlich, mir zu helfen."

„Dragan", sagte Dragan, ließ das Gebückte sein und richtete sich auf. War eine Handbreit größer als die Haushälterin, die ihn musterte. Ihn prüfte. Ihn hinauswerfen würde, wenn er durch die Musterung fiel. Nicht aus dem Pfarrhof, das stand ihr nicht zu. Aus ihrer Aufmerksamkeit.

Sie sah: Einen Mann, der mehr war, als er auf den ersten Blick zeigte, und weniger, als man ihm andichtete. Ein Mörder? Nein. Ein Verbrecher? Wer weiß. Nicht jung, nicht alt, abgemagerte Kraft, die würde wiederkommen. Agnes lächelte, dachte an das Essen im Topf. Hatte mehr gemacht als nötig. Nun war es nötig. Hatte ihr beim Kochen die alte Hintersteiger über die Schulter geschaut und gehöhnt, wo die Deutsche gelernt hätte, hauszuhalten. Beim Bund Deutscher Mädel? Ob sie für eine Kompanie koche? Ob der Dechant drei Tage dieses Zeug essen solle? Pah. *Dieses Zeug*.

Agnes lächelte ihr schiefes Lächeln und Dragan legte als Reaktion den Kopf schräg in Verwunderung, wie ein Hund, den man etwas fragt und der nicht sicher ist, was er antworten soll.

„Ob Herr Džomba hungrig ist?“, wiederholte Agnes die Frage.

„Dragan, bitte“, sagte Dragan erneut. Und nickte. „Ja, Herr Džomba ist hungrig.“ Lächelte seinerseits, bekam ein neues Gesicht. War Genzl nicht aufgefallen bisher; der Dechant wunderte sich, ob ihn der Mann einmal angelächelt hatte, und wenn ja, warum er es vergessen hat.

Es wurde geschäftig in der Pfarrhofküche. Stand der Topf auf dem Herd, um den Inhalt aufzuwärmen, wurden Teller ausgeteilt und Brot aufgeschnitten. Dragan half, ließ sich einweisen von Agnes, dort ist das Geschirr, da das große Messer und das Schneidbrett, hier die Servietten. Blieb nur der Dechant sitzen, damit er sich weiter erhole. Der Hund, nachdem er seine Schüssel leergefegt hatte („Polako, polako, mali psu! Langsam!“), leckte sich die kleine Schnauze und schlief ein, auf der Bank, unter dem Herrgottswinkel.

Beim Essen selbst wurde wenig gesprochen, aber zwei, drei Fragen gab es doch. Hat der Dechant den Hausarzt angerufen?

Nein, hat er nicht. Agnes wollte aufstehen und zum Telefon gehen, Genzl hielt sie zurück, weil: „Das hat Zeit. Lassen Sie uns erst den Kaffee trinken."

Das hätte der Dechant nicht sagen sollen, bereute es sofort, denn seine Haushälterin wurde streng. Verlor sich alles Schiefe aus ihrem Gesicht, alle Freundlichkeit. Schob den Teller weg, erhob sich, zog – hart – die Lade mit den Medikamenten auf und suchte darin die Herztabletten. Öffnete das braune Glas, schüttete den Inhalt in eine Schüssel, zählte nach. Überlegte, zog die Lade ganz heraus und fand in ihr verborgen ein Stofftäschchen, ein altes Brillenetui. Genzl rüstete sich. Aber da fing der Hund an, im Traum zu jagen, jaulte und trat mit seinen kurzen Beinen, als müsste er laufen, änderte sich das Jaulen, wurde gejagt seinerseits und schnappte in Angst nach der Hand seines Herrchens, das ihn beruhigen wollte. „Mistvieh", murmelte der Dechant und rieb sich den Finger, war nichts Schlimmes passiert, aber hatte Agnes durch die Ablenkung einen Vorsprung bekommen, der sich nicht einholen ließ.

Bonnie schlüpfte auf den Schoß des Serben, der sie leise in seiner Sprache schimpfte und sich nicht einmischte in den stumm ausgetragenen Streit. Agnes hatte den Inhalt des Brillenetuis auf den Tisch geleert. Fünfundzwanzig Tabletten, alle lädiert, weil im Mund von einer Wange zur anderen gewandert und wieder ausgespuckt. Genzl nickte. Eine zumindest schwamm ihm frisch im Blut, ohne Hintersteigers Hilfe, ohne dessen Griff ans Kinn würde auch sie vor ihm auf dem Tisch liegen.

Sah genau hin, der Dechant, sah fünfundzwanzig gescheiterte Versuche, morgen früh hätte er mit einer neuen Tablette den nächsten Anlauf genommen, hätte von sich aus den Kopf in den Nacken gelegt, was heute geholfen hatte. Hätte sich dabei Hintersteiger vorgestellt oder Rausam, den Hausarzt. Nein, dem fehlte es an Autorität.

„Morgen hätt ich es geschafft“, sagte Genzl, den Tablettenberg mit dem von Bonnie angezwickten Finger berührend. Nur hingestupst und aus.

Agnes schwieg, schüttelte den Kopf.

Ein Lachen kam von der anderen Tischseite: Der Fremde lachte. Dieser Dragan, der Friedhofstänzer, den man sich ins Haus geholt hatte, lachte und griff über den Tisch, klatschte dem Dechant auf die Schulter, lachte so sehr, dass dieser mitlachen musste, ohne zu wissen, warum. So sehr, dass der Hund begann, schwanzwedelnd herumzuspringen von einem zum anderen. So sehr, dass sich das Schiefe in Agnes' Gesicht wieder zeigte als Andeutung zumindest.

„Warum, Dechant, warum hast das gemacht? Warum hast die Ausgespuckten nicht weggeworfen?“, fragte er. Dragan wischte sich Tränen aus den Augen. Wollte sich etwas anderes ins Fröhliche mischen? Bilder, mitgenommen bis in diese Küche? (Schlug wieder eine Faust auf den Tisch, als gelte es, diese Bilder zu vertreiben.)

Genzl zuckte mit den Schultern. Begann zu erklären, er hätte sich jeden Tag erinnern wollen ans Scheitern. „Schau“, sagte er, „die sind alle in meinem Mund gewesen, hab's versucht, bei jeder Einzelnen, wenn ich eine schlucken konnte, war's ein Zufall.“ Verzog den Mund vor Ekel, so viele verzogene Münder in diesem Pfarrhof. Das Scheitern auf einem Taschentuch trocknen lassen, nicht übers Herz gebracht, es wegzuwerfen. Es sich vor Augen halten jeden Tag aufs Neue.

„Dechant, Dechant.“ Agnes füllte die Herztabletten aus der Schüssel zurück in das Glas, wischte die anderen vom Tisch direkt in den Mistkübel. „Ab jetzt gebe ich Ihnen Ihre Medizin.“

Und dass sie den Arzt anrufen werde, sofort. War schon im Flur. War schon im Arbeitszimmer, wo das Telefon stand.

„Dechant, Dechant.“ Dragan Džomba nahm eine Tablette aus dem Glas, legte sie auf den leeren Teller, zerdrückte sie mit dem Löffel: „Nimmst sie so. Mit ein wenig Wasser. Problem gelöst.“

Schirm

War es tatsächlich so einfach? Kommt ein Serbe in die Stadt und schafft das tägliche Scheitern ab mit einem Löffel und einem Glas Wasser?

„Freilich“, sagte der Arzt später im Schlafzimmer des Dechants, „mit dem Löffel zerdrücken. So geht's auch.“ Frau Kern hatte ihn über Genzls Zustand informiert und um einen Hausbesuch gebeten. „Der Agnes kann man keinen Wunsch verwehren“, sagte er und klopfte den Rücken seines Freundes ab. Untersuchte ihn gründlich, denn er fände die Vorstellung mühsam, sich an einen neuen Pfarrer gewöhnen zu müssen. „Jaja“, murrte dieser.

„Muss ein praktischer Mensch sein, dein Dragan“, sagte Rausam, zog Genzls Augenlider nach unten und betrachtete die gelblichen Augäpfel mit einer Erkenntnis, die er für sich behielt. Notierte im Kopf, bei Gelegenheit zu den Herztabletten auch etwas für die Leber zu verordnen. Schritt für Schritt, dachte er, soll sich erst an das eine Leiden gewöhnen, dann an das nächste.

„Heinrich, das hättest mir sagen können, dass man die Tabletten zerdrücken darf.“

Packte seine Sachen zurück in die Arzttasche, der Heinrich, dem der Anruf der Agnes zum rechten Zeitpunkt gekommen war. Man hört einiges, sitzt man mit der Frau im Wirtshaus und isst zu Abend.

„Herbert, hätte ich gewusst, dass du die Tabletten ausspuckst und sammelst, statt sie zu schlucken.“

Wenn man nach dem Essen gern ein wenig den Lärmmachern zuhören wollte, aber die Frau darauf drängte, heimzugehen, und man mit einem Ohr noch aufsammelte, was aufzusammeln war an Informationen über einen Verrückten am Friedhof und den alten Dechant, der ebenfalls verrückt sein musste, weil er allein und ohne Beistand sich einem fremden, nackten, tobenden Mann in den Weg stellte. Nackt?

Genzl knöpfte sich das Hemd zu. Sah aus, als wartete er.

Und dann hatte man bezahlt und war im Aufbruch, half der Frau in ihren Mantel und wurde, schon in der Tür, zurückgerufen von der Kellnerin: „Herr Doktor Rausam, ein Anruf für Sie!" Und blieb die Frau stehen zwischen Tür und Angel, und er zum Telefon. Lauschten alle im Gastzimmer, weil wenn der Herr Doktor zum Telefon gerufen wurde, musste es dringend sein. Musste ein Notfall vorliegen.

„Also bin ich heim, die Tasche holen, und hergeritten, durch Nacht und Wind, den Dechant retten."

„Jaja", wiederholte der. Wunderte sich, wann die Frage kommen würde.

„Sehe ihn vor meinem geistigen Auge auf dem Boden liegen, ein Notfall, das Atmen fällt ihm schwer, er streckt mir die Hände flehentlich entgegen." (Genzl seufzte.) „Und finde ihn wo? Im Flur, sitzt auf dem Sessel, munter, in bester Gesundheit, nur mit einem Pflaster um den Finger. Bonnie?"

„Bonnie."

„Wo ist der Teufel?"

„Agnes führt ihn äußerln."

„Dreimal um die Kirche?"

„So wie jeden Abend."

„Vielleicht, wenn du Weihwasser in die Hundeschüssel ..."

Genzl hob den verpflasterten Finger: „Aufpassen, Rausam. Auch Gedanken können Sünde sein."

Rausam nannte Genzl einen alten Sozi, der lieber schweigen solle, wenn es um Sünde ginge. Und ob er ihm nicht endlich ...

Jetzt, dachte der andere, jetzt wird er nach Džomba fragen, jetzt hält er es nimmer aus vor Neugier. Aber nein.

Ob er ihm nicht endlich ein Glas Wein anbieten möchte, am besten unten in der Küche, da könne man in Ruhe über die Gesundheit sprechen.

Ah, dachte Genzl. So ist das. Doch mehr als das Pflaster. Hat etwas in meinen Augen gesehen und glaubt, ich wüsste nicht, was kommt.

Der Körper als Gefäß der Seele. Cicero. *Solange der Kranke atmet, gibt es noch Hoffnung.* Ebenfalls Cicero. Erinnerte sich an ein Gespräch mit seinem Hausarzt. Der, klein, schlank und kaum grau in den Schläfen, hinter ihm ging mit einer Sorge, die er glaubte, nicht verbergen zu müssen, weil der Dechant mit der Stiege beschäftigt war. Stufe für Stufe. Stein für Stein. Genzl fragte, ohne sich umzudrehen: „Heinrich, wann haben wir uns über Cicero unterhalten?"

Das Gespräch damals im Arbeitszimmer, ernsthaft wie der Raum, dunkel vertäfelt. Ein großes, großes, ein schweres, schweres Kreuz mit dem Leidenden. Die Dornenkrone, die Wunde in der Seite, eiserne Nägel, aufgemaltes Blut. Hatte den Blick darauf vermieden, der Doktor, der Atheist war, der die Leidensdarstellung hasste, die nach oben verdrehten Augen, zum Licht, das von den Bergen kommt. Oder von wo auch immer.

Schnell vorbei an der Tür, hinter der das Kreuz im Schatten lauerte. Hinein in die Küche, die war freundlich und roch nach Essen.

„September", antwortete Rausam. „Ich weiß sogar das Datum. Am siebten September gegen fünfzehn Uhr haben wir uns mit Cicero die Zeit vertrieben."

Er hatte sich jedes Detail eingeprägt. Die Bilder an der Wand, das Schattenmuster der Fenster, die Bäume, die im Sturm ihre Äste gegen das Glas warfen. Wie sich der Boden anfühlte, auf dem Genzl lag und der Arzt saß, die schweißnasse Stirn des Geistlichen fühlend, den Puls fühlend, die

Leere des Raums. Des gesamten nämlich. Des gesamten verdammten Weltraums.

„Wir haben auf den Krankenwagen gewartet. Setz dich, Heinrich."

Gute zwei Monate war das erst her? Gläser auf den Tisch, eine Flasche Wein, etwas Wasser. Während der Dechant auf der Suche nach einem Korkenzieher in den Schubladen kramte, hatte der Arzt Gelegenheit, sich umzusehen; er hatte gehofft, der Fremde wäre da, hätte ihn sich gern vorstellen lassen, den halbnackten Verrückten.

War nur in Spuren vorhanden, dieser Mann. Man konnte der Küche eine Diagnose stellen, einen Tatort fixieren: drei benutzte Teller in der Abwasch. Der Tisch unüblich weit von der Bank weggerückt. Die Sitzpölster auf der selten benutzten Seite verrutscht. Rausam sah unter den Tisch. Drecksbrocken und Steine, wie sie manchmal im Profil der Schuhsohlen feststeckten. Unangenehm. Rausam schnupperte. Roch das Essen, roch darunter darüber dazwischen Herbes. Zog die Augenbrauen hoch. Hätte Parfümeur werden können, so fein war seine Nase. Bildete sich viel darauf ein. Schloss die Augen, versuchte es noch einmal. Tabak und etwas Grünes. Vielleicht Erde. Mit einem Hauch Moos. Beunruhigend.

„Trink", schlug Genzl vor. Holte sich den Mann zurück, der Arzt hatte werden müssen, wegen (so wie er Pfarrer) der Familientradition. Obwohl ein ferner Onkel im fernen Frankreich als Parfümeur reüssiert hatte. Auch davon hatte er am siebten September gesprochen, hatte erzählt und geredet, um sich den Dechant am Leben zu erhalten, bis der Gewittersturm vorübergezogen war und der Wagen kam mit seinem Signalhorn.

War ein Klang gewesen. Der Wind, noch stark, hatte den Klang durch die Stadt getragen, auf dass ein jeder und eine jede erfahren sollte: Hier wird einer ins Krankenhaus gebracht. Und öffneten sich Fenster, und schauten die Bürgerinnen und Bürger in Richtung Pfarrhof, und gab es einige darunter, die ein Kreuz schlugen und/oder ein Gebet murmelten.

Die beiden Männer wussten nichts zu sagen. Saßen, hingen den Bildern nach, schoben die Brösel auf dem Tisch zu Häufchen, tranken Wein. Schwiegen. Keiner wollte den Anfang machen. Übers Kranksein reden, über den hinfälligen Körper des sturen Dechants. Kam schon ein wenig Wut auf in Rausam, wenn er das bedachte. Dass er Herbert Genzl hatte versprechen müssen: „Kein Sterbenswort über meinen Zustand. Zu niemandem." In die Hand hinein musste er es schwören. Auf seine Ehre, auf die Freundschaft, auf. Ein Streit war daraus entstanden, einer der sanften Sorte. Einer, der den schwer Herzkranken schonte.

Ob er noch nie etwas von ärztlicher Schweigepflicht gehört hätte? Ob er ihn für einen Trottel halte, der sich am Stadtplatz zu den Tratschweibern – „Du weißt schon, welche Männer ich mein." – stelle und über seine Patienten rede? Ha? Genzl, matt, schwach, streitlustig, funkelnd, hatte erwidert: „Ich kenn die Leut, ich kenn das Gerede, da brauchst du gar nichts sagen. Nur zögern bei einer Frage. Interpretation, Spekulation."

Hatten sich beide aufgeregt im Rahmen ihrer Möglichkeiten und dann geeinigt auf diese Strategie: Man werfe dem Volk einen Knochen hin. Man erzähle, der geschätzte Herr Dechant habe es ein wenig mit dem Herzen. Für sein Alter nicht ungewöhnlich. Er trage sein Leiden gelassen, denn solange er sich nicht über die Maßen ärgern müsse und brav seine Herztabletten schlucke, wäre alles unter Kontrolle.

Von den heimlichen Spritzen, den regelmäßigen Untersuchungen, von den diätischen Maßnahmen und so weiter.

Davon wussten lediglich drei Menschen: Genzl, Rausam und Agnes Kern.

Gerade wollte Genzl Rausam erzählen, dass die schweren Vergehen bei der Beichte deutlich zurückgegangen waren seit dem siebten September. Dass er, würde er das Beichtgeheimnis brechen wollen, einzig von langweiligen Nichtigkeiten berichten könnte. Da hörte man vom Flur her die Haustür ins Schloss fallen und gleich darauf das kleine Knurren, dann ging die Küchentür auf und zog Rausam die Gliedmaßen an den Körper, um dem Hund keine Bissfläche anzubieten. Entspannte sich: Bonnie war an der Leine und Agnes hielt die Leine fest in der Hand, denn sie wusste Bescheid. Wenn Bonnie knurrte, war Besuch im Haus. „Ich sperr den Hund weg, Herr Doktor."

Saß bald mit am Tisch, lächelte schief, und Rausam staunte wegen der momentanen Schönheit. Das nasse Kopftuch hing zum Trocknen über dem Ofen. Die drei Menschen unterhielten sich über die Folgen der Tablettenverweigerung, über das Pulverisieren, über die Notwendigkeit, sich beim Wein zurückzuhalten, über regelmäßige Bewegung, über einen längst fälligen Kuraufenthalt.

„Nein."

Sprach Genzl.

Also nein.

Und schwieg es wieder in der Küche.

Hörte man den Hund weinen.

Und im Ofenrohr das Feuer fauchen.

Irgendwo knackte immer ein Holz.

Und trommelte der mittlerweile starke, beständige Regen.

Sodass man aus dem Fenster sehen wollte.

Aus dem man nur den Abend sah, der einem wie Nacht vorkam.

Durch die man nach Hause musste über kurz oder lang.

Ein Grund, das Schweigen zu brechen.

„Sagen Sie, Frau Kern", begann Rausam, „sind Sie ohne Schirm unterwegs?" Er deutete auf das Kopftuch. „Bei diesem Wetter?"

Genzl kam Agnes zuvor: „Daran bin ich schuld. Mea culpa." Er habe sich den Schirm, groß und grau und Eigentum seiner Haushälterin, ausgeborgt, als er von Hintersteiger und Hintersteiger, Gendarm und Bestatter, zum Friedhof geholt worden war.

„Und dort vergessen?"

„Leider."

„Ein schöner Schirm?"

„Mein Schirm vor allem", sagte Agnes, und dass der neue Pfarrhof-Gast, Dragan Džomba, ihn suchen würde. Sofort hätte er das angeboten, als der Dechant beim Essen den Verlust gestanden hatte und er (dachte Genzl) die Bestürzung im Blick der Frau bemerkt hatte. War aufgebrochen, und als er weg war, überlegte man in der Pfarrhofküche: Würde er den Weg finden?

Findet er, der noch nie in der Stadt war, den Weg zurück zur seitlichen Eingangstür des Friedhofs? Hatte sich nicht aufhalten lassen. Džomba war aufgestanden und gegangen. War keiner, den man aufhielt. Dem man sagte: Hören Sie, guter Mann, es ist dunkel, es ist nass, Sie wissen den Weg nicht, der Schirm wird, es ist anzunehmen, fort sein.

„Ein schöner Schirm war das", sagte der Dechant, hatte dabei das Rissgeräusch deutlich im Ohr. Spürte den Stoff durch seine Ungeschicktheit reißen ein zweites Mal. „Ein großer Schirm", ergänzte er, weil breiter als die Seitentür des Friedhofs, was er verschwieg. Wäre besser, wenn Džomba ihn nicht findet, dachte der Dechant.

Schämte sich für den Gedanken, aber Scham vergeht, verweht.

„Wieso war? Es *ist* ein schöner Schirm", warf Agnes ein, bemüht, sich nicht anmerken zu lassen, was ihr das Erbstück bedeutete, wusste auch keiner, dass die Mutter. In Passau. Als. (Kamen Tränen? Konnte man aufstehen und so tun, dass der Abwasch erledigt werden müsse oder ein Scheit nachgelegt oder. Konnte man sich verstohlen die Augen wischen.)

Man konnte aufstehen und sich wegdrehen vom Tisch, wo die Männer saßen und ihr unbedingt nachsehen mussten, wie sie es immer taten. Man konnte vorgeben, es müsste der Abwasch erledigt werden oder ein Scheit nachgelegt. Und sich dann, als wäre einem eine Wimper ins Auge geflogen oder ein Staubkorn, ins Gesicht greifen, abgewandt, mit einem Tuch am besten. Wenn aber genau in diesem Augenblick sich die Tür öffnete (diese Tür!) und einen der Fremde anschaute, direkt, war knapp eine Handbreit größer, schaute also direkt. Und musste folglich das Nasse bemerken. Und bemerkte auch das Abgewandte. Und nickte nur. (Dachte Agnes, als all dies so geschehen war.)

„Der Schirm“, sagte Dragan Džomba, zeigte ihn. Fragte Agnes: „Ist das dein Schirm?“

Sprach sie mit Du an, was Rausam erstaunte, hatte niemand die Pfarrersköchin gleich mit Du angesprochen, erst recht nicht, als sie neu gewesen war in der Stadt, und – erst recht nicht! – als sie auf „Haushälterin“ bestanden hatte und der Dechant einverstanden gewesen war mit der Berufsbezeichnung. War sich zu gut, um eine Pfarrersköchin zu sein, hieß es. Hatte sich auf ein hohes Ross gesetzt, die Agnes Kern. Die Zugereiste, keine Hiesige, unzugänglich. Nannten die Leute sie „die Madame“, aber gab es auch solche, die ihr von Anfang an gewogen waren und ihr den Titel vergönnten. Soll sie eine Haushälterin sein, vielleicht ist das üblich bei ihr daheim.

Vielleicht gibt es dort, wo sie herkommt, keine Pfarrersköchinnen.

Wunderte man sich? Nein. Man freute sich über den Zeitvertreib, der mit dem Reden und Leut-Ausrichten einhergeht.

Abfuhr

Agnes Kern und Dragan Džomba standen sich in der Pfarrhofküche gegenüber. Agnes wischte sich mit den Fingerspitzen das Feuchte aus den Augenwinkeln, fuhr mit dem Handrücken über die Nase. Der Schirm, der ihr von Dragan entgegengehalten wurde, war grau, groß und kaputt. Das Drahtgestell zerknickt und verbogen, sah aus wie unter die Räder gekommen. Unter viele Räder, Lastwagen, Autos, mag auch jemand darauf herumgestiegen sein. Der feine Stoff hing in Fetzen.

„Ist er das, ist das dein Schirm?“ Dragan drehte ihn vorsichtig in seinen Händen. Agnes schüttelte den Kopf, sagte aber: „Ja.“ Und: „Ich danke Ihnen.“ Nahm ihn jedoch nicht. Nahm auch das Du-Wort nicht. Hatte die Hände ineinandergelegt, war, als wäre ihr etwas Gerades, Steifes in den Rücken getrieben worden. Ließ den Serben stehen mit dem Schirm. Ins Eck solle er ihn stellen, wollte sie. Oder im Flur irgendwohin legen, sie würde ihn später wegwerfen.

„Es ist bloß ein Schirm“, sagte Agnes, und ihre Stimme war fest. Schnitt dem Dechant damit das Wort ab, bevor er den Mund aufmachen konnte. Bevor er sagen konnte, dass es ihm leid tue, dass er den Schaden ersetzen werde, dass sie sich einen neuen kaufen könne auf seine Rechnung. Hätte er all das gesagt, hätte Rausam zustimmend genickt und erzählt, er habe in der Schmiedstraße in der Wessely-Auslage einen karierten gesehen, genau in den Farben ihres Tuches, und dass ihr ein bunter Schirm ohnehin besser stehen würde als ein grauer. „Jung, wie Sie sind, Frau Agnes“, hätte er sagen können. Der Arzt galt als harmloser Charmeur, glücklich und gut verheiratet. Er durfte so reden. Es wurde von ihm erwartet.

„Oder?“, fragte er den Dechant. „Sicher“, antwortete Genzl, ohne zu wissen, was Rausam meinte.

Drei schwarze Schirme besaß der Dechant, zwei davon verstaut in der Eferdinger Bauerntruhe, die wuchtig den Flur beherrschte und die man, wollte man sie öffnen, abräumen musste. Stand eine bauchige Vase mit falschen Blumen darauf. (Auch diese aus feinem Stoff, war keine graue unter den Seidenblüten.) Lagen Zeitungen daneben, in einer Schüssel Äpfel. In der Truhe unter anderem die beiden schwarzen Schirme, neu, zusammengerollt und nicht vergessen. Aber wo war der dritte? Der, den er verwendete, „aufbrauchte", wie er sagte. Den er hatte mehrmals flicken lassen.

„Es ist nur ein Schirm", wiederholte Agnes, die dem Dechant hinter die Stirn sah.

Wusste keiner der drei Männer in der Pfarrhofküche von der Bedeutung des Regenschirms für Agnes Kern, auch der Fremde nicht.

Solchen Fremden werden oft neue Eigenschaften angedichtet. Sie kommen in ein Dorf oder eine Stadt, stolpern in die Einheit derjenigen, die sich per Geburtsrecht Einheimische nennen. Sind umgeben von einem Rätsel, und die Auflösung desselben ist das Abenteuer. (Dachte Rausam.)

Dachte Rausam und sah gleichzeitig, dass dieser Mensch hier, der einen kaputten Schirm in den Händen drehte und wendete, und den er noch nie gesehen hatte in seinem Leben und daher aus beruflicher Gewohnheit mit diagnostischer Neugier musterte: dass dieser Mensch sein Abenteuer hinter sich gelassen hatte. Es würden sich keine Sagen um ihn bilden und alle Gerüchte sich zerstreuen (im Wind zerstäuben) innerhalb der kommenden drei Monate. Er würde sich einordnen, dieser weder junge noch alte Mann, in die Reihe der anderen Männer, die sich bei einem Bauern verdingen oder kurz Unruhe stiften und weiterziehen.

Wäre da nicht, jetzt fiel es ihm ein, die Sache mit dem Friedhof. Und dem Wahn. „Stimmt es", fragte er und fragte es frei heraus, „dass Sie sich auf dem Friedhof Ihrer Kleidung entledigt haben und nackt zwischen Gräbern herumgetanzt sind? Nackt und singend?“

Die Frage war wuchtig. Weil, es war eine Frau im Raum. Und es dem Dechant, so natürlich er umging mit der Welt, unangenehm, vor Agnes dieses Bild entstehen zu lassen. Es ist etwas anderes, wird in Abwesenheit von einer Person über deren Nacktheit gesprochen oder in ihrer Präsenz. In der die Person nur angesehen werden muss, mit Haltung und Bewegung und Hüften und Schultern, mit diesem losen Gewand um den Körper und dem offenen Hemdkragen. Lässt sich alles weiterdenken, zusammensetzen. Dann steht ein nackter Mann vor einer Frau, von der man nicht weiß, wie ihr das tut.

Genzl sagte daher: „Jetzt ist er doch angezogen, Rausam, und das war er nie.“

„Was war er nie?“

Drei Augenpaare auf Genzl gerichtet, dem sich eine Faust ballen wollte, der dieser Regung widerstand.

„Ohne Kleidung war er nie.“

„Warum dann …“

„Unangemessen angezogen war er nie.“

Sah dabei Agnes an, bemerkte keine Veränderung an ihr, auch keine am Serben, nur dem Arzt war etwas Listiges ins Gesicht geschlüpft. „Verstehe“, sagte er. Und: „Gerüchte halt.“ Dass man nicht alles glauben müsse, was im Wirtshaus erzählt wird. Hätte sich gewundert.

Dragan aber, dieser Mensch, der in die Stadt gekommen war nicht ohne Grund, der, um etwas zu tun zu haben, die Kränze in der Aufbahrungshalle gerichtet hatte, die Schleifen geordnet, die Kerzen in die Halter gesteckt.

Dragan aber, der sich nicht annäherte, sondern da war. Sagte nichts. Glättete den Schirm, so gut es ging. Rollte den zerfetzten Stoff um die kaputten Verstrebungen, um das fragile, zerbrochene Gerippe. Bat um einen Faden: „Gibt es etwas zum Binden?“ Fragte er Agnes, das Du-Wort bewusst oder unabsichtlich vermeidend. Schnitt ihm diese ein Stück Spagat ab, den Dragan um den Schirm wickelte. „Falls er doch einmal hergerichtet werden soll.“ Er lehnte ihn neben die Bank, auf die er sich setzte, den Tisch erneut verschiebend. Wo er hinkam, blieb nichts in alter Ordnung. Würde er sich jetzt erklären?

Agnes wusste nicht, heimgehen, dableiben. Sie sah zum Fenster, darin ihr eigenes Spiegelbild im Rahmen der Küche. Draußen und drinnen war es still, Wind und Regen hatten aufgehört, das Glockenläuten hatte eine volle Stunde angezeigt und war verklungen. Der Hund, vereinsamt, beleidigt, begann zu jaulen.

„Ich hol ihn“, sagte Agnes. Bonnie, freigelassen, schenkte Rausam ein Knurren, beachtete ihn nicht weiter, sprang auf die Bank und tanzte zwischen Genzl und Džomba hin und her.

Dachboden

Unser Dachboden ist riesig. Gebälk und Lichtsprünge und hohe, rote Mauern, in die dunkle Zeichen eingeprägt sind, wo ein Haken gewesen sein muss oder ein Vorsprung oder ein schadhafter Ziegelstein. In den Dachboden hinein ist unsere Wohnung gebaut und füllt ihn nicht aus. Würde eine zweite Wohnung hineinpassen. Der Dachstuhl wurde, so erzählt der Vater, angehoben, denn vorher waren da, wo heute Wohnzimmer, das Schlafzimmer der Eltern und unser Kinderzimmer sind, drei so niedrige Räume, dass er an die Decke greifen konnte.

In dieser Dämmerung über eine hölzerne Leiter (abgetreten, abgegriffen, völlig glatt) unserer Wohnung auf den Kopf steigen. Dort durch die kleinen Fensterluken hinaussehen und vorsichtig hinausklettern sogar. Heimlich sich in der Wiege der Dächer wiegen, im Dachziegelrot, im Sommer, im Hitzedunst und darüber nur Blau.

Ein, zwei, drei Mal. Still hinausgestiegen und mutig gewesen. Und die Handflächen aufs Nachbarhaus gelegt, das sich an unseres schmiegt. So frei sein, das alles zu berühren. Und es niemandem erzählen können, weil verboten.

Es muss jemanden geben, dem man ein Geheimnis erzählen kann. Herr Dschomba hat nichts verraten vor ein paar Wochen. Sondern den Vater abgelenkt.

Dragan Dschomba. Wie schreibt man den Namen? Mit Sch? „Das ist falsch", sagt die Großmutter. Fragt, warum das wichtig sei. Ihr Kinn verschwindet manchmal fast, weil sie im Unterkiefer keine Zähne hat. Aber kaut alles! Auch das Harte. Hat ein Zahnfleisch wie andere ein Messer, sagt der Großvater.

Warum das wichtig sei? Weil mit der Schwester darüber gestritten. Sie meint, die schreiben anders in Jugoslawien. Und von dort käme er ja. „Aha", sagt die Großmutter.

Gleich nachfragen, ob das stimme, was der Bruder behauptet, nämlich dass Herr Dschomba auf einem Friedhof wohne. Er will das selbst gesehen haben. Aber nun. Der Bruder glaubt, er weiß alles, weil er älter ist. Weil er mit dem Fahrrad schon überall war.

Die Großmutter, das Kinn auf und ab. Worauf kaut sie herum? „Fragst ihn halt selbst, wo er wohnt. Bist ja sonst nicht so g'schreckt."

Das serbische Sch aber ist ein Z mit einem umgekehrten Dach drauf. „Schau", sagt die Großmutter, die zwar nicht auf Serbisch, aber auf Italienisch zählen kann. Uno, due, tre. Sie weiß trotzdem, wie man den Namen richtig schreibt. So? Nein, nein, das ist falsch. Ein V, ein Vogel sitzt auf dem Z. „So kannst du es dir besser merken." Sie malt den Buchstaben auf ihren Oberschenkel, auf den gemusterten Stoff ihres Kleides. Ein Vogel auf einem Z. Ein Vogel auf einem Zelt. Auf einem Zirkuszelt. So?

Auf der Stufe vor der Dachbodentür sitzen, einen Brief schreiben. Die Schrift ist schlimm, das sagen alle. Tintenflecken, kein gerader Seitenrand, die Zeilen wandern nach rechts, und Fehler, und durchgestrichen und darüber neu. Merh, bie statt die, put statt gut.

Das Briefpapier ist hübsch und war ein Geschenk. Eine Mappe mit gemusterten Kuverts und freien Feldern darauf für die Adresse. „Ich weiß, wie man Džomba schreibt. Mit einem Vogel auf dem Z. Meine Großmutter hat es mir gezeigt. Wohnen Sie wirklich auf einem Friedhof? Mein Bruder sagt das. Bei uns kann man aufs Dach steigen."

Auf der Stufe vor der Dachbodentür sitzen und nachdenken. Rechts geht es ins Kinderzimmer, das keine Fenster nach draußen hat. Nur in das Stiegenhaus eines und eines in den Dachboden, das ist schlimm, weil dahinter in der Nacht, wer weiß. Es hat undurchsichtiges, gelbes, dickes Glas. Was, wenn jemand daran klopft?

Die Schwester liegt im unteren Bett und fürchtet sich nie. Muss das nie machen, um ruhig einschlafen zu können: durch den zweiten Stock gehen, durch die unters Dach gebaute Wohnung, um die Geister zu bannen. Ist die Dachbodentür zugesperrt? Steht jemand im Verschlag, der zum Kamin führt? (In der Früh, der Rauchfangkehrer rasselt durchs Haus.) Liegt jemand in der Badewanne, hinter dem Sofa, unter dem Bett der Eltern? Versteckt sich hinter dem großen Spiegel oder im Kasten im Kinderzimmer? Im Wohnzimmer vorbei am Jesusbild, ein Gesicht mit Dornen darüber und verschatteten Augen, die einen ansehen, egal, wo man steht. Ist das Dachbodenfenster fest verschlossen?

Aber das Fenster zum Stiegenhaus ist ein Glück. (Die Eltern unten in Gastzimmer und Küche, das Schlafengehen schaffen wir allein.) Absichtlich vergessen, das Licht im Stiegenhaus abzudrehen. Den Vorhang einen Spalt zur Seite schieben und lesen, bis der Vater kommt.

„Lieber Herr Džomba, gibt es in Jugoslawien Stiegen aus Holz? Und knarren die auch so wie unsere?"

Wenn wir Glück haben, hören wir den Vater, bevor er im ersten Stock ist. Aus dem Bett klettern und hinaus und Licht aus und im Dunkeln husch husch.

„Herr Džomba, bald mach ich die Fahrradprüfung. Dann besuche ich Sie auf Ihrem Friedhof."

Der Brief mit dem Vogel über dem Z, dem umgekehrten Dach, kommt in den Kasten zu den dicken Lexikonbänden, zwischen deren Seiten zwei Margeriten gepresst werden. Ein wenig brauchen sie noch, dann sind sie fertig.

Kreuz

Was war: eine Küche voller Menschen, ein kaputter Schirm. Ein Tisch war, eine Eckbank, ein Ofen, ein Herrgottswinkel. Zu dem Agnes, nach wie vor stehend vor den sitzenden Männern, hinsah, immer wieder hinsehen musste, immer wieder den Blick wegzwingen musste von diesem gequälten Körper mit dem Lanzenstich in der Seite und dem auf die Brust gesunkenen Kopf. War sie allein, warf sie ein Geschirrtuch über das geschnitzte Leid und entfernte das Tuch wieder, sobald sich jemand hören ließ im Flur.

Im Gendarmenhaus gab es Kreuze genug. Auch in ihrem Zimmer hing eines an der Wand. Hatte gehangen. Erste Handlung, vor den Augen der alten Witwe: Das Kreuz abzunehmen, es – ohne den Staub zu entfernen – in Zeitungspapier zu wickeln und in einer Schublade zu verstauen. Die Witwe, die Gendarmenmutter, um die Agnes sich zu kümmern hatte, schlug ein Kreuzzeichen und murmelte Böses. Tat, als ob sie sich ängstigen würde vor der Frau, die ihr der Sohn ins Haus gebracht hatte. Schrumpfte zusammen. Ein Insekt, auf das ein Droh-Schatten fällt. Sollte diese Agnes eine Ungläubige sein, oder schlimmer, eine Evangelische? Na warte, Stephan würde sie hinauswerfen, wenn sie ihm davon erzählte, dafür wollte sie sorgen. Spinnenfinger, papierdünne Wangenhaut, die Füße zwei Stecken, das Alter in Person. „Bei uns“, hatte sie gesagt, „hängt in jedem Zimmer ein Kreuz.“ Und Agnes darauf heftig die Schublade aufziehend, das Kreuz packend, dessen Arme sich im festen Griff durch das Papier rissen, es der Alten vor die Nase haltend, und weil diese zurückzuckte, die Hand an den Leib gepresst, diese Hand nehmend, ihr das Kreuz hineindrückend: „Hier.“ Sagte Agnes. Und dass es im Badezimmer noch keines gäbe. Dort könne sie es aufhängen. In ihrem Zimmer sei kein Platz dafür.

In der Pfarrhofküche saßen die Männer unter dem Herrgottswinkel und stand Agnes davor. „Wo schläft denn nun unser Gast?“, fragte die Haushälterin. „Bleibt er hier über Nacht?“

Jetzt, dachte Rausam, wäre es höflich, wenn der Mann abwehren würde, dieser Dragan. Wenn er die Hände heben und beteuern würde, die Gastfreundschaft nicht ausreizen zu wollen, danke für das Essen, mehr könne er nicht annehmen. Der Arzt wettete mit sich selbst, mit dem Menschenkenner, der er zu sein glaubte: Der rührt sich nicht. Täuschte sich manchmal und manchmal behielt er recht. Hatte der Fremde genickt? Gut, sie werden sich bereits unterhalten und der Dechant eine Einladung ausgesprochen haben, dennoch wäre es unangebracht, diese einfach zu akzeptieren. Ein Anheben der Schultern, eine Andeutung von „Ich weiß es nicht, möchte gerne, aber die Umstände …“.

Rausam beobachtete Džomba genau. Der sah ihm kurz in die Augen, dann zum Dechant, dann zu Agnes, und antwortete schließlich: „Ja.“ Räusperte sich.

„Wenn es keine Umstände macht.“ Das hat nicht Džomba gesagt, das war Rausam rausgerutscht in seiner Erwartung, in seiner Verwirrung. Rettete sich: „ … würde ich um einen Schluck Cognac bitten.“ Klopfte sacht auf seinen Bauch, verzog das Gesicht, das Abendessen sei zu schwer gewesen, und bevor er sich auf den Heimweg mache.

Der Cognac wurde nicht in der Küche aufbewahrt, sondern im Arbeitszimmer des Dechants, in dem er Besuch empfing, etwa Paare zur Brautlehre vor der Hochzeit. In einem von dunklen Ölgemälden flankierten Kirschholz-Kasten befanden sich mehrere Flaschen mit Spirituosen. Weinbrände und Liköre, Scharfes und Mildes, Selbstgebranntes und -angesetztes, auch aus dem Pfarrhofgarten, sowie eine Kiste mit Zigarren, die zu trocken waren. Die schwach dufteten, sobald man den Kasten öffnete. Dem der Schlüssel im Schloss steckte und stecken musste, da er sich weder umdrehen noch rausziehen ließ, sich gegen das Sperren sperrte. Agnes Kern wehrte nicht ab, bat nicht um „nur einen kleinen Schluck“, entschied sich nicht für den Nusslikör, kein Zieren ihrerseits. Der Dechant schenkte somit allen dasselbe und gleich viel ein.

Dragan Džomba behielt den samtigen Cognac kurz im Mund, die Lippen gespitzt. Herbert Genzl schwenkte die Flüssigkeit im Glas, roch daran, nahm vorsichtig einen Schluck. Heinrich Rausam gab vor, die satte Farbe zu bestaunen, betrachtete durch das Glas, das er auf Augenhöhe gegen das Licht zu halten schien, Agnes Kern, die ansetzte und den Cognac wegkippte. So sagt man doch: Sie kippte sich den edlen Cognac hinter die Binde, als wäre es ein billiger Weinbrand und nicht das teure Geschenk eines Freundes. Der Rausam selbst gewesen war, zur Feier der Rückkehr des Dechants aus dem Krankenhaus. Nach Herzanfall und Cicero (Marcus Tullius), der gesagt haben soll, dass es sich mit dem Menschen verhält wie mit dem Wein: Nicht jeder wird mit dem Alter sauer. Er hatte – und erinnerte sich gut daran beim Betrachten der Frau mit der sich verziehenden Oberlippe – Cicero zitiert, die Flasche dem noch rekonvaleszenten Dechant übergeben, und ihn ermahnt: „Die Dosis macht das Gift, Herbert.“

Kammer

Ob sie Herrn Dragan bitte seine Kammer zeigen möge, hatte Genzl Agnes gefragt. Förmliche Rede nach zwei, drei Schluck Cognac. Ging ihm gut, dem Dechant, war erleichtert nach diesem Tag, vor allem, dass er vorbei war. Ein tanzender Serbe auf dem Friedhof, ein Schwächeanfall dazu, ein Traueranfall? Das Fremde war in die Stadt gekommen, nein, *der* Fremde, korrigierte er sich, dann doch: *das* Fremde. Die aufgebrachten Männer, der misstrauische Gendarm, die elenden Tabletten, die sich nicht schlucken ließen. Der Arzt, der etwas in seinen Augen entdeckt hatte, das neu war, eine Zusatzlast zum schwachen Herz. Wollte er es genau wissen? Nein. Er wollte über nichts mehr reden, über nichts nachdenken und keine Mahnungen in Sachen Gesundheit bekommen.

Genzl ließ sich die kleine Neige, den letzten Rest (ein halber vierter Schluck), in den Mund tropfen, bevor er das Glas fest auf dem Schreibtisch abstellte: „‚Der Abend naht und heimlich wird das Haus.' Oder, Freund Rausam, was meinst du?" Erwartete keine Antwort. „Bitte, Frau Agnes." Zu Dragan Džomba: „Ich wünsche einen guten Schlaf, morgen sehen wir weiter." Er habe da eine Idee. „Morgen", wiederholte er, „morgen."

Hatte dieser Dragan ihm erzählt, warum er nach Eferding gekommen war? Kein Zufall, kein Herumtreiben von einem Ort zum nächsten, von einer Gelegenheit zur anderen, sondern mit Ziel und Grund? Rausam verbiss sich die Nachfrage. Sammelte die Gläser ein, schön geschliffenes Kristall. Sammelte sie ein, um zu erleben (tatsächlich aus diesem Grund), dass Agnes ihm das ihre ohne Abwehr in die Hand drückte. Jede andere Frau in seinem Bekanntenkreis hätte sich in der Rolle der Hausfrau behauptet, energisch darauf bestanden, es selbst zu tun; es gab Männersachen und Frauensachen, es verteidigten die Frauen ihren Rayon mit Vehemenz. In Krieg und Nachkrieg hatten sich die Grenzen verwischt. Man hatte gewonnen und verloren, man hatte sich behaupten müssen und dürfen, das war vorbei und anders tragisch.

„Ich stelle Ihnen die Gläser zur Abwasch, Frau Agnes“, und dass er vorsichtig sein werde. Agnes hatte Rausam nicht zugehört und ohne ein Wort des Abschieds oder den Serben aufzufordern, ihr zu folgen, das Arbeitszimmer verlassen. Dragan Džomba hatte ihr Weggehen nicht bemerkt, dafür den Nachgeschmack des Weinbrands am Gaumen. Was heißt *Weinbrand*. Ein echter Cognac aus Frankreich. Wann hatte er zuletzt so etwas getrunken? Er nahm Genzl die Flasche aus der Hand, betrachtete und wiegte sie, wie um ihr Gewicht zu prüfen. „Dobar šnaps“, sagte er und zwinkerte Genzl zu, „vrlo dobar.“

Der hat in seinem Leben noch nie, dachte Rausam.

Der hat in seinem Leben schon alles, dachte Genzl.

Und Agnes, wieder in der Tür auftauchend: „Sie müssten schon mitkommen mit mir.“

Dragan stellte die dickwandige Flasche zurück in den Kasten, schloss die Tür, sog den Duft der trockenen Zigarren ein, kamen ihm Bilder in den Kopf, wollte den Schlüssel umdrehen, wie man es mit Schlüsseln in Schlössern macht. Rüttelte ein wenig, beugte sich, hockte vor dem Schloss, spähte hinein von allen Seiten. „Es geht nicht, das Schloss ist kaputt“, erklärte Genzl, legte dem Mann die Hand auf die Schulter, bedeutete ihm, aufzustehen. Es sein zu lassen. „Schau.“ Zog ein Stück Karton aus der Tasche, klemmte es zwischen Tür und Kante. „Jetzt ist sie zu.“ Ein ewiges Provisorium. „Geh, lass die Agnes nicht warten. Sie zeigt dir deine Kammer.“

Er könne sich in der Küche bedienen, falls er hungrig werde in der Nacht, rief Genzl Dragan nach, man hörte ein „Hvala. Laku noć.“ Genzl lächelte, *laku noć*, wie schön diese Sprache war, die er ein wenig verstand.

„Das hast du mir nie erzählt“, bemerkte Rausam im Flur, das Regencape um die Schultern geworfen, „dass du Serbisch sprichst.“ – „Du hast mir nie erzählt, dass dir meine Agnes gefällt“, konterte der Dechant, müde war er, winkte gleich ab, ein Spaß, nur ein Spaß. Brauchte sich nicht in Empörung aufzublasen. Die Männer, der sehr alte und der viel jüngere, aber bereits schläfengraue, schüttelten einander die Hand.

Ein Stockwerk über ihnen, während Rausam sich im Regen duckte und schnell in den Gassen verschwand, standen zwei im Gästezimmer des Pfarrhofs, und der mit dem Rucksack stellte fest, dass das eine Untertreibung war. „Das ist keine Kammer, das ist ein Palast“, sagte Dragan. Wollte er das schiefe Lächeln ins Gesicht der Agnes locken? Die Lippe blieb gerade. Dass es ein gewöhnliches Zimmer sei, entgegnete Agnes, hübsch, aber doch nur ein Zimmer. „Soba u palati“, sagte Dragan, und weil die Frau ihn fragend ansah: „Ein Zimmer in einem Palast.“

Der Ansatz eines Lächelns, damit gab er sich zufrieden, wandte sich ab, stand da, die Arme verschränkt, breitbeinig, die Frau lehnte hinter ihm im Türstock.

Man könnte die beiden für ein Paar halten oder ihnen die Möglichkeit andichten, eines zu werden, falls die Zeit reichte dafür. Falls der Serbe lange genug in der Stadt bleiben sollte, müsste ja nicht im Pfarrhof wohnen, wohnte die Frau auch nicht hier. Es würde hämisches Gerede geben, denn dass sich eine, die Haushälterin sein wollte statt Pfarrersköchin, mit einem schmutzigen, halbverrückten Landstreicher abgeben würde, wer hätte das angenommen? Wäre also doch nicht weit her mit der sauberen Frau Kern. Und der eine und die andere hätten das immer schon gewusst.

Aber standen nicht nur ein Mann und eine Frau im Zimmer, das geräumig war, schöne weiße Wände, schöner Boden, sogar ein kleines Vorzimmer hatte es, zwei Fenster, einen Tisch, zwei Sessel, natürlich ein Bett, auf dem das Bettzeug lag und Handtücher, ein Waschbecken, darüber ein Spiegel mit einer Ablage aus Porzellan, für den Fall, dass man etwas besaß, um es darauf abzulegen.

Es gab auch eine Einsamkeit, es ließ sich eine Verlorenheit spüren und nicht herausfinden, von wem sie ausging.

Dragan betrachtete schweigend das Palastzimmer, sah im Fenster sein Spiegelbild, öffnete Schubladen und den Kasten und hatte kaum etwas zum Hineinhängen in seinem schäbigen Rucksack. Aus dem er ein Tuch zog, das schmale Kreuz, das über dem Bett hing, abnahm, in das Tuch wickelte und in eine der Laden legte.

„So“, sagte er und drehte sich zu Agnes um, „jetzt werde ich gut schlafen.“

Dieb

Ob einer ein Dieb ist oder ein Mörder, das macht einen großen Unterschied. Auch und mehr, warum gestohlen und gemordet wird. Aus Gier, aus Notwehr oder ohne Not. Hat das der Großvater gesagt?

Im Sagenbuch gibt es Menschenfresser und geraubte Kinder, aus Körpern gezogene Seelen, die mitfliegen müssen mit der Wilden Jagd. Der Teufel sitzt auf einem Stein über dem Tal, der Abdruck seines Hinterns ist geblieben. Einäugige Riesen riechen Menschenfleisch.

„Bist schon wieder im Traumland unterwegs?“

Ein Gast hat noch ein Bier bestellt. (In der Schankvitrine liegen grüne und blaue Bensdorp-Schokoladen. Ein Schilling das Stück. Heimlich eine genommen und das schlechte Gewissen mitgegessen. Das Jesus-Bild im Wohnzimmer sieht alles mit seinen Schattenaugen.)

Die Mutter schenkt das Bier selbst ein, serviert es, wird in den Gastgarten gerufen. „Pass kurz auf“, bittet sie. Aufs G'schäft, meint sie, nicht auf das, was am Stammtisch erzählt wird. (Hier, hinter der Schank, knistert das Silberpapier im Hosensack.)

Der Querulant ist unter den Männern, Herr Džomba fehlt, aber begegnet sei er ihm, sagt er.

Der Querulant: „Schlecht schaut er aus.“

Ein anderer: „Wer?“

Der Querulant: „Na, der Jugo.“

Ein anderer: „Ist er krank?“

Der Querulant verzieht die Mundwinkel.

Ein anderer: „Was fehlt ihm denn?“

Der Querulant: „Anstand und Moral.“

Ein anderer (lacht): „Was du immer mit dem Dschomba hast.“

Der Querulant: „Gar nix hab ich.“

Ein anderer: „Hör doch auf. Immer fängst an von ihm."

Wieder ein anderer: „Das ist schon wahr. Immer fängst an."

Der Querulant (richtet sich auf): „Kann ja gehen, wenn's euch nicht passt."

Ein anderer: „Na, bleib. Reg dich nicht gleich auf."

Der Querulant (halb aufgestanden): „Wenn euch ein Dieb lieber ist als ein anständiger Mensch."

Ein anderer: „Setz dich hin, Hans, und gib Frieden."

Der Querulant: „Und doch sag ich euch, das ist ein Dieb."

Ein anderer: „Letztens war er noch ein Mörder bei dir."

Der Querulant nimmt das Glas, leert es, knallt es zurück auf den Tisch.

Kurzes Schweigen. Zwei Frauen gehen draußen vorbei, ihr Lachen klingt durch die gekippten Gastzimmerfenster, ein Moped lärmt, dann wird es wieder still.

Der Querulant: „Ihr wisst nicht, was ich weiß. Euer Dschomba ist ein Experte für Schlüssel und Schlösser, der knackt alles. Wenn der Genzl noch leben würde, der könnt's bezeugen. Oder der Hintersteiger."

Ein anderer: „Der August?"

Der Querulant: „Der Stephan natürlich. Der August, fragt er. Der August."

Ein anderer (lacht): „Der hätt ihn höchstens unter die Erd bringen können."

Der Zugereiste (bisher still): „Wie, unter die Erd?"

Ein anderer: „Der August Hintersteiger war der Bestatter."

Der Zugereiste: „Aha."

Ein anderer: „Und der Stephan Hintersteiger Gendarm."

Der Zugereiste: „Brüder?"

Der Querulant: „Cousins. Mädl, bring mir noch eins."

Der Querulant hat sein leeres Glas hochgehoben und schaut Richtung Schank.

Schlüssel

Genzl schlief unruhig, sein Schlaf war nicht von Engeln bewacht. Er wetzte auf der Matratze herum, die ihm zu weich war in einer Nacht und in der nächsten zu hart. Zudem knarrte das Bett unangenehm, wurde es versehentlich verschoben beim Putzen oder absichtlich, weil Agnes sich einbildete, es müsse *gerade stehen. In der Flucht.* Aber stand es *in der Flucht*, brav parallel zur Wand, stand auch eines seiner Beine auf dem losen Brett, dem einzigen losen Brett im ganzen Haus. Die Böden alt und breit und stabil, nur hier im Zimmer: dieses knarrende Unheil. Der Dechant öffnete die Augen.

Im Halbschatten, die Vorhänge waren nicht ordentlich zugezogen, konnte Genzl an der dem Bett gegenüberliegenden Wand ein Stück des großen Ölgemäldes erkennen. Golgatha, ein Hügel, Wolkenberge dahinter, davor die Landschaft im Sturm, von den drei Kreuzen (zwei Räuber, ein Erlöser) war nur das linke auszumachen im schwachen Lichtschein, der durch den Vorhangspalt in das Zimmer fiel. Es musste aufgeklart haben und der Mond war bald voll.

Zwei Schächer, zwei Verbrecher, zwei Räuber, dachte Genzl. Versuchte sich zu erinnern, an welcher Seite jener hing, der Gott lästerte (*Bist du nicht der Christus? Hilf dir selbst und uns!*), und an welcher Seite jener, der dem Lästerer ins Wort gefallen war. (*Und du fürchtest dich auch nicht vor Gott, der du doch in gleicher Verdammnis bist?*)

„Der du doch in gleicher Verdammnis bist", murmelte Genzl und hatte den Schlaf aufgegeben. Überlegte, aufzustehen und in der Bibel nachzusehen, ob die Seitenverhältnisse angegeben waren und ob sie, falls, etwas bedeuteten. Darf man als Geistlicher abergläubisch sein?

Genzl war es immer gewesen. Schon als Kind. Hatte auch Großeltern gehabt, davon war der Großvater ein Wender gewesen, zu dem die Leute mit ihren Warzen und Frostbeulen gekommen waren. Und dem Rheumatismus. Er hätte es gewusst, dachte Genzl, und hätte er ihn fragen können, wäre das die Antwort gewesen? „Vor dem Rechten musst dich nicht fürchten, von dem Linken halt dich fern."

„Gsch, gsch", machte der Dechant. „Gsch, weg, weg." Könnte beten, oder? Versuchte es: „Lieber Gott, vertreib die Gedankenvögel, die sich einnisten wollen im Hirn."

Er lag still und lauschte, ob sich der Wind gelegt hatte. Er lag still, bewegte ein Bein und versuchte, das Brett, das Brett, das himmlische Brett zum Knarren zu bringen. Er lag still und summte ein Lied. Das Bild im Blick, undeutlich und deutlich genug, um den reuigen oder den unreuigen Sünder zu sehen.

Was war das?

Genzl richtete sich auf. Ein Geräusch im Haus, um diese Zeit. (Es war zwischen drei und vier, das wusste er, da er seit dem Herzanfall regelmäßig in dieser Stunde aufwachte, nachdachte, mit Mühe und Glück wieder einschlief.) Er hörte Türen, Schritte, er hörte.

So viel, dass er aufstehen musste, nachsehen. Agnes konnte es nicht sein. Die Haushälterin kam zwar manchmal früh, aber nie vor halb sechs. Wusste um den leichten Schlaf des Dechants, saß in der Küche und las. Wartete darauf, dass Genzl den Hund zu ihr schickte, dazu brauchte er nur die Zimmertür zu öffnen, neben der Bonnie schlief, denn der Hund war, was man ihm am Tag nicht zutraute: in der Nacht ein sanftes Tier.

Auch jetzt: Bonnie in ihrem Körbchen, hatte den Kopf gehoben. Die Ohren gespitzt. Das Nackenhaar gesträubt. War kurz erstarrt. Dann dreimal gedreht und neu ins Nest hinein. Seufzte und gähnte.

„Du bist mir ein schöner Wachhund." Genzl saß auf dem Bett und tastete mit den Füßen nach den Hausschuhen.

„Schläft und unten räumt mir jemand den Pfarrhof aus." Sollte er sich bewaffnen? Schlüpfte in seinen Morgenmantel, sah sich im Halbdunkel um, während er den Gürtel band. Was eignete sich als Waffe? Alles, was schwer war in diesem Raum, waren ein paar Bücher (mit denen ließ sich kein Räuber erschlagen) und er selbst. Wie der Serbe heute die Flasche in der Hand gewogen hatte. Eine Flasche wäre praktisch.

Sein suchender Blick fiel, nun ja, er fiel auf das Kreuz an der Wand. Schweres Messing, leer, ohne Körper, das gemalte Leid auf dem Gemälde genügte Genzl im Schlafzimmer, die Verzierungen der vier Enden spitz auslaufend. Das ließe sich gut halten, dachte Genzl, stand davor und überlegte. Damit ließe sich gut zuschlagen und Schaden anrichten in einem Schädeldach. Zuschlagen und die Gendarmerie anrufen. „Hier Genzl, ich habe einen Einbrecher erwischt. Er braucht einen Arzt." Ihn mit dem Gürtel vom Morgenmantel fesseln.

Wieder die Geräusche. Pfiff da einer leise?

Genzl ließ die Hände sinken. Wollte er tatsächlich Gewalt anwenden? Er, der sich *ex officio* für ein gewaltfreies Leben entschieden hatte? „Ich hätte", sagte er und sagte es zu Bonnie, die ihn schläfrig beobachtete, „ich hätte mir einen ehrlichen Beruf suchen sollen. Bäcker oder Gärtner, was meinst du." Und: „Bleib liegen. Bleib, sag ich. Bonnie!" Bückte sich, streichelte den Hund. Der, sich im Liegen über den Körbchenrand streckend, an Genzls Hausschuhen schnupperte. Die zurückgelassen wurden im Zimmer, dessen Tür sich schloss, dessen Bewohner in Bettsocken die Stiegen hinunterschlich, das Menschenohr gespitzt.

Aus dem Arbeitszimmer kam Licht. Wie heller Tag. Wenn Einbrecher, dann unverfroren. Der Dechant räusperte sich.

Das leise Pfeifen im Zimmer brach ab.

Genzl ärgerte sich. Das Räuspern war ihm ausgekommen.

War ihm auch der Gedanke ausgekommen, dass der Mensch, der sich im Arbeitszimmer zu schaffen machte, der Serbe sein könnte. Dass der Gast versperrte Schubladen aufbrach, in denen er Geld vermutete. Die Vitrine mit den silbernen Devotionalien, die einzigen Dinge von Wert im Haus, die man leicht in einen Sack stecken könnte. Einen schäbigen Rucksack. Sollte Hintersteiger recht behalten? Nein.

Nein, nein.

Und ja, es war Dragan, der versucht hatte, keinen Lärm zu machen. Dessen Handwerk aber eingerostet war. Waren im Lauf der Jahre die Finger verdickt. Hatte sich, erzählte er dem Dechant später, sein Geld als Amateurboxer verdient. Zeigte seine lädierten Hände. Nicht mehr zu gebrauchen für Feinarbeit. Aus der Übung. Amateurboxer? Wo? Überall, zuletzt in Wien.

Aber vorher diese Szene: Genzl in Socken im Flur. Dragan auf den Knien im Arbeitszimmer, Werkzeug vor sich ausgebreitet, den Kopf zur Tür gewandt. „Dechant?" Die Frage halblaut gestellt. Das Gesicht des Angesprochenen vorsichtig ins Licht gehalten, halb vom Türblatt verdeckt. „Džomba!" Die Antwort nicht lauter.

Danach saßen sie in der Küche, auf dem Herd kochte Wasser und verkochte, der Tee verschob sich, die Erzählung war wichtiger. Dragan Džomba mit den verschwielten, groben Händen, das Werkzeug auf dem Tisch, war Schlosser gewesen, hatte sein Handwerk gelernt, sich (in einer anderen Zeit) mit seinem Geschick, alte Schlösser zu reparieren, wirklich alte, auch solche mit den kompliziertesten Mechanismen, einen Namen gemacht in seiner. Er zögerte. „Heimat?", fragte Genzl. Dragan nickte. Legte das Werkzeug, ein Stück nach dem anderen, auf einen Lederfleck. Der Dechant nahm eines davon, der glatte, abgegriffene

Holzgriff lag gut in der Hand. Strich über die abgewinkelte Spitze: „Das ist kein Schlosserzeug. Das ist aus einer Schusterwerkstatt. Eine Ahle. Stimmt's?“ Dragan sah es an und nicht. „Ein Geschenk“, sagte er.

Und rollte sein Werkzeug wieder ins Leder, verschnürte es mit mehrfach gerissenen und geknoteten Schuhbändern. „Zu gern wüsst ich“, sagte Genzl, auf die Lederrolle deutend, „was sich da drin verbirgt.“ Als hätte er es nicht gesehen vor einer Minute. „Was die Ahle erzählen würd, könnt sie reden.“ Das meinte er.

Fisch

Kein Mensch in Eferding sollte je mehr über Dragan Džomba wissen als Herbert Genzl. Bald war es so: Kein Mensch in Eferding sollte je mehr über Herbert Genzl wissen als Dragan Džomba. Und beide verschlossen. Nichts ausredend, nichts preisgebend. Da konnten der Hausarzt und andere Neugierige wissen wollen, nachfragen, andeuten, in den Mund legen, so viel sie wollten.

Dragan war im November 1954 angekommen, dem Jahr mit dem verheerenden Donauhochwasser, das im Juli viel Schaden angerichtet hatte, und waren die Schäden noch lange zu sehen.

Im Pfarrhof aber, der vom Hochwasser verschont geblieben war wie die Mehrzahl der Häuser Eferdings, waren bis Ende Dezember alle störrischen Schlösser von Türen, Kästen und Kommoden repariert oder ausgetauscht. Im Jänner, nach den Neujahrswünschen, akzeptierte Agnes Kern das Du-Wort und sprach ihrerseits freier mit dem Gast, aus dem ein Dauergast geworden war. Vorübergehend, bis das Gästezimmer wieder gebraucht werden würde. Im Februar schickte Ludwig Kollauer, Mesner der Pfarre Eferding, einen anonymen Brief an die Linzer Diözese, in dem er sich über den Hausgast beschwerte.

Der Wortlaut: „Hochverehrte Herren! Ich möchte zur Anzeige bringen das Wohnen eines nicht angemeldeten Ausländers im Pfarrhof zu Eferding. Der Ausländer ist ein Serbe namens Dragan Dschomba und seit November des Vorjahres im Pfarrhof wohnhaft. Geduldet von unserem geschätzten Herrn Dechant. Es wird in der Bevölkerung schlecht gesprochen darüber. Man wundert sich und vermutet ein Ausnützen der schwachen Gesundheit vom Herrn Dechant. Man hat den Serben namens Dragan Dschomba beim Verscherbeln wertvoller Sachen in Linz beobachtet.

Leider konnte ihm noch kein Diebstahl nachgewiesen werden. Ich schreibe den Brief im Namen besorgter Eferdinger Bürger und erlaube mir, Sie um Hilfe zu bitten. Ansonsten wird es nur Unfrieden geben in unserer schönen Stadt. Außerdem hat der Fremde seit seiner Ankunft noch nie die Heilige Messe besucht. Das macht ihn zusätzlich verdächtig. Ich frage Sie im Namen aller: Warum duldet der Dechant ihn dann im Pfarrhof? Unterzeichnet: Ein Freund der katholischen Kirche."

Ludwig Kollauer war nicht wohl gewesen beim Schreiben des Briefes. So viel muss man ihm zugestehen. Hatte sich auch Zeit gelassen und überlegt, ob er ihn abschicken sollte. Vorher, ob er ihn schreiben sollte. Dann: Wie schreiben? „Hans, ich weiß nicht", hatte er gesagt, und diesem Hans war die Farbe ins Gesicht gestiegen. Man kannte ihn auch als den zornigen Hans mit dem schwarzen Fahrrad, dem man lieber nicht in die Quere kam und dem viele daher aus dem Weg gingen, falls möglich. Mit dem Mesner allerdings war er befreundet: gemeinsam aufgewachsen, gemeinsam zum Kriegsdienst gemeldet als Freiwillige, gemeinsam das Vaterland verteidigt, gemeinsam verbittert über der Last der Niederlage. Ludwig Kollauer weniger, Johann „Hans" Reinanker mehr.

Reinanker. Wie die Reinanke, ein feiner Speisefisch, nicht zu fangen in Eferdinger Gewässern, da sich keine tiefen, kühlen, klaren Seen darunter befanden und befinden. Von dem man aber in der Schule gelernt hat, als der Lehrer die heimischen Fischarten aufzählte: Forelle, Karpfen, Hecht, Zander, Rotaugen, Reinanken ... und Gelächter ausgebrochen war unter den Kindern, das kaum zu bändigen war, das der ansonsten recht gutmütige Lehrer nur durch das Austeilen von Ohrfeigen in den Griff bekam. Wurde in den Ecken weitergelacht, wurde zum Direktor geschickt und wurden keine Eltern verständigt, und hätte es geholfen?

Hans Reinankers junges Leben war bis zu dieser unseligen Schulstunde im Frühling 1926 ruhig verlaufen. Einer in der Reihe von Geschwisterkindern. Nicht der jüngste, dem alles durchging oder der keine Rolle mehr spielte, weil die Übersicht verloren oder das Interesse am Kinderhaben. Nicht der älteste Sohn, der der wichtigste war, weil er den nachkommenden Brüdern den Weg freimachen musste und die Eltern an ihm das Elternsein übten. Der kleine Hans war einer von vielen, war das vorletzte Kind und unauffällig, wuchs am Bauernhof auf, wusste nicht, was er werden sollte, und Pfarrer wäre eine Option gewesen. Der Taufpate, ein wohlhabender Bruder der Mutter, hätte das gerne gesehen.

Der reiche Onkel war der Taufpate aller sieben Reinanker-Kinder und nahm seine Rolle ernst, brachte Ostergeschenke und Weihnachtsgeschenke und immer mahnende Worte zur Erziehung. Selbst verheiratet, aber kinderlos geblieben. Die Frau, die Tante, galt daher als unfruchtbar. Der Onkel war durch sie der Möglichkeit beraubt, den eigenen Nachwuchs zu formen. Musste jener der Schwester herhalten. Aber ließ sich der Einfluss des Patenonkels nicht so umsetzen, wie der es wollte. Seine Ratschläge wurden ignoriert. Der zweite Sohn ein Lehrer? Nein, der sollte Tischler werden. Die erste Tochter für ein Jahr im Haushalt des Taufpaten, um bei dessen Frau die Haushaltsführung zu lernen? Nein, sie wurde am Hof der Eltern gebraucht. Auch alle anderen ließen sich nicht recht greifen, schlüpften dem Onkel durch die Hände.

Blieb der unauffällige Hans mit seinem Wesen, ausreichend brav und im Alter von zehn Jahren ein zuverlässiger Ministrant, als Liebkind des Paten lange Zeit leise von den Geschwistern verspottet und beneidet. So hatten sie ihre Ruhe, meinten die Eltern und opferten für diese Ruhe den kleinen Hans. „Willst ein Priester werden?“, hatte der

Onkel ihn gefragt, und der Bub, ganz im Eindruck der kirchlichen Weihrauch-Heiligkeit, hatte genickt. Rundherum trubelte ein Kirtag. War der erste Nachkrieg, war der Zwischenfrieden und vom großen Krieg nichts mehr zu spüren, abgesehen von seltsamen Kreuzen an versteckten Orten.

Ein Pfarrer, ein Priester, ein Dechant, ein Bischof, ein Kardinal. Von der Pfarre im Ort über einen Bischofssitz in den Vatikan. „Gell, Bub, das willst auch? Nach Rom, nach Italien." Der Bub, der kleine, formbare Hans, schaute groß. War Linz schon weit weg, wie weit weg war erst Rom? Begann sich zu fürchten und musste eine Ehrfurcht sein, weil den Onkel enttäuschte man nicht. Der Onkel sorgte für eine bessere Stellung im Haus. Ging mit ihm zum Kirtag. Nur mit dem Fisch.

Weil: der Fisch. Das war sein Spottname geworden im Handumdrehen. Wisperte es aus den Ecken heraus, in die der Lehrer die schlimmsten Spötter gesteckt hatte. Fisch! Fischlein! Schwimm!

Was nutzte es, wenn der Taufpate einen größer sah, als man war? Wenn man es wagte, ihm das Herz auszuschütten und auf die blauen Flecken zeigte, die man bekommen hatte beim Versuch, sich zu wehren?

Onkel: „Wogegen zu wehren?"

Hans: „Ins Wasser wollten sie mich werfen."

Onkel: „Ins Wasser?"

Hans: „Ja, Onkel, in die Aschach, bei der Brücke in Unterschaden."

Onkel: „Lausbuben halt. Musst dich nicht ärgern."

Hans: „Aber. Die waren zu zweit, Onkel."

Onkel: „Wirfst das nächste Mal du einen ins Wasser."

Hans: „Aber."

Onkel: „Wärst ein zweites Mal getauft worden, Bub."

Hans: „Aber."

Was nutzte es? Nichts.
Nur, dass der Bub, der Fisch, immer böser wurde. War in die Pubertät gekommen, näherte sich den Mädchen an, die sich, sobald sie ihn bemerkten, die Nase zuhielten, kreischten, es stinke nach Fisch, und wegliefen.
Und falls die Mutter an einem Festtag Karpfen herausgebacken hatte, und falls dann wieder einer der Brüder oder eine der Schwestern damit anfing, der Hans wäre ein Kannibale, sobald er einen Bissen in den Mund steckte, und falls sich das immer und immer wiederholte, und die Eltern dem Vorletzten sagten, er solle sich nicht so anstellen, und den anderen, dass bei Tisch nicht gesprochen werde und aus!
Was wunderte es einen, wenn sich das einen Weg suchte. (Das, woraus ein Querulant entsteht.) So einen Weg: Der Bub war kein schwacher Hans mehr gewesen, an dem als einzigem in der Familie ein Spottwort haften bleiben konnte. Die Geschwister, allesamt Reinanker wie er, allesamt in dieselbe Schule gegangen, hatten das Fischige nicht gelten lassen, waren als Ziel ungeeignet gewesen, verbündet mit den anderen. Sie hatten den neuen Namen für den jüngeren Bruder mit Begeisterung aufgenommen, ohne nachzudenken oder ihn auf sich zu beziehen. Oder um ihn nicht auf sich beziehen zu müssen. Wurde Hans zum zweiten Mal geopfert innerhalb der Familie.
Aus ihm war ein junger Bursch geworden, an dem der Onkel begonnen hatte, seine Freude zu verlieren. Das war einer, der im ersten Jahr erst noch kaute, lange kaute, und schluckte, den Kopf über den Teller gesenkt, um die nassen Augen zu verbergen („Seht her, der Fisch ist nah am Wasser gebaut!“), der dann, im zweiten Jahr, vom Tisch aufstand und weglaufen wollte, aber gehindert wurde, am Arm gepackt und zurückgezwungen („Sitzen bleibst! Und ihr seid’s ruhig beim Essen!“), im dritten Jahr der Schwester, die es nicht lassen konnte, die es unbedingt wissen wollte, den

Bissen ins Gesicht spuckte („Da hast deinen Fisch, und, willst mehr?"), und im selben Jahr, die Flecken vom Griff des Vaters, der ihn aus der Stube gezerrt hatte nach dem Spucken, noch nicht verblasst, dem jüngsten Bruder die Gabel in den Handrücken rammte. Dem Jüngsten. Dem Unschuldigsten. Dem, der die wenigste Beachtung fand und endlich im Mittelpunkt stand, plärrend, jammernd, blutend. Hatte den ein wenig Älteren gebeten, ihm die Zähne zu zeigen, er wolle nachsehen, ob es stimme, was er in der Schule gelernt hatte: Die Zähne der Reinanken wären schwach entwickelt, nicht der Rede wert.

Sieben Kinder hatte das Ehepaar Reinanker. Sechs davon waren wohlgeraten, da konnte ein faules Ei verschmerzt werden. Konzentrierte man sich auf die guten. Im Rückblick, Jahrzehnte später (die beiden Alten als Greise auf der Bank vorm Ausgedinge), war es so: Dem Ältesten hatten sie den Hof übergeben. Er dankte es, indem er ein Drittel des Grundes verkaufte, die besten Felder, gegen den Rat der Eltern, die von vorgestern waren. Altmodisch bis zum Anschlag. Der zweite war ein Tischler geworden und hatte gut geheiratet. Die älteste Tochter war nach kurzer Krankheit jung verstorben, die nächste Tochter hatte sich im zweiten Krieg in einen Deutschen verliebt, der etwas mit der Partei zu tun gehabt hatte. Lebte in Hessen. Brachte, wenn auf Besuch, zwar nicht den Mann, aber die Enkel mit, die fremd waren mit fremdem Akzent und Gehabe, blieb nur kurz. („Kommt doch ihr zu uns, noch nie wart ihr da, es wird euch gefallen.") Der dritte Sohn und fünfte in der Reihe war Lehrer geworden und kriegsversehrt, es fehlte ihm der halbe linke Arm, was ein Glück war, denn als Lehrer braucht man keinen ganzen linken Arm. Und der Jüngste zeigte zeit seines Lebens die Narben am Handrücken, die ihm sein Bruder, der Fisch, zugefügt hatte am Küchentisch, beim Karpfenessen.

Ein Glück, dass er klug war, dieser Konrad, klug genug, um Nutzen aus dem Unglück zu ziehen: von Hans in die Beachtung der Eltern gestochen, in deren schlechtes Gewissen. Man hätte eben keinen opfern dürfen. Man hatte sich zu wenig gekümmert um den Vorletzten. (Man tat es weiterhin.)

Im Zentrum der Aufmerksamkeit begann sich dieser Konrad zu entfalten, begann zu fordern, wurde auf eine bessere Schule geschickt, durfte studieren, wurde Ingenieur, durfte sich früher als die anderen vom ältesten Bruder auszahlen lassen, lebte in Wien, wurde im Aufschwung wohlhabend, Straßenbau, weil: „Das Geld liegt auf der Straße." Sagte er den Eltern, mit dem schicken Auto in der Einfahrt vor dem Ausgedinge parkend, ein Reifen, die Mutter sah es genau mit ihren schlechten Augen, nicht im Schotter, sondern in den Blumen, die sie dort eingegraben hatte und die so schön wurzelten. Sie bemerkte den Schaden und konnte nichts tun, nicht schimpfen, nicht aufbegehren, trug Konrad doch immer noch die vier kleinen, weißen, punktförmigen Narben am Handrücken und sie die Schuld daran.

Dass aus dem Hans ein unzufriedener Mensch geworden war und aus dem Konrad ein unzuverlässiger. Einer, der die Nase hoch trug, zu den Besseren gehörte und stets extra einen Umweg durch die Stadt machte mit seinem teuren Auto, um sich zu zeigen, bevor er zu den Eltern fuhr. Man konnte, von Wien kommend, anders fahren, man musste nicht durch Eferding. Man musste nicht bei der Esso-Tankstelle tanken und sich ewig Zeit lassen, die Zapfsäule besetzen, dem Tankwart übermäßiges Trinkgeld geben und die Stimme immer eine Spur zu laut. Man musste nicht fragen, ob an diesem Tag schon ein Fisch auf einem Fahrrad vorbeigeradelt wäre und wie das ausgesehen hätte, lustig, oder? Man musste nicht auf den Kübel mit dem dreckigen Wischwasser für die Autoscheiben zeigen und lachen, von wegen, falls der Fisch vorbeischwimme, wäre das sein Rastplatz.

Und jeder lachte, und jeder lachte, und jeder tut es bis heute in der Erinnerung.

Die Eltern schämten sich für beide, für den Konrad, weil er großmäulig geworden war (und hätten stolz sein können auf dessen Erfolg) statt bescheiden und demütig und gottesfürchtig und was weiß der Teufel.

Die Eltern schämten sich für Hans, weil er sein Glück nicht gefunden hatte, und wenn sie ehrlich waren, war es keine Scham, sondern eine Trauer. Sie waren traurig, dass Hans, das vorletzte ihrer Kinder, auf der Strecke geblieben war. Mit Müh und Not durchs Leben gehend. Hatte keinen Führerschein, hatte ein Fahrrad. „Brauche nix." Sagte er.

Auch zum Patenonkel. Als dieser, am Nachmittag der Gabelaffäre, ins Haus seiner Schwester gekommen war. Wie jeden Sonntag, für den er seinen Besuch ankündigte, war der Tisch schön eingedeckt worden und ein Kuchen gebacken. Der Onkel hatte die vertrocknete Tante mitgebracht, ganz devot war sie in der guten Stube gestanden, so eine Freude, so selten kam sie vorbei. Daheim war der uralte Schwiegervater zu pflegen, ein Leid, das sie duldend auf sich genommen hatte, um für die Kinderlosigkeit zu büßen. Ihr Körper war die reine Buße, geduckt und wie ständig um Entschuldigung bittend für den Umstand, dass sie existierte. An ihm, dem Mann, konnte es nicht liegen, denn der hatte einmal einen Bankert gezeugt, der allerdings bald nach der Geburt gestorben war und somit aus der Welt.

Dieser Tante musste ein Platz zugewiesen werden, sonst wäre sie stehen geblieben, weil unwürdig, zu sitzen. Saß sie, lobte sie. Stand sie, lobte sie. Wurde ihr der Kuchen angeboten, lobte sie. Alles so sauber, alles so in bester

Ordnung gehalten, die Möbel so schön, die Mehlspeis so köstlich, die Kinder so wohlgeraten. (Hielt dabei die Augen weit offen, den Kopf ein wenig gesenkt, blickte von unten nach oben aus jeder Perspektive. Die Nichten und Neffen fühlten sich in ihrer Gegenwart unwohl.)

Onkel und Tante waren zum Sonntagskaffee gekommen, um einen Vorschlag zu unterbreiten. Von dem sie dachten, er müsse angenommen werden von den Reinankers mit ihrem kleinen Hof und den vielen Kindern. Allein aus diesem Grund war die Tante dabei: Um einen der Söhne wollte sie bitten. Dass er mitkomme in ihr Haus. Näher an Linz gelegen, der Bub solle das Stiftsgymnasium in Wilhering absolvieren, durch die Beziehungen des Onkels wäre das möglich. Und ja, man sprach von Hans. Man wusste noch nichts von dessen Zustechen und der Tracht Prügel, die er vom Vater bezogen hatte als Reaktion. Davon, dass er davongelaufen war danach, grün und blau, dem Vater waren die Nerven durchgegangen.

Und erst als der halbe Kuchen gegessen war, die Frage nach Hans. Wo er sei. Man würde ihm die Flausen austreiben, solange das noch möglich war, die Mutter und er (der Patenonkel nannte seine Frau „Mutter“ als kleine, grausame Neckerei) hatten es so beschlossen. Der Bub wäre nur schwierig geworden, weil am falschen Ort, man würde ihn, wenn es recht sei, adoptieren, ein Neuanfang mit schönem Namen, garantiert fischschuppenfrei (lachte der Onkel), und lachte keiner mit.

Hätte Konrad sein freches Maul gehalten an diesem Tag. So dachten die Alten auf der Bank vorm Haus. Hätte Hans ihm die Gabel nicht in den Handrücken gerammt. Hätte ihn der Vater nicht verprügelt. Wäre er nicht davongelaufen. Wäre er stattdessen vom Onkel adoptiert worden und mit neuem Namen in ein anderes Leben abgebogen.

Sofort hätten sie ihn hergegeben, sich ihn aus der Familie wegadoptieren lassen. „Bitte", hatte die Mutter den Bruder angefleht, nachdem dieser vom Vorfall erfahren und die viel zu dick verbundene Hand des kleinen Konrad begutachtet hatte, die Tante kreideweiß, den Mund wie zum Schrei geöffnet und mit der Faust verstopft. „Bitte nehmt den Hans trotzdem, es wird sonst nichts aus ihm, er ist im Kern ein guter Bub, ein braver Bub." Flehte die Mutter; der Vater, der zu stolz war zum Flehen, feuerte seine Frau stumm an. Nahm sich vor, auch den Jüngsten zu verprügeln, spannte sich alles in ihm, ging eine so gewalttätige Energie aus vom Vater, dass Konrad wusste, was ihm bevorstand.

Und machte das Richtige: Sich an die trockene Tante klammernd, begann er laut zu weinen. Die anderen Geschwister staunten über diesen Schachzug. Allen grauste vor der Berührung mit der Frau. „Der Hans will mich erschlagen, hat er gesagt." (Nichts hatte er gesagt.) „Er hat es mir ins Ohr geflüstert, ganz schnell, als er zugestochen hat." (Hatte er nicht.) „Er hat gesagt, dass es beim nächsten Mal ein Messer ist." (Gelogen.) „Ein großes Messer, das größte in der Küche." (Gelogen.) Krallte sich ins Kleid der Tante, beschmierte den Stoff mit Tränen, drückte unter dem Tisch ein wenig Blut aus den winzigen Wunden, damit man es durch den Verband sickern sah. Und wurde adoptiert anstelle des Bruders.

Am selben Tag mitgenommen.

Verlor seinen Namen, gewann einen anderen.

War Musterschüler im Wilheringer Stiftsgymnasium.

Wurde nach Wien auf die Technische Hochschule geschickt.

Erbte das Vermögen seiner Adoptiveltern.

Und blieb kinderlos. Er hatte an Frauen, so schien es, kein Interesse. Man munkelte über eine Neigung in die andere Richtung. Aber wusste nichts Genaues, denn Konrad wohnte in Wien, besuchte die Eltern einmal im Monat, tankte bei der Esso-Tankstelle, fuhr ein, zwei Runden durch die Stadt und mit Vater und Mutter zum Attersee.

Brief

Dass sich der Mesner Ludwig Kollauer von seinem Freund Hans Reinanker dazu überreden hatte lassen, einen anonymen Brief an die Diözese Linz zu schreiben, wunderte ihn selbst sehr. Kollauer war das, was man „einfach gestrickt“ nennt, und alle kennen sich aus. Seine Lebensgeschichte im Vergleich zu jener des gewachsenen und gewordenen Querulanten harmlos. Vater und Mutter in guter, weil partnerschaftlicher Ehe; die Kinder waren nicht geschlagen worden, sondern im Fall von Verfehlungen zu milden Strafarbeiten eingeteilt. Kein Stall, keine Felder, dafür ein Gemüsegarten und die üblichen zu umsorgenden Großeltern. Es hatten sich wenig Gelegenheiten ergeben, sich über den Nachwuchs zu ärgern.

Der Kirchgang am Sonntag war Pflicht gewesen, das Ministrieren – wo Kollauer und Reinanker früh zusammengearbeitet hatten, wie sie es nannten – eine Ehre, die Fastenzeiten wurden streng eingehalten, die Festtage allerdings auch.

Ludwig der einzige Sohn, von den beiden älteren Schwestern dominiert. In der Schule so farblos, dass er regelmäßig vergessen und übersehen wurde, ging es darum, eine Mannschaft zusammenzustellen oder beim Ausflug die Vollständigkeit der Klasse zu überprüfen. Mehr als einmal wurde er versehentlich zurückgelassen, stand somit knapp davor, selbst zum Spöttling zu werden. Es formten sich bereits Vorschläge in den Köpfen der fantasievolleren Kollegen. Aber bevor sich „Gespenst“ oder „Geist“ oder etwas ähnlich Nettes durchsetzen konnte, war das Interesse, den jungen Kollauer zu verspotten, wieder verflogen. Es verwehte. Alles verwehte um ihn.

Eine Nebelexistenz, in der sich die Schulzeit mit ihren Grausamkeiten bequem durchleben ließ, sofern man das wollte. Ludwig wollte es nicht. Er sehnte die Beachtung der anderen herbei. Einen Spitznamen zu haben, einen Spottnamen, wenigstens „Wiggerl“ oder zumindest „Kollauer“, zumindest mit dem Nachnamen gerufen zu werden.

So:

„Servus, Kollauer!“

„Bist auch da, Wiggerl.“

„Auf dich haben wir gewartet, Kollauer.“

Aber nein, sogar der Mutter kam selten ein Kosewort über die Lippen, und die Schwestern sprachen miteinander, aber nicht mit dem Bruder, sie sahen über ihn hinweg in ihrer Eintracht. Sie taten dies auch als erwachsene Frauen, blieben unverheiratet, führten gemeinsam ein Kurzwarengeschäft und waren als die „Knopfprinzessinnen“ für ihre große Auswahl an Knöpfen bekannt.

Kollauer wurde „der Mesner“. Seine Frau nannte ihn „Ludwig“. Seine Kinder sagten „Vater“ zu ihm. (Nicht Vati. Vater. Obwohl er ihnen das „Vati“ vorgesagt hatte oft und oft bevor sie so weit waren, erste Worte zu formen.) Er war Gast an diversen Stammtischen, wurde als „Mesner“ begrüßt, hatte seine Identität gefunden und lange vorher in Hans Reinanker, dem „Fisch“, seinen einzigen wahren Freund.

Die Heldentat, die zu dieser Freundschaft geführt hatte, war jene gewesen: Als sich der kleine Hans gegen die Burschen wehren musste, die ihn bei Unterschaden in die Aschach werfen wollten, war ihm Ludwig zu Hilfe gekommen. Nein, so stimmt’s: Er hatte dem Schulkameraden zu Hilfe kommen wollen. War wegen einer unbedeutenden Kleinigkeit dazu verpflichtet worden, den Großeltern, die in Unterschaden ihr Häuschen hatten, im Garten zur Hand zu gehen. War auf dem Weg auf das Geschrei aufmerksam geworden. War neugierig zum Ort des Geschehens gelaufen und hatte, die Hand auf dem Brückengeländer, zugesehen. Von den anderen, wie immer, unbemerkt.

Die Burschen waren direkt von der Schule in die Au gelaufen, um Frösche zu fangen oder Bärlauch zu pflücken oder um am Ufer der Aschach Unfug zu treiben. Sie hatten ihre Ranzen in den Straßenstaub geworfen, einer lag nah am Rand der Brücke. Und diesen beförderte Ludwig mit einem Fußtritt ins Wasser. Ohne zu denken. Tat's und trat unter das Blätterdach der Silberweide am Brückenkopf. Das Klatschen und Davonschwimmen änderte die Art des Geschreis, löste den Raufhandel auf und ließ den nach wie vor unsichtbaren Ludwig und den ramponierten Hans allein zurück. Die Angreifer verschwanden in den Uferstauden. Um die Tasche aus der Aschach zu angeln, mussten sie schnell sein, der schmale Fluss floss, obwohl er träge aussah, rasch dahin. Im Weggehen lachten die Burschen über den einen unter ihnen, der so ungeschickt gewesen war, sein Zeug zu nah an den Abgrund zu legen.

Hans wischte sich die Tränen aus dem Gesicht (da waren es schon Zorn-Tränen, da hatte der Widerstand gegen die Welt bereits seinen Anfang genommen). Ludwig wunderte sich über den eigenen Mut und blieb fortan im Windschatten seines neu gewonnenen Freundes. Und ließ sich Jahrzehnte später von Hans Reinanker überreden, einen anonymen Brief zu verfassen.

„Ludwig, das muss doch in deinem Sinn sein", hatte Reinanker angefangen. Sein altes Fahrrad stand im Hof des Hauses, in dem die Mesner-Familie ihre Wohnung hatte. Kollauers Frau war mit den Kindern auf Besuch bei ihren Schwägerinnen. Man konnte frei reden. „Der Serbe gehört weg", begann der andere wieder, der Querulant, der Unruhestifter. Der Mesner wiegte seinen Kopf im Zweifel. Ob der Freund noch ein Bier trinken wollte? Der Freund wollte nicht. Der Freund wollte Ordnung haben in der Stadt, die Gendarmerie wäre unfähig, der Dechant ein alter Depp … „Na, na", sagte Kollauer. „Dein Dechant ist ein alter Depp", fuhr Reinanker fort, „wahrscheinlich wird er senil, anders lässt sich das nicht erklären." Dass nämlich der Fremde im Pfarrhof ein- und ausmarschiere wie ein Hiesiger, dass er sich in Angelegenheiten einmische, die ihn nichts angingen, dass er sich, und da wäre er sicher. „Sicher bin ich mir da, todsicher, Ludwig!" Dass sich dieser *Dschomba* bereichere am Eigentum der Kirche. Und außerdem: „Ich zahl doch keine Kirchensteuer, damit sich jeder Dahergelaufene ein schönes Leben machen kann auf meine Kosten."

Bereichern am Eigentum der Kirche. Das wog schwer. So schwer wie die Schreibmaschine, die in jenem kleinen Zimmer stand, das sich der Mesner als Arbeitsraum eingerichtet hatte. Eine alte Olympia mit runden Tasten und tiefem Anschlag, es war den Kindern streng verboten, damit zu spielen. Es war ihnen auch der Zutritt in das Zimmer verboten, in dem die beiden Männer saßen, nah beieinander, denn es gab nicht viel Platz. Das Fenster führte auf die Straße, Reinanker hatte es geschlossen. Hatte die Vorhänge zugezogen. „Spann ein Blatt ein", sagte er und deutete auf die Olympia, die mit einem Seidentuch zugedeckt war, um sie vor Staub zu schützen.

Manchmal übersahen die Kinder, dass der Vater an seinem Schreibtisch saß. Sie stießen die Tür auf, ließen sie mit Wucht gegen das Regal knallen, drängten sich in die kleine Enge hinein und bemerkten den Vater erst, wenn der sich bewegte. Sich umdrehte. Den Mund öffnete. Dann lachten die Kinder und kreischten und liefen hinaus, die Tür blieb offen, der Mund schloss sich wieder.

Kollauer hatte zu wenig Macht über seine Umgebung. Als Kirchendiener war er ein guter Mann, Genzl konnte sich auf ihn verlassen. Die Klosterschwestern, die am Schiferplatz den Kindergarten betrieben und für den Blumenschmuck der Kirche zuständig waren, hielten große Dinge auf ihn. Seine Frau war zufrieden mit ihrem Mann, sie ging ihm als Frau Mesnerin zur Hand, wenn er sie darum bat, und wenn er es nicht tat, auch.

Alles war folglich in bester Ordnung. Warum sich das Gewissen mit einer Sünde belasten? Reinanker gab die Antwort, sah die Frage in Ludwigs Gesicht: „Ist es ein Verbrechen, eine Ungerechtigkeit aus der Welt zu schaffen?" Und: „Bist jetzt ein Freund oder bist keiner?" Reichte es nicht, wollte Kollauer entgegnen, einem Schulranzen einen Tritt zu verpassen, um als Freund zu gelten? Ließ es bleiben. Nahm ein Blatt Papier aus der Schublade, spannte es umständlich ein, sah Reinanker nicht an, aber wartete darauf, was der diktierte.

Draußen, wenn man vorbeiging, und man ging vorbei, die Mesner-Familie wohnte ebenerdig in diesem Haus am Kirchenplatz, hörte man es klopfen. Und wunderte sich nicht, denn es war bekannt, dass Kollauer Gedichte schrieb, neuerdings auf der Schreibmaschine. Gedichte, die sich gut reimten, zwei oder drei waren in der Kirchenzeitung abgedruckt worden. Schöne Gedanken zum Wetter und zur Vergänglichkeit der Welt. Man hörte es klopfen, das Klingeln am Ende der Zeilen, die typischen Geräusche der Kunst. „Der Mesner macht wieder Kunst", sagten sich die Leute.

Ging auch Genzl vorbei, mit Bonnie an der Leine, langsam und kurzatmig. Blieb stehen, lauschte. Glaubte, zwischen dem Geräusch der Tasten zwei Stimmen zu hören, vielleicht, so dachte er, schreibt er einem anderen einen Brief, und wie gut, dass er ihm die alte Schreibmaschine überlassen hat, die Dragan Džomba hatte halbwegs reparieren können. Der Kollauer ist doch ein netter Mensch.

Und ging weiter, der Dechant, denn Bonnie zog.

Aschach

Nach dem Aufwachen steigt die Schwester immer gleich aus dem Bett und zieht sich an. Es hören und sich noch einmal umdrehen, mit der Tuchent über dem Kopf. Muss erst der Körper munter werden. Die Zehen, die Beine, der Bauch. Kriecht das Muntersein unter der Decke bis zur Nasenspitze.

Aber wenn unser Vater in aller Herrgottsfrüh zum Fischen fährt. An die Aschach, zum Leumühlner Teich, wo er sich mit dem Onkel eine große Zille teilt. Die er stehend mit dem langen Ruder durchs Wasser steuert. Und über dem Wasser flockt der Morgennebel. Und es ist so unglaublich still zwischen den Geräuschen, den singenden Vögeln, den Fischen, die aus dem Wasser springen und zurückklatschen. Den Insekten, den Wellen und dem Wasserschlag am Holz der Zille. Den Sonnenstrahlen durch das grüne Dach, vereinzelt und gebündelt. Mit dem Vater in dessen Schweigen, im Schweigen des Vaters, im gemeinsamen Stillsein.

Dann geht das Aufstehen leicht. Wenn sich der Vater das Gesicht wäscht, sich rasiert. Warten, bis er fertig ist, ins Badezimmer huschen, während er die Stiegen hinuntergeht. Seinem Pitralongeruch folgen, die kleine Angel durch den Hof zum Auto tragen, für jede Anweisung, jede Bitte hellwach. Und staunen über das Morgenlicht, über die klare Luft, darüber, dass man so sein kann: eins und klein und nicht allein.

Das Fischen mit dem Vater im Sommer, bevor er sich ans Kochen macht. Die Zille schwankt, wir kneten Brotkügelchen um den Haken oder bestücken ihn mit Maiskörnern, spießen Würmer auf. Obwohl das grausam ist. Wir fangen dem Vater die Köderfische, oft kleine Rotaugen, er geht auf Hecht und Zander. Und manchmal fangen wir Schwestern keine Fische, sondern finden zwischen

Steinen im Uferwasser echtes Gold, weil Messing oder Kupfer. Wir bergen die Gugelhupfform mit einem Stecken. Wenn wir glauben, sie wäre sehr alt und wertvoll, dann ist sie es auch.

Vom Vater lernen, dass Stillsein keine Qual sein muss. Wir bewegen uns leise im Boot, sprechen kaum, reduzieren den Herzschlag und atmen ruhig, lassen den Stoppel nicht aus den Augen, der tanzt und täuscht. Zupft es? Ziehen lassen, sagt der Vater, warte – und warte – und warte – und jetzt! Die Rolle arretieren und anschlagen, gleichmäßig einholen, hier, der Kescher, gut gemacht.

Die Morgen an der Aschach oder dem Innbach mit dem Vater. Die Fische im Kübel, das sich windende Schuppenwerk, die nach Luft suchenden runden Mäuler. Frisches Wasser nachgießen.

Daheim im Vorhaus das schmucklose Aquarium. Ein Hecht betäubt von der Enge, vom Verlust, zahm zwischen den gekauften Forellen und ab und zu ein Aal. Wird gebratene Forelle bestellt, läuft die Schwester, um schnell eine abzuschlagen. Sie soll bald als Lehrling in der Küche stehen.

Selbst den toten Fisch nicht angreifen. Aber zusehen, wie er sich noch im Totsein windet und wehrt, irgendwo zündet ein Funke.

Vor dem Aquarium im kühlen Vorhaus, draußen ist es heiß. Das Kondenswasser sammelt sich am Glas in Tropfen, die ihre Wege ziehen. Sieht man uns? Beobachten uns die Fische? „Da, devojko moja, das tun sie." Mit Herrn Džomba den Fischen Namen geben. Jakov, Mitar, Kosta, Bogomir, Branislav, Krstan.

Einen nennt er Hans. „Warum Hans?" Herr Džomba sagt wie nebenbei, wie etwas, das man zur Seite wirft: „Er sieht einem ähnlich, der so heißt."

Im Kinderzimmerkasten zwei vom Bruder heimlich geborgte Lexikonbände und die gepressten Margeriten. Ein

Brief voller Tintenflecke und Fehler. Und das Freundschaftsbuch. In das fast alle Klassenkolleginnen etwas hineingeschrieben haben oder gezeichnet: Schmetterlinge, Blumen und eine sogar einen Fisch mit bunten Schuppen. Auf der letzten Seite die Lehrerin zum Abschied aus der Volksschule. War freundlich im Strengsein. Hat geschrieben in schönster Lehrerinnenschrift: *Ich will, das Wort ist mächtig, spricht's einer leis und still. Die Sterne reißt's vom Himmel, das eine Wort: Ich will!*

Vom Himmel gerissene Sterne. Löcher, wo die Sterne waren, fetzengroß und tiefschwarz. Ein von schmutzigen Sternen übersäter Acker, der Schmutz sind Erdspritzer vom Aufprall. So einen Acker finden, das wär's.

Praktikant

„Ich habe mich nicht gegen etwas entschieden, sondern für etwas. Für ein Leben in Christus." Schob sich die runde Brille zurecht auf seinem runden, runden Kopf. Wie hieß er bloß, der junge Mann, der im Pfarrhof Genzl gegenüber Platz genommen hatte, vor diesem auf dem Schreibtisch der Begleitbrief der Diözese. Der Lieferschein, dachte der alte Dechant. Ein Mann wie ein Paket, fehlt der Spagat, um ihn zuzuschnüren. Der Pfarrpraktikant war ihm vor Wochen telefonisch angekündigt worden. Bei einem Ohr hinein. Beim anderen hinaus. Muss an den Tabletten liegen, die Genzl täglich mit dem Löffel zerdrückte, wie Dragan Džomba es ihm gezeigt hatte. Ob es auch welche gegen die Vergesslichkeit ...

„Entschuldigen Sie, Herr Dechant. Sind Sie anderer Meinung?" Eine Hand mit fleischig dicken Fingern auf der Schreibtischplatte. Wird Abdrücke hinterlassen, dachte Genzl, gehört ohnehin geputzt. Die Hand zog sich zurück.

„Herr ...", Genzl hob das Papier, fand den Namen, „Thomas, ich darf Sie doch so nennen, natürlich haben Sie recht. Ein Leben in Christus." Thomas Raidinger, gebürtiger Burgenländer, lächelte. Volle Lippen, ein sinnlicher Mensch. Ein Genussmensch. War ihm anzusehen allein von der Physiognomie her, alles rund und voll an dem knapp Fünfundzwanzigjährigen.

Der Dechant lehnte sich zurück und schwieg. Die schwere Uhr tickte, man hörte durch das geöffnete Fenster die ersten Frühlingsvögel. Es war März, das Märzenkalb ging um und biss alle, die nicht achtgaben.

Genzl nahm sich Zeit und tat, als betrachtete er den Mann in aller Ruhe. Dabei überlegte er, was Agnes heute wohl kochen würde. Ob sie den Gast eingeplant hätte. Nein. Dazu müsste sie von ihm wissen, das tut sie nicht.

Bei einem Ohr hinein. Und so weiter. Er sah durch die glänzenden, dicken Wangen des Thomas Raidinger wie durch Glas in den Garten, in die Zukunft, in den ersten Stock, wo das Gästezimmer nicht leer geräumt war.

Auch darauf hatte er vergessen: Džomba auszuquartieren. Er hatte sich rechtzeitig darum kümmern wollen. Nun war nichts vorbereitet. Vergingen die Tage viel zu schnell, verliefen im Sand.

„Entschuldigen Sie? Herr Dechant?"

Hatte es lange ausgehalten, das Gemustertwerden.

„Nein, nein. Alles gut. Die Frage nach der Entscheidung für oder gegen etwas wäre ein schönes Thema für eine Predigt, was meinen Sie dazu, Thomas?"

Viel meinte der, strahlten ihm die Augen und richtete sich der Körper fast zu einer Geradlinigkeit auf, zog sich im Sitzen in die Länge, vom Runden ins Ovale, oder besser, in eine Tropfenform. Der Dechant hörte schon wieder nicht zu. Den Ausführungen seines Praktikanten, der sich im Tausendsten erging, im Angelesenen und Theoretischen, und Beispiele gab, von dem und jenem und aus der und dieser Predigt zitierend.

Was soll's. Dragan musste das Zimmer räumen. Wohin mit ihm. Er musste es noch an diesem Tag räumen. Genzl nickte und warf einen Blick auf das Schreiben: „... wird am 15. März im Pfarrhof zu Eferding Unterkunft beziehen, wie telefonisch am 28. Februar vereinbart." 15. März welches Jahr, dachte Genzl, vergaß zu nicken. Der Brief datiert mit 1. März 1955. Hatte zwei Wochen gebraucht, der junge Mann, um anzureisen.

Schweigen. Genzl beeilte sich zu sagen: „Ihre Ausführungen, sehr interessant."

„Danke, Herr Dechant."

„Sind Sie hungrig?"

„Ist es nicht zu früh für das Mittagessen?"

„Für ein zweites Frühstück ist es fast schon zu spät, wenn wir uns nicht beeilen."

Genzl erhob sich, stützte sich auf dem Tisch ab, überlegte angestrengt. Und wurde missinterpretiert. „Darf ich Ihnen helfen, Herr Dechant?" Stand gleich neben ihm, schob sich die fleischige Hand unter seinen Arm, zog ein wenig, wollte Stütze sein. War ihm so mitgegeben worden als Auftrag: Dem gebrechlichen, greisen Eferdinger Dechant eine Stütze zu sein, während er, Thomas Raidinger, sich im Zuge der Vorbereitung auf die Priesterwürde selbst auf Herz und Nieren und Glauben und Reinheit prüfen sollte. Strenge Reden in der Diözese, der Regens zweifelte zwar weder an der Berufung noch am theologischen Fundament des Seminaristen. „Aber der Geist, lieber Bruder, der Geist und dessen besondere Wärme den Menschen gegenüber, verstehen Sie, diese Wärme darf nicht fehlen, sie macht den Priester komplett." Man hatte ihm den Finger in die Wunde gelegt, wie der ungläubige Thomas im Heiligen Buch dem Herrn, und wie der Herr wollte er alle Zweifler mit Geduld ertragen.

„Sie können loslassen, Thomas. Ich habe nur nachgedacht."

„Aber man bat mich." Die Hand blieb, wo sie war. Diözese schlägt Pfarrhof.

„Ich weiß, worum man Sie bat! Die Stütze. Im Amt, Herr Raidinger, im Amt! Oder halten Sie mich für einen gebrechlichen Mann? Sehen Sie einen Stock in meiner Nähe?"

Ein schwarzer Regenschirm im Flur und ein etwas gebeugter, abgesehen davon aber stabil aussehender Dechant an seinem Schreibtisch. Keine Hilfsmittel.

Raidinger zog sich zurück. Die Wangen rot angelaufen. Ein wenig Schweiß auf der Stirn. Genzl winkte ab. (Er tat das oft. Brauste im Ansatz auf und winkte vor dem Höhepunkt ab. Alles nicht der Mühe wert.)

„Schon gut. Mögen Sie Hunde?“

Zwischen Vogelgesang und Frühlingsluft näherte sich hohes Gebell. Dahinter die Stimme von Agnes: „Bonnie, hier, hierher, Bonnie!“ Also wieder aus dem Halsband geschlüpft, das Mistvieh.

Zur Überraschung Genzls hatte Bonnie keine Lust, Thomas Raidinger ins Bein zu beißen. Sie wedelte sich zur Tür herein, sprang am Dechant hoch, lief zur Wasserschüssel, trank, sprang ein zweites Mal am Dechant hoch und ignorierte den Praktikanten. Genzl war erstaunt. Hatte der Hund den Neuen nicht bemerkt? War Bonnie krank? „Ein nettes Tier. Ich freue mich darauf, es besser kennenzulernen.“ Der Neue, die Hände vor dem Bauch wie in Gebetshaltung.

Man würde sehen.

Man verkniff sich jedes weitere Wort.

Man gab vor, der Haushälterin – Frau Kern, sie würde ihm später vorgestellt werden – Bescheid zu geben, wo man zu finden wäre. Genzl schob Raidinger durch die Haustür, eilte zurück in sein Büro, griff den Brief der Diözese, hielt ihn Agnes, die in der Küche die Einkäufe verstaute, vor die Nase: „Dragan muss ausziehen. Heute. Jetzt.“

Agnes: „Aber.“

Genzl: „Nichts aber. Lesen Sie, verstehen Sie. Ich hab darauf vergessen.“

Agnes: „Und.“

Genzl: „Er soll sich beim Roten Krebs ein Zimmer nehmen. Wird schon eins frei sein. Ich zahl.“

Agnes: „Das wird er nicht wollen.“

Genzl: „Das ist mir wurscht!“ (Kleines Aufbrausen. Abwinken. Agnes blieb ungerührt.) „Wo ist Džomba?“

Agnes: „Beim Tischler im Tal, er hilft aufladen, eine Lieferung nach Linz.“

Denk nach, Genzl, denk nach. „Beim Tischler ist er, beim Tischler. Hat er dir g'sagt, wann er wieder da ist?“ Im Stress die Agnes duzen, und Agnes kannte sich aus. Übernahm und fragte ab:

Ob er die Tablette genommen habe?

Hatte er.

Ob er den Mann eine Stunde vom Pfarrhof fernhalten könne?

Sogar zwei.

Ob es ihm selbst so weit gut ginge?

Warum sie frage.

Geht es ihm gut?

Ja.

Agnes: „Dann gehen Sie, Herr Dechant. Gehen Sie. Ich kümmere mich.“

Kein Wort zu niemandem solle sie verlieren, trug Genzl Agnes auf, drückte ihr die Hand und verschwand.

Zurück blieb Agnes mit dem Brief, den sie las, die Stirn runzelnd und die Oberlippe verziehend, die sich nicht nur im Lächeln verzog. Sie las: „... ersuchen wir Sie, wie besprochen, den Praktikanten nicht woanders unterzubringen, sondern ihn in Ihrer Nähe zu halten. Er bedarf enger geistlicher Begleitung auf seinem Weg zur Priesterwürde. Wir bitten, die sehr kurzfristige Entscheidung für die Eferdinger Pfarre zu vergeben und danken für die Unterstützung.“

Agnes strich das Papier glatt. Die Narbe in ihrer Handfläche juckte, sie rieb sie. Hörte den Hund bei der Wasserschüssel, machte sich an die Arbeit.

Eferding

Zwei Stunden sind für eine kleine Stadt wie Eferding eine lange Zeit. Eine davon verbringt man im Wirtshaus, in der zweiten geht man hierhin und dorthin und war schon überall, bevor sie zu Ende ist.

Genzl überlegte, in welches Wirtshaus er Raidinger einladen sollte. Zum Goldenen Kreuz, zum Richterwirt, zum Hiaslwirt? Nicht zum Hiaslwirt, zu nah an der Tischlerei, in der Dragan Džomba beim Beladen des Lkw half; möglich, dass er mit nach Linz gefahren war, möglich, dass er mit dem Tischlermeister beim Wirt saß. Obwohl, eher nicht. Einerseits wurde er nach und nach akzeptiert von den Hiesigen – das dauert, das hab ich ihm gesagt. (Genzl im stillen Selbstgespräch, sie entfernten sich recht langsam vom Pfarrhof.) Ich hab ihm das gesagt und erzählt von mir, sogar einem Dechant, einem so alten Tattergreis, wird das Nicht-von-hier-Sein vorgeworfen, das braucht dich nicht zu kränken. Andererseits war Dragan zu schweigsam für die Leut, müsste sich mehr anstrengen, mehr öffnen. Mehr reden sollst, Džomba, mehr reden.

„Wie bitte?"

Genzl erschrak. Hatte er laut gesprochen und nicht leise gedacht? Er wandte sich diesem Thomas zu, bei Tageslicht ein adretter Bursche, sehr rund halt, nur die Nase, diese große, scharfgeschnittene Nase, wie hineinmontiert in die sie umgebende Weichheit. War ihm drinnen nicht aufgefallen. Aber drehte der neue Pfarrpraktikant den Kopf, tat sich der Vorsprung auf. Ungewöhnlich. Rausam würde seine Freude haben.

„Wie bitte?" (Das war der Dechant. Gegenfrage auf Frage, altbewährt.)

„Ich dachte, Sie hätten etwas gesagt."

„Nein", antwortete Genzl, „ein Irrtum. Kommen Sie."

Entscheidungen fallen. Man ging ins nächstbeste Wirtshaus, in diesem Fall der Kirchenwirt, man verteilte seine Gunst ohnehin auf alle gleichmäßig. Und fand, dem Gast den Vortritt überlassend, im Gastzimmer dann vor den Gast tretend, wie um ihn zu schützen: Und fand am Stammtisch den Mesner Kollauer und seinen Freund Hans Reinanker. Konspirativ, dachte Genzl, denn die beiden beugten sich über einen Zettel, Kollauer mit dem Bleistift in der Hand.

Ha! Dachte Genzl weiter. Die Gelegenheit. Wusste zwar nicht, was ihm querging, aber der Eindruck blieb, es hätte sein Gutes, wenn er den Mesner und den lästigen Reinanker im Auge behielt. „Meine Herren“, sagte er laut. Kollauer steckte den Zettel weg. „Das trifft sich ja fein. Ihr gestattet, dass wir Platz nehmen.“ Und zwängte sich links und zwängte sich der Neue, der Pfarrpraktikant, rechts, und umzingelten die beiden (absichtsvoll und unwissend) die Kollaborateure, von deren Kollaboration Genzl keine Ahnung hatte.

Thomas Raidingers Nasenflügel bebten. „Gulasch“, sagte er und freute sich. Der Dechant hatte die Männer einander vorgestellt. Sein Mesner nickte zustimmend. Hans Reinanker, dessen Fahrrad schwarz und böse an der Hauswand lehnte, und der sich an einen grauen Regenschirm erinnerte, der ihn im November des Vorjahres fast zu Fall gebracht hatte, dieser Hans Reinanker schnaubte verächtlich.

Als Raidinger aber am Geruch voraussagte, dass die Würstl mit Saft, die sich Reinanker bestellt hatte, mit Debrezinern statt wie üblich mit Frankfurtern serviert werden würden, erstaunte ihn das jedoch sehr. Wie sich herausstellte, war der junge Mann mit einem außergewöhnlichen Geruchssinn gesegnet. Man vergaß die Zeit, man vergaß den Spaziergang und testete. Die Kellnerin wollte Raidinger, der sich die Brille abnehmen musste dafür, die Augen zuhalten, damit der Wirt mit den Gewürzen auftreten und eins nach dem anderen in größerer Distanz …

Es war so: Der Arzt Heinrich Rausam rühmte sich seiner feinen Nase, Thomas Raidinger, Pfarrpraktikant und neu in der Stadt, besaß sie. Rausam würde das Talent kennenlernen und sich in Zuneigung oder in Neid ergehen – über Kleinigkeiten wie diese dachte Genzl nicht nach, während er in seinem Beuschl rührte und das Treiben beobachtete. Die Wangen seines Hausgastes, seiner *Stütze*, färbten sich unter den jungen Fingern der Kellnerin rot, die Anwesenden unterhielten sich prächtig und sahen nicht aus dem Fenster.

Sahen daher nicht – weder Kollauer noch der Mesner – Agnes Kern einen Rucksack und einen schweren Mantel vorbeitragen, hätten sich fragen können, wohin die Reise, woher der Rucksack, der schäbig war, und ob sie keinen Koffer hätte und der Mantel sei sicher nicht der ihre.

Gedanken, die dem Dechant über seinem Beuschl durch den Kopf gingen. Wohin mit Dragan Džomba? Ein paar Tage in einem Fremdenzimmer. Und dann?

Genzl hatte sich im Lauf der vergangenen Monate an die Anwesenheit des Serben im Pfarrhof gewöhnt. Sogar der Hund war ruhiger geworden und folgte besser. Und Agnes, obwohl sie eine gewisse Distanz beibehielt, war weicher, gelassener, ließ sich vom Serben helfen und war zufrieden damit, diese Hilfe als Gegenleistung für Kost und Logis zu akzeptieren. Tat, als wäre es ihr Haus.

Soll sie, dachte Genzl und griff fast nach dem Pfefferstreuer, ließ es bleiben, seinem Magen zuliebe. Soll die Agnes sich zu Hause fühlen im Pfarrhof, hätte *sie* dort einquartieren sollen, hätte sagen sollen, hätte der Diözese entgegenhalten sollen – kommt jeder Einfall immer zu spät. Ballte sich Genzl schon wieder die Faust, um den Beuschllöffel ballte sie sich: zu spät.

Denn er hätte argumentieren können: Das Gästezimmer im Pfarrhof wäre nicht frei, da er, der Dechant, seine Köchin im Haus haben wollte, seiner angeschlagenen Gesundheit zuliebe. Agnes Kern, wie im beiliegenden Lebenslauf zu sehen, hätte zu Kriegszeiten in Lazaretten Dienst geleistet und verfüge daher über große Erfahrung. Sie im Haus zu wissen, wäre eine Erleichterung.

Und die alte Hintersteiger? Die Gendarmenmutter und Gendarmenwitwe und gewesene Frau Gendarm? Hätte man ihr die Agnes wegnehmen können guten Gewissens? Genzl schüttelte den Kopf über dem Teller. Nein. Die erste Hilfe, die dort wohnen blieb. Die einzige, die mit der alten, schwierigen Frau umzugehen wusste. Sie ertrug. Des einen Freud.

„Lasst mir doch den Herrn Raidinger in Ruh, was wird er sich denken." Sagte Genzl. Draußen ging aufrecht und ohne Tasche jeder Art auf Rücken oder in der Hand seine Agnes vorbei. Warf ihm durchs Fenster einen Blick zu, lächelte und nickte, als würde sie grüßen. Der Dechant erwiderte müde das Lächeln. Wandte sich zu Kollauer, Reinanker und Raidinger und hob sein Glas, um anzustoßen auf den Hausgast im Pfarrhof zu Eferding.

Blieb sitzen mit dem Neuen. Kamen andere Gäste, konnte man ihn gleich vorstellen. Bitteschön, wir haben einen Pfarrpraktikanten. Grüß Gott, willkommen in der Stadt. Wo er denn wohnen würde, das Gästezimmer wäre ja von … Genzl hatte es eilig, die Frage zu unterbrechen, bevor sie gestellt worden war. „Džomba?", sagte er und wunderte sich, dass nicht Kollauer oder Reinanker daran gedacht hatten. Oder nicht hatten fragen wollen. Überkam ihn wieder das Quere im Hirn, das Verhalten der beiden war ihm ein Rätsel. Ob Thomas Raidinger auch das roch? Dass hier eine Unstimmigkeit in der Luft lag, eine gespitzte Neugier seitens des Mesners und seines dunklen Freundes, denn dunkel war dieser Hans.

„Der ist ausgezogen", behauptete Genzl. Kam jeder Vermutung zuvor. „Er ist zwar oft im Pfarrhof, weil er, nun, weil ich ihn darum gebeten habe, mir bei etwas zu helfen." (Genauer, Genzl, genauer.) Der Dechant räusperte sich, trank einen Schluck, wischte sich den Mund, stieß auf. Fiel es ihm ein: „Unten, im Archiv. Ich bat ihn, mir mit den schweren Bänden zu helfen, hab etwas gesucht."

Kam Raidinger zuvor, der schon den Mund geöffnet hatte, der sich sicher erkundigen wollte nach der interessanten Arbeit im Pfarrarchiv, der seinen Sermon über dieses und jenes und den und überhaupt hätte ablassen können, oder schlicht fragen, worum es ging. „Forschung, Sie wissen", knappte Genzl. Knappte und zwickte den Gesprächsfaden ab. Legte gerade so viel Ungeduld in seine Stimme, dass man sich auskannte am Tisch: Der Dechant ist fertig, der Dechant will gehen.

Blieb aber sitzen. Dadurch stieg die Verwirrung.

Der, der sich nach der Unterkunft erkundigt hatte, war unverdächtig, ein freundlicher Mensch, dem Dragan zur Hand gegangen war beim Aufstellen eines neuen Zauns. Ziegen hatte der Mann, einen alten Hahn, Hühner und einen Bock, der ihm aus dem schiefen Gehege ausgebrochen war bei jeder Gelegenheit. „Jetzt sitzt er fest und beschwert sich." Der Kleinhäusler lachte, war mit seinem Leiterwagen gekommen, um die bestellten Eier zu liefern. Sagte: „Wenn Dragan eine Bleibe braucht, ich hab ein Zimmer frei für einen guten Arbeiter wie ihn. Wo ist er denn hin?" Niemand reagierte.

Die Gastzimmer von Wirtshäusern fühlen sich seltsam an, halten sich darin Menschen auf und keiner spricht. So ein Schweigen darf nie länger dauern als eine bestimmte Zeitspanne, wird sie überschritten, wird es ungemütlich. Breitet sich Unruhe aus. Daher und deswegen wurde in den Köpfen nach Belanglosem gesucht, während der Staub im Licht tanzte. Und sich die Kellnerin die Hände an der Schürze abwischte, die Wangen des Mannes mit der

Wundernase, dessen Augen sie zugehalten hatte im Spaß, waren unter der Berührung schwitzig geworden. Sie wischte sich die Hände ab und brach dabei das Schweigen: „Sie sind fertig, Herr Dechant?“ So kam wieder Bewegung in den Raum. Wurde geruckt und gemurmelt, aufgeatmet, geflüstert.

Man würde schon herausfinden, wo der Serbe untergekrochen war.

Hieß es nicht. Sagte man nicht laut.

Wo er jetzt war, in diesem Moment? Das war einfach: Dragan Džomba stand vor dem Fenster. Er trug seinen großen, schäbigen Rucksack, deutete dem Dechant, sah dabei weder ernst noch überrascht aus, eher fröhlich, wie einer, der sich über eine Gelegenheit freut. Die Kappe auf dem Kopf, den schweren Mantel um die Schultern.

Diesen Mantel hatte auch Genzl einmal getragen, im vergangenen November, als er auf dem Friedhof. Genzl griff sich ans Herz. Folgten die anderen der Handbewegung und dann dem Blick ihres Dechants zum Fenster, sahen dort den Serben deuten. Er legte die Zeigefinger übereinander in Form eines kleinen Kreuzes, zeigte danach in Richtung stadtauswärts, donauaufwärts, Au, Felder, Sportplatz, darüber hinaus.

Zeigte es Genzl und waren ihm die anderen einerlei. Die Augenbrauen gingen hoch, Frage im Blick. *Verstehst du, wohin, Dechant?* Und der hob die Schultern, öffnete die Hände, offene Handflächen. „Gut“, sagte er zu Dragan Džomba, der ihn durch das geschlossene Fenster verstand, winkte und abzog.

Aber nicht sofort.

Džomba ließ einen Gruß zurück, einen besonderen, gerichtet an seinen speziellen Freund Hans Reinanker. Seit seiner Ankunft in Eferding saß ihm der im Nacken mit Sticheleien und bösen Verleumdungen, mit offener Feindseligkeit. Wäre zur Schlägerei gekommen bei mehr als einer Begegnung, glaubte Reinanker, nämlich, dass es bloß aus Feigheit des anderen nicht dazu gekommen war. „Aus dem Weg geht er mir, der feige Hund“, knurrte er und war insgeheim froh, dort zu sitzen, wo er saß. Die anderen hätten aufstehen und Platz machen müssen, damit er. „Traut sich nicht rein, weil er weiß, dass ich ihn fertigmach“, plusterte sich Reinanker auf, die zehn, zwanzig Kilo, die ihm auf Dragan Džombas Gewicht fehlten, machten ihm keine Sorge. „Bin schnell wie ein ...“ *Fisch*, fiel Kollauer ein, der Mesner biss sich auf die Lippen. Legte die Hand auf den Arm des Freundes. „Nicht provozieren lassen, Hans, das bringt nur Ärger.“

Letztlich musste Hans, der Querulant, doch aus der Haut und über den Tisch fahren. Denn Džomba hatte ihn sehr wohl bemerkt, auch die gespielte Rage. Hatte gewinkt, sich umgesehen, war verschwunden nach links, um dann nach rechts vorbeizuradeln. Deutlich sichtbar. Auf dem schwarzen, schwarzen Rad, das keiner jemals anrührte, weil dessen Besitzer mit Mord und Totschlag und Anzeige und Rache drohte.

Weil keiner dem Querulanten in die Quere kommen wollte, nicht anstreifen bei dem, hieß es. War sein Geld willkommen beim Wirt oder im Handel. War sein Jähzorn unerwünscht. Und so flogen die Gläser, brachen die Teller, weil Reinanker über den Tisch fegte, Wutschaum, Geifer, rote Hörner, ein Teufel. (Erzählte Praktikant Raidinger später in der Pfarrhofküche Agnes Kern. Ein Einstand wie ein Theaterstück, sagte er. Die Hände über dem Bauch gefaltet.)

Über den Tisch fegte Reinanker, stieß den Kleinhäusler zur Seite, der das Strohkistchen mit den Eiern retten konnte, aber „Obacht“ schrie. Stieß die Kellnerin gegen die Garderobe, stolperte über den Schirmständer, fädelte bei einem Sessel ein, riss die Tür auf, rannte auf die Straße; die Kellnerin schimpfte und rieb sich den wehen Arm.

War Reinankers Fluchen deutlich zu hören im Geschiebe und Gerucke, denn nun waren alle auf den Beinen und wollten sehen. Das schwarze Fahrrad lehnte auf der anderen Seite des Eingangs, ordentlich und brav. Sah unbewegt aus und war bewegt worden.

Elf

Es hatte gerade erst begonnen. Draußen war es – die Tür war offen – verdächtig ruhig. Im Fenster, wo vorher der Serbe dem Dechant gedeutet hatte, tauchte Reinanker auf. Stand und starrte, den Kopf gesenkt, das Kinn nach vorne geschoben. „Oje", sagte die Kellnerin, die Susanne hieß und am Abend daheim der Mutter, bei der sie lebte, alles erzählte. Kein Detail ausließ. Sich bei der Beschreibung von Raidingers Wangenschweiß im Grausen schüttelte. Erwähnte, dass der junge Priester, ja eh, noch war er keiner, aber trotzdem: Der junge Priester war eigenartig, sie könne nicht genau sagen, warum.

„Mutter, du hättest den Dechant sehen sollen, wie der auf einmal aufgesprungen ist und auf die Straße gelaufen. Und wir alle hinterher. Und der Dechant ist so in der Tür gestanden, wir konnten gar nicht vorbei." Aber sie war gleich zum Fenster, hat es aufgerissen und wäre am liebsten hinausgeklettert. „Sind so niedrig, die Fenster, aber, Mutter, reg dich nicht auf, ich hab's doch bleiben lassen." (Und dachte bei sich: Früher wär ich geklettert, ist nicht lange her, da durfte ich es noch.)

Was Susanne gesehen hatte: einen anderen Hans Reinanker als den, den sie vom Bedienen her kannte. War zum Greifen nah. So nah, dass sie sich zurückzog, oder war es der Wirt, der sie zurückzog? Sie hatte gesehen, wie der Zorn den Mann veränderte. Wie sich alles straffte in ihm und er eine Energie ausstrahlte, die verwirrend war für die junge Frau, Mädchen, Frau, sie schwankte zwischen den Zuständen.

An diesem Fast-Mittag, die Glocken schlugen vier helle und elf dumpfe Schläge. Die Finger Reinankers zuckten mit jedem Schlag, die Arme vom Körper gewinkelt in Greifposition, das Holster fehlte und zwei Colts darin, einer links, einer rechts. Und still war's. Summten die Glockenschläge durch die Straßen, ein Wind hätte aufkommen können und tote, trockene Büsche vorbeitreiben. Am ersten Mann, dessen Fahrrad bewegt worden war ohne Zustimmung. Und am zweiten, der fünfzehn Schritte entfernt an der Mauer lehnte.

Lehnte an der Mauer des Nachbarhauses, das Gesicht in die Sonne gehalten. Dann, mit der Drehung des Kopfes, fiel ihm der Schatten der Kappe über die Augen. Drehte sich der Kopf, der Oberkörper, löste sich der Mann von der Wand, stand aufrecht, den Rucksack zu Füßen, den Mantel über den Schultern, nahm den Mantel von den Schultern, legte ihn, faltete ihn, bettete ihn über den Rucksack, lag die Hälfte auf dem Boden. Ging, nicht langsam, nicht schnell, in großer Gelassenheit (wenn es eine war), auf Reinanker zu. Der blieb, wo er stand.

Er ging Džomba nicht entgegen. Aber wich auch nicht zurück. Waren viele Augen auf ihn gerichtet, man konnte vermuten, eine Blamage wäre unvermeidlich gewesen. Hätte sich der Querulant auf sein schwarzes Fahrrad gesetzt und wäre davongefahren.

In den Fenstern hatten sich Leute versammelt. Auch gegenüber. Kam es endlich zu dieser Begegnung, von der alle wussten, dass sie einmal sein musste? Bisher hatte sich der Serbe von keinem ärgern lassen. Es war nicht so, dass alle im Ort diesen *Dschomba* ablehnten. Im Ort? In der Stadt, ihrer Kleinheit zum Trotz. Im Nibelungenlied erwähnt in einem Vers. Die Frau, die der Astronom Johannes Kepler hier geheiratet hatte vor dreihundertfünzig Jahren, war eine Eferdinger Bürgerstochter gewesen. Die Stadt hatte auch eine jüngere Geschichte und darin genug Erzählungen, die wenig ruhmreich waren. Schwamm drüber, bald würde Österreich frei sein und ein neues Kapitel beginnen.

So verwirrend war das. Und in diesem verwirrten Zustand sich auch noch um das Fremde kümmern, das übrig geblieben war vom Krieg oder zugezogen. Das sich einordnen musste, während sich das andere, das bisherige, neu orientierte oder wieder in die alten Bahnen fand. Mitunter das Gewand gewechselt hatte, wie direkt nach Kriegsende die Fahnen. Und es nach verbranntem Stoff stank. Hatte nach schlimmeren Dingen gestunken, wenn der Wind von Linz her wehte.

Genzl, kümmer dich. Genzl, wach auf.

Der Dechant hielt den Blick fest auf Dragan gerichtet. Jetzt wäre es gut, wenn er auch ein *Wort* an ihn richten würde, ihn ansprechen. Ihn beruhigen, daran hindern, etwas Dummes zu tun. Dachten die einen, die mit dem Serben kein Problem hatten, und die anderen hofften auf die Eskalation. Ihnen war der Fremde egal, aber Reinanker ein Dorn im Auge. Eine Abreibung mitten auf der Straße. Und falls dann beide verschwänden aus Eferding, wäre jedem geholfen.

Genzl schluckte. Dragan hatte sich über die letzten Monate gut erholt und wieder Kraft in den Muskeln, wie er sagte. Das Essen von Agnes wäre der Grund dafür. Und der Schlaf in der Kammer. Und dass er seit vielen, vielen Jahren in keinem richtigen Bett geschlafen oder ein Zimmer für sich gehabt hatte. Sein Körper war gesund und über die Seelennarben sprach er selten, vielleicht, wenn er trank, vielleicht auch dann einzig mit dem Dechant. Einmal werde er ihm alles erzählen, und der Dechant darauf (vor zwei, drei Wochen war das gewesen): „Wart nicht zu lange damit, Dragan. Ich bin alt wie die Welt.“ Und Dragan: „Was kann sein? Nur, dass ich es deinem Grab erzähle und du still liegen und zuhören musst.“

Dieser Dragan war ein Freund geworden, wie ihn sich Genzl nicht erwartet hatte in der Neige seines Lebens. Und dieser Freund näherte sich Reinanker, der sich wiederum mehr und mehr anspannte, falls das möglich war, und der nun doch eine Bewegung in die Richtung des anderen unternahm. Eine sehr kleine Bewegung, ein Ruck. Und „Nein“, schrie Susanne hinter dem Fenster und hielt sich den Mund zu. (Wird später auch das der Mutter verschweigen.) Das „Nein“ kam Reinanker gelegen. Statt wie ein Bulle den Kopf gesenkt zu halten, richtete er sich auf. Holte tief Luft. Sprach den Gegner, so das einer war, an: „Willst Schwierigkeiten, *Dschomba*?“ Dass man so viel Verachtung in einen Namen legen konnte.

Der Schatten, der über Dragans Gesicht gezogen war, umhüllte den ganzen Mann. Antwortete nicht. Spuckte aus. Der Kleinhäusler, der sich an Genzl vorbei ins Freie gedrängt hatte, wollte sich ihm in Weg stellen, ihn besänftigen und wurde vom Dechant zurückgehalten. „Wart, Silvester“, sagte er. „Aber Herr Dechant.“ Zitterten die Eier in ihrem Strohkistchen, das der Mann in seinen Händen hielt. Zitterten mit den Händen mit. „Herr Dechant, das gibt Blut, wenn wir.“ – „Warten, hab ich gesagt.“

Was tat Džomba? Er krempelte sich die Hemdsärmel hoch. Erst links, dann rechts. Er öffnete die oberen Knöpfe. Er dehnte, ohne Reinanker aus den Augen zu lassen, den Nacken, bis er knackte.

Reinanker wieder, lauter: „Ich hab g’fragt, ob du Schwierigkeiten willst? Kannst haben. Komm her.“ Rührte sich sonst nicht.

Und dieser Džomba, dieser Stadtfremde, der den braven Bürgern und Bürgerinnen den Dechant und die Ruhe verdarb? Ein Serbe noch dazu. Früher hätte man gewusst, wo er hingehört, geisterten genug Bilder vom Lager in alten und in jüngeren Köpfen. Man hätte es stehen lassen sollen für so einen. Man hätte es nach dem ersten Krieg stehen lassen sollen, man hatte ja gesehen, dass es im zweiten Krieg auch gebraucht worden war.

Das Lager. Es wird noch auferstehen unter den schweren Stiefeln und der schweren Seele des Dragan Džomba.

Aber bevor er dorthin kommen konnte, wo es einmal gewesen war, musste er Hans Reinanker in die Schranken weisen, ihn mit einer Geraden oder einem sauberen Kinnhaken aus den Schuhen heben. Ein Schlag und er läge. Ein Schlag, und müsste der Arzt geholt werden und jemand zur Gendarmerie laufen und zehn Männer den Serben greifen und festhalten, ihn dingfest machen. Hatten sie nicht davon geträumt, am Friedhofstor, damals? Aufgehetzt durch den schwarzen Hans?

Waren einige von denen, die greiflustig am Tor gestanden waren, unter den Zuschauern. Und wusste einige von denen nicht, zu wem sie halten sollten. Ging nicht darum. Ging um eine Unterhaltung. Formulierten im Kopf schon die Sätze, mit denen sie erzählen würden davon, der Frau daheim, den Freunden, den Kollegen bei der Arbeit.

Wer zugriff, war Dragan. Das Rad griff er im Vorbeigehen, es folgte seiner Hand, rollte an seiner Seite, verlor seinen Zauber, rollte mit den Reifen in der Luft. Wird er es werfen, wird er ihm das Fliegen beibringen und Hans Reinanker damit erschlagen?

Der blieb reglos. War mutiger, als man ihm zugetraut hatte über die Jahre.

Da standen sich zwei gegenüber, fast Nasenspitze an Nasenspitze, durch das quer gehaltene Rad getrennt. „Nimm's", sagte Dragan. Und beugte sich zum Ohr des anderen, flüsterte etwas hinein. Musterte Reinanker, mit den Händen in den Hosentaschen, denn der hatte das Rad genommen.

Und dann trennten sich die Männer. Hans Reinanker setzte sich auf sein Rad, fuhr grußlos davon.

Dragan Džomba verriet nichts. Klopfte dem Dechant auf die Schulter, grüßte an ihm vorbei Thomas Raidinger, der hinter Genzl die Gasthaustür blockierte. Das wäre also der Pfarrpraktikant, so sehe er aus, der Dechant habe von ihm erzählt. Er werde sich wohlfühlen im Pfarrhof, ein guter Ort zum Leben. Sagte er, während er sich die Hemdsärmel herunterrollte.

Nur der Dechant bemerkte die Färbung seiner Rede. Die zurückgehaltene Wut, die Džomba mitgebracht hatte in die Stadt und die sich auf- und anstaute. Würde ausbrechen und aufbrechen und jemandem das Genick zerschlagen. „Dragan", begann er und wollte ihn auf die Seite ziehen, dort wo Rucksack und Mantel lagen. „Čekaj. Warte."

Ging ein paar Schritte rückwärts, von der Tür weg, zu den geöffneten Fenstern. Suchte jemanden. Grüßte Susanne, die ihn verschreckt ansah. Oder war es böse? Rückwärts ging Dragan, bis er, im zweiten Fenster, Kollauer sah. Grüßte auch ihn. „Mesner", sagte er. Näher an ihn heran. „Schau", sagte er, „was mir heut in Linz jemand zugesteckt hat." Zog ein Stück Papier aus der hinteren Hosentasche, war arg zerdrückt. War der Brief von der Diözese. Sah aber keiner, sah nur Kollauer, weil durchs Fenster ihm vor die Nase gehalten. Mit dem Finger auf eine Stelle gedeutet. Ein Buchstabe, das D, tanzte und tanzte in den Reihen der Sätze. Wie auf der alten Olympia des Pfarrers, die der Serbe repariert hatte. Schwergängig war sie gewesen. Klingelte wieder fröhlich jedes Zeilenende ein.

Zeigte den Brief Kollauer und schob ihn zurück in seine Tasche, als dieser die Hand danach ausstreckte. „Ich behalt ihn lieber", sagte Dragan und ließ den Mesner stehen, wo er war.

Deinham

Die kaputte Rückbank des Volkswagens war für den Transport von Menschen ungeeignet, und das war ein Glück. Genzl betrachtete sein graues Auto. Agnes hatte es auf dem Feldweg geparkt, der – von der schmalen Landstraße abzweigend – hinter dem Zaun des Serbenfriedhofs in die Felder führte und weiter zum benachbarten Bauern. Dem man den Weg versperrte, sollte er kommen. „Soll kommen“, sagte Genzl. „Setzen Sie sich, Agnes, so lange wir hier Sonne haben.“ Pfiff den Hund zu sich, der im Gras zwischen den Gräberreihen schnüffelte und dort nichts zu suchen hatte. Nahm ihn an die Leine.

Sie saßen auf der Bank vor der Hütte, lehnten sich an das noch warme Holz der Bretterwand und warteten auf Dragan Džomba. Die Sonne tauchte zwischen die Bäume, die Luft wurde kühler und kühler, ab und zu fuhr oder ging jemand vorbei, keiner blieb stehen, bloß einer aus der Deinhamer Siedlung, die mit gehörigem Abstand zum Kriegerfriedhof (*Lagerfriedhof*, *Serbenfriedhof*, *Ehrenfeld*) auf jener Erde erbaut worden war, auf der man früher anders gewohnt hatte, unfreiwillig.

„Sie sprechen in Rätseln“, sagte Agnes, als sich der neugierige Deinhamer verabschiedet hatte. „Aber ich sag doch gar nichts“, meinte Genzl und nickte seinem Auto zu, das brav genug gewesen war, Thomas Raidinger aus Platzmangel die Mitnahme zu verweigern. Als könnte sie in seinen Gedanken lesen, begann Agnes Kern, von Raidinger zu reden. Der neue Praktikant würde sich wundern, wo sie blieben. Ob es gut wäre, ihn allein im Pfarrhof zurückzulassen, wo er ja …

„Wo er sich in Ruhe einrichten kann und in allen Kästen wühlen und spionieren, so viel er Lust hat“, unterbrach sie Genzl. „Aber das ist nicht der Grund, warum er hier ist." Nahm Bonnie auf den Schoß. Setzte den Hund zurück auf den Boden. Sah die Oberlippe seiner Haushälterin ins Schiefe wandern und begann zu erklären. „Raidinger ist ein Geschenk der Diözese, Agnes. Man prüft durch ihn meine Fähigkeit für das Amt; er wird gefragt werden, ob ich zu krank und zu alt bin, ob man mich ins Pfarrer-Ausgedinge schicken soll. In ein Kloster. Wie das dort drüben", sagte er und zeigte Richtung Pupping, wo die Glocken der kleinen Kirche die Dreiviertelstunde einläuteten. „Und wenn", fuhr er fort, „ich etwas mache, das dem Sinn der heiligen katholischen Kirche widerstrebt, weil zu widerständig, oder, wie sie sagen, zu kommunistisch." Er lachte laut, zwei Krähen schimpften, erschrocken über das raue Gelächter: „Dann werden sie meinen Verstand gnädig als verwirrt bezeichnen und mich heiligsprechen, noch bevor ich vor dem Herrn steh. Auch so kann jemand mundtot gemacht werden."

Sagte er. Schwieg hin zu den schlichten Kreuzen, die keine richtigen Kreuze waren, sondern niedrige Stelen, Pflöcke, in den Boden gerammt dicht an dicht, mit Schildern quergenagelt die einen. Die anderen ohne Schild den Namen eingeritzt, eingeschlagen, eingraviert und ausgewaschen alle Schrift. Oder von Beginn an, von ihrem Ende an nackt und namenlos die Unbekannten verscharrt und markiert der Ort des Unbekannten mit einer namenlosen Stele.

Zum Herrn, dachte Genzl. Da liegt er vor mir, dieser Herr. Tausende Gräber für Tausende Menschen. Und hinten, die Italiener, denen richtige Kreuze aus Stein gegönnt worden waren posthum als Ehrerbietung, im eigenen Abschnitt des Friedhofs, damit auch hier die Grenzen eingehalten werden zwischen den Völkern, damit ja ein Unterschied gemacht wird unter den Toten, obwohl alle gleich elend gelitten hatten und gestorben waren. Die Italiener, dachte Genzl, müssen sich zu fünft, sechst das Grab teilen, die

Namen, Geburtsjahre und Sterbedaten auf schwarzen Täfelchen aufgelistet. Auch dort drängte sich das verlorene Leben zusammen. Das Herz bricht einem und bricht einem ständig und hört nicht auf zu brechen, beginnt man zu zählen und zu rechnen, Achtzehn-, Zwanzig-, Dreißigjährige, Söhne, Väter, Brüder, Kinder, Kinder, Kinder allesamt.

War der Hund auf die Bank gesprungen und wühlte sich mit der Schnauze voran in die Armbeuge des Dechants. In den Mantel hinein. „Herbert“, sagte Agnes, nannte ihn so in den seltenen Momenten, in denen sie zu großer Nähe fähig war. Sprach Genzls Vornamen sanft aus, als legte sie ihre Hand auf die seine. Brauchte nichts weiter. Er kam zurück von den toten Italienern, flog zwischen den Eichenbäumen zur Bank vor der Hütte, die Teil des Friedhofs war und seit einigen Monaten unbewohnt.

„Vor Raidinger will ich mir keine Schwäche erlauben“, schloss Genzl und damit das Thema ab. Aus diesem Grund die Eile, mit der Dragan das Gästezimmer räumen musste, denn selbstverständlich hatte er, Genzl, den Pfarrpraktikanten an diesem Tag und zu dieser Stunde erwartet. Und war vorbereitet gewesen. Er zwinkerte. „Oder, Agnes?“

„Natürlich“, sagte sie.

Und staunte in die Landschaft. Vor dem Friedhof, durch die Straße getrennt, neigte sich eine Böschung hinunter zur Wiese, ein lichter Auwald verbarg die Donau, war wenige hundert Meter entfernt, wehte ein Gemisch herüber, ein Geruch aus Wasser und Bäumen, fischiges Grün, gibt es das? Auf der anderen Seite, von Pupping bis Hartkirchen und nach Aschach hinüber, Felder, Felder, Felder, gesäumt von der Hügelkette, die das Eferdinger Becken begrenzt, die Schaumberger Leithen mit der Burgruine mitten im Hang. Agnes war aufgestanden, um sich zu strecken, um sich umzusehen, dieses satte Bauernland zu betrachten, das bestellt worden war und weiter bestellt wurde, weil im

Märzen der Bauer die Rösslein einspannt. Den Traktor anwirft. Über den Acker geht und aussät mit weitem Wurf. Und pflanzt und düngt und werkt und tut.

Wie daheim, dachte Agnes, senkte den Blick auf ihre Fingernägel. Trugen keinen schwarzen Rand, trugen schon lange keinen schwarzen Trauerrand mehr, waren weder rissig noch abgebissen, waren gefeilt und gepflegt, schlanke Ovale mit kleinweißem Halbmond am Nagelgrund ein jedes.

„Schauen Sie", sagte Genzl. Denn eine Gestalt zog heran, zog einen Leiterwagen hinter sich her, beladen mit Kleinzeugs und diesem und jenem, was man brauchen kann, bezieht man eine Hütte, die, seltsam genug, auf einem Friedhof steht. Nicht in der Mitte, nein, schön in einem Eck, mit eigenem Gatter im Heckenzaun und einem schmalen Kiesweg, der zu ihrer Tür führt. Wer den besuchen wollte, der in dieser Hütte wohnte, kam auch jenen nah, die in den Gräbern lagen.

„Schau", wiederholte Genzl, sagte es zu sich oder zu Bonnie, die schwanzwedelnd an der Leine zerrte.

Dragan Džomba hielt sich nicht damit auf, den Hund zu streicheln. Er hatte den Wagen vor der Bank abgestellt, den Rucksack vom Rücken genommen, einen Schlüssel aus der Tasche geholt. Er ging zur Tür: Der Schlüssel sperrte. Der Serbe verschwand im Inneren, man hörte seine Schritte auf dem Bretterboden, draußen lauschten der Dechant und Agnes, und der Hund lauschte auch. Wurde drinnen gehustet, alte Luft und Staub, wurden die Fenster geöffnet reihum, klirrten Gläser. Dann, am Brunnen hinter der Hütte, pumpte Dragan so lange, bis das Wasser nicht mehr braun floss, wusch die Gläser aus, brachte Genzl eins und Agnes eins und sich eins, hatte im Leiterwagen zwischen der zusammengerollten dünnen Matratze und einem Bündel alter Decken eine Flasche Schnaps stecken, deren Korken er mit den Zähnen zog und in die Wiese spuckte, dass der Hund nur so danach schnappen wollte. Füllte die Gläser, dieser Dragan. Genzl war aufgestanden, er hatte sich erhoben vor dem Moment, und „Prost“ sagte er. Dann tranken sie, dann schritt Dragan Džomba zu den nächststehenden Grabstelen und goss Schnaps ins Gras.

Schon in der ersten Nacht im Eferdinger Pfarrhof hatte er gewusst, hatte es erfahren durch Fragen und Wiederfragen und Reden und Zuhören in der Küche am Tisch, das ins Leder gerollte Werkzeug neben sich auf der Bank, dass er hierhergehörte, auf das Ehrenfeld, den Kriegerfriedhof, der von Bäumen, Steinkreuzen, Stelen und über siebentausend Leichen bevölkert war und als Serbenfriedhof im Volkswissen abgespeichert, denn auf diesem Stück Land, hinter seinen Zäunen und unter seiner Erde, hatten Dragan Džombas Landsleute überwältigende Majorität.

Und: „Hier find ich ihn“, sagte er, abgewandt von Genzl und Agnes Kern, dunkler werdend im Gegenlicht, und der Dechant sah darin ein stimmiges Bild, fand, dass sich etwas zurechtrückte, wie bei jeder Ankunft.

Gruberin

Dragan war im vergangenen Winter oft nach Deinham gewandert, auf den Serbenfriedhof, hatte die Hütte besehen und überlegt und dann, zurück im Pfarrhof, mit Genzl geplant, wann er einziehen könnte, hatte sich zum Warten überreden lassen, sollte alles seine Richtigkeit haben. Nicht nur war es zu kalt und die Hütte zwar geräumig, aber alles andere als wohnlich, fehlten ein neuer Ofen und die Einrichtung und musste das Dach repariert werden.

Musste aber auch die Zuständigkeit eingehalten werden und der Bürgermeister der Gemeinde, auf deren Grund der Friedhof lag, Bescheid wissen und einverstanden sein. Nicht gezwungen, sondern so, als wäre es sein Einfall. Wären Briefwechsel und Gespräche und Telefonate mit ihm und anderen Gemeindemitgliedern nötig, Verhandlungen und zögernde Annäherungen, und mit dem Schwarzen Kreuz, das zuständig war für Pflege und Erhalt. Zumindest drei weitere Wochen hätte es gebraucht für alles unter Dach und Fach gebracht.

„Dragan", hatte der Dechant an einem Abend im Februar gesagt, bei einer halben Zigarre, einem Schluck Wein im Arbeitszimmer, warm war es dort und hatte es Schnee ans Fenster getrieben, es weiß verziert. „Dragan, es wird bei dir daheim nicht anders sein: Die Leut brauchen Zeit, bis sie sich gewöhnen an eine Idee. Wärst einer von hier, wäre es einfach. Könnt ich sagen, schaut, da haben wir den Nachfolger von der alten Gruberin. Würd reichen."

Die Frau war im vorigen Sommer ins Altersheim gebracht worden gegen ihren Willen, weil mehr und mehr gebrechlich und vergesslich. War herumgeredet worden zuvor über die Dauer von zwei, drei Jahren. Von wegen, die Alte zu verpflanzen würde nichts besser machen, im Gegenteil, die Hütte, der Friedhof, das wäre sie gewohnt. Käme trotz ihrer Verwirrung zurecht. Sagten jene, die wenig mit ihr zu tun gehabt hatten. Die manchmal vorbeigegangen waren, wenn sie murmelnd mit dem Binden ihrer Räucherbündel beschäftigt gewesen war. Die Kräuter zum Trocknen an der Hüttenwand aufgehängt, schlug Nägel ein und spannte Schnüre dazwischen, die Gruberin, und an guten Tagen gab sie ein Räucherbündel oder einen Lavendelstrauß her gegen Kleingeld.

Diejenigen, die sie anders kannten, sprachen dagegen. Hörten sie um Hilfe schreien in der Nacht, und wenn sie hinliefen, um ihr zu helfen, wurden sie von der Gruberin grob beschimpft und verjagt. Dann wieder, an friedlichen Tagen, stand sie bei den Nachbarn im Garten oder vor der Tür, ließ sich nicht abwimmeln, musste gar, wenn es regnete oder schneite, hereingelassen werden ins saubere Haus, was alle vermeiden wollten: Die Gruberin roch streng, und selbst fiel es ihr nicht auf.

Aber immer, wenn jemand Offizielles Nachschau halten wollte und prüfen, ob die geforderte behördliche Verbringung der Person Pauline Gruber, geborene Pauchler, Witwe nach dem im Ersten Weltkrieg an der Ostfront gefallenen Gärtnergesellen Gottfried Gruber, ob deren Verlegung in ein Altersheim gerechtfertigt wäre: Wie durch ein Wunder war sie bei diesen Besuchen gewaschen, in halbwegs sauberen Kleidern und zeigte nur leichte Merkmale beginnender Desorientierung. Altersgemäß, hieß es. Mit etwas nachbarschaftlicher Unterstützung und dem Beistand der Puppinger Klosterbrüder durchaus fähig, allein zu leben. Zu hausen, war gemeint. War im Amtsdeutschen nicht vorgesehen.

Die Gruberin hatte die Hütte lange bewohnt und sich gekümmert um den Kriegerfriedhof mithilfe zweier Bauernburschen, die das Gras mähten und die Zäune in Schuss hielten und auch sonst. War vom Schwarzen Kreuz alles organisiert und gab es ein Zubrot, ein kleines Einkommen für die Frau. Bis sie begonnen hatte, den Hausrat zu vernachlässigen, und der zur Hütte gehörende Garten verwilderte. Friedhofsgemüse. Blumen hatte sie gepflanzt, aber die Übersicht verloren. Sie riss die Veilchen aus und ließ den Löwenzahn stehen. Jätete den Schnittlauch und goss das Unkraut. War nichts mehr anzufangen mit der Alten. War, und das sahen eben einzig die unmittelbaren Nachbarn, zu ihrem Schutz notwendig, sie unter Aufsicht leben zu lassen, mit einem warmen Zimmer und einem weichen Bett und drei Mahlzeiten am Tag und in Gesellschaft.

Ein Glück im Unglück war daher das große Hochwasser im Juli 1954. Ein Jahrhunderthochwasser. Zwei Tage lang, ein Mittwoch war's und ein Donnerstag, hatte starker Regen die Bäche und Flüsse und die Donau ansteigen lassen und das Eferdinger Becken überflutet. Von den Kirchtürmen aus nur Wasser rundherum. Schäden über Schäden, Lebenswerke zerstört und nicht nur das Getreide verdorben. Die Jugend baute sich Flöße und schob sich darauf mit Stangen durch ihre Dörfer. Die Feuerwehr im Dauereinsatz, um Leute, Vieh und anderen Besitz zu retten, sofern es diesen nicht stromabwärts geschwemmt hatte. Und dazwischen die Gruberin vor dem Friedhof auf und ab laufend, das Wasser ihr bis vor die Füße reichend. Nach einer Zille schrie sie, watete und schwamm, und nie hatte jemand zuvor die Gruberin schwimmen sehen.

Es waren nach dem Krieg die meisten Zillen im Donauraum zerstört worden auf Verlangen der Russen, um Flucht zu verhindern und illegale Geschäfte. Aber gab es neue und gab es eine alte in der Au versteckt, und dorthin wollte sie schwimmen, die Frau, mit Rock und Kopftuch und den Lederschuhen an den Füßen, und wollte sie holen, um die Friedhofstoten in Sicherheit zu bringen. Hieß es dann. Wurde erzählt, nachdem das Wasser aufgetrocknet war und der Schlamm zurückgeblieben. Hellgrauer Schlamm mit Rissen darin, steinhart, wo er nicht rechtzeitig weggeschaufelt werden konnte.

Und ja, es stimmte, dass sie um ein Boot geschwommen war, aber nicht die Toten wollte sie retten, die am Friedhof vergrabenen Soldaten. Die hatten sie nie sehr bekümmert. Ihre Kräuter, ihre Lavendelsträuße, ein paar Lebensmittel, einen Koffer mit Gewand und einen Teil der Aussteuer, die sie noch immer aufbewahrte. Wer weiß, was in ihrem Kopf vorgegangen war?

Die Gruberin war ins Wasser gestiegen und geschwommen, war herausgefischt worden schon halb ersoffen, war in die Rettungszille der Feuerwehr Aschach gezogen worden wie ein Bündel nasser Fetzen. Und ohne Umschweife und Nachfragen zum Trocknen ins Altersheim Leumühle bei Eferding gebracht.

„Gell, Gruberin", hatte es endlich geheißen, „hast eh genug gearbeitet in deinem Leben, bleibst jetzt hier, kannst dich ausruhen und bedienen lassen, hast es dir verdient." Und die Gruberin saß mit wackelndem Kopf im Altersheim, ein weiter Weg zu ihrer Hütte, weinte oft, drehte die Gichtfinger im Schoß und wusste nichts anzufangen mit ihnen. Verfiel zusehends.

„Traurig ist das", sagten die Leute, und dass der Serbenfriedhof nicht mehr derselbe wäre, seit. Kein Licht in den Hüttenfenstern in der Nacht. Kein Rauch aus dem Schornstein. Kein mit Tannenreisig, Mistelzweigen und Stechapfelblättern geschmücktes Friedhofstor. Erinnerten sich die Leute und lachten. Sonderbar war sie schon gewesen. Wer weiß, wär's besser, man hätte sie dort sterben lassen und hinten bei den Italienern begraben.

Genzl plagten Schuldgefühle beim Gedanken an die Gruberin. Die ihm bei einer Beichte (noch gesund im Kopf) die Angst gestanden hatte, aus ihrem Zuhause vertrieben zu werden. Die allein auf dem Friedhof nie einsam gewesen war und jetzt vereinsamte, im Zweibettzimmer zusammen mit einer Witwe aus Eferding, die gut beieinander war, die sie aufzumuntern versuchte und plauderte und redete vom Morgen bis zum Abend.

„Vielleicht sollte ich." Hatte Genzl damals begonnen bei diesem Gespräch mit Dragan im Februar. Abgebrochen den Satz. Das Schneetreiben vor dem Fenster. Der Gedanke, die Friedhofswärterin manchmal nach Deinham zu bringen, sie auf die Bank vor der Hütte in die Sonne zu setzen, sobald es dafür warm genug wäre. Aber deren Verwirrung. Und ob.

Der Dechant ließ es bleiben. Erst den einen dorthin siedeln. Dann über das Weitere nachdenken. (Ob sie im Frühjahr schon zu den Bettlägrigen gehören würde?)

Genzl hatte zu husten begonnen. Sich entschuldigt. Ein Brösel Tabak wäre ihm in den Hals gerutscht. Den angerauchten Zigarrenstumpf im Aschenbecher, der auf seinem Schreibtisch stand, ausgedrückt. Etwas energischer als nötig. Dann das Gespräch fortgesetzt: „Wärst also ein Hiesiger, sie würden dich auf Händen in die Hütte tragen, Dragan. Freiwillig will dort keiner wohnen, haben sich sogar vor der alten Frau gefürchtet." Weil sie Geschichten erzählte von Gesichtern am Fenster in der Nacht, die aussahen, als gehörten sie Soldaten und Offizieren von ausländischen Armeen. „Auf dass dir, wenn du den Platz der Gruberin eingenommen hast, Dragan, die Gespenster nichts anhaben, das Geisterheer in den Raunächten einen Umweg macht und den Serbenfriedhof auslässt." Der leichtvolle Klang der Weingläser in der holzvertäfelten Ruhe des Arbeitszimmers. „Willst zur Sicherheit ein Kruzifix aufhängen? Such dir eins aus, ich hab genug."

Hatte es sich weggelacht, das schlechte Gewissen, der Dechant. War beinah gleich alt und oft, das ahnte er, verwirrter als die gute Frau Gruber. Deren Unterbringung im

Heim er zu verzögern gewusst hatte mit seinen eigenen Mitteln. Was sonst wäre die Lösung gewesen?

Aber hatte alles seinen rechten Lauf genommen, beschleunigt zuerst durch das Hochwasser und dann richtig ins Rollen gebracht durch die Ankunft des Pfarrpraktikanten Thomas Raidinger. Denn schon ein paar Tage nach dieser Unterredung zwischen Genzl und Dragan Džomba, bei der es geheißen hatte, es würde noch Wochen brauchen, bis alles erledigt und der Umzug in die Hütte endlich möglich sein würde. War Eile geboten. Wurde der Neue, Raidinger, im Pfarrhof zurückgelassen unter dem Vorwand, er solle sich für den ersten Besuch der Stadtpfarrkirche Zeit nehmen. War Dragan Džomba zum Kleinhäusler Silvester Moor gewandert, der ihm vorgeschlagen hatte, zur Einrichtung der Hütte beizutragen aus seinem Sammelsurium. „Lauter Klumpert", hatte er gesagt, aber es fände sich gewiss etwas. Waren, während die beiden Männer in Silvesters Holzhütte nach Brauchbarem suchten, Agnes und der Dechant nach Hartkirchen gefahren, zu dessen Gemeindegebiet Deinham zählt. Denn, so Genzl vor dem überrumpelten Hartkirchner Bürgermeister: Die Hütte müsse schnellstens besetzt werden, es wären auf dem Kriegerfriedhof, dem Ehrenfeld, Spuren einer Schändung entdeckt worden.

Bürgermeister: „Von wem?"

Genzl: „Ausgerechnet von einem Serben."

Bürgermeister: „Ein Serbe hat den Friedhof geschändet?"

Genzl: „Ein Serbe hat's entdeckt."

Bürgermeister: „Aber nicht der, der bei Ihnen im Pfarrhof ..."

Genzl: „Džomba, doch. Genau der."

Und blies die Lüge so schamlos auf, dass Agnes Mühe hatte, ernst zu bleiben. Zuckte ihr die Lippe verdächtig, könnte aber auch die Empörung gewesen sein, weil Dreck über den Zaun geworfen worden sein soll, altes Gerümpel und Zeitungen und mehr.

Genzl: „Als wär's ein Mistplatz. Eine Schweinerei ist das."

Der Bürgermeister rot im Gesicht. War ihm der Kragen eng geworden, dem beständigen Mann, auf den sich die Gemeinde verlassen konnte, der einen guten Ruf hatte und wenig Gegnerschaft. Wollte wen schicken zum Zusammenräumen und Wiederherstellen des vorherigen Zustands.

Genzl: „Nicht nötig. Alles schon weg. Der Džomba hat's erledigt."

Der Bürgermeister, die Wangen hellrot nach wie vor: „Allein?" Ein Zweifel.

Agnes, die Lippe stärker verziehend, sich abwendend.

Genzl, geistesgegenwärtig: „Allein, wie soll das gehen? Der Silvester Moor hat ihm geholfen. Haben das Zeug weggebracht."

Und da ohnehin ein Nachfolger für die Gruberin gefunden werden müsse. Und man nicht zögern solle wegen der Vorfälle. Würde sich logischerweise anbieten, dass Dragan Džomba. Ab sofort. Der wäre damit einverstanden. Das Behördliche könne man ja noch klären.

Genzl: „Das soll sich doch nicht wiederholen, oder, Bürgermeister?"

Der Bürgermeister nickte. Nein, sollte es nicht. Und ja, später das Behördliche klären. „Soll bei Gelegenheit zu mir aufs Gemeindeamt kommen."

War ihm nicht anzusehen gewesen, ob er etwas zurückgehalten hatte. Es sich fürs Dorfwirtshaus aufsparte, vor dem oft ein schwarzes Fahrrad lehnte. Für ein Gelächter nach zwei, drei Gläsern. Dass sich da zwei gefunden hätten, Silvester, der Einfältige, und Dragan, der Serbe. Früher oder später wäre zweiterer ohnehin auf dem Serbenfriedhof gelandet, würde es heißen am Stammtisch.

Irrlicht

Zwei Räume gab es. Einen Vorraum und einen Hauptraum. Ein Klosett. Kleine Fenster. Die Wände, das Dach, der Boden: Holz. Zwischen den Latten Streu eingedämmt. Dragan umschritt die Hütte, fuhr mit dem Finger in die Spalten, wo sich die Bretter verbogen und verzogen hatten. War feucht, war trocken. War, sobald das Wetter stabiler wurde, auszubessern. Musste Abstand nehmen, der neue Bewohner, um die Lage einzuschätzen: Stand, die Stille des Friedhofs im Rücken, zwischen den Stelen. Das letzte Licht des Tages machte das Sehen schwer. Eine Leiter hing an der rückwärtigen Hüttenwand, eine Sense daneben. Morgen würde er sich den Dachboden vornehmen, oder übermorgen. Zuerst die beiden Räume sich herrichten, damit man darin leben konnte und es mehr war als ein Hausen. Anständig leben. Was immer das geheißen hatte, früher. „Und wenn ich's verlernt hab?" Sagte Dragan zu niemandem. Kein halbes Jahr im Pfarrhof, so schnell gewöhnt sich der Mensch an ein ordentliches Bett und an warmes Essen. An Sauberkeit und frische Wäsche. An Gesellschaft, an Menschen.

Hätte gern den Hund hierbehalten. Den psić des Dechants, die kleine Bonnie. Es wäre nicht der erste Hund auf einem Friedhof gewesen. Kannte Geschichten und hatte erlebt, der Serbe. Aber Bonnie war zu unruhig, würde die Fasane jagen und die Hasen, die unter dem Zaun durchschlüpften. Die Eichhörnchen. Die Hühner, falls er welche halten würde. Würde er?

Nun also, sagte sich Dragan. Knapp über fünfzig und bettest dich zur letzten Ruh auf einem Totenacker, auf einem, wie hatte Genzl es genannt? Auf einem Ehrenfeld. Beziehst ein Haus. Ist es die letzte Ruh? Ankommen, suchen, finden und dann. Eins nach dem anderen, Dragan Džomba.

Bald war die Hütte kaum auszumachen, hier gab es keine Straßenlaternen, waren Wolken aufgezogen und es windig geworden. Kein Mond, keine Sterne, keine Elektrizität im Haus, kein Feuer im Ofen. War drauf und dran, sehr frisch zu werden, frostig.

So war Dragans erste Nacht in der Hütte, die zwischen Donau, Auwald und Feldern auf dem Kriegerfriedhof stand.

Spät fuhren zwei Buben auf ihren Fahrrädern vorbei, sahen eine Laterne über den Boden schweben, und hin- und hergeschwenkt sei sie geworden, ein tanzendes Irrlicht, wie in den Sagen, die sie in der Schule lesen mussten. Keuchten die Buben den Eltern vor, deren Haus eines der neuen Häuser in der benachbarten Siedlung war; und die Eltern glaubten ihren Söhnen nicht.

So war Dragans erste Nacht in der Hütte: Er war noch einmal hinausgegangen, da es drinnen zu einsam war. Hatte eine Laterne gefunden, eine Kerze hineingesteckt und angezündet. Einmal den Zaun entlang, rundherum. In die Reihen hinein, und wo es Namen zu lesen gab, diese gemurmelt. *Ja sam Dragan. Sada živim ovde, braćo moja.* Ich leb jetzt hier, meine Brüder.

Braćo moja. Meine Brüder. Lachte es, dieses flackernde, tanzende Irrlicht, das die Buben gesehen hatten, das sie dazu brachte, schneller in die Pedale zu treten; und jahrelang würden sie vom Schreck jener Märznacht im Jahr 1955 erzählen: ein lachendes, tanzendes Irrlicht auf dem Serbenfriedhof. Und konnten nicht einschlafen vor Angst und Ärger, weil die Eltern es nicht geglaubt hatten, nicht nachsehen wollten, obwohl keine dreihundert Meter entfernt und starke Taschenlampen im Haus.

So war Dragans erste Nacht hier: Hatte die Laterne in ein Fenster gestellt. Die Tür verschlossen. Die dünne Matratze, die ihm der Kleinhäusler Silvester geschenkt hatte, auf der Holzpritsche ausgerollt. Sich so, wie er war, hingelegt. Fror unter der Decke. Die Kerze brannte herunter, erlosch. War kurz ein Glimmen zu sehen, das sich nicht festhalten ließ mit den Augen. War das Dunkel im Inneren dichter als draußen, und widerstand Dragan der Versuchung, aufzustehen und seinen Rucksack zu packen.

Weil es keine Vorhänge gab, drehte er sich auf der Pritsche zur Wand, dachte sich zurück in der Zeit, womöglich half auch das gegen die Kälte. Dachte an Agnes, die darauf bestanden hatte, sein neues Heim zu begutachten. Ob es eines Menschen würdig wäre. War, Dragan schloss die Augen, um das Bild sich ins Gedächtnis zu rufen, mit verschränkten Armen mitten im größeren Raum stehen geblieben, die Lippe verzogen, war's Erstaunen gewesen oder Mitleid? Hatte geschwiegen und den Kopf geschüttelt. Erst beim Abschied gesagt, im Pfarrhof gäbe es Sachen doppelt und dreifach. Man könnte ein Zuhause daraus machen. Aus dem da. Zeigte hinter sich. Sie käme vorbei.

Keine Frage, ob es ihm recht sei. Eine Ankündigung. Keine Frage auch an Genzl, ob der Pfarrhof Inventar entbehren könne.

Dragan auf seiner Pritsche lächelte. Und weiter zurück in der Zeit ging es. Wochen, Monate. Pfarrhof, Eferding. Weiter. Wien, die Jahre dort. Weiter. Die lange Reise. Weiter. Immer tiefer ging es hinunter, die Donau entlang Richtung Balkan. Bis er einschlief, ein weißer Vorhang wehte aus einem hellen Haus, ein Sommertag und Stimmen und ein Plätschern an der Save.

Und aufwachte am nächsten Morgen, so, wie er eingeschlafen war. Bitterkalter Raum. Dragan streckte sich, ächzte, sah zu den Fenstern, ob jemand dort gewesen war in der Nacht. Lässt sich das feststellen im Nachhinein, bleibt ein Wehen zurück, wenn es sich um Durchlässiges gehandelt hatte? So etwas wie einen Geist oder ein Geisterheer vom Soldatenfriedhof?

„Budalo matora“, schimpfte sich Dragan. Dass man im Aufwachen oft ein Kind ist, gut und schön, aber einmal muss Schluss sein. Muss Lärm gemacht werden, in die Stiefel geschlüpft und kräftig aufgestampft und die Fensterflügel aufgerissen, dass das Glas im Rahmen schepperte. Auch das war zu kitten, alles Schäbige und Kaputte und heute zu beginnen damit.

Zwei Buben radelten langsam vorbei, hatten wenig geschlafen in der Nacht, hatte sie das Irrlicht in ihre Träume begleitet, jetzt mussten sie nachsehen auf dem Weg in die Schule. Zu sehen war ein nackter Mann, der sich am Brunnen wusch, mit einer Hand am Brunnenschwengel, mit der anderen den dicken Wasserstrahl sich über den Körper schöpfend und spritzend und das Gesicht hineinhaltend und schnaubend und die Haare darunter, und gar nicht beruhigt waren die Brüder, aber etwas zu erzählen hatten sie.

Postkarten

Die Tür stand offen, die Fenster ebenfalls. War Dragan bei Tagesanbruch von der Pritsche gerollt und hatte ihr, in die Decke gewickelt, einen Tritt versetzt. Auf, auf, alles auf. Luft rein, Wind rein, auch ein Friedhof ist lebendig, besonders der, der den Toten überlassen bleibt; keine Kränze, keine Kerzen, kein Grabschmuck.

Falls doch, fraßen die Rabenvögel das Wachs und zupften die Hasen das Grün aus den farbigen Gebinden, die an festlichen Tagen zum Gedenken und unter Gerede und so weiter. Oder die manchmal bei einzelnen Kreuzen zu finden waren, hingelegt zu ihren Füßen; ein Ratespiel, ruht die gefallene Verwandtschaft (die sich längst in der Zeit entfernt hatte) tatsächlich hier? Immer wieder kam es vor, dass Fremde beim Tor zögerten, allein oder in kleinen Gruppen. Hatten ein, zwei, drei Gräber ausgewählt, und die Rehe, die über den Zaun sprangen in der Dämmerung, hatten zu tun. Während die Fremden in die Heimat zurückfuhren, italienische, albanische, serbische, rumänische, russische Städte und Dörfer ins Hügelland eingebettet wie dieser Friedhof hier.

Fuhren zurück und hatten eine Pflicht erfüllt, ein Foto geschossen und dem Bauern, bei dem der Großvater, Vater, Onkel, der ältere Bruder, der Jugendfreund in einem der großen Kriege zur Zwangsarbeit verpflichtet gewesen war, und von dem er (der Großvater, Vater, Onkel, der ältere Bruder, der Jugendfreund) in den seltenen Postkarten aus dem Kriegsgefangenenlager Aschach/Hartkirchen geschrieben hatte: Es seien gute Menschen gewesen. Es habe ihm dort an nichts gefehlt. Er sei mit den Bauersleuten am Tisch gesessen. Er habe mit ihnen am Tisch sitzen dürfen. Hätten ihn behandelt wie ihresgleichen.

Und saßen in den Zügen die Nachkommenden, mit den alten Postkarten in der Hand, diese flüchtigen Besucher, die eine Pflicht zu erfüllen hatten den Großmüttern, Müttern, Tanten, den Schwestern und sich selbst gegenüber. Und waren erleichtert und waren es nicht. Wurden daheim erwartet und mussten erzählen, mussten auf Fragen antworten: Hatten der Altbauer und die Altbäuerin in ihren Augen Tränen der Erinnerung an den Dragoljub, Janko, Eugenio, Lazar, Avram, Wasilij, Bekim? Und waren sie freundlich zu denen, die die Erinnerung ins Haus gebracht hatten? Nach so vielen Jahren. Nach den beiden großen Kriegen, bei denen der zweite auf die alte Last frisch eine neue gestapelt hatte.

Konnten die Besucher nichts anbieten außer verschlossene Türen und viel zu viele Gräber. Reimten sich Heldengeschichten zusammen, während die Züge sie zurückbrachten. *Zurückschaukelten.* Erfanden nicht zu viel und nicht zu wenig, gerade genug, um den Großvater, Vater, Onkel, den älteren Bruder, den Jugendfreund auf ein kleines Podest zu stellen, auf dass er herausrage aus der Masse der hier an Typhus, Ruhr und Menschenelend und Gewalt und Heimweh und gebrochenem Herzen elend Verreckten.

Und manche erfanden zudem die Lüge, dass von dem riesigen Lager, das im Ersten Weltkrieg von hier nach dort weit über dreißigtausend Mann gefasst hatte, das mit eigenem Postamt, Bäckereien, Dampfwäschereien, einer Telefonanlage mit dreißig Sprechzellen, Operationszimmern, Werkstätten, einem Pumpwerk und einer von acht Brunnen gespeisten Wasserleitung, verschiedenen Zonen, Stationen und militärischer Ordnung in der Nacht, vom Bergfried der Ruine Schaumberg aus betrachtet, als eigene Stadt hell geleuchtet hatte mit unzähligen elektrischen Lampen. (Ein wundersamer Anblick sei das gewesen, erzählt man sich.)

Logen, dass von dem Lager mehr übrig geblieben sei als sein Friedhof. Dass man nicht alles geschliffen hätte, sondern. Dort, wo Vierkanter und schöne Felder waren und der

Segelflughafen am Fuß der Schaumberger Leithen. Logen, um zur Ruhe zu kommen, zu einem Abschluss, dass eine Baracke stehen gelassen worden war und statt der Gefangenen nun ein Lager-Museum beherbergte, mit einer Tafelwand aus Marmor an der Außenseite, in die alle Namen der Verstorbenen geschlagen waren. Schulkinder würden hergebracht, ein beliebtes Ziel für Wandertage, vorbildlich gelebte Heimatkunde.

Und nach dem Museumsbesuch werden, stellt euch vor, von den Kindern Feld- und Wiesenblumen gepflückt und auf dem Friedhof bei den Kreuzen verteilt. (Gelogen.) Und dort, wo der deine, meine, unsere ruht mit großer Wahrscheinlichkeit ganz bestimmt, liegen besonders viele Blumen, als ob seine gute Seele die Kinder anziehe. Hast du nicht erzählt, dass ihm, dem Vater, Großvater, dem Bruder, Onkel, Jugendfreund, die Kinder immer zugelaufen waren? Warum ich keine Fotos davon gemacht habe? Ich hab's dir gesagt, der Film war aus, das Licht war schlecht, die Kamera kaputt, die Blende falsch. (Alles gelogen.)

Und gaben die Postkarten zurück, den Großmüttern, Müttern, Tanten, den Schwestern und sich selbst; und standen in der Fremde Kistchen und Pferdchen und geschnitzte Pfeifen aus Birnbaumholz auf Ehrenplätzen. Kleinode, die in den Lagerwerkstätten von Dragoljub, Janko, Eugenio, Lazar, Avram, Wasilij, Bekim hergestellt und den braven Bauersleuten als Andenken geschenkt worden waren und nun zurückgegeben. Und wurden ihre glatten Flächen gestreichelt und beweint und belächelt. (Und waren Teil der Beschwichtigung, waren Lüge, auf dem Trödelmarkt vor dem Bahnhof gekauft, in aller Eile und Verdrängung, weil der Zug bereitstand und zur Abfahrt gepfiffen wurde gleich und gleich.)

Aber Dragan Džomba war nicht zurückgefahren mit falschen Geschichten und Souvenirs im Koffer. War viele

Jahre unterwegs gewesen und endlich auf Um- und Abwegen hier angekommen im beginnenden Frühjahr 1955.

Stand am Morgen dieses Tages in der Hüttentür, bevor er sich aufmachte, Silvester Moor den Leiterwagen zu bringen. „Bringst ihn mir wieder und kriegst ein Frühstück", hatte der am Vortag gesagt, als sie das Nötigste aufgeladen und verschnürt hatten, in der Holzhütte ohnehin zu wenig Licht, um weiter nach Brauchbarem zu suchen. Und Agnes Kern und der Dechant schon am Serbenfriedhof warteten.

Am Morgen nach dieser ersten Nacht schepperte es und zwitscherte und trieb es den Wind durchs Haus, ruckelten blaugraue Tauben mit schmalen Köpfen, saßen am steinernen Brunnentrog und gurrten lauter, als Dragan sich dort auszog, um Kälte mit Kälte zu vertreiben. Sich nackt wusch am Brunnen, obwohl noch alles im Schatten. Die Tauben flogen aufs Dach und schauten herunter vom First, flatterten auf, als zwei Buben erst langsam vorbeiradelten, dann schneller, dann so schnell sie es vermochten.

Dragan schloss Fenster und Türen nicht, zog sich an, noch feucht und fröstelnd, das Zittern unterdrückend. Eine Kunst, die ihm, als er ein Kind war, der Alte am Fluss beigebracht hatte, ihm gezeigt, wie mit Kälte umzugehen war. „Du musst dich konzentrieren, Draško", hatte er gesagt. Sie waren am Save-Ufer gestanden, zwischen den Steinen das flache Wasser mit Eis überzogen. Ein magerer Greis und ein dünner Bub, weicher Flaum zwischen den Schulterblättern den Rücken hinunter, die weiten Hosen aufgekrempelt. Daneben der Alte ohne Hemd, gebückt die Schuhe ausgezogen, die Socken, das Kind ihm nach: „So", hatte der Alte gesagt. Standen in der Eissonne und froren, und wenn das Zittern kam, konzentrierten sie sich und ließen es nicht zu. Dass man mehr aushält, als man glaubt. Dass ein bisschen Kälte einem nichts tut. Dass man freier ist, wenn man damit umgehen kann. Der Alte, ein Einsiedler mit im Dorf verspotteter Weisheit, hatte dem kleinen Draško, der von ihm lernen wollte, die warme Hand auf den Rücken gelegt. Weil sich die Wärme bewahren lässt. Es dauert, bis einer erfriert.

Das kalte Wasser des Flusses seiner Kindheit. Dragan Džomba, die Jacke offen, den Kopf unbedeckt, das Hemd nicht bis oben zugeknöpft. Den leeren Leiterwagen hinter sich herziehend, auf dem Weg zum Kleinhäusler Silvester. Wusste die Donau ganz in der Nähe und dass es dort Stellen gab, wo sich das Eis lange hielt, und welche, die flach oder tief waren. Wusste, dass jener, wegen dem er hier war, der sich von ihm entfernt hatte in der Zeit, sich wie er selbst am Ufer der Save gegen die Kälte gewappnet hatte. Mit dem Alten im tiefsten Winter Löcher ins Eis gehackt und hineingeglitten, nach Luft schnappend und lachend und. (Was für ein Mann aus ihm geworden ist, Draško. Und du bist wie er. Du erinnerst mich an ihn.)

War durch die Baracken des Lagers Hartkirchen/Aschach, von denen keine einzige mehr stand, deren Bretter verheizt worden waren oder verbaut in Scheunen und Holzhütten und Stallwänden, war durch diese Baracken der Wind gezogen wie ihm durch die Hütte? Und hatte es Eisblumen an den Fensterscheiben gegeben und einen Kanonenofen, dessen Glut in der Nacht erlosch, und am Morgen Atemwolken vorm Gesicht und Zittern und Fluchen? Und war einer auf seiner Pritsche gelegen und hatte der Kälte widerstanden? War etwas freier gewesen als die anderen.

Sah Dragan, all das sah er auf seinem Weg durch die frühe Märzsonne. Der Leiterwagen rumpelte, Knospen an Sträuchern und Bäumen, eine Ahnung von Grün, die Triebe der Tulpen und an geschützten Flecken die ersten weißen und gelben Blüten.

Silvester

Der einfachste Mensch, den Dragan in Eferding kennengelernt hatte, war Silvester Moor, jener Kleinhäusler, dem er zur Hand gegangen war beim Zaunflicken. Silvester, ein schmaler, altersloser Mann mit sonnenbrauner Haut auch im Winter, verkaufte Eier und Kräuter, hielt Ziegen, lieferte den Wirtshäusern die Osterkitzerl, übers Jahr Kaninchen und verdingte sich gelegentlich als Arbeiter bei den Bauern. Zu seinem schlichten, ärmlichen Haus, einem der ältesten Häuser in der Gegend, gehörte ein Stückchen Grund, auf dem er zwischen Obstbäumen anbaute, was dort gedeihen wollte. Ein mit Weiden und Büschen zugewachsener Bach, eher ein Rinnsal, begrenzte den Grund am hinteren Ende, wo auch sieben Bienenstöcke standen, gelb und grün. Silvesters Honig war bekannt, seine selbst gezogenen Kerzen brannten gut, sein Wesen war freundlich, jeder mochte ihn, aber niemand nahm ihn ernst. Der Silvester böckelt, hieß es nicht einmal hinter vorgehaltener Hand.

Silvester lebte allein, erst waren ihm die Eltern gestorben, dann die Frau. „Das ist schon so lange her", sagte er zu Dragan, „ich weiß gar nimmer, wie sie ausgeschaut hat." Aß weiter, fragte, ob's ihm schmeckte und ob ihm die eine Nacht in der Friedhofshütte nicht gereicht hätte. Dass er bei ihm auch leben könne, gäbe eine Kammer, die wär frei. „Die hab ich für dich frei gehalten."

Klein war das Haus, großzügig Silvester als Gastgeber. Schlief im Erdgeschoss, das nur aus diesem Raum bestand: Stube und Küche in einem. Schlief auf der Bank und das, wie er versicherte, gut. Im Vorhaus eine schmale Stiege in den ersten Stock mit den Dachschrägen, dort drei winzige Zimmer. Die Bauern mieteten sie an für ihre Erntehelfer und Handwerker, die sie nicht am Hof haben wollten. Die dann in der Stube am Tisch saßen und aßen und tranken und schwätzten, und keiner hatte je Silvester Moor schlafen sehen. Er war auf, wenn sie die Stiege herunterpolterten, er war noch munter, wenn sie ins Bett gingen. Hatte am Morgen Kaffee gekocht und Brot auf den Tisch gestellt. Und in der Nacht, wenn sie nicht und nicht schlafen wollten, seine Untermieter, seine Schlafgänger, wenn sie Karten spielen mussten und trinken, saß er mit roten, müden Augen auf seiner Bank und lächelte. „Gut is“, sagte er, „gut is.“ Und schlief auch dann nicht im ersten Stock, in einem richtigen Bett, wenn ein Zimmer leer stand, und oft stand eins leer.

Dragan hatte sich aufgewärmt; so einen Tischherd, wie ihn Silvester hatte, brauchte er auch. „Willst noch eine Eierspeis?“, fragte der. Dragan aß, trank, schwieg, dachte nach. Ihm fiel ein, was er hatte fragen wollen: „Hast kein Bild von deiner Frau behalten?“ Doch, hatte er. Deutete an die Decke. „Waren früher zwei Zimmer oben. Ein kleines für die Eltern und ein größeres für die Frau und mich. Hab drei draus gemacht, als sie gestorben ist.“

„Und? Was ist mit dem Bild?“

Silvester trug die schwere Pfanne zurück zum Herd, wischte sie aus und zeigte nicht sein Gesicht dabei. Aber sprach; das sprach er: „Ich hab sogar drei Fotografien von ihr. Eine als Schulmädchen, da war sie so dick.“ Zuckten die Schultern. Wischte den Kochlöffel ab, griff zum Schürhaken, öffnete die Ringe in der Herdplatte, das Feuer glühte. „Eins ist unser Hochzeitsfoto, da war sie schlank und hübsch und ich daneben. So einen wie mich hat sie genommen. Du glaubst es nicht.“ Wischte erneut, aber sich über den Mund, steckte das Taschentuch ein. Atmete tief.

„Glaubst es nicht“, wiederholte Silvester. Und: „Ich zeig dir was. Weilst es du bist. Braucht sonst keiner wissen.“ Ging vor ihm die Stiege hinauf. So schmal war die, dass Dragan links und rechts anstreifte an den weiß gekalkten

Wänden und sich danach den Kalk von der Jacke putzen musste. Oben gebückt im hintersten Zimmer, kaum breiter als ein einzelnes Bett und ein Nachtkastl, das Fenster wie ins Haus geschnitten. Klopfte Silvester ans Holz, in die Schräge hinein. Hatte er verkleidet, hatte das Dach neu gedämmt damals. „Weil heroben gibt's keine Heizung", sagte er, und dass im Winter alle Zimmertüren offen stehen und unten die von der Stube, damit die Wärme heraufsteigen kann. „Aber hier", sagte er und klopfte ein zweites Mal aufs Holz, hohl klang das. „Hinter den Brettern, zwischen den Balken, da hab ich das Kistl hineingepackt, und im Kistl sind die Fotos und anderes von ihr. Und von den Eltern die Ahnenpässe, die sind da auch, weiß nicht, warum ich die dazugelegt hab. Vielleicht, dass s' nicht so einsam ist, die Frau." Und dann hatte er alles vernagelt und verschalt und kein Türchen lassen zum Rausholen.

Er hätte auch überlegt, sagte er, als sie hintereinander hinuntergestiegen waren und wieder am Tisch saßen, in den Grabstein ein Bild von der Frau zu setzen. „Das, was ich genommen hab fürs Totenbild. Mit dem sind's drei. Das Totenbild ist auch im Kistl." Aber als er beim Steinmetz gefragt habe, war's dann doch zu teuer gewesen. „So teuer", sagte Silvester und schüttelte den Kopf.

Was sagen nach einem Bekenntnis wie diesem? Fragen, warum der Mann, der sein Kaffeehäferl, dem der halbe Henkel fehlte, in den Händen drehte und in Gedanken nach dem Gesicht seiner Frau suchte, warum er jede Erinnerung ins Dach eingezimmert hatte? Will er darüber reden, wird er es tun. „Vielleicht hat deine Frau ihrer Mutter ähnlich gesehen, das kommt oft vor." Sagte Dragan, um etwas zu sagen. Um keine Stille aufkommen zu lassen, still war es in der Nacht genug gewesen.

Nach dem Waschen am Brunnen hatte er Silvesters Leiterwagen zurückgebracht, auch war er ihm Arbeit schuldig für das Zeug, das ihm der Kleinhäusler überlassen hatte. „Brauchst nicht“, wehrte der ab. „Hat mir nur Platz in der Holzhütte weggenommen, bin froh, dass ich’s weiterhab, das Klumpert.“ Und dass er, Dragan, mit dem Wenigen kaum eingerichtet sein könne, daher: „Sag, wenn was fehlt.“

Einen Herd wie den vom Silvester hätt er gern, ein Bett, auf dem man sich nicht den Rücken wundliegt, elektrisches Licht, einen Sessel oder zwei, einen Tisch und genug Geld, um all das zu kaufen. Die beiden lachten. Verstanden sich. Verschwiegen hatte Dragan die Vorhänge für die Fenster, oder Fensterläden, die sich fest zumachen ließen. Hast Angst, dachte er bei sich. So ist das. Und sagte, laut: „Vorhänge brauch ich keine, kann mir beim Schlafen zuschauen, wer mag.“

Zog ein wenig später den Leiterwagen zurück zu seinem Friedhof, war nicht weit. Hatte sich noch mehr gefunden im Gerümpel der Holzhütte, auch ein dreibeiniger Hocker, wie ihn die Schuster haben. „Musst bloß den einen Haxen fest anschrauben, dann wird er halten. Den schenk ich dir.“ Als wär’s das erste Geschenk gewesen.

Die Nähe war ein Glück, konnte jederzeit der eine zum anderen. Weil ein Bienenstock umgefallen war oder ein Baum zu fällen. „Der da ist tot, aus dem wird nix mehr.“ Silvesters Hand am morschen Apfelbaum. „Wennst ihn fällst, bekommst das Holz.“

So war er, der Kleinhäusler. Jeder mochte ihn, keiner nahm ihn wirklich ernst. Ging an Dragans Seite zum Kriegerfriedhof, um seinerseits, wie tags zuvor Agnes Kern, zu begutachten, was zu richten war. Vier Augen und vier Hände sehen und schaffen mehr als zwei.

Ging und lächelte jedes Mal, kam es zu einer Begegnung. Die Frauen, die in ihren Gärten die Frühlingsarbeiten machten. Die an die niedrigen Hecken traten und grüßten und fragten, wie es denn ginge, wie das Jahr wohl werden würde, ob es guten Honig verspräche, welche Lostage was bedeuteten, was der hundertjährige Kalender besagte, ob er bei nächster Gelegenheit Eier vorbeibringen könnte, ob man eins der Kinder schicken sollte.

Der Postler hob den Finger an die Mütze: „Servus, Silvester, wie geht's dem Bock, warst schon im Stall, sag nix, ich riech's eh, nix für ungut, gell?"

Ein Großbauernsohn hoch auf dem gelben Traktor, neu und laut: „Silvester, willst mitfahren, nein? Der Vater hätt die Woche Arbeit für dich, oder wart, für deinen Freund auch, will er sich was verdienen, sagst dem Vater, ich hätt euch g'schickt." Und fuhr davon, der künftige Hoferbe, winkte, ohne sich umzudrehen.

Ging und lächelte jedes Mal, dieser Silvester. Und verschwand das Lächeln, blieb auf der Strecke, nach der Begegnung. Dragan hatte das Strenge, das Leere, das Verlorene bemerkt, das an seine Stelle trat und sich zurückzog beim nächsten Menschen oder einem Hofhund, der frei herum- und ihm zulief, beim Anblick von allem, was spross, bei allem, was zu begrüßen war.

Begrüßte in diesem Sinn auch Dragans Hütte: „Schau an, wie sie dasteht. Schön in der Sonne, hast einen guten Blick rundherum, wirst sehen, da gewöhnst dich schnell ein, Dragan, mein Freund."

Gold

Am Tag nach dieser ersten Nacht war die Tür aufgespreizt und standen alle Fenster weit offen, zog der Märzwind durch die Hütte und Silvester, der Einfältige, schaute sich um. War lange nicht mehr hier gewesen nach dem Auszug der Gruberin, um deren Hausrat zu ordnen und ihr ins Altersheim zu bringen, was sie brauchte und vermisste. „Weißt", sagte er zu Dragan, „die war wie eine Großmutter für mich, obwohl ich hätt ihr Sohn sein können. Hab viel gelernt von ihr." Nahm einen Besen aus dem Eck, murmelte Schande und Saustall und begann zu kehren. Hielt inne nach ein paar Besenstrichen, wirbelte der Staub um ihn herum und um Dragan, der sich nicht gerührt hatte.

„Stehst da wie ein Baum", sagte Silvester. „So wie damals. Weißt noch?"

Das war vor knapp fünf Monaten gewesen, im November, die Hütte leer geräumt, das Zeug weggebracht oder verbrannt. Der Kleinhäusler war gekommen, um die Ritzen mit Zeitungspapier zu verstopfen und nach einem Handspiegel zu suchen, den die Alte verlegt hatte. Muss irgendwo sein, hatte sie gebeten. „Silvester, den Spiegel noch, sei so gut, dann hab ich alles, was ich brauch. Dann bin ich glücklich." Hatte sie gesagt. Und das Unglück war ihr im Gesicht gestanden. Silvester hatte es schwer ausgehalten bei ihr im Heim, so viel Qual und Trauer in den Leuten. Aber das Ding hatte er suchen wollen, die Ritzen verstopfen, einmal rund um die Hütte Ordnung schaffen, sie abschließen und dann den Winter kommen lassen. Hatte genug zu tun. Hatte schon spekuliert damit, dass das Schwarze Kreuz ihn fragen würde. Und gehadert und überlegt, was er sagen sollte, falls sie ihm die Arbeit, die Friedhofspflege, antragen.

War mit diesen Überlegungen und seinem Leiterwagen Ende November nach Deinham gewandert, Krähen lärmten in den Bäumen und alles ein Schemen, ein Nebelland. Hatte tief die Luft eingesogen, würzige, rauchige Novemberluft, liebte den Nebel seit jeher, und wie er die Geräusche dämpfte und das Licht streute und das Grau sich schattierte. Kam zum schmalen Gatter in der Hecke, die den Kriegerfriedhof straßenseitig begrenzte, dahinter die Hütte, neben der sich die Gräber ausbreiteten hin zum Haupteingang, der Nebel hing über allen Stelen bis zum italienischen Teil am anderen Ende, aber nichts zu sehen natürlich. War alles verdeckt, schwebte es über dem Friedhof wie über den leeren Feldern.

Aber stand das Gatter offen und einer wie ein Baum reglos dahinter. Ein Stamm, ein Pfahl, etwas, das damit beschäftigt war, in den Boden zu wachsen. So war es Silvester vorgekommen, bevor er den Schreck überwunden hatte und sich traute, den Fremden anzusprechen. „He, du“, hatte er gesagt. Leise, dem Nebeltag angemessen. „Willst Wurzeln schlagen?“ Und: „Suchst wen? Ich kenn mich aus hier. Srbin? Italiano?“ Klaubte im Kopf zusammen, was ihn die Gruberin gelehrt hatte, die Brocken dieser und jener Sprache, weil immer irgendwer kam und fragte in einer Art, die keiner hier verstand.

Der andere, der Stamm, der Pfahl, hatte sich nicht gerührt, musste Silvester um ihn herumgehen, wollte ihn frontal anreden und schwieg, als er den Ausdruck sah und die Erschütterung. Da war einer von weit her gekommen, war lange gewandert. Erkannte derjenige, der nirgends gewesen war, Linz manchmal, Wels selten, Passau ein Mal in seinem Leben. Der nicht tauglich und nicht einfältig genug gewesen war für den Krieg und seine Vernichtung, dem man beides nachgesagt hatte. (Dem Tachinierer. Der Schande fürs Vaterland.) Leid über Leid sah Silvester Moor und schob seine Vergangenheit zurück in das Loch (das Kistl hinter dem Holzverbau), in dem sie liegen sollte und Ruh geben.

Am Abend dieses Tages im Herbst 1954 hatte sich der Nebel längst verzogen und herrschte Ordnung rund um die Hütte, die Fenster und die Tür fest verschlossen, der Spiegel nicht gefunden, und Dragan Džomba wärmte sich erstmals in der Stube des Kleinhäuslers auf. Dessen Zimmer besetzt waren, er hätte ihn sonst hierbehalten. Mit dem Serben, so fand er, war ihm ein anderer Spiegel zugefallen. Aber wer war er, um solche Gedanken zu haben.

Jetzt war's März geworden, schien die Sonne hell und lärmten die Vögel. War die Hütte aufgewacht nach dieser Nacht mit einem lebendigen Serben auf dem Serbenfriedhof. Lachte Silvester. Freute sich, weil er Dragan ein Lächeln abgerungen hatte, weil sich der wieder bewegte und nach dem Besen griff: „Brauchst nicht sauber machen für mich, das kann ich selbst." Aber nix. Ließ es nicht zu, der andere. „Du richtest dich jetzt ein, holst die Sachen vom Leiterwagen. Los."

Was sich nach dem gemeinsamen Frühstück, nach Eierspeis und Kaffee, in der Holzhütte des Silvester Moor neben dem dreibeinigen Schuster-Hocker gefunden hatte und an diesem Tag den Besitzer wechselte: vier weiße Teller, davon drei leicht angeschlagen, aber alle mit geblümtem Rand. Ein grob geflochtener Brotkorb, den Dragan am Brunnen gründlich wusch, war im Dreck gelegen und ungewiss, welcher Dreck. Ein Topf mit Deckel, eine kleine Truhe, die auch als Sitz zu verwenden war, Löffel, Messer, Gabel, drei Häferl. Und mehr. Nicht genug, aber ein Anfang.

Und so wischten und putzten sie, staubten die Bretter ab, die als Regale an der Wand hingen. „Schaut immer noch leer aus", sagte Silvester, als sie fertig waren. War unzufrieden mit der Behausung des Freundes. Er ging hinaus, war ein Goldregenstrauch übrig geblieben vom Garten der Gruberin, brach einige kurze Zweige ab. „Hier“, sagte er, hielt sie Dragan hin. „Gib's in ein Wasser, stellst es ans Licht vors Haus, viel Sonne, kein Wind.“ Dragan flog eine Erinnerung an. Lächelte wieder, war Schmerz hineingemischt. „Und dann blüht's schneller als am Strauch. Das meinst.“ Ja, ja, nickte Silvester, dann blüht's schneller, dann hast was Hübsches fürs Regal, die Frau habe es immer so gemacht. Und nett wär das gewesen. Schön.

Zögerte, zog sich zurück aus der Begeisterung. Weil, vielleicht. Schaute den Freund von der Seite an, könnte es sein, dass der sich lustig machen würde über ihn; der Silvester, der richtet euch die Wohnung ein so gut wie jede Ehefrau. Schämte sich für den Gedanken, aber nur ein wenig. Er hatte jedes Recht, den Leuten zu misstrauen, und tat es, versteckt hinter seiner Freundlichkeit. Er wusste um seinen Spitznamen, der ein Schimpfname war. Der Einfältige (stach es ihm in der Brust).

Dragan hatte nah an der Hüttenwand einen sonnigen und windgeschützten Platz gefunden für die Äste, sagte: „Schau.“ Und dass er sich auf die Blüten freue. Sagte er frei heraus, ohne Unter-, Neben-, Überton. Und dass er ihm etwas zeigen wolle. „Komm rein.“

Drinnen lag der Rucksack auf dem Boden, Dragan nahm ihn und leerte ihn auf der Pritsche aus. War nicht viel. Gewand. Die Lederrolle mit dem Werkzeug. Und ein flacher Umschlag, in Leinen gewickelt und gut verschnürt. Dragan knotete die Fäden auf, tat sich schwer und lag das Schwere nicht an den Fingern. Aber Knoten für Knoten und Schicht für Schicht lösten sich, wurden ab- und aufgewickelt, der Umschlag braun und fleckig, darin etwas in Seidenpapier geschlagen. Hielt es, besah es. Sagte: „Das kann ich ins Regal stellen. Was meinst, prijatelju?“

Gab es Silvester, gab es dem prijatelj, dem Freund, der es nahm und bestaunte: Auf einen Karton geklebt, nicht größer als eine Postkarte, ein Stück Stoff, bestickt in Mustern und Ornamenten mit goldenen Pailletten und goldenen Perlen und goldenen Fäden und Reihen wie Weizenkörner auf der Ähre versetzt. Alt war das, vor langer Zeit gemacht, schimmerte in den Lücken, wo Perlen und Pailletten fehlten, das Gewebe durch. Silvester drehte den Karton um, auf der Rückseite stand etwas geschrieben in einer Schrift, die er nicht lesen konnte und wollte, ging ihn nichts an. Aber dass der Stoff von einer Goldhaube sein musste, wie sie die Frauen auch hier getragen haben und noch immer tragen zu den Festtagen. Erzählte er, und Dragan lehnte die Goldkarte ins Regal. Die Männer traten zurück, um sie zu betrachten. Um zu sehen, wie das Licht darauf fiel. Schoben sie ein Stück weiter nach links, weil dort die Sonne aufleuchtete in dem Moment und den Stoff zum Glänzen brachte.

Die Goldhauben-Frauen. Viel wusste Silvester nicht über sie, aber die Seinige habe sich eine eigene Haube gewünscht und das Geld habe nur für eine schwarze gereicht, eine Witwenhaube. „Sind in Wahrheit keine Witwenhauben", sagte der Kleinhäusler, dem sich das Gesicht der Frau unter dem schwarzen Stoff andeutete. Sagte und klang es fast trotzig: „Sind Florhauben, genauso schön, aber weit nicht so teuer wie die aus Gold." Er trat zum Regal, um noch einmal mit dem Finger vorsichtig über den Stoff zu fahren. Wunderte sich, woher.

Dragan, dahinter. Deutete an, ja, die Karte habe eine Geschichte. Alles habe eine Geschichte. Ein andermal darüber reden. Sei wohl nichts Besonderes, zur hiesigen Frauentracht gehörten halt solche Hauben. Und lägen in allen Eferdinger Häusern goldene Hauben in runden Hutschachteln, die vererbt werden würden von Mutter zu

Tochter. Oder Schwiegertochter. Sagte es und hatte einen Gedanken dabei, hätte auch grad heraus fragen können, was ihm Silvester so beantwortete: „Nein, nicht in allen Häusern. Nur in den besseren. Und wenn woanders, dann war es ein Erbstück in der Familie." Und wurde nicht getragen, sondern gehütet. Aber die Pflegemutter seiner Ehefrau, die war arm gewesen und hatte trotzdem eine besessen. Sie hatte das gekonnt, Goldhauben machen, mit der Stickerei und dem Drahtgestell und allem dazu. Hatte sich damit etwas dazuverdient. „Was aus der wohl geworden ist?", fragte er sich.

Dragan: „Aus der Pflegemutter?"

Silvester: „Aus ihrer Goldhaube. Wahrscheinlich hat sie eine ihrer leiblichen Töchter genommen, als die Erna gestorben ist. Das war im letzten November, kurz bevor ich dich hier erwischt hab wie einen Einbrecher." (Wie einen Pfahl, der Wurzeln treibt.)

Die Türen und Fenster offen, der Luftzug fuhr durch die Hütte und stellte dem alten Goldstoff, der vor knapp vier Jahrzehnten auf eine Postkarte geklebt worden war, die Fädchen auf in den ausgefransten Ecken. Waren keine Krähen, keine Rabenvögel zu hören, aber Spatzenlärm in der Hecke, und einen Zeisig hörte man auch.

Kraut

Im Hof vor dem Anbau, unter der Pergola, an der das Geißblatt wächst und die Blüten den Gästen in die Suppenteller fallen. Aber gerade sind keine Gäste hier. Auf einem der vier runden Tische ein rotes Tischtuch, die anderen sind nackt. Liegt auf dem Tischtuch die Zeitung, darin Telemax und Adabei und nicht viel verstanden. Blättert der Wind die Seiten um.

Die Hand auf dem letzten der vier runden Tische, von der Sonne aufgeheizt. Wie lange ist das auszuhalten? Der dunkle Kunststoff brennt.

Hier sein. Der Anbau war früher ein Stall, ist ein Stüberl geworden mit schöner Decke, ausgebucht an Muttertagen und zu Allerheiligen. Darüber die Fremdenzimmer mit dem Fünfer-Zimmer als größtes.

Ist die Erinnerung an die Tage, als bei uns noch Fremde übernachteten, echt oder eine Erzählung? Die Holzstiege, der rot-schwarz geflieste Boden im Gang. Jeder Raum mit Waschbecken, nur einer mit Fenster in den kleinen Hof, auf das viele Hundert Jahre alte Haus hin. Die anderen mit Blick in den großen Hof. Auf den Gastgarten herunter, wäre dort oben jemand. Hätte ein Zimmer genommen und lehnte sich in die Sonne.

Wo der Schlüssel zur Tür hängt, die zur Fremdenzimmer-Stiege führt, ist kein Geheimnis. Die Tür geht schwer, sie klemmt, das Kindergewicht dagegenstemmen, bis sie nachgibt. Eintreten in eine Stille, in eine Leere, in eine andere Zeit, in einen anderen Geruch. Auf dem ersten Stiegenabsatz in unerreichbarer Höhe eine kleine Öffnung zum Nachbargarten hinüber, ein viereckiger, immer enger werdender Tunnel. (Warum und wofür?) Es leuchtet winzig herein.

Weiter, vorsichtig, den Atem angehalten oder flach. In den Zimmern nichts, Rostflecken dort, wo die Wasserhähne waren, die Einrichtung abmontiert und weggeräumt; zwischen doppelten Fensterflügeln liegen Fliegen auf dem Rücken und sind vertrocknet. Blasse Blumen an den Wänden, keine Tapete, Musterwalzenmuster. „Man taucht sie in Farbe und rollt gleichmäßig, schau so." (Wer hat es gezeigt?) Im Vierer-Zimmer ist das Licht grün und Zauber. Wilder Wein wächst unterm Dachvorsprung, ein sich sacht bewegender Vorhang vor dem ewig nicht geputzten Glas. Leise sein, sehr leise.

Bis es zu viel wird und die Furcht kommt. Nicht länger stehen bleiben. Weil dann der schmale Gang sich bevölkert mit allen, die hier waren, die Radfahrer von der Österreich-Rundfahrt in ihren bunten Trikots, die Vertreter und Fabrikanten, der Gemüsehändler aus Gumpoldskirchen auf Besuch mit seiner Frau, und die ist die älteste Schwester des Vaters; dahinter, dahinter alle, die im Krieg und danach, weil.

„Weißt, bei uns haben viele Menschen gewohnt." Erzählt die Großmutter, und der Vater erzählt es auch. Das Haus ist voller Geschichten wie dieser: „Ein Offizier hat aus einem der Fremdenzimmer-Fenster geschaut, da ist unten die Großmutter vorbeigegangen und er hat mit einer Pistole herumgefuchtelt." Der Vater ihr jüngstes Kind und wie alt war er damals?

Ausrechnen, langsam, nur das Lesen geht schnell. Und das Sich-etwas-Vorstellen, das Herbeiträumen.

Oder diese Geschichte: Versuchte ein Gast sich aufzuhängen in einem der Zimmer, weil er zu Weihnachten nicht nach Hause fahren konnte. Weswegen? Weil dort die Russen waren? Was habt ihr gemacht? „Ihn zu unserer Weihnachtsfeier ins Gastzimmer geholt."

Und weiter!

Das Stüberl, das Extrazimmer für Gesellschaften, das war zwar früher ein Stall, aber dann eine Wohnung. „Hier hat gelebt das Ehepaar Soundso."

Bei uns?

„Ja, bei uns.“ Im Krieg und danach war alles anders. Im ganzen Haus. „Im ersten Stock hatte ein Anwalt seine Kanzlei.“ Wo? „Im langen Zimmer.“ Im Zimmer des Bruders? „Ja.“ Wo der Vater geboren wurde? „Ja.“

Und weiter!

Überall waren Leute im Haus, Fremde nicht nur in den Fremdenzimmern, kein Raum ist ohne Spuren, keine Wand ohne Zeichen. Die Handfläche an die kühle Mauer gelegt zur Beruhigung. Sich die Geister zum Freund zu machen, gelingt am hellen Tag, ist am Morgen einfach, wird am Abend, in der Nacht, unmöglich. Jeder Tritt im Haus ein Schlag und jedes Knarren ein Knurren von wilden Tieren. Dass sie, die Schwester, so ruhig schlafen kann.

Wieder im Gras stehen, dort, wo unser Garten ist. Der Grenzstein: ein großer Oleander mit weißen Blüten in einem Holzfass. Gäste hier, Familie da. Die vier Tische hier, unser Garten da. Dürfen ihn alle durchqueren, die von dieser Seite in den Gasthof wollen. Dürfen freundlich grüßen. Aber bitte nicht stehen bleiben. Lächeln und Antwort geben und Ungeduld. Allein sein wollen mit den Gedanken.

Aber einer bleibt stehen. „Devojka“, sagt er, und die Stimme ist alt wie das Haus. „Herr Džomba.“ Mit Dsch. Warum ist er im Garten? Die Hoftür nicht gehört. Ob es stört, wenn er eine raucht? Er fragt: „Stört es dich?“ Kann ein ganzes Päckchen rauchen oder alle Selbstgedrehten in seiner silbernen Dose. Das Herz klopft. (Ist wie die Öffnung in den anderen Garten, immer enger werdend, ein winziges Licht.)

Neben Herrn Džomba stehen, der schweigt und raucht und die Länge der Hofgebäude betrachtet. Auf dem Trockenboden über der Garage flattert Wäsche und fängt den Blick und lässt ihn los. Reden müssen, es drängt heraus. Erklären, was wir von den Eltern und Großeltern wissen, dass das hier eben die Garage ist, in die man von draußen reinkommt, von der Straße hinterm Hof. Und „Innerer Graben“ heißt die Straße, weil früher war das ein Teil vom Stadtgraben, und man sieht das noch, wissen Sie?

Herr Džomba bläst den Rauch aus seiner Nase, nickt und schaut ernst. Er hört zu.

Weil hier, im Anschluss an Garage und Trockenboden, da ist die Holzhütte, und zum Wäscheaufhängen muss man drinnen die Stiege rauf, aber wir klettern über das Tor, das kann nicht jeder.

Und dort ist das Holz und die Kohlen sind hier, sehen Sie? Ganz schwarz.

Da steht auch der große, grausliche Traungkübel mit seinem grauen Deckel. Aber das macht der Vater oder die Schwester oder Frau E., den kleinen Traungkübel, der in der Küche neben der Abwasch steht, in den großen zu leeren, und abgeholt wird er dann und dann für die Schweine, wissen Sie?

Herr Džomba sagt: „Das ist gut, so verkommt nichts.“

Das stimmt, auch wenn's grauslich ist, so verkommt nichts, und die Leut bestellen sich oft zu viel und sagen dann: Gut war's, aber zu viel und besser als zu wenig, und wir streifen den Rest bei der Abwasch ins Traung.

Aber hier. (Ohne ihn anzufassen, Herrn Džomba ein paar Schritte weiter zum Haus gezogen.) Weil früher, vor uns, vor der Mutter auch, bevor sie Wirtin geworden ist, war hinter dieser Tür der Saustall.

„Du hast eine Tür vergessen, Devojka.“

Gut, dann halt zuerst die Waschküche. Steht auf einem Sockel die Waschmaschine, dahinter ein großer Grander, wie eine Badewanne aus grauem Stein, der Schlauch von der Waschmaschine hängt über dem Granderrand. Sogar eine Waschrumpel gibt es, sonst nicht viel. Name und Bild sind eins, in der Waschküche wird gewaschen, die Wäsche vorher in Lauge eingeweicht, es riecht nach Kernseife und

Waschpulver, ein langer Stecken mit breitem Blatt zum Umrühren in der Laugenwäsche lehnt an der Wand, und das Fenster lässt Licht herein, aber keinen Blick, und oben, unter der Decke, wieder diese Öffnung zum Nachbarn hin, ein Kreis, ein Mäusetunnel, oder kriechen Vögel durch, die Flügel eng an den Körper gepresst. Die Vorstellung nimmt die Sprache weg, bis Zigarettenrauch in der Nase sie wiederbringt.

Aber hier, aber hier: „Der Saustall, Herr Džomba, sehen Sie?"

Um jedes Schlüsselversteck wissen. Dem Vater wird es nichts ausmachen, wenn dieser eine Mann hier hinter die Türen schaut. Der Vater, der zu allen gleich ist, der keinen Unterschied macht, macht ihn doch, er weiß nur nicht, dass es sich lesen lässt, wen er mag und wer ihm egal ist.

Herr Džomba staunt. Ein ordentlich aufgeräumtes Lager für Werkzeug aller Art. Sogar eine Mischmaschine und eine Scheibtruhe stehen auf dem Betonboden, wo früher Schweine in Holzverschlägen lebten. Immer ein paar Säue sind angefüttert worden und dann geschlachtet, die Großmutter hat das gemacht, nicht das Schlachten, aber sich darum gekümmert, dass sie gut gewachsen sind. „Und Ratten hat's hier gegeben, Herr Džomba." (Die Erzählung.) „So viele Ratten." Groß und gefährlich und.

Betrachtet Herr Džomba den Saustall, der keiner mehr ist, weder vom Inhalt noch von seiner Ordnung her, der aber seinen Namen behalten hat und behalten wird. Er lacht und fragt, ob das Devojka weiß, was gegen die Ratten unternommen wurde. Ob sie mitgefüttert worden sind mit den Schweinen? Lässt sich das bisschen Spott überhören, ist nicht bös gemeint. Lässt sich von Jumbo erzählen, dem Hund der Familie. „Jumbo mit Dsch wie Džomba." Der beste Rattler in Eferding, ist deutlich zu sehen, ohne ihn je gesehen zu haben.

Der Vater und sein um ein Jahr älterer Bruder, Onkel Ernst, der ist Bäcker geworden und lebt in der Steiermark, also der Vater als junger Mann und Onkel Ernst haben sich die Hosenbeine zugebunden, mit Stecken bewaffnet, das Saustallfenster einen Spalt geöffnet und dann Jumbo, der es nicht erwarten hat können, in den Saustall gelassen, und hinter ihm die Tür zu. Natürlich, die Schweine sind vorher in den Garten gebracht worden und der Stall ausgemistet, und die Bodenbretter gelockert oder abgebaut. Herr Džomba raucht sich die nächste Zigarette an, wir reden in Zigarettenlängen. „Ich kann's mir gut vorstellen. Was hat der psić gemacht?" Der psić? Das heißt Hündchen auf Serbisch.

Das Wort aufbewahren und weiter berichten, von den Ratten, die Jumbo im Stall totgebissen haben soll, und von den anderen, die durch den Fensterspalt fliehen wollten und erschlagen wurden. Und keine Hosenbeine hochklettern konnten, weil die ja zugebunden waren. Und dass der Hund auch zum Rattenfangen ausgeliehen wurde, man musste ihm nur zurufen: „Such den Ratz." Dann ist er gelaufen und hat gesucht. „Ein braver psić." Das neue Wort richtig ausgesprochen? „Ein braver psić", wiederholt Herr Džomba und nickt.

Er steht vor der Krautkammertür. Im Fenster zur Krautkammer blüht ein Herzerlstock. (Mit dem Finger prüfen, ob er Wasser braucht.) In der Kammer lagern Erdäpfel und Kraut in Steigen und daneben stehen die Fahrräder. Eines noch ohne Wimpel. Von der Fahrradprüfung erzählen wollen, es bleiben lassen, ist genug geredet worden, und dass es zu viel sein kann. (Vor Jahren war es so gewesen: Der Mund im Kindergarten mit einem Pflaster verklebt. Die Klosterschwester: weniger reden, mehr zuhören. Fleißiger sein. Braver.)

„Vidimo se", sagt Herr Džomba, das heißt und gemerkt: „Wir sehen uns."

„Vidimo se." Im Weggehen klopft Herr Džomba an die Krautkammertür und sagt, er habe dem Großvater oft mit dem Kraut und den Erdäpfeln geholfen, aber nie dem Vater und dem Onkel, die Ratten zu erschlagen. „Ich mag keine Ratten", sagt er und dreht sich noch einmal um, ist schon beim Gastgarten, legt die Hand auf einen der nackten Tische und zieht sie zurück: „Aber sie umbringen, das hab ich nie gekonnt." Lächelt und tippt sich mit dem Finger an die Kappe.

Rotwerden. Wusste Herr Džomba alles, hat zugehört, als wär's ihm neu.

Hat die Klosterschwester recht gehabt mit ihrem Pflaster?

Mai

Was gehe ihn die Welt an? Die habe nichts verloren auf seinem Staatsgebiet, das groß ist so und so viele Meter und lang und breit. „Bleib mir vom Leib mit deiner Welt", sagte Dragan. Hatte er sich verändert in den zwei, drei Monaten hier auf dem Friedhof, oder war er seit jeher so gewesen und sein wahrer Charakter zum Vorschein gekommen, weil sich auf Dauer nichts verbergen lässt? Genzl faltete die Zeitung und steckte sie zurück in seine Aktentasche. Einen ganzen Packen hatte er mitgebracht, um, wie er sagte, dem Serben die Welt ins Haus zu bringen, es tue sich viel, besonders in Wien, wo der Staatsvertrag …

Dragan wischte die Worte mit einer Handbewegung weg. „Lass", sagte er. „Will nichts wissen von Wien." Und ergänzte, bevor der Dechant den Mund aufmachen konnte und erzählen, dass es noch andere Orte gäbe und Ereignisse, die ihn vielleicht …

„Nichts von Wien und nichts von anderswo."

Es war Mai geworden, der schönste seit Langem. Das Wetter war gut, auch die politische …

Dragan, der dabei war, einen Hühnerstall zu bauen, richtete sich auf und sah Genzl hart in die Augen. Er hatte sich Bretter und Nägel organisiert und Maschendraht. Die Ärmel hinaufgekrempelt, der Bart war ihm gewachsen, das Haar durcheinander, ein kräftiger Mann, nicht mehr jung, noch nicht alt, der sein Recht forderte, Grenzen zu ziehen.

Herbert Genzl war konsterniert. Genau dieses Wort fiel ihm ein dazu: konsterniert. Warum? Weil ihn seit März Thomas Raidinger mit schönen Reden traktierte, ihm Fragen stellte zu Amt und Glaube und dem Umgang mit der Pfarrgemeinde, denn als Praktikant nähme er seine

Aufgabe ernst und wolle bestmöglich instruiert werden in jeder Hinsicht. „Das ist doch im Sinn der heiligen Kirche, Herr Dechant.“

Dabei war Raidinger, wie Genzl zugeben musste, nicht ungeschickt. Er hatte eine Nase für die Leute, dieser Thomas, der mit seinem ausgeprägten Organ mehr konnte, als blind grünen von schwarzem Pfeffer zu unterscheiden. Das wäre ein Witz, den man jetzt machen könnte, Dragan davon erzählen, auch die Meinung von Rausam zum Besten geben. Der Arzt mochte den Neuen nicht besonders. Blieb höflich, aber dem Pfarrhof fern. Gab folglich keine Gespräche mehr, wie jene, die sich noch Anfang des Jahres ergeben hatten. Rausam, Genzl, Džomba und manchmal Agnes Kern in der Küche, gemeinsam zu Abend gegessen und geredet in die Nacht hinein. War ihm der Hund auf den Schoß geschlüpft und eingeschlafen. Wo war der Hund?

„Bonnie!“, rief der Dechant, drehte sich und suchte.

Unter der Bank lag sie, döste, hob den Kopf, bellte, hier bin ich. Also hier war sie. Genzl setzte sich, hielt, an die Holzwand gelehnt, die Augen geschlossen. Die Gruberin fiel ihm ein. An dieser Stelle hatte sie gesessen und gestrickt oder ihre getrockneten Kräuter sortiert.

Zurück zu Dragan. So nämlich geht's nicht. „Sein Staatsgebiet“, murmelte Genzl. Und lauter, damit der andere es gut hörte zwischen Gesäge und Hammerschlägen: „Wirst dir auch einen Staatsvertrag aushandeln, und falls ja, mit wem? Dem Bürgermeister von Hartkirchen? Dem Bezirkshauptmann in Eferding? Werd ich ein Visum brauchen, wenn ich dich besuchen mag auf dem Friedhof?“

Immer lauter wurde er, das Zusammenballen der Fäuste war selten geworden, aber noch beherrschte es der Dechant gut. „Wirst dir eine Hymne komponieren lassen und eine Währung einführen, na, sag!“

Klopfte auf die Bank, wurde unangenehm darunter, Bonnie streckte sich und verschwand hinter der Hütte. Beim Brunnen stand eine Schüssel Wasser für die Tauben, die aufflatterten, ein Sirren war das.

„Und“, fuhr Genzl fort, „bist dann alles in Personalunion, Präsident, Kanzler und Bürger in einem?“

Dragan hatte aufgehört, den Stecken in die Erde zu treiben. In der Rechten den groben Holzschlegel. „Lass“, sagte er. Wischte sich mit dem Handrücken den Schweiß von der Stirn. Er nahm die Sense und begann, mit rhythmischen Bewegungen ihr Blatt zu wetzen, ein einschläfernder Klang, Genzl lauschte, wurden ihm die Lider schwer. So ein Friedhof macht viel Arbeit, dachte er, muss mühsam das Gras gemäht werden in den vielen schmalen Reihen, muss einer mit seiner Sense durchgehen und kann nicht ordentlich ausholen damit. Und lässt er es stehen und wachsen einmal, dann wird sich beschwert. Und alles macht er allein, dieser sture Mensch, grad, dass er sich von Silvester helfen lässt und von sonst niemandem.

Dragan ließ sich schwer an der Seite des Dechants nieder, mit dem Wetzstein in der Hand, sagte etwas von einem schartigen Sensenblatt, davon, dass er sich einen Dengelhammer besorgen wollte, dann schwieg er. Dann saßen zwei Männer nebeneinander, Gesichter zur Sonne und rundherum summten die Bienen in ihr Schweigen hinein.

„Schau, dort.“ Dragan, ohne sich viel zu bewegen, nur den Kopf drehte er dafür, zeigte nach oben. Eine große Hornisse kroch in einen Winkel unter dem Dachvorsprung, flog auf, setzte sich wieder, auch sie baute ein neues Haus. „Kraljica gradi zamak“, sagte Dragan, und Genzl antwortete: „Dobro je. Gut so.“ Erst muss sie bauen, die Königin, ein Schloss, wie Dragan es bezeichnete, ein Nest. Muss die ersten Waben selbst schaffen, muss Eier reinlegen, muss arbeiten, um sich am Leben zu erhalten.

War keine Frage, dass das Nest dort hängen blieb, dass Dragan zusehen wollte, wie es um die Königin wachsen würde, sobald ihr die aus den Waben geschlüpften Arbeiterinnen das Nestbauen abnehmen.

Über Hornissen wusste Genzl nicht viel. Dass er sich als Kind vor ihnen fürchtete; waren ihm Sachen erzählt worden, die er nie vergessen hat. Von Vögeln, die nach einem Stich gestorben sind, von kleinen Kindern, die unvorsichtig waren und denen es ähnlich erging. Fast gestorben, hieß das, und dieses „Fast“ war unheimlicher als das richtige Gestorbensein. War Qual und ein dunkles Zimmer und Tabletten, die zu schlucken waren und viel zu groß und Spritzen mit sehr dicken Nadeln und dem strengen Hausarzt der Familie. „Einer Hornisse darfst nie im Weg stehen“, sagte er und ließ das im Moment reglose Insekt nicht aus den Augen.

Er werde kaum den alten Dechant auf dem Hüttendach herumlaufen sehen, sagte Dragan, und wenn: „Dann muss ich mir um dich keine Sorgen mehr machen, wohl eher um deine Seele.“

Lachte, lachte laut, lachte über die Grenzen seines Reichs hinaus, sodass die Brüder, die ausgerechnet in jenem Moment vorbeiradelten, erneut erschraken. Konnten sich nicht gewöhnen an diesen fremden Mann. Der „Halt“ und „Hierher“ schrie, und weil der Eferdinger Dechant, bei dem der eine die Firmung abgelegt hatte und der andere die Erstkommunion, weil dieser Dechant neben dem Fremden auf der Bank saß, blieben sie stehen. Die Buben. Die sich auch an die Gruberin nur schwer gewöhnt hatten, obwohl die schon lange vor ihnen da gewesen war.

Blieben stehen, lehnten die Räder in die Hecke, kamen, dazu aufgefordert, sogar bis vor die beiden Männer, wo sie standen und nichts zu sagen wussten, außer: „Grüß Gott.“

„Ja, den auch", sagte Dragan. Fragte sie nach ihren Namen, was Genzl erleichterte, denn er hatte sie vergessen, ihm waren nur die Gesichter ein Begriff. „Matthias und Peter, genau." Der Dechant nickte. Ein Problem war hinter der Hütte, war Bonnie, die Kinder nicht leiden konnte, die ums Eck jagen würde und kläffen und keifen und zwicken und beißen.

Aber der Hund rührte sich nicht und wurde nicht gerufen. Schlief vielleicht, war ungewöhnlich. Aber gut, keine schlafenden Hunde wecken, dachte Genzl und konzentrierte sich auf das Zuhören. Auf das, was Dragan mit den Brüdern zu besprechen hatte. Dass er sie oft sehe, wo sie wohnten. Ob die Eltern einen Hof hätten. Falls ja, Vieh? Gemüse, Getreide?

Es stellte sich heraus, dass die Eltern Dragan bereits bekannt waren. Freundliche Menschen, der Mann etwas akkurat, und nein, keinen Hof hatte man daheim, sondern eines der neuen Häuser in der Siedlung. Der Vater war in Linz beschäftigt, Ingenieur bei der Voest, er fuhr jeden Tag mit dem Auto in die Arbeit.

Verloren ihre Scheu, die Buben, weil, wenn die Angst keinen Grund mehr findet, keinen Halt. Spricht es sich leicht und frei. Sie überboten sich, fiel der Jüngere dem Älteren ins Wort, und der Ältere lächelte dazu. Keine Angst mehr haben zu müssen vor dem Friedhof, weil dort jetzt einer wohnte, dem man nahekommen konnte.

„Schau", sagte der Jüngere (während der Ältere anderes beobachtete), „da oben baut sich eine Hornisse ein Nest, wie letztes Jahr, aber die Alte, ich mein, die Frau Gruber, die hat es wegnehmen lassen, der Vater hätt ihr helfen sollen, aber der kennt jemanden von der Feuerwehr, und die waren dann da." Und ob man es dem Vater sagen solle, damit er wieder.

Die Hornissenkönigin kroch und kaute und baute. Wabe für Wabe. Flog auf, flog ums Haus herum, wo ein Brunnen war und eine Schüssel mit Wasser für Tauben. Dorthin flog sie, der ältere der Brüder ging ein paar Schritte zur Seite, um ihrem Flug zu folgen.

„Die soll ihr Haus bauen“, sagte Dragan, „und ein schönes Leben haben.“ Und ob er, der Jüngere, wisse, wie lang ein Hornissenleben wäre? Der Bub schüttelte den Kopf, überlegte, beschloss: „Ich frag morgen die Lehrerin.“

„Mach das, erzähl es mir dann“, sagte Dragan. Dachte an die eigene Kindheit, an den Alten an der Save, an die großen, schönen Hornissen, die dieser sich gehalten hatte als Haustiere, an der Tod der Königinnen nach getaner Arbeit, geboren, um zu sterben, ein Nest schaffen, ein Volk schaffen, Königinnen schaffen, sterben, nach kaum einem Jahr. Ein Insektenfriedhof am Ufer des Flusses, keine Kreuze, denn Hornissen sind ohne Religion. Ein Spinner war er, der Alte, war verachtet worden und bewundert, gemieden und gesucht, verlacht und geschätzt, weil er wusste.

„Mach das“, wiederholte Dragan.

Der Alte an der Save mit seinem Hornissenheer. Soll einer kommen, Draško, soll mir was wollen. Ein Blick von mir, ein Zwinkern mit den Augen, der wird rennen und in den Hintern stechen sie ihn. Schreien wird er. Und weinen, Draško. Mehr noch. Wenn sie ruhig sind, heißt das, einer ist gut. Wenn sie unruhig werden, dann nicht. Und das Kind Draško, dem der jüngere der beiden Brüder aus der Deinhamer Siedlung (von der Lehrerin schwärmend) ähnlich war in Magerkeit und Neugier, dieses Kind, aus dem ein Dragan geworden war, hatte gelauscht und war stolz gewesen, da es die fingerlangen Hornissen, die den Alten umschwärmten, ignorierten, als wäre es Luft.

„Mach das“, wiederholte Dragan zum zweiten Mal, was den Jüngeren verwirrte, es passte nicht zu seiner Erzählung. Aber statt nachzufragen, lief er zum Bruder, der hinter der Hütte Bonnie entdeckt und ihn gerufen hatte. Sie lag auf der Seite, die Schnauze geöffnet, Schaum lief heraus, die Brust hob und senkte sich hektisch, die Augen wie gebrochen. Fing der Jüngere gleich zu weinen an und wurde vom Größeren zurechtgewiesen. „Still bist, Peter", schimpfte er, „fahr, hol die Mutter, schnell."

Der Hund lag nicht mehr in der Wiese, als die Mutter der Buben kam, sondern auf der Bank. Der Dechant saß daneben, bewegte die Lippen (kann sein, er betete), strich über das Fell seines Hundes und ließ die Hand liegen. Wie klein Bonnie war unter dieser Hand.

Und wie gut die Mutter der Brüder damit umgehen konnte, den Hund versorgte, mit dem Finger ihm in den Schlund fuhr, etwas herausfischte, dann eine Flüssigkeit ihm einflößte, damit Bonnie sich erbrach. Schleim und Speichel und kam das Leben zurück, aber müd war es und nicht entschlossen.

„Wird Gift sein", sagte die Frau, die vor der Bank im Gras kniete, das Erbrochene auf ihrem Kleid. Helle Haare und glatte Haut, sehr jung für eine Mutter von zwei Schulkindern, sah jünger aus, als sie sein konnte.

Oder hatte diese Aufgabe hier, dieses schnelle Handeln, das Jugendliche hervorgehoben, die Zeit, in der sie Studentin für Veterinärmedizin gewesen war und von der eigenen Praxis träumte. Hätte auch Tierärztin in einem Zoo werden können oder ins Ausland gehen und Ozeane beforschen, war die Welt weit offen gewesen und sie bereit. Aber im Krieg. Lässt sich kein Studium beenden. Noch dazu, wenn ein Kind kommt zur falschen Zeit und eine Hochzeit, damit alles legitimiert ist, und an die Fortsetzung des Studiums nicht zu denken. An die Fortsetzung der Träumerei. (Sah Dragan alles, musste nicht fragen.)

Wie sie am Tier arbeitete, ohne zu zögern. Wie sie ihm den Bauch abtastete, ohne zu sprechen. Und auch das:

Wie hinter der Mutter die beiden Söhne standen, stolz und unsicher. (Sah Dragan, sah Genzl auch.) Stolz, weil sie alles richtig gemacht hatten: Der Ältere den Jüngeren geschickt. Der Jüngere daheim geschildert. Sodass die Mutter sofort an Gift dachte, in ihrer Küche in Windeseile Senf mit Wasser anrührte, die Flüssigkeit in einer Bratenspritze aufzog und zum Friedhof lief, dem Dechant die Spritze in die Hand drückte, ihm auftrug: Gerade halten, damit nichts verloren geht. Dem Hund den Fremdkörper entfernte, ihn drehte, dann das Senfwasser ins Maul gespritzt, es zuhaltend, so gut es ging, den Hals streichelnd, damit Bonnie es schluckte, bis sie sich rührte, sich die Lippen leckte, sich wand und erbrach.

Unsicher waren die Buben, weil sie die Mutter selten so verwandelt sahen. Nur wenn ein Tier in Not war, ein Bauer nach ihr schickte, weil der Tierarzt auf sich warten ließ und das Kalb nicht von selbst kam. (Dann waren Kräfte in der zarten Frau, die den Söhnen die Mutter fremd machten.) Oder einem Huhn der Flügel hing, eine Bäuerin es brachte zur Heilung, zum Einrichten, denn Hühner dulden das Absonderliche nicht im Stall und würden den kranken Vogel töten mit ihren Schnäbeln. Hieß es. War es wahr? Und die Mutter mit ihren schmalen, langen Fingern renkte und zog und schiente.

„Ich dank dir, Lotte“, sagte Genzl. „Und euch, Matthias, Peter, euch dank ich auch.“ Bonnie lag und hechelte schwach unter der Hand des Dechants.

„Wird sie wieder gesund?“, fragte Peter die Mutter.

„Ich denk schon. Wird gesund, aber wer weiß.“

„Was?“ Dragan, der sich (wie die Hornisse, die im Winkel hockte) nicht eingemischt hatte in das Geschehen. „Was soll wer wissen?“

„Ob ihr die Lust zum Leben geblieben ist. So ein Gift verändert die Hunde. So ein Fasttod.“ Stand auf. „Ich muss mir die Hände waschen. Und sie da." (Zeigte auf Bonnie.) „Ich nehm sie mit zu mir, wenn es recht ist. Sie soll schlafen, und dann wird sich zeigen, ob alles draußen ist." Das ganze Zeug.

Das Zeug. Fiel es dem Dechant ein. Während sich Lotte, die Mutter, am Brunnen die Hände wusch. Woher das Gift?

Pavle

Dragan brauchte keine Welt, hatte genug davon um sich. War nach Eferding gekommen mit seinem Rucksack und dem Vorhaben, etwas zu beenden. Hatte hinter sich gelassen alles, was nicht in den Rucksack passte und sich nicht erzählen ließ. War leer gekommen, ohne Verbindungen, ohne Verpflichtungen, nur sich selbst gegenüber und vielleicht, ja vielleicht. War jemand aus seiner Vergangenheit übrig geblieben, aus der Zeit, in der er Draško genannt worden war und schmal wie ein Stängel. Ein großes weißes Haus gab es in dieser Vergangenheit, aus den offenen Fenstern wehten Vorhänge im Sommerwind, auf der Terrasse hingen Blumentöpfe, wiegten sich in beigen Makramee-Netzen, regnete es die Blüten der Geranien, rote und weiße fielen zu Boden, und hinten, im Garten, schaukelten zwei Mädchen unter den Bäumen.

Draško hatte den Schwestern die Schaukel aufgehängt, war in der dickstämmigen Eiche herumgestiegen mit Flüchen und Spucken wie ein Großer. Bringt mir dies, bringt mir das. Das Zwitschern der Mädchen. Zwischen den Ästen glitzerte die Save, das Ufer weit unten, es gab einen Pfad, es gab den Wunsch der Mutter, sich fernzuhalten von der Hütte des Einsiedlers mit seinen Hornissen und Spinnereien. Es gab die Mutter, es gab, es gab. Und wieder: das Zwitschern der Schwestern, das Glitzern der Save.

Und das Aufwachen aus diesen Träumen, das gab es auch. Das Aufwachen in einer Hütte auf einem Friedhof Jahrzehnte später; glitzerte nur die Sonne am frühen Morgen durch ein Fenster, war das andere Geräusch jenes von den Vögeln gewesen, nicht von den Schwestern, die gestorben waren wie die Mutter.

Eine Waise bin ich, dachte Dragan auf seiner Pritsche, die Augen geschlossen, ein Waisenkind, die Eltern tot und kein Haus mehr über der Save. Es war abgebrannt, das Vaterland verlassen, das Mutterland, die Muttersprache, der deutsche Teil in ihm: ein Rest.

„Lass mich“, murmelte er, die schwere Hand über den Augen. „Geh“, sagte er, wies mit der anderen Hand zur Tür. Oder zum Kamin. Oder zu den Ritzen in den Wänden, zwischen den Brettern, auch dort glitzerte es und war kein Fluss. Manchmal zog von der Donau her ein Geruch und zog ein in seine Träume, die intensiver geworden waren, seit er hier schlief und nicht mehr im Pfarrhof, wo im Gästezimmer das Kreuz wieder über dem gemachten Bett hing. So würde es sein. Und der Pfarrpraktikant das Knie beugen im Angesicht des Herrn.

„Geh“, wiederholte er, denn an diesem Tag, in dieser Morgendämmerung, war einer neben ihm gestanden. Keine Armee, keine anderen Soldaten, keine Generäle. Hatte sich ein Einzelner über ihn gebeugt, über Dragan, der halb schlief und halb sich mühte, wach zu werden, und dem die Angst in die Knochen gefahren war und das Herz schnell geklopft und die Haare auf den Armen aufgestellt und jedes Klischee brav erfüllt.

„Bist du es?“, hatte jener aus einem Hauch Bestehende geflüstert und einen italienischen Namen genannt. Ließ sich nichts so abdichten, kein Haus, keine Zelle, kein Schloss, keine Höhle, dass sie nicht Einzug halten konnten, diese aus einem Hauch bestehenden Wesen. Nutzten jeden Spalt, und wenn es den nur in der Erinnerung gab, nutzten sie ihn auch.

„Ich bin nicht der, den du suchst, geh zurück in dein Grab“, sagte Dragan, fühlte die Existenz im Winkelschatten, würde nicht hinsehen, würde die schwere Hand über den Augen halten, bis sie (es, das) verschwand. Zwischen den Eichen über die Serbengräber zu den Italienern, ein weiter Weg. Dort, am anderen Ende des Friedhofs, lagen sie gedrängt, hatten ihre Namen, zu viert, zu fünft in einem Grab, Geburtsdaten und Sterbetag, zu viert, zu fünft an einem Tag und am nächsten waren wieder drei, vier, fünf an der Reihe gewesen, gefällt vom Typhus. Dass der Tod gierig ist, hatte der Einsiedler dem kleinen Draško nicht verheimlicht.

Jahrelang, jahrzehntelang waren die Träume nicht mehr als Ahnungen gewesen, keine Realitäten, hatte er, Dragan, sie fernhalten können und wollen, verdrängen, warum er aufgebrochen war, was der Grund gewesen war, sich auf die Suche zu machen.

Lag und lauschte und wartete. Glitt wieder in einen Halbschlaf, rutschte ihm die Hand vom Gesicht, und weckte ihn erst das Geräusch von Schritten vor der Hütte und ein Flüstern, als würde zu einem Kind gesprochen. *Alles gut, alles fein, du wirst sehen.* Dann verstummten Schritte und Stimme, die Besucherin zögerte vor der Tür und Dragan öffnete die Augen. Das, was bei ihm gewacht hatte in der Nacht, hatte sich aufgelöst, hatte sich schlafen gelegt. Dragan schüttelte sich im Aufstehen die Kinderangst aus den Gliedern und wusste, auch sie würde sich bloß verbergen bis zur nächsten Nacht.

Dabei hatte er starke Arme und den Körperbau des Boxers, der er gewesen war; lehnte auch ein alter lederner Boxsack in der Ecke, gefunden bei einem Hartkirchner Hausbesitzer, dem er beim Bau der Garage geholfen hatte. Ein Tauschhandel. „Gibst mir Kost und den Sack", hatte Dragan verlangt und bekommen. Dazu zwei Balken und ein Querholz für den Galgen; hinter der Hütte war ein guter Platz für den Boxsack, dort würde er trainieren wie früher.

Aber jetzt klopfte es. Lotte, die Nachbarin, wich erschrocken zurück, als die Tür geöffnet wurde mit einem Ruck und der Serbe im Rahmen stand, das Hemd zerknittert, das Haar wild, im Blick sehr Fremdes. Wich zurück und drehte dabei den Oberkörper mit dem Bündel, das sie in ihren Armen hielt, zur Seite, wie man ein Kind schützt, und war keines. War Bonnie, eingewickelt bis zur Schnauze in eine Decke, knurrte leise, winselte dann. „Sie träumt", sagte Lotte, und: „Ich hab mich nicht zu schlafen getraut, der Hund wär beinah gestorben." Aber nun sei er über den Berg, hoffe sie, und bräuchte jemanden, der auf ihn schaut. Bei dem es ruhig ist. „Wie auf einem Friedhof", sagte Dragan. „Wie auf einem Friedhof." Lotte lächelte müde und Dragan nickte. „Aber bei euch ist es auch ruhig und deine Söhne könnten sich kümmern." Ja, sagte Lotte, die Buben würden, wenn es ihm recht sei, kommen und helfen, nur.

Wusste Dragan. „Ist dein Mann dagegen."

Die Frau schwieg.

„Dass deine Söhne kommen?"

War ein trotziger Zug um Lottes Mund, auch hob sie das Kinn und drückte Bonnie fester an sich.

„Die dürfen dich besuchen. Er ist streng. Aber wenn sie ihre Hausaufgaben machen und gute Noten haben, ist er großzügig mit ihnen."

„Und mit dir?"

Waren kleine Falten über ihren Augen, sah so in ihrer Zartheit jünger aus, ein Widerspruch. Antwortete nicht. Hielt ihm das Hundsbündel hin.

„Nimmst ihn?"

„Und der Dechant?"

„Ich will Bonnie in der Nähe haben, bis es ihr gut geht. Der Dechant weiß das."

Also nahm er den Hund, den psić, die kleine Bonnie. Die ihre Zähne zeigte und weinte und sich noch nicht entschieden hatte, ob sie zurück ins Leben wollte.

Lag diese von Vogellärm durchbrochene Stille über dem Land, die den frühen Morgen kennzeichnet, die Geräusche klar herausgestellt aus der beginnenden Geschäftigkeit des Tages. „Musst wohl heim, die Buben in die Schule schicken."

Lotte strich sich eine Haarsträhne aus dem Gesicht. Sah in Richtung der Siedlung, in der das Haus stand. „Die schlafen noch, heute ist schulfrei." Ihr Mann war schon aufgestanden und nach Aschach gefahren, denn er hatte sich ebenfalls frei genommen. „Und wenn er frei hat, geht er fischen." – „Immer?", fragte Dragan. – „Bei gutem Wetter, ja, meistens", antwortete Lotte. Von sechs Uhr bis neun Uhr, um viertel nach neun käme er heim und dann frühstücke die Familie gemeinsam.

„Also geht es sich aus."

„Was?"

„Kaffee."

Lotte zögerte. Trug eine winzige Armbanduhr, auf deren Ziffernblatt die Zeit kaum abzulesen war. Überlegte, ob sie es riskieren konnte, dachte nach, die Lippen zusammengepresst und mit der rechten Hand das linke Handgelenk umklammernd, wie um die Uhr zu verbergen, als könne sie so. Und konnte nicht. Dachte nach und war das in aller Deutlichkeit zu erkennen für den, der ihr gegenüberstand: Ginge es sich aus? Könnte sie sich darauf einlassen, nachdem der Mann schon am Morgen wegen des kranken Hundes gereizt gewesen war. Nicht wegen des Tieres an sich, sondern weil es der Frau die Nachtruhe geraubt hatte und deren Tagespflicht gefährdet war durch Müdigkeit. Gestört war somit die Ordnung seines freien Tages, was sich in die nächsten Tage hineinziehen würde. Worauf seine kleine Auszeit, die er sich zur Erholung hatte genehmigen wollen, hinüber wäre. „Für den Arsch", hatte er gesagt, Lotte verschwieg es vor Dragan, hatte nur die Worte im Kopf.

„Arbeitet hart, dein Mann. Kannst ihm das Fischen gönnen." Dragan stand mit einem Fuß über der Schwelle, hielt die Tür auf: „Komm, wir suchen einen Platz für den Hund."

Aber Lotte. Überlegte weiter, während sie nachgab und ihm folgte, rechnete aus, wann sie die Buben wecken musste. Kam der Vater heim, hatten sie angezogen am Tisch zu sitzen mit den Schultaschen daneben, denn: Beim Frühstück prüfte der Vater die Buben, seit sie in die Schule gingen, seit dem ersten Tag als Taferlklassler, sah ihre Hefte durch, die gemachten Hausaufgaben, stellte Fragen, verlangte Antwort. Ob schulfrei war, kümmerte ihn nicht. Sagte: „Das Leben macht auch keine Pause."

„Und dann?" Dragan schob dünne Holzstücke und zerknülltes Papier in den Ofen, den er gegen Arbeit eingetauscht hatte wie den Boxsack. Bald flackerte ein Feuer und breitete sich Wärme aus. „Es dauert nicht lang", sagte er, stellte einen kleinen Topf mit Wasser auf die Ofenplatte, rührte, sobald das Wasser heiß war, Zucker und zwei, drei Löffel fein gemahlenen Kaffee hinein und wartete, bis der Kaffee in braunen Blasen aufkochte, bevor er ihn in zwei unterschiedliche Häferl goss, eines mit verblassten Blumen, das andere grün gestreift und der Rand angeschlagen. Dragan gab Lotte das heile, damit sie sich die Lippen nicht verletze. Der Kaffee sei heiß und müsse sich noch absetzen, später könne sie ja im Satz ihre Zukunft lesen.

Lotte hatte erzählt, hatte sich ein Knoten gelöst, war ihr bei der Gruberin nie passiert, obwohl. „Die hab ich gern gemocht", sagte sie. „Die Frau Gruber mit ihren Blumen und Geschichten." Sie trank vorsichtig. Gut war es, bei Dragan zu sein, ihm war das Verschwiegene anzusehen. Sie atmete tief, war Kaffeegeruch überall. Diesem Mann hier war es egal, ob er eine Antwort bekam oder nicht, und daher erzählte sie: „Wenn er nicht zufrieden ist, dann bestraft er die beiden." Lotte umfasste das Häferl mit ihren Händen. „Nie einen allein. Er sagt: Geht einer fehl, gehen beide fehl."

Dragan brummte Unverständliches. War keine Zustimmung, keine Ablehnung. War kein Erstaunen. War ein: Ich hab's gehört. Lotte wartete auf die Frage nach der Art der Bestrafung und war bereit, diese abzumildern, ein Lächeln aufzusetzen, zu sagen, dass ein paar Ohrfeigen keinem Kind bisher geschadet hätten, war bereit, diese Lüge weiterzuspinnen. Dass es die Sorgen waren, die ihren Mann verändert hatten, der Kredit, den sie für Haus und Auto nehmen mussten, laste auf seiner Freundlichkeit und zehre ihm die Geduld auf, aber eine Beförderung stünde bevor, jeden Tag könne sie ausgesprochen werden, eine aussichtsreiche Position mit entsprechender Entlohnung, er bemühe sich um diesen Aufstieg seit Monaten, da ein Vorgesetzter demnächst in Pension gehen würde und.

Aber bevor Lotte beginnen konnte mit der oft gegebenen Erklärung zum Jähzorn ihres Ehemannes, so oft gegeben, dass sie ausgeleiert war und durchscheinend dahinter die Wahrheit über seinen Charakter. Kinderlos hätte er bleiben sollen und es offen wollen. Er war zärtlich gewesen beim Werben um sie und aufmerksam bis lange nach der Hochzeit, bis in die späten Stadien der Schwangerschaft. Träume und Luftschlösser hatte er für sie gebaut, ihre gemeinsame Zukunft in den Himmel gehoben, so hatte er gesagt: „Wir sind in der rechten Zeit geboren, Lotte, aus den Trümmern heraus wird es bald aufwärts gehen."

Bevor sie auch nur ein Wort davon sagen konnte, zog sich etwas zusammen an der hinteren Magenwand, genau dort. Konnte ein Hass sein auf den Mann, der den Kindern nach den ersten neugierigen Anmerkungen der Nachbarn beigebracht hatte, eingebläut hatte, eingeprügelt: Schreien verlängert das Leid. Tapferkeit vor dem Feind hatte er seinen Söhnen angeraten, und die Erinnerung daran (vor dem Feind, das hieß: vor ihm) verstärkte den Druck im Magen.

Zum Schmerz wurde er, so stark, dass Lotte sich krümmte, die Hand auf den Bauch gepresst.

Dragan aber. Schwieg. Wartete, bis sich die Frau wieder aufrichtete und sagte, der Kaffee sei sehr gut, aber zu stark für sie. Ohne einen Bissen gegessen zu haben, vertrage sie ihn heute nicht, und sie müsse sich auf den Weg machen, aber danke. „Danke, Dragan." Sie musterte das Gesicht des Serben, ganz offen sah sie hinein und dahinter.

Dahinter, weil die Goldkarte auf dem Regal glänzte. Dragan folgte Lottes Blick. Er streckte sich, nahm die Karte und gab sie seiner Nachbarin, die eine Sorge mit sich trug, die älter war als der kleine Hund. Das brauchte ihm keiner zu verraten, das verriet sich von selbst. Und die Flecken auf den Armen der Buben und das Gehorchen und die Hingabe, die wilde Liebe der Söhne zur Mutter, die er gespürt hatte am Vortag, als Lotte um Bonnie kämpfte und eine andere Lotte war. Und dass das Grüßen ihres Mannes dem Fremden gegenüber freundlich war, die belanglosen Sätze über das Wetter, die Augen aber immer suchend und schmal. Auch er hat eine Geschichte, dachte Dragan, und ob das Gift, das der Hund gefressen hatte, von ihm war?

„Tvoj Pavle", entzifferte Lotte, jedem Buchstaben seinen Laut gebend. Hatte die Karte auf die Rückseite gedreht, strich über die Bleistiftschrift, über die Signatur. „Tvoj Pavle", wiederholte Dragan, erstaunt, dass die Frau das Geschriebene entziffern konnte. „Govoriš srpski?" Lotte lachte, kein Wort hatte sie verstanden, aber die kyrillische Schrift gelernt als Mädchen, weil der Vater ein russisches Wörterbuch besessen hatte, so groß wie eine Zigarettenschachtel, und sie dazu einen wachen Kopf. „‚Pavle' wird ein Vorname sein, vermutlich Pawel oder Paul", sagte sie, „und ist ‚Tvoj' vielleicht der Nachname?"

Mit dem Lachen war ihr leichter geworden, war wieder in ihre Rolle geschlüpft als junge Frau mit zwei hübschen Söhnen, einem hübschen Haus in einer neuen Siedlung und einem Mann, der ein fixes Einkommen hatte und solide war durch und durch. Alles würde besser werden, man muss hoffen. (Dachte sie.) Hielt die Karte nun umgedreht, besah das schöne Muster, das schöne Gold.

„Dein Pavle", sagte Dragan. „Es ist serbisch, nicht russisch. ‚Dein Pavle', es ist die Karte eines ..." Er unterbrach. Sank kaum merklich in sich zusammen. Könnte sein, es wuchs nun ihm ein Druck in der Magenwand, aber nein. Bei Dragan wohnte der Schmerz an anderer Stelle, weiter links, mehr zum Herzen hin.

Er atmete tief, dachte an Paja, an den Verschollenen, den er suchen gegangen war, um ihm vom Tod der Mutter und der Schwestern zu erzählen. Dachte an Paja, von dem nichts geblieben war als diese Karte, die in einem Umschlag gesteckt hatte, mit Gold beklebt und dicht beschrieben in Pajas klarer Schrift.

„Es ist die Karte eines Verwandten", sagte Dragan schließlich, und weil es keinen Grund gab, es vor Lotte zu verschweigen: „Pavle, oder Paja, wie wir ihn nannten, ist, war, mein Bruder."

Lotte sah ihn an mit großen, großen Augen.

Der Hund winselte wieder und träumte und jagte im Traum und fing es nicht und nicht.

„Liegt er hier begraben?"

Dragan hob die Schultern. „Wer weiß."

Und schloss das Gespräch. Sperrte es ab und ein. Stand auf, nahm die Karte aus Lottes Hand, stellte sie wie achtlos zurück an ihren Platz, das Gold hinten, die Schrift vorne. Hockte sich zum Hund, der still lag, und zuckte Bonnie kein Ohr, obwohl eine Fliege darauf saß. Die Dragan verscheuchte, den kleinen Kopf streichelnd, mit dem Finger über die Stirn zwischen den Augen bis zur Nase fuhr, und Lotte erinnerte sich, wie sie ihre Buben mit gleicher Berührung beruhigt hatte, als sie noch Säuglinge waren und so winzig wie der Hund. Wenn sie nicht schlafen wollten und sollten, weil er, der Mann, Ruhe brauchte und müde war und sie auch, aber eben sie der Engel, der nicht jammert. Der hinnimmt das Leid der Welt.

Ach, Unsinn.

„Danke, Dragan", wiederholte sie, schon im Gehen. „Schau, dass sie trinkt, wenn sie wach ist, aber warmes Wasser."

„Ja." Dragan hockte. Rührte sich sonst nicht, nur der Finger strich über die Stirn, zwischen den Augen über die Schnauze zur Nase.

„Ich schick später die Buben vorbei."

„Ja."

„Und wenn es ihr schlechter geht."

„Dann bring ich sie."

„Nein, hol mich."

Wieder die Fliege, krabbelte auf dem Boden neben Bonnies Decke, saß auf deren Rand, ein Schlag mit der flachen Hand. Lotte zuckte zusammen, Bonnie rührte sich, Dragan beruhigt sie. „Spavaj, devojko moja. Schlaf."

Land

Es war kurz vor Mittag, als Genzls Volkswagen neben dem Friedhof hielt, und der Dechant selbst war gefahren, obwohl er nicht sollte. Auf dem Beifahrersitz der Pfarrpraktikant. Thomas Raidinger besaß keinen Führerschein, keine „Lenkberechtigung“, wie er es nannte, denn: „Vom Führer hatten wir genug, oder?“ Immer öfter ging ihm das Devote verloren. Dass sich die Momente mehrten, in denen der Pfarrpraktikant zu ertragen war, dachte Genzl und notierte sich in Gedanken, es Rausam zu erzählen. Diesem sturen Arzt, dem sich jede Meinung einzementierte, jeder erste Eindruck, der sich nicht leicht überzeugen ließ von einem Gegenteil.

Der Dechant und sein Praktikant in schönster Mai-Sonne. „Ein geradezu wunderbarer Tag“, stellte Raidinger fest, den weichen Körper aus dem Auto schälend, sich streckend, dann sich zufrieden umsehend, die Arme in die Seiten gestemmt.

Genzl hatte keine Zeit für die Schönheit des Tages und die Wunder des Frühlings. Oder für Freude über den Umstand, sich mit der verbotenen Autofahrt der Obrigkeit widersetzt zu haben, denn einen Führerschein besaß er nicht mehr. Er war ihm vor zwei Jahren nach einem kleinen Unfall, einer beschädigten Gartenmauer, einer gebrochenen Hand und einem geringen Flurschaden endgültig entzogen worden. Die fingerhohe Muttergottes-Figur, die jahrelang über der Geschwindigkeitsanzeige gewacht hatte, festgeklebt für die Ewigkeit, war bei diesem letzten Vorfall verloren gegangen, eingeackert in ein Erdäpfelfeld; jedes Mal murmelte Genzl ein „Mutter Gottes, bitt für uns Sünder“, kam er an der Stelle vorbei, wo er sie im Erdreich vermutete.

„Also hier residiert Ihr Dragan“, stellte Raidinger fest, lächelnd, wohlwollend, feiste Wangen, rund und rot und gut gelaunt. Hörte die Hüttentür auf- und zugehen und beeilte sich nicht, dem Dechant zu folgen. Denn hinter der Hütte war Bewegung, rührte sich der Mann, den er bisher zwar flüchtig gesehen hatte in Eferding, aber noch nie gesprochen. „Herr Džomba, nehme ich an?“ Sagte Raidinger, als wäre er zufällig vorbeigeschlendert und nicht hergefahren worden mit dem Kriegerfriedhof als Ziel.

Dragan legte die Wasserwaage, die er sich von Silvester geliehen hatte, auf den Brunnenrand und betrachtete sein Werk: Der Galgen war aufgestellt. Um das kleine Fundament, für das er ein tiefes Loch ausgehoben hatte, steckten Stangen, die den starken Holzbalken im noch weichen Beton in Position hielten. Der Boxsack lehnte an der Wand, ihn hochzuwuchten und einzuhängen würde für einen Einzelnen schwierig werden.

Dragan nickte dem runden Geschöpf mit der kantigen Nase zu. „Soll ich Ihnen helfen, den Boxsack aufzuhängen?“, fragte Raidinger. „Der scheint ordentlich schwer zu sein. Womit ist er denn gefüllt?“ Er betastete das alte Leder. Im Gymnasium hatte ein ähnlicher im Turnsaal gehangen, und der Geruch im Turnsaal war ein ganz eigener gewesen und stieg herauf in der Erinnerung und verflog, weil der Mann mit dem etwas ungepflegten Aussehen (dachte Raidinger bei sich) lachte.

„Kommst in fünf, zehn Tagen wieder. Kannst mir erst helfen, wenn der Beton hart ist“, sagte Dragan, dem der Schweiß auf der Stirn trocknete und der nach Arbeit roch. Das war Begrüßung genug.

Und ging in die Hütte, in der sich Raidinger, der in der nun offenen Tür stand (Dragan hatte sie aufgespreizt, die Schaufel so hingestellt, dass sie nicht zufallen konnte), folgendes Bild bot: Der Dechant kauerte neben dem Hund auf dem Boden. Auf dem Boden! Saß der alte Mann in seinen feinen Hosen. Getraute sich nichts Zärtliches, sehr vorsichtig fuhr er dem Hund übers Fell, flüsterte mit ihm, schimpfte ein bisschen, hörte sich das Schimpfen wie eine Liebkosung an. „Was musst denn alles fressen, du dummer, dummer Hund?“ Und: „Die Gier ist eine Todsünd, wie oft hab ich dir das gepredigt?“ Und: „Vor wem sollen sich die Ministranten denn fürchten, wenn du.“ Und brach ab, sah auf, das Gesicht zu Dragan gewandt, mit einem fragenden Ausdruck darin, aber die Hand weiter auf dem Hund, der beim Versuch, sie abzulecken, sein Köpfchen hob und es schwach wieder senkte.

Raidinger blieb, wo er war. Auch wegen der Mischung aus Schweiß- und Hundegeruch. Beobachtete die Szene, das stumme Gespräch zwischen den beiden anderen. Dragan hatte einen Fetzen gefunden; ein ordentliches Handtuch konnte man das nicht nennen. Wischte sich damit über Stirn, Wangen und den Nacken, knöpfte das Hemd halb auf, wischte sich die Brust und unter den Achseln, und stopfte das Tuch, den Fetzen in den Hosensack. Knöpfte sich das Hemd zu, nahm den Krug, trank daraus, hielt ihn Genzl hin, der den Kopf schüttelte, hielt ihn Raidinger hin, der den Mund verzog, sich besann und dankte, aber nein, er habe keinen Durst.

Dann goss Dragan etwas Wasser in eine Schüssel und stellte sie neben den Hund, dabei schwappte es über den Schüsselrand und färbte sich der Boden dunkel.

Kein Wort bis hierher.

Aber jetzt: „Das Gift ist nicht ganz draußen.“

Genzl: „Sagt das die Lotte?“

Dragan: „Ja, es braucht Zeit. Kannst den Hund mitnehmen. Und wenn was ist, holst sie halt. Sagt sie, soll ich dir sagen.“

Nicht mehr. Es war zu spüren, da war einer zu viel im Raum, auch wenn er nicht direkt im Raum war und keine Anstalten machte, hineinzugehen in diesen Geruch. War etwas zu besprechen und wurde nicht, weil ein Fremder anwesend? Und nicht der Serbe war dieser Fremde, sondern er, Thomas Raidinger, Pfarrpraktikant zu Eferding.

„Ach“, sagte er leichthin und rückte sich die Brille zurecht, „Sie haben wohl nichts dagegen, wenn ich mir die Beine vertrete und mir Ihren Friedhof ansehe, Herr Džomba.“

Herr Džomba hatte nichts dagegen, auch war keine Antwort abgewartet worden, war Licht in die Hütte geflutet, da die breite Gestalt es nicht mehr daran hinderte: Raidinger stapfte pfeifend über den Kies, das Pfeifen wurde leiser, die Schritte, als er das Gras erreichte, auch. Genzl und Dragan lauschten, und Bonnie winselte, war ihr die Hand des Herrn zu schwer geworden.

Bald lag der Hund draußen auf der Bank, kehrte ihm das Lebendige zurück, was sich in seinen Augen zeigte und in erster Mühe, sich aufzurichten und die Tauben, die in der Wiese gurrten, anzuknurren. Der Dechant war erleichtert und besorgt, hielt Bonnie am Platz, denn wo war das Gift, von dem sie gefressen hatte?

Nicht weit vom Brunnen entfernt lagerten Mist und Gerümpel. Und wurde von Dragan auf der Suche nach dem Gift mit Raidingers Hilfe alles umgedreht und zur Seite gelegt, wurde der ganze Haufen versetzt und hätte schon längst weggebracht werden sollen und war nicht. Ausgemustertes vom Dachboden der Hütte, Uraltes, Verdorbenes, Verbogenes, verschimmelte Matratzen, mottenzerfressene Decken, das, was zwischen den ausgebesserten Brettern in den Wänden gesteckt hatte, verkohltes Holz aus dem Kamin. Raidinger, das stellte sich heraus, war einer, der anpackte, der keine Angst hatte davor, sich den Rock zu beschmutzen, sich nur sein sauberes Taschentuch vor den Mund und die empfindliche Nase hielt, um sich vor Staub und Gestank zu schützen.

„Sie haben hier interessante Sachen“, sagte er und zog einen Zeitungshalter aus dem Haufen. Er war in der Mitte geknickt und unbrauchbar, so einer, wie man ihn in Wirts- und Kaffeehäusern hernimmt, um die Zeitung einzuklemmen täglich frisch. Auf dem Holzgriff zu erkennen ein verblasster Aufdruck. „Oberösterreichische Nachrichten“, las Raidinger. „Dafür kriegen S' nix beim Antiquitätenhändler, die Zeitung gibt's ja noch nicht so lang. Haben S' das auch auf dem Dachboden gefunden?“

Ein niedriger Raum war das, nicht mehr als ein Verschlag, über eine Leiter von außen zu erreichen, eine kleine Holztür über dem Fenster auf der Hinterseite der Hütte. Ein Kriechboden fast, von wenigen Lichtstrahlen erhellt, sich kreuzende Gottesfinger, die planlos durch die Lücken im Dach hierhin und dorthin zeigten. Ein erwachsener Mann musste sich ducken und stieß sich trotzdem den Kopf. Musste Schritt für Schritt überlegen, wo den Fuß hinsetzen, wo ist es morsch, wo ist das eigene Gewicht zu schwer. Und ächzt es und knarrt und staubt und Spinnen, und von draußen hört man das zornige Summen der Hornissen, die einen Eindringling spüren, aber nicht sehen.

„Nein“, sagte Dragan und rieb sich den Daumen, in dem tief ein grober Schiefer steckte und eitern würde, ein Andenken von da oben, ein Sauraum war das, ein Unort. „Und hör auf mit dem Sie, geht das in deinen Schädel?“

Raidinger lachte, ja, das würde schon hineinpassen, da sei noch viel Platz. „Also Dragan“, sagte er und hielt dem Serben die Hand hin: „Dann nennst mich aber Thomas.“

Was war nun mit dem zerbrochenen Zeitungshalter, wollte Dragan ein Geheimnis draus machen? Er nahm ihn und warf ihn zurück auf den Haufen. „Ein Geschenk zum Einzug“, sagte er knapp. Genzl wurde hellhörig. Hatte sich ohnehin gewundert, die alte Frau Gruber mit einer Zeitung? Sie hatte sie gesammelt, zum Einheizen, zum Einwickeln der Pflanzen, wird auch darin geblättert haben. Aber eingespannt?

„Hat mir wer über den Zaun geworfen. Das und mehr. Gerümpel, Kuhmist, alte Schuhe“, sagte Dragan. „Alle paar Tage.“ Einmal war er in der Nacht aufgewacht von einem Geschepper und Geklirr, waren Glasflaschen zerbrochen und der Platz vor der Hütte am Morgen übersät mit rostigen Nägeln und Scherben. Stunden hatte es gedauert, bis alles aufgesammelt war, oder: Stunden zumindest hätte es ohne die Hilfe Silvesters gedauert.

Die Lüge als lässliche Sünde, dachte Genzl und überlegte, ob er Dragan erzählt hatte, womit er den Hartkirchner Bürgermeister hatte überzeugen können, ihn hier zu dulden. Vom angeblichen Vandalenakt. Und ob, da der Bürgermeister als redlicher Mann bekannt war, ob er dessen Verschwiegenheit dennoch hätte einfordern sollen, denn am Stammtisch. Sitzen. Immer auch andere.

„Kann sein, dass in dem Haufen Gift war“, sagte Dragan.

Er hatte nichts vom Mist erzählt. Hatte niemandem Bescheid gegeben. Sich bei keinem beschwert, sich nicht auf die Lauer gelegt, um den Schuldigen, um die Schuldigen zu ertappen. Hatte jedes Mal aufs Neue einen Sack genommen und angefüllt, hatte verräumt und verbrannt; war manchmal Silvester an seiner Seite, lächelnd und freundlich grüßend, kam einer vorbei, während sie an der Drecksarbeit waren, den Kuhmist wegschaufelten, die Gülle mit Wasser so gut es ging verdünnten, damit es weniger stank in der Hecke, die davon tropfte. Und wie es sein musste, kamen ausgerechnet dann mehr Leute als sonst vorbei, nahmen diesen Weg und hätten einen anderen nehmen können, kamen allein oder zu zweit oder zu dritt, sagten nichts, fragten nichts, und wenn: Was? Und wie? Und Sauerei. Waren welche darunter, die ein schwarzes Fahrrad besaßen. Gab aber viele schwarze Fahrräder.

Dragan, der Serbe, stumm, Silvester, der Einfältige, grüßend. Dass sich da zwei gefunden hätten, hieß es wieder; und von einem neuen Mistplatz in Deinham sprach man, und lachten auch Frauen und schafften ihren Männern daheim das Ausmisten an. (*Da schau, das und das g'hört eh weg. Führst es auf'n Mist.*)

Alle paar Tage. Mal mehr, mal weniger. Der Serbe machte sich die Hände schmutzig. Der Einfältige lachte dazu. (Aber in Wahrheit.) Verdarb einem das Duldsame des Fremden die Lust am Mistführen. Und dem Silvester sollte jemand das Grinsen aus dem Gesicht streicheln, mit einem Prügel am besten, aber dem Silvester durfte keiner was tun, der wurde gebraucht, und irgendwann.

Hörte es auf.

Bevor es dem Dechant zu Ohren gekommen war.

Bevor er von der Kirchenkanzel donnern konnte.

Und hätte die falschen Schafe erwischt.

Aber jetzt brauchte er seine Ohren nicht, jetzt sah er die Reste, das noch nicht Verbrannte, Weggeräumte, zog Wort für Wort aus Dragan, so wie dieser ein Zeug ums andere aus dem Schandhaufen, und es konnte sein, dass sich in einer der verbeulten Dosen Rattengift befunden hatte. Harmlose Dosen und Schraubgläser und das, was sie enthielten, war giftig genug für ein kleines, gieriges Hundeherz.

Griff sich ans eigene Herz, der Dechant. Und krallte sich ihm die Hand in den Stoff darüber. So war er also selbst der Grund für Bonnies Leid gewesen, seine Lüge vom Vandalismus am Serbenfriedhof hatte sich als Erzählung verbreitet, wie sich alles, wie immer, wie vorhersehbar, verbreiten musste, jedes Gerede wächst über sich hinaus. Jedes Gelogene kommt zum Lügner zurück.

Schon lief Raidinger in Richtung der Siedlung, brannte ihm die Handfläche, da Dragan ihm den Stecken, mit dem er im Mist stocherte, aus der Rechten gerissen hatte und ihm damit den Weg gewiesen: „Dort, bei den Häusern, lauf, einen Arzt sollen sie holen."

Kam zurück mit Lottes Mann und dessen Nachbarn, sie hatten telefoniert, die Rettung war unterwegs, gleich würde.

Lag Genzl vor der Hütte auf der Bank, war nicht zu verkennen: Es ging ihm schlecht. „Hast die Tabletten genommen?", fragte Dragan, tupfte ihm die Stirn mit einem Fetzen (ja, es war der aus seinem Hosensack), und Raidinger befeuchtete am Brunnen sein Taschentuch, leicht nach Flieder roch es, hielt es Dragan hin: „Nimm, bitte." Und warf den Fetzen, den er an sich genommen hatte mit spitzen Fingern, auf den Haufen, er landete auf dem zerbrochenen Zeitungshalter, wie eine Flagge sah er aus, eine Piratenflagge auf einem gekenterten Schiff.

Kalbskopf

Im kleinen Hof stehen zwei große Plastikkübel. In den Kübeln Wasser, im Wasser weiße Kalbsköpfe mit braunen Augen. Viele harte Stufen in den Keller, ein dunkler, ein gähnender Schlund. Hinunter, um Wein zu holen, in der Hand der leere Korb aus weißem Draht. Sechs schwere Flaschen passen hinein, der Griff schneidet in die Handfläche, schnell hinauf, den Schlund im Rücken und die Fledermäuse, die neben den Gespenstern im Steingewölbe hängen, zwischen Fäden und Flechten und allem, was furchtbar ist. Im Korb zwei Falkensteiner, ein Weißgipfler, zwei Schloss Lamberg, ein Südtiroler, und jetzt. Das Gastzimmer ist halb voll, das Mittagsgeschäft wird gleich beginnen, Mutter füllt die Getränke auf, schaut, dass alles da ist, denn nur so.

Die Sudlade unter der Kaffeemaschine ist nicht leer, sind schon Kaffee bestellt worden. Verlängerter. Großer Brauner. Mokka. Der Hebel mit dem schwarzen Griff muss vorsichtig heruntergezogen und vorsichtig losgelassen werden, damit kein Schlag das Gesicht trifft, wie einmal passiert, einmal zu oft. Das kleine Silbertablett zum Stammtisch tragen, wo Herr Džomba sitzt und keinen Schnitt getrunken hat, weil am Vormittag, sagt er: „Devojka, da schmeckt mir kein pivo."

Pivo, Bier. Wie es wäre, sämtliche Sprachen der Welt zu verstehen, aber es niemandem zu verraten, belauschen zu können alles und jeden. Mitten in Eferding, am Stadtplatz vor dem Fenster der Konditorei Vogl, dort gibt es Softeis und die Leute stehen Schlange. Wie es wäre, einzuschreiten in einen Aufruhr, weil keiner begreift, was diese Fremden wollen und gerätselt wird. Vorbeizugehen und zu fragen: „Sladoled? Vanila? Jagoda?" Und gestaunt würde werden, denn: „Die Herrschaften möchten Eis essen. Vanille und

Erdbeere." Wissen, was Bier heißt und Eis und Vanille und Erdbeere. Die Worte sammeln, die Herr Džomba verschenkt, und damit die Zwischenräume auffüllen, wie die Weinflaschen in der Schank. Es wird schon stimmen.

Vor dem Kellerschlund, kein Eis in der Hand, dafür den leeren weißen Korb. Das Dach aus gelbem Plexiglas überdeckt einen Teil des kleinen Hofs, damit kein Regen in den Keller fällt und auf die breiten Stufen, und damit die Fledermäuse (die da sein müssen!) ins Freie finden, in den freien Himmel.

Ohne zögern: Licht aufdrehen, Luft holen, hinunter die Stufen, hinunter in den Keller mit seinem gestampften, steinbuckeligen Boden, auf dem ein schmal betonierter Weg wie ein Steg nach hinten führt, an Weinregalen und anderen Regalen vorbei, und dort (das ist das Furchtbare) öffnet sich der Kellergang zur linken Seite, und sieht man nicht, sieht kein Mensch, sieht niemand, wer oder was sich versteckt.

Nicht zögern, sondern. Licht aufdrehen, Luft holen, hinunter, die kühlen, staubigen Flaschen in den Korb, nicht zurückdenken, nach vorne, nach oben.

Und oben: Starren aus weißen Plastikkübeln braune Augen. Kalbsköpfe ohne Fell, schneeweiß. Vom Vater vorbereitet. Die Köpfe mit Saupech eingerieben und kurz ins kochende Wasser getaucht, in den größten aller Töpfe. Dann die Haare abgeschabt und die Zunge rausgeschnitten und den Schädel gespalten und das Hirn geborgen und die Köpfe gekocht mit der Haut und die abziehen wie eine Maske und das Fleisch vom Knochen lösen und klein hacken und pressen und als Kalbskopfschnitzel auf die Speisekarte setzen, damit sich die Leute freuen und sagen: „Ah, endlich wieder."

Das sagen sie auch beim Kalbsbries, das es selten gibt: „Ah, endlich wieder."

Immer noch im kleinen Hof stehen, vor dem Kellerschlund und bei den Kalbsaugen. Im Vorhaus grüßen sich zwei, sind der Vater und Herr Džomba. Die Tür zum Vorhaus ist von innen versperrt und steckt der Schlüssel und geht leicht umzudrehen.

Den endlich mit Weinflaschen gefüllten Korb durch diese Tür tragen und weiter ins Gastzimmer zur Schank. Nicht durch die Tür, die neben der Kellerstiege zur Speis führt. Wo die Schwester auf kleinen Tellern mit gemustertem Rand den Menü-Salat anrichtet. (Je eine Portion Bohnen-, Kraut- oder Gurkensalat und Erdäpfelsalat und Endivien erst kurz vor dem Servieren, dazu den Endiviensalat mit Marinade vermischen, nie zu viel davon in die Schüssel geben; die Flaschen mit der Haus-Marinade stehen in Reihen im großen Kühlraum, ein-, zweimal pro Woche frisch gemacht, und gut schütteln! Damit Essig und Öl und das wissen wir ohnehin.)

Herr Džomba will den Korb nehmen. Er weiß, dass er schwer ist, aber auch, wie stark Wirtskinder sind. Sagt er. Die Tür zum kleinen Hof steht offen, die Kübel mit den Kalbsköpfen wundern ihn nicht, er kennt das. Ob er Kalbskopfschnitzel mag? Nein, er schüttelt sich, es graust ihm. Und eigentlich wär keine Zeit dafür, aber trotzdem Herrn Džomba den Keller zeigen wollen, der sei riesig und unheimlich. „Devojka, ich kenn euren Keller, ja, der ist groß." So groß, sagt er, dass darin hundert Fünf-Liter-Gläser mit Kalkeiern gelagert werden können.

Hundert Gläser? Kalkeier?

Am Nachmittag die Großmutter. Das Gastzimmer wieder leer, die Sudlade leer, die leeren Weinflaschen unter der Schankabwasch weggeräumt. Die Salatschüsseln zugedeckt im Kühlraum, die Küche sauber, die Tischtücher gewechselt, die Zeit steht still und lauscht der Raum.

An der Großmutter herumzupfen. Sie sitzt am letzten Tisch und liest die Kronenzeitung und zeigt auf die Bilder.

Liest: *Silbernes Thronjubiläum der Königin Elisabeth. Eine Million Menschen säumen den Umzug. In London.* Liest und schaut dabei durch ihre Brille. Ist es ihre oder die vom Großvater? Einmal, da war sie jung, hat sie den Kaiser Franz Josef gesehen, leibhaftig. Also mit seinem Leib.

„Oma, was sind Kalkeier?“ Die Frage wiederholen, sie hat nicht zugehört. Und ob es stimmt, dass hundert Gläser davon im Keller gelagert waren, weil Herr Džomba hat gemeint.

Eine lästige Fliege, ein ganzer Schwarm davon zupft an ihr herum.

„Was du immer hast mit deinem Herrn Džomba.“ Will in Ruhe lesen. Aber weiß, es kann keine Ruhe geben, solang eine Neugierdsnase sie sekkiert. Sagt sie.

Sie ist es, die sich einen Gasthof gewünscht hatte. Erzählte der Vater, der hier Geborene. Der Großvater wär zufrieden gewesen als Chefkoch im Salzburger Peterskeller; es gibt ein Foto: Ein strenger Mann mit einem Schnauzer in weißer Kochjacke und Kochhaube, eine große Küche, Herr über Köche und Köchinnen und Küchenmädchen. Die Großmutter wollte den eigenen Gasthof, hat ihn mit den ältesten Kindern allein geführt in den ersten Jahren, vor dem Krieg (dieses Wort!), bis es zu gefährlich geworden war; bis der Großvater nicht mehr pendelte zwischen Salzburg und Eferding.

Aber kommt eine Antwort: War immer genug zu tun. „Früher“, sagt die Großmutter, „hat man nicht das ganze Jahr über Eier bekommen. Mussten wir einlagern.“

„Als Kalkeier?“

„Ja. Das ging so.“ Jeden Herbst habe sie im Keller dreißig bis vierzig große Gläser mit Eiern befüllt. Gläser größer als das, in dem der Vater die Krenwurzen aufbewahrt. Dann habe sie, erzählt die Großmutter und erzählen ihre

Hände, Kalk mit Wasser vermischt und in die Gläser geschüttet, bis alle Eier bedeckt waren.

„Und dann?"

„Und dann hat sich eine Haut drüber gebildet und die Eier sind nicht verdorben, bis die Hühner wieder zu legen begonnen haben."

Neben ihr sitzen, ihre alte Wärme spüren.

Sie sagt: „Mit den Schlüsselblumen."

„Was?"

„Wenn die Schlüsselblumen blühen, legen die Hühner wieder Eier. Merk dir das."

Und dass Herr Džomba oft Arbeit gesucht hat. Wenn wer gebraucht wurde, weil Not am Mann, wurde er gerufen oder ein anderer. Wer Zeit hatte, ist gekommen und hat angepackt. Holz hacken, Kohle einschaufeln, eine Sau schlachten, Karotten und Sellerie im Keller im Sand eingraben. Für einen Lohn und ein Essen, waren gute Arbeiter. Meistens wurde niemand gebraucht, waren der Vater und der Onkel da oder der andere Onkel, der in Linz einen Gasthof hatte, aber manchmal halt nicht.

Die Großmutter will ihre Zeitung lesen.

Herr Džomba ist vor uns hier gewesen und mit hier ist gemeint: auf der Welt und in Eferding und im Haus und im Keller. Dass er das alles kennt und mehr. Ist auf seinem Platz am Stammtisch gesessen, kann sein, als die Fotos gemacht wurden für das blaue Album, für das rote, darin einklebt schwarz-weiß mit gezacktem Rand oder farbig und glatt. An der Hand der Mutter im Gastzimmer ganz klein. Mit dem gelben Lämmchen aus Plastik. Zwischen den Geschwistern.

Er, Herr Džomba, war vor uns da, und wir haben ihn nicht bemerkt.

Baracken

Raidinger und Dragan und Lottes Mann. Lotte und der kleine Hund. Zwei Sanitäter vom Roten Kreuz, der Arzt aus Hartkirchen, Nachbarn. Dazwischen auf einer Trage der Dechant, recht blass, aber wach. Aufstehen wollte er. Fühlte allerdings sein Ende kommen, würde er sich rühren. Ein Speicheltropfen zog eine Spur vom Mundwinkel über die Wange. Faltige, gelbliche Haut, graue Bartstoppeln. Rund um die Trage verengten Gesichter das Himmelsblau, darunter das Gesicht des Hundes. *Errette vor dem Schwert mein Leben, aus der Gewalt der Hunde meine verlassene Seele.* Betete der Dechant stumm den Psalm, kam sich lächerlich vor und war Angst in ihm. Dragan hatte Bonnie auf den Arm genommen, sonst wäre sie zwischen den Beinen, in all der Aufregung, zertreten worden. „Ich behalt sie hier", sagte Dragan. Wischte mit dem Daumen den Speichel von Genzls Wange.

Genzl: „Das Auto."

Lottes Mann: „Kann das nicht der Neue, der Herr ..."

Raidinger: „Ich besitze keine Lenkberechtigung."

Genzl (hustend): „Führerschein. Er meint Führerschein."

Entbrannte eine Diskussion darüber, wer das Auto zurück nach Eferding bringen sollte, als wäre das wichtig. Und war es auch, weil es die Sorge vertrieb, sich Beiläufiges über die Szene legen konnte wie eine Deckserviette über Tischtuchflecken.

Im nächsten Moment aber würde sich die Tür des Rettungswagens schließen hinter dem Dechant, und waren die Sanitäter schon ungeduldig mit dem Volk. Das den Kranken umlagerte, das sich fast stritt wegen des Autos. Und der kleinere der Sanitäter ein Machtwort sprach. Genzl nach den Schlüsseln fragte. (Sie steckten.) Und damit war es gut, denn es würde sich eine Lösung finden, bis der

Herr Pfarrer („Dechant", korrigierte Raidinger) wieder nach Hause dürfe. „Und wenn ich's in meiner Freizeit hol", sagte der Sanitäter und drängte die Leute von der Trage weg, sie müssten Platz machen, sonst.

Stand das „Sonst" da wie eine Drohung. Müsste er sterben? Könnte das Leben des Patienten nicht mehr gerettet werden? „Meiner Seel, was die Leut für Sorgen haben", schimpfte der Mann und rückte sich die Rot-Kreuz-Uniform zurecht; er hatte keinen guten Tag an diesem Tag.

Der nach wie vor schön war. Auch, als sich die Aufregung gelegt und sich die meisten Nachbarn in ihre Häuser und Angelegenheiten verlaufen hatten, als einzig Raidinger, Lotte, Lottes Mann und Dragan vor dem Gatter standen und sich zweierlei näherte: von der Puppinger Seite her Silvester Moor, nicht zu überhören, da ein Radlager des Leiterwagens, den er zog, quietschte. Der Kleinhäusler hatte es schmieren wollen und darauf vergessen, war ungewöhnlich für ihn.

Von der Hartkirchner Seite, von der Siedlung her die beiden Buben. Das Chrom ihrer Fahrräder blitzte in der Sonne, die Brüder zögerten, kamen langsam heran, blieben in Rufweite stehen, denn ihr Vater brüllte. Hatte sich Angestautes gelöst oder war eine Fassade gefallen oder übersehen worden. Dass sie sich heim schleichen sollen, aber sofort, brüllte er. (Und wurde Lotte klein daneben, hielt sich die Hand vor den Mund, als könnte sie ihn, ihren Mann, so zum Schweigen bringen.) Ob sie taub wären oder dumm oder zu blöd, um zu folgen? Was habe er gesagt? Was habe er ihnen verboten?

Und dass er bis drei zählen würde. Und dann.

„Jedan, dva, tri", sagte Dragan. Sagte es ruhig. Gar nicht laut. „Jedan, dva, tri." Dahingesagt. Ein Zählreim fängt so an. Die Hornisse im Giebel, Meisen und Spatzen in den Büschen, gab es Schwalben? Blickte nach oben, der

Serbe, betrachtete den Himmel, der weit und blau sich spannte. Grub sich irgendwo im Totenacker Pavle, sein Bruder, tiefer ein in die Deinhamer Erde, stieß die Kollegen an, von wegen, macht Platz, wir spielen Verstecken. „Jedan, dva, tri.“ Lässt sich pfeifen, so ein Reim, lässt sich ein Grab nach dem anderen abzählen: Und du bist raus.

Du bist verrückt, hieß das, aber ich bin verrückter. Ich hab einen Galgen hinter der Hütte und einen Bruder unter der Erde; von einem weiß ich gewiss und vom anderen nicht.

Lottes Mann nahm seinen Hass und richtete ihn auf Dragan, der, den Kopf im Nacken, nach Wolken Ausschau hielt, weil Schwalben hatte er keine gefunden.

Lottes Mann nahm seinen Hass wieder zurück, fand die Fassade, zog sie auf, beruhigte sich, ruhigte sich. Schwieg. Sah dorthin, wo seine Söhne in der Sonne geglänzt hatten und sah nur mehr ihre Rücken. Das Quietschen hob wieder an; Silvester war stehen geblieben ob des Brüllens. Sollte ihm alles erzählt werden und er sich Sorgen machen um den freundlichen Herrn Dechant.

Aber vorher musste sich einer erklären: Lottes Mann. Er habe den Buben ausdrücklich gesagt. Wäre Schlimmeres geschehen, wäre Genzl im Sterben gelegen, hätte er. „Hättest du gewollt, Lotte, dass sie einen Toten sehen?“ Daran habe er gedacht, und dass sich sein Ärger. Das wollte er. Mit hartem Kinn stand er da. Spannten sich alle Muskeln rund um den Kiefer. Schmale Lippen. Das war die Verhärtung, die Lotte vertraut war. Kurz bevor der Mann eingestand, einen Fehler, eine Verfehlung, kurz bevor er es zugeben konnte und weich werden im Eingeständnis. Kam diese Miene und bedeutete, er würde zwei Tage schweigen. So lange musste es dauern, dachte Lotte, den Mann lesend, bis er die Einsicht hinuntergewürgt hatte, bis keine Gefahr mehr bestand, die Kontrolle zu verlieren.

„Werde ich hier noch gebraucht?“, fragte Lottes Mann, der Vater zweier Buben, die schon daheim am Tisch saßen und Aufgaben machten, Zusatzaufgaben, Extra-Rechnungen, Vokabeln lernten, um dem Zorn des Vaters zu entgehen, und lernten auch das Hinunterwürgen; man gibt weiter, was man hat.

Lotte sah ihrem Mann hinterher. Er hatte nicht danach gefragt, ob sie mitkäme. Er ging vor in das zweitägige Schweigen, er würde Matthias und Peter in Ruh lassen für diese Zeit, sie würden mehr unter dem Wortlosen leiden als unter dem Zornigen. Am Montag würde er von der Arbeit heimkommen, sich an den Tisch setzen und so tun, als wäre nie etwas vorgefallen. Er würde leicht sein und fröhlich, mit seinen Söhnen nach dem Abendessen auf den Fußballplatz gehen und Lotte daheim beim Abwaschen hoffen: Es möge friedlich bleiben, denn dafür gab es nie Gewähr.

Sie stand. Dort, wo vorhin die Trage gewesen war. Die Reifenabdrücke des Rettungswagens im Gras am Rand der schmalen Straße. Sie stand, die Hände in den Schürzentaschen, war von der Küche hierhergelaufen. Wandte sich zu Raidinger, der neugierig den sich nähernden Leiterwagen und dessen Besitzer betrachtete, sagte zu ihm: „Ich fahr das Auto und Sie nach Eferding. Haben Sie noch etwas Zeit? Eine Viertelstunde?“

In einer Viertelstunde lässt sich eine Schürze ausziehen und an den Haken in der Speis hängen, lässt sich ein Tuch um den Kopf binden, im Spiegel das Bild prüfen und es war das einer jungen Frau, bei der sich die Verhärmung zeigte in ersten Spuren. Es lässt sich ein Blick auf die Söhne werfen und ihnen über die Haare streichen. Bald wäre sie wieder da, keine Sorge. Es lassen sich ähnliche Worte zum Mann sprechen, seine Miene deuten, sein Kopfnicken, sein Sie-nicht-Ansehen. Und das Haus verlassen, noch halb in die

Weste schlüpfend, die Tasche unter dem Arm, aufatmend als ganze Frau und die Luft eben wie eine Befreiung.

Beim Volkswagen des Dechants aber stand keiner mehr. Lotte atmete schwer, sie war gelaufen, langsamer geworden, schließlich gegangen, wie es sich ziemt. Er könnte sie aus dem Fenster beobachten. Er könnte es ihr vorwerfen, am Montag, wenn sie dem Frieden schon getraut hätte, am späten Abend, die Buben im Bett, sie entspannt, könnte er sagen: „Hast es eilig gehabt am Samstag. Wegen dem Pfaffen oder dem Serben? Nun?" (Wegen Silvester, würde sie antworten und die Hände heben in Abwehr.)

Thomas Raidinger, Dragan Džomba und Silvester Moor waren nirgends zu sehen. Waren vielleicht in der Hütte oder dahinter oder irgendwo auf dem Friedhof, diesem stillen, friedlichen Feld.

So war es: Zuerst hatten Raidinger und Moor sich einander bekannt gemacht. Nicht, dass Dragan das übernommen hätte. Der schaute zu und vor allem darauf, wie sich der Pfarrpraktikant benahm bei der Begegnung. Dazu stellte er sich neben Moor, an dessen Seite. Raidinger benahm sich tadellos. Machte einen Scherz über das Quietschen, denn anschleichen würde sich der Herr mit seinem Gefährt nicht können. Reichte seine Hand, nannte seinen Namen, war freundlich zum immer Freundlichen und tat nicht groß. War alles im Maß. Fragte, ob der Herr Silvester auch mit dem Dechant bekannt wäre, und da dieser lächelnd nickte, wurde ihm der Tatbestand erklärt.

„Sein Herz?", fragte Silvester, die Zugstange des Leiterwagens loslassend, sodass sie hart auf dem Boden aufschlug und Dragan, den zappelnden Hund im Arm, sich darum bückte.

„Komm, Silvester, komm herein." Führte die Männer auf den Friedhof, schloss das Gatter, setzte Bonnie ab. Sie blieb, wo sie war, denn dort war ihr das Herrchen verschwunden.

Es dauerte keine Viertelstunde, dem Kleinhäusler zu erzählen, was geschehen war, vom Giftanfall des Hundes bis zum Niederfall des Dechants. Es blieb Zeit, darüber zu schweigen. Um das Schweigen und Silvesters deutliche und über das Maß gehende Sorge (wieder etwas, das in die Vergangenheit und zu anderen Verlusten reichte), um all das zu brechen: Dragan sprach ihn an. „Was hast mitgebracht, prijatelju?“ Der prijatelj, der Freund, hatte wohl etwas mitgebracht aus seinem Haus, in das er Raidinger einlud, falls der ihn besuchen möge. „Da, schaut“, sagte er, „Honig von meinen Bienen, ist aus dem Vorjahr, eins der letzten Gläser.“

Dragan: „Und das schenkst du mir?“

Silvester: „Wem sonst? Ist kein anderer Serbe hier auf dem Serbenfriedhof, der den Honig mögen würd.“

Was Raidinger neugierig machte, Fragen wollte er stellen, musste aber vorher den Honig kosten und roch daran, hielt seine markante Nase über das geöffnete Glas wie über ein Glas Wein, sog mit geschlossenen Augen den Duft und zählte, zum Erstaunen Silvesters, dessen Noten auf, die Namen von Blumen, ja, war es denn möglich?

„Ja, ist denn das möglich?“, staunte Silvester und versprach Raidinger, der den Löffel in den Honig steckte und dann in seinen Mund, sich die weichen Lippen leckend, versprach ihm ein eigenes Glas, und dass er beiden etwas zeigen möchte.

Waren der Dechant und sein Leid nicht vergessen, aber musste doch weitergehen, konnte man im Augenblick wenig tun, nur das Tagwerk erledigen und Pläne schmieden.

„Die beiden Felder hier und das dort drüben“, Silvester zeigte in die Richtung. Die Männer lehnten am hinteren Zaun des Friedhofs, längsseitig, nicht von der Straße, sondern von Ackerland begrenzt, ein verschachteltes Bild, wuchs es und trieb aus und grünte in allen Farben, war nicht einfach gemustert, aber gestreift und gequert und von

Rillen durchzogen, und gehörte dieses Rechteck zu jenem Bauernhof, jenes zu diesem und so weiter.

Silvester Moor in seinem Element. Hatte die Bauern ausgehorcht, wusste, wo was wann wachsen würde, und hier, erklärte er, wären es heuer Saubohnen. „Honig“, sagte Raidinger. „Saubohnen kenn ich als Ackerbohnen. Ich weiß, was Sie machen wollen, Bienenstöcke aufstellen und Ackerbohnenhonig ernten.“ Dass es den selten gäbe und der etwas ganz besonderes sei, meinte Silvester, und ja, genau an dieser Stelle drei, vier Stöcke, mehr brauche es nicht, aber solchen Honig habe er noch nie gehabt, das wäre. „Die Gelegenheit“, ergänzte Raidinger und schüttelte Silvester die Hand. „Das klingt großartig, darf ich Ihnen, darf ich dir helfen dabei, Thomas ist mein Name, wenn es recht ist.“

Verlor sich jedes Getue vom Pfarrpraktikanten. Voneinander und von der Idee begeistert waren beide. Ließen sich auch ihre Fassaden nicht halten. Könnte am Ort liegen, an dessen Geschichte.

Und übersahen beide im Planen, im Bienenstockaufstellen, dass Dragan anderes sah. Beim Anblick der Felder. Zeigten sich ihm schemenhaft die Dachfirste der längst verschwundenen Baracken, zeigten sich ihm im schönen, satten, fruchtbaren Ackerland, tauchten auf, drängten sich aus der Erde. Wuchsen die Mauern dazu. Erhob sich etwas, ein fremdes Muster, Reihe um Reihe, nach Lagerart in Fluchten gezogen. Die Lagerstraßen tief unten im Boden verborgen. Nur diese Dächer, von denen Erdbrocken rollten und die Schornsteine wie auf Kommando zu rauchen begannen, sodass der Rauch in Raidingers Wundernase hätte steigen müssen, wäre es eine reale Wirklichkeit gewesen und nicht ein Geisterbild in Dragans Kopf, in seiner elenden Sehnsucht nach.

(Spüren sich Wurzeln immer gleich an, bewegen sich dorthin, wo sie finden.)

Vielzählig erhoben sich die Dächerreihen, besetzten das Land über die ganze Ebene hin als aus dem Grund aufsteigende Lagerstadt; bis zu der ansteigenden Flanke der Schaumberger Leithen, hielten sich an keinen Rain, an keine Flurbegrenzung, Sträucher fielen, Bäume kippten, flogen die Vögel daraus auf, und hörte Dragan das Gemurmel aus den versunkenen, nun auftauchenden Baracken, und „Pavle“ sagte er, und so laut sagte er es, dass sich Raidinger und Silvester ihm zuwandten. Sich umwandten, sich aus dem Honigtraum begaben, und Dragan stand wie ein Stock, wie ein Pfahl, der sich einwurzelt, die Hände im Drahtzaun verkrallt und das Gesicht verzerrt.

„Dragan“, sagte Silvester, griff nach den Händen des Freundes, löste sie vom Zaun, Finger für Finger. Redete sanft mit ihm, kannte diesen Zustand, drehte ihn mit halber Gewalt weg, war viel kleiner als der Serbe, aber stark und zäh. Auch Raidinger sah die Not, half, zog, griff, noch den Honiggeschmack im Gaumen und die Gewissheit, dass er nie ein guter Priester werden würde, aber was tat das zur Sache. Jetzt war es die Notwendigkeit, diesen Dragan, der ihm fern war im Gegensatz zum Kleinhäusler, aus seiner Starre zu holen. Aus einem Anfall womöglich, wer weiß, was der mitgebracht hatte aus seiner Heimat, was der in sich trug an verstörenden Geschichten.

„Ich glaub manchmal, du hast das zweite Gesicht“, sagte Silvester und klopfte dem Freund auf die Schulter. „Dann kommen dir Sachen vor die Augen, die ich nicht seh und die unser Thomas hier auch nicht sieht.“ Und erzählte von der ersten Begegnung mit Dragan, vor Monaten war das gewesen und genauso starr war er gestanden, und will nicht auslassen, warum. „Oder?“

„Kannst mir helfen den Mist wegräumen“, kam die Antwort ein wenig rau. Silvester lachte. Und Raidinger war erleichtert, zwei Notfälle an einem Tag wären einer zu viel, wenn nicht gar zwei zu viel gewesen. Wie es dem Dechant gehen mag? Er warf, da er die Stimme der jungen Frau hörte, einen letzten Blick auf die Ackerbohnenfelder, und dass das ein friedlicher Anblick sei, sagte er, so, wie das Land dalag im Frühlingslicht, bereit und gepflegt und bewirtschaftet, er könne beim besten Willen nichts Schlimmes darin finden.

Dragan war schon bei der Hütte, gab daher keine Antwort auf das, was keine Frage gewesen war, sondern festgestellt. Aber Silvester reagierte, schnalzte mit der Zunge, verzog den Mund und bekam seinerseits einen fernen Blick. „Früher hättest das sehen müssen", sagte er, „da war nix mit Frieden."

Und erzählte dem ungläubigen Thomas vom geschundenen Land, denn schwer war es, dieser Erzählung zu glauben an einem milden Tag wie diesem, davon, was in den letzten beiden Kriegen an Stelle der Felder den Ort beherrscht hatte, und dass er; aber nein, von seiner Rolle in dem Spiel wollte er nicht sprechen. Es war eine mindere, für den Kriegsdienst sei er immer zu einfältig gewesen. Sagte er und lachte wieder.

„Aber", fing Raidinger an. „Der Friedhof ist alles, was übrig geblieben ist?"

Silvester Moor nickte. „Zwei Kriege, zwei Lager, ein Friedhof."

„Mit Hunderten Toten", sagte Raidinger, mit dem Zeigefinger über die Reihen der Stelen weisend, als wollte er sie zählen.

„Mit Hunderten?", fragte Silvester. „Weißt, warum die Leute ihn Serbenfriedhof nennen?"

Raidinger zuckte mit den Schultern. „Weil ein Serbe in der Hütte wohnt?"

Nein, das würd passen, aber das war nicht der Grund. Silvester bückte sich und zog den Zeitungshalter aus dem

Müll. „Über siebentausend Menschen liegen hier begraben. Allein aus dem ersten Lager sind's fast sechstausend. Und davon sind mehr als fünftausend Serben. Deswegen." Sagte Silvester, der Kleinhäusler, der Einfältige, und warf das kaputte Ding zurück auf den Haufen.

Auto

Was war (was ist) der schnellste Weg von Deinham, vom Serbenfriedhof nach Eferding? Über Pupping oder durch Gstöttenau, über Brandstatt? So oder so war es nicht weit und nicht weit genug. Lotte fuhr gern und flott, Raidinger sah es ihr an, ohne sie ansehen zu müssen. Sie hatten die Fenster geöffnet, der Fahrtwind verfing sich im Kopftuch der Frau, die vor sich hin summte und ab und zu eine Frage stellte oder dem Pfarrpraktikanten etwas zeigte. Ob er schon in der Puppinger Klosterkirche gewesen wäre? Oder auf der Ruine Schaumberg? „Sehen Sie, dort!" Vom Bergfried, den man nicht zur Gänze, aber immerhin ein Stück hinaufsteigen könne, blicke man über die Donau und ins Mühlviertel hinein. „Sind Sie schwindelfrei?"

Raidinger dachte an den hohen Turm der Eferdinger Stadtpfarrkirche, die hölzernen Stiegen, die bis zu den Glocken führten, und zog ihm sofort ein Schmerz durch die Beine bis in den Magen. „Ich fürchte nein", sagte er, und musste es wiederholen, denn Lotte hatte gehupt und gewunken, war eine Bekannte von ihr am Straßenrand gestanden, die ihr einen Gruß zurief. Lotte grüßte und lachte, nicht über Raidingers Höhenangst, warum sollte sie, er aber bezog das Lachen auf sich für einen Moment. Schämte sich halt. War ihm die Scham geblieben von Kindheit an.

Je älter er wurde, umso schlimmer, umso ärger ging es ihm, musste er hinauf. „Aus dir wird kein Rauchfangkehrer", hatte sein Vater früh resigniert und den Familienbetrieb der Tochter versprochen, fände sie einen passenden Mann. „Gott helf ihr dabei", flüsterte Raidinger und schlug ein Kreuzzeichen. Heimlich, mehr in Gedanken als mit den Händen. Musste nicht alles offenbaren, auch wenn die Frau, diese Lotte, nett war und sicher verständnisvoll.

„Ich bleib lieber am Boden", sagte Raidinger. Und war erleichtert, denn das Auto wurde langsamer. Lotte blinkte und bog auf den Kirchenplatz ein, links das hohe steinerne Gebäude mit der fürchterlichen Holzstiege in seinem Glockenturm, rechts die einstöckigen, verschiedenfarbenen Häuser, eine Bäckerei, eine Krämerei. Aus dem Haus, in dem der Mesner Kollauer wohnte, kamen gerade dessen Schwestern, waren auf Besuch gewesen. Raidinger war den Knopfprinzessinen bereits vorgestellt worden, war mit Genzl durch die Stadt gewandert, und erinnerte sich daran, wie sie rochen: nach ihrem Geschäft in der Schmiedstraße, nach Stoff und zart nach Mottenkugeln, nach Hirschholz und Zwirnfaden.

Raidinger fiel eher der Geruch eines Menschen ein als dessen Gesicht. Versuchte, Kollauers Duftnote zu erinnern, aber dieser Mesner! Der Pfarrpraktikant schüttelte den Kopf. Der Mesner war, obwohl das unmöglich sein konnte, völlig geruchlos. Oder ohne Eigengeruch, nahm nur das an, was ihn umgab. Weihrauch in der Kirche, altes Papier im Pfarrarchiv, das Fett, das seine Frau zum Schnitzel-Herausbacken erhitzte. Raidinger bekam Hunger.

Geradeaus das Schloss, vor dem die Straße einen Knicks machte, eine Kurve nach rechts. Links hinein ging es zum Pfarrhof. „Hier können Sie parken." Er wies auf den Platz, wo der Volkswagen immer stand, im Schatten einer Mauer, überdacht von den Zweigen der dahinter wachsenden Bäume. Das graue Auto rollte über das alte Kopfsteinpflaster, kleine Gräser überall, und Vögel und Bienen und das gemächliche Gebrumm der Stadt. Und Mai und Wärme, und jemand musste Lotte zurückbringen, oder?

„Vielleicht kann ich mir ein Fahrrad ausborgen", meinte sie. Viel Zeit habe sie nicht, daheim die Kinder und der Mann. Brach ihr das Lächeln, fand es wieder. Ein Fahrrad würde ihr genügen, so könnte sie bei der Rückfahrt den

Umweg durch die Au nehmen, ein Stück an der Donau entlang. Träumte sich fort, der Zeitnot zum Trotz. „Wie spät ist es?“ Die Kirchturmuhr schlug die Stunde, Lotte schlug das Träumen in den Wind. „Haben Sie ein Rad für mich?“

Agnes hätte eines gehabt. Es stand aber im Schuppen neben dem Haus der alten Gendarmenwitwe. Agnes Kern mit dem schiefen Lächeln, das sich nicht zeigte, weil im Pfarrhof angerufen worden war vom Roten Kreuz. Bescheid geben, in welches Krankenhaus der Herr Dechant eingeliefert wird, damit ihm das Nötige gebracht werden könne. Schlafrock, Rasierzeug, Wäsche zum Wechseln.

Genzl hatte Thomas Raidinger gebeten: „Sagen Sie Agnes, sie brauche sich nicht zu sorgen. Es wäre etwas Harmloses.“ Der Pfarrpraktikant zögerte. Wollte widersprechen. Begann: „Aber es …“ Brach ab im Satz, denn der Dechant, auf der Trage liegend, packte ihn am Handgelenk, mit einem Griff, der stärker war, als dem Schwachen zuzutrauen: „Harmlos, hab ich gesagt, lügst ihr was vor, wenn es sein muss, Krankenhaus zur Sicherheit, bald wieder daheim und so weiter.“ Ob er verstanden habe? Hatte er. War der Griff schwach geworden, einem Schwerkranken gemäß.

Also wusste Agnes und wusste nicht. Verständigte Rausam, der an Samstagen jeden Dienst an Patienten vermied, der natürlich umgehend sich seinerseits erkundigen wollte, den Freund kennend, ihm (wie Agnes) alles zutrauend, sogar das Lügenlassen durch Dritte.

Auf einen Sprung würde die junge Frau hereinkommen können, meinte Agnes. Sie war, als sie das Geräusch des parkenden Autos gehört hatte, zur Tür gegangen. „Ein paar Minuten“, sagte Agnes und bestand darauf. Ob Raidinger mit ihnen in der Küche Kaffee trinken wolle? Der winkte ab. Wären dringende Telefonate mit der Diözese zu führen. Musste alles informiert und organisiert werden,

Ersatz für Genzl, er selbst dürfe ja noch nicht und das sei ein Jammer. Hochzeiten stünden an und Taufen und die Mai-Feiertage mit Christi Himmelfahrt und Pfingsten, und wer weiß, wie lange der Dechant ausfallen würde. Und ob er wieder. Sprach keiner über Begräbnisse. Die Aufbahrungshalle am Friedhof war leer? War sie belegt? Was stand an?

„Ich bringe Ihnen eine Tasse Kaffee und ein Glas Wasser." Agnes schob den Mann, auf dessen Stirn sich Schweißtröpfchen zeigten und der gegen seine Gewohnheit nach Stress roch (er roch es selbst an sich), sie schob ihn in Genzls Arbeitszimmer, dort lagen die Bücher auf dem großen Schreibtisch, sie hatte sie vorbereitet nach dem Anruf. Darin sei alles verzeichnet, das wisse er, und: „Es wird sich richten."

Also doch, wusste Agnes nun aus der Reaktion Raidingers, war es ernst, keine zwei, drei Tage zur Überwachung, kein Schwächeanfall aufgrund ungenügender Flüssigkeitszufuhr. Sie bat, die Miene steinern, Lotte in die Küche.

Dann saßen sie. Ein anderes Bild als jenes vor Monaten, als Dragan, Rausam und Genzl hier gesessen waren und sie dazugekommen. Als der Serbe in die Gemeinschaft eingetreten war, in die Gemeinschaft der Gläubigen und Ungläubigen. Eine solche war Agnes, die, da sie Lottes Staunen bemerkte, das Geschirrtuch vom Gekreuzigten zog, der im Herrgottswinkel (in diesem, in allen Herrgottswinkeln vertausendfacht) sein Leid für die Ewigkeit bewahren musste. „Eine Angewohnheit, wenn ich allein bin mit dem da", sagte sie, strich das Tuch glatt, legte es zusammen, einmal, zweimal, faltete es so oft, bis sie einen harten, kleinen Ziegel in der Hand hielt und Lotte erkannte: Dieser Frau geht es schlecht.

So redeten sie. Saßen sich zwei gegenüber, getrennt durch eine Generation, die Herkunft und den Familienstand, denn nein, sie selbst habe keine Kinder. Antwortete Agnes auf die Frage, die sie zuvor der anderen gestellt hatte. Und ob sie heim müsse, Mittagessen machen für die Familie?

Saßen sich zwei gegenüber und fanden sich, zeigte sich das schiefe Lächeln bald. Musste sich zeigen; Lotte erzählte derart lebhaft von ihren Söhnen, als wären diese im Raum, als müsste Agnes zwei weitere Gläser holen und ihnen Himbeersaft anbieten. Was sie holte, war eine Flasche mit dem von ihr gemachten Sirup. „Für deine Buben", sagte Agnes, und Lotte staunte über die Schönheit der älteren Frau. War vielleicht so alt wie ihre Mutter, die ihre Tochter zu bald bekommen und ihr das Früh-Gebären mit in die Wiege gelegt hatte, wie sie bei Besuchen nicht müde wurde zu wiederholen. Eine Rechtfertigung. Denn sie sah weg, wich dem Offensichtlichen aus. Behauptete, dass es fein gewesen wäre, eine junge Mutter zu sein. „Sei zufrieden, Lotte, hast eine Familie und viel Energie und hättest nicht, wenn zu spät." (Wenn vorher ein Studium absolviert, hieß das, Karriere gemacht.) „Ein Segen, dass es eingeschlagen hat, heiratest gleich, bevor der Bauch sich zeigt, schaust, dass ein Geschwisterchen kommt, vielleicht ein drittes noch, und dann."

Saßen sich zwei gegenüber und erzählten sich aus ihrem Leben, fanden Frauen zusammen und Halt ineinander, die sich zuvor nie begegnet waren. Agnes war diejenige, die lauschte, die weniger preisgab als Lotte. Aber wie gut ihr das tat, diese junge Mutter bei sich zu haben, ihr zuzuhören und mit Zustimmung und Nachfragen ihren Redefluss am Fließen zu halten, sie aufzufordern, noch eine Tasse zu trinken, obwohl.

Lotte erschrak, als Raidinger mit einem der Bücher in der Küche auftauchte. Sie sah auf die Uhr, die neben der Tür hing, und sprang auf: „Bitte, ein Fahrrad, und darf ich telefonieren? Ich muss kochen, es ist bald Mittag."

(Dachte an den verstummten Mann und an die stillen Kinder über ihren Schulbüchern. Dass sie bald heimkommen würde, hatte sie versprochen, hatte sie ihnen ins Haar geflüstert, in Peters feines Kinderhaar und in Matthias' dunklen Schopf, der Ältere wurde dem Vater von Jahr zu Jahr ähnlicher.)

Mit Raidinger waren die Sorgen zurückgekehrt. Er war im Geschäftigen, im Ordnen und im Ordnung finden. Er habe vieles klären können, sagte er, aber hier käme er nicht voran. Und tippte auf eine dichtbeschriebene Seite, während Agnes die junge Frau beruhigte: „Gleich, meine Liebe. Ich weiß, was wir tun."

Dann ließ sie sich das Buch zeigen. Die Schrift des Dechants war an sich leicht zu lesen, aber manchmal schwer zu entziffern, es gab Tage, da war ihm die eigene Hand eine Last. Agnes beugte sich über die Zeilen, las sie zuerst leise für sich, dann laut für Raidinger, der mitlas und nickte: „Natürlich, das ist es, das ist ein H und kein N. Jetzt hat es einen Sinn." Bedankte sich, verschwand wieder an den Schreibtisch, versank in seiner Pflicht und machte seine Sache gut. Das würde Agnes dem Dechant sagen: Sein Praktikant habe sich bewährt. Aber heimkommen solle Genzl, und wenn sie ihn pflegen müsse.

Nun war es an ihr, sich abzumelden. Störte Raidinger in dessen Konzentration; Agnes trug bereits den leichten Mantel über dem Arm und die Tasche dazu. „Sie kommen eine Weile ohne mich zurecht? Ich bringe Lotte nach Deinham und ich werde ihr das Essen mitgeben." Standen ein großer und ein kleiner Topf und eine mit jenem Tuch, das zuvor den Gekreuzigten verborgen hatte, abgedeckte Schüssel mit gebackenen Mäusen auf der Truhe im Flur, neben der Sirup-Flasche, die mit einer roten Gummikappe fest verschlossen war und in Zeitungspapier gewickelt. Das roch der Pfarrpraktikant, nicht das Papier, aber das

Essen, und ihm fiel ein, dass er seinen Hunger ignoriert hatte, war wohl keiner, war Gewohnheit. Dachte er und speichelte sich dennoch der Mund. „Lotte war so nett, Sie und das Auto nach Eferding zu bringen, statt zu kochen. Also gebe ich ihr, was ich gekocht habe. Und Sie gehen in die Gastwirtschaft." Sagte Agnes.

Es war Lotte, die über die Konsequenzen nachdachte. Ob der Mann ihr das vorhalten würde. Nicht Raidinger, der ihre, der in seiner Verstummtheit zwei Tage grübeln konnte und danach alles hervorholen. Sie sah zwischen Agnes und dem Türstock zum Schreibtisch, sah die dicken Hände mit den gepflegten Fingernägeln und die Arbeit dort und erwartete von sich ein schlechtes Gewissen. Das nicht kam.

Dann nicht, dachte sie, eilte in die Küche, suchte und fand einen Teller, lief zur Truhe, zog das Tuch von der Schüssel und häufte die Mehlspeise darauf. Brachte den Teller Raidinger. Der sofort reagierte, nach einem Schmierzettel griff, ihn unter den Teller legte und sich freute. Um den Tisch zu schonen, sagte er. Und dass er später in der Küche essen werde, sonst gäbe es Fettflecken in den Papieren und Büchern. „Danke fürs Heimbringen", sagte er lächelnd. Und grüßen solle Lotte bitte den Mann und die lieben Kinder.

Die lieben Kinder. Hatte er gesagt. Lotte griff nach dem Stift, der neben den Büchern lag und schrieb eine Telefonnummer auf den Zettelrand. Ob er dem Mann Bescheid geben könne? Dass sie auf dem Heimweg sei? Agnes, von der Tür aus: „Sagen Sie ihm, die Haushälterin vom Pfarrhof hat sie aufgehalten. Falls er sich beschweren möchte."

Und ließen die Frauen den erstaunten Raidinger zurück. Er hörte, wie sie die Töpfe und die Schüssel zum Auto trugen, er hörte dessen Türen sich schließen, den Motor anspringen und das Geräusch der Reifen auf den Pflastersteinen, und dann tickte die Uhr im Zimmer, knarrte der Boden ohne Zutun, das Leder im Sessel. Raidinger lehnte sich zurück. Sah aus dem Fenster. Erinnerte sich an den Teller, an die Nummer, an den Anruf.

Er ließ es lange läuten, aber als weder Lottes Ehemann noch einer ihrer Söhne den Anruf entgegennahmen, legte er wieder auf. Ging mit dem Teller in die Küche, die erste der gebackenen Mäuse in der Hand.

Boxen

„So müsst ihr die Fäuste machen", sagte Dragan und zeigte es den Buben, hielt ihnen seine Faust unter die Nase: „Den Daumen nicht verstecken, der muss außen liegen." Der jüngere Bruder streckte sich, um es genau zu sehen. Dragan, vor dem Kind hockend, nahm die kleine Hand: „So beugst du ihn. Sonst kann er beim Zuschlagen brechen." Er nahm auch die Hand des älteren Bruders, nickte und lobte: „Die Fingerrücken eine gerade Fläche, der Daumen davor, wie einer, der sich hinter eine Hecke duckt. Und dann: Bumm!"

„Bumm!", schrie Peter und Matthias lächelte, aber schwieg. Sah dem Bruder zu, der wild auf den schweren Boxsack eindrosch.

Keine Fragen hatte Dragan gestellt, als die beiden am Gatter aufgetaucht waren. Die Fahrräder hatten sie an den Mostbirnbaum gelehnt, der sich, vom Blitz gespalten, von der Straße weg über die Böschung neigte, auf ewig in der Schräge und im Kippen. Aber in der Wurzel fest war der Baum und vor Kurzem noch in voller Blüte gestanden. Dies, wie jedes Jahr, später als alle anderen Deinhamer Birnbäume. Einen Angeber nannte Silvester Moor den Baum, so gebeugt wie eitel und stur. An den Blitzschlag, der ihn verunstaltet hatte, erinnerte er sich nicht. War vor seiner Zeit geschehen.

Keine Fragen nach den Eltern hatte Dragan den Buben gestellt. Nicht, ob der Vater sich beruhigt hatte oder die Mutter zurück aus Eferding wäre, nicht, ob sie daheim Bescheid gegeben hätten oder was sie vorhatten an diesem freien Tag, ob sie gern in die Schule gingen, was es zum Mittagessen geben würde oder ob sie bereits gegessen hätten. Nichts Dummes, nichts Beiläufiges, nichts, um einfach eine Frage zu stellen.

Dragan hatte die Arme vor der Brust verschränkt, einen Grashalm zwischen den Lippen. „Du und du“, hatte er streng gesagt, „fünf Schritte zurück.“ Und die Buben hatten sich angeschaut und dann gefolgt. Fünf Schritte, das war fast bis vor den Birnbaum. Dragan: „Stehen bleiben, umdrehen. Gesicht zu mir.“

Große Augen in den kindlichen Gesichtern, und traurig waren sie gewesen, und das Traurige beim Älteren, bei Matthias, ein Ausdruck, der sich einnistete. (Der alte Mann am Ufer der Save: Lässt sich nichts verbergen, Draško, brauchst nur die Zeichen finden und die Spuren lesen.) Dragan hatte die nach Soldatenart stramm stehenden Buben gemustert (dem Jüngeren zuckten frech die Mundwinkel). „Es könnte gehen“, hatte Dragan gesagt, und war die Neugier in den Kindern aufgeblitzt. „Ein wenig mager sind die mlada gospoda, die jungen Herren, aber ein wenig Kraft wird sich in ihren Muskeln finden.“

„Ich bin stark wie ein Ochse!“ Der jüngere Bruder hielt es in Reglosigkeiten kaum aus, musste immer in Bewegung sein: Hatte sich den Hemdsärmel bis über den dünnen Bizeps geschoben und den Arm angespannt. Auch könne er sein Rad über den Kopf stemmen, und ob Herr Džomba das sehen möchte?

Herr Džomba hatte eine bessere Idee. „Kommt rein“, sagte er, „ich brauche jemanden, der mir hilft, den Boxsack zu heben.“ Der immer noch an der Wand lehnte. Bis der Beton im Fundament des Galgens ausgehärtet sein würde, konnte der Sack nicht aufgehängt werden. Aber Dragan juckte es in den Fäusten, war die Unruhe, die ihn in immer kürzeren Abständen überkam, kaum auszuhalten, brauchte etwas, um sie loszuwerden. War alles Holz gehackt und gestapelt, das er zusammentragen konnte hier auf dem Friedhof, und bei Silvester, der ihm verwundert zugesehen hatte, auch.

Bonnie hatte ein Knurren probiert, als die Buben vorbeigehen wollten und zögerten, bis Dragan sich zum Hund beugte, um ihn zu streicheln. „Der psić knurrt wieder, das ist ein gutes Zeichen." Die Buben aufforderte, Bonnie zu ignorieren und mit ihm zu kommen. Er könnte Hilfe brauchen. Die Buben bestaunten den Galgen und das Stangenkonstrukt, das ihn stützte. „Und wenn es regnet?" Das war die erste Frage von Matthias gewesen, nachdem sie Dragan hinter die Hütte gefolgt waren.

Also sollte ein Dach über dem Galgen gebaut werden? Wie stelle er sich das vor? Es braucht kein Papier, um eine Konstruktion zu zeichnen, ein Entwurf lässt sich mit einem Stecken in die Erde ritzen, während der kleine Bruder dem Friedhofsnachbarn half, das Gestänge besser zu fixieren und Werkzeug zu reichen und nachzumessen, bis es passte, das verfluchte Ding. (Peter, die feinen Haare von der Anstrengung verschwitzt, erschrocken: „Darf man auf einem Friedhof fluchen?" Dragan: „Fluchen ja, spucken nein.")

Danach hoben sie gemeinsam den schweren Hackstock an die Hüttenwand, und war es endlich so weit, dass Dragan und der Ältere den Sack hochhieven und der Jüngere auf Kommando ihm mehrere Keile unterschieben konnte, dabei achtgeben musste, sich ja nicht die Finger einzuklemmen, weswegen er vor Konzentration die Luft anhielt und: „Hab's!" jubelte und in der Wiese herumsprang. Neben Bonnie war er gekugelt, lebendig und fröhlich und streichelte den Hund, weil auf jede Angst vergessen. Bonnie, überrumpelt, ließ es geschehen.

Die ersten Box-Übungen mussten gleich sein. Wollten dreinschlagen, die Buben, zumindest Peter, er wollte losgehen auf den Sack wie auf den ärgsten Feind. Hüpfte und zappelte, bis Dragan ihm die richtige Faust zeigte. Und ihn dann wegzog, damit er sich die Haut nicht aufschlug.

„Warte", sagte er, „warte." Besah die zarten Fingerknöchel, sie waren rot nach diesen wenigen Schlägen aufs raue Leder. „Willst dir blutige Hände holen? Dann wird es nichts mit dem Training, dann musst damit aufhören, bis die Wunden geheilt sind." Spürte die Enttäuschung aufkommen. „Morgen", sagte Dragan. Zu beiden Buben: „Morgen, wenn ihr wollt. Fragt die Mutter nach einer Fasche, möglichst lang, damit umwickeln wir die Hände, ich bring euch bei, wie das geht. Für den Anfang tut's das."

Wenn sich Talent zeige, könne man versuchen, richtige Boxhandschuhe aufzutreiben. Er selbst habe auch keine, so Dragan, und müsse sich mit Lumpen begnügen. „Und wirst unser Trainer sein?", fragte der jüngere Bruder, fing sich einen Rempler ein vom anderen. „Lass ihn", sagte Dragan. „Unter uns braucht es kein Sie." Und überlegte. Besah sich beide genau. „Matija und Pera also", sagte er, die Namen der Buben so aussprechend, wie es üblich war, da, wo er herkam. Wo jeder mehr als einen Namen hatte. Draško, Paja. Die Kosenamen der Schwestern, die verzärtelten kleinen Tauben. Dachte er. Nickte, weil: „Trainieren werden wir, versprochen." Und hielt den beiden Buben die Hand hin: „Schlagt ein."

Als wenig später ein Auto vor dem Friedhof heftig bremste, war es Genzls grauer Volkswagen, mit Agnes hinter dem Lenkrad und Lotte am Beifahrersitz. Je näher sie Deinham gekommen waren und dem Haus mit dem verstummten Mann und den Kindern, die Lotte nach wie vor in der Küche vermutete, umso stiller war sie geworden, und Agnes hatte eingestimmt in diese Stille, unterbrochen vom Geräusch des Motors und allem, was von draußen kam, durch die geöffneten Fenster. Lottes rechte Hand, die mit dem Fahrtwind gespielt hatte, die Finger gespreizt oder zur Schale, zum Segel geformt, lag mit der linken verkrampft in ihrem Schoß. Erst kurz vor dem Serbenfriedhof, als Agnes sagen wollte, dass sie nun fast da wären und sie nicht wisse, wo sie einbiegen solle in der Siedlung. Als Agnes den Mund aufmachte und ansetzte zur Frage, sah Lotte die Fahrräder ihrer Söhne am Birnbaum lehnen und schreckte auf. „Halt“, rief sie, „meine Buben!“

Als wären sie überfahren worden, als hätte eine Gefahr bestanden. Dabei saßen die Kinder mit Dragan auf der Bank, bellte der Hund und lief zum Gatter, streckte die Schnauze durch den Spalt zwischen den Brettern in Erwartung seines Herrchens. Und lief Peter hinterher, während Matthias nur aufgestanden war und Dragan sich gar nicht rührte. Hatte wieder einen Grashalm im Mund und schmerzte ihn der Rücken, weil so ein Boxsack hat ein Gewicht. Für das es mehr braucht als einen ganzen Mann und einen halben.

„Mutti, schau!“ Peter öffnete das Gatter. „So geht die Faust! Hast Faschen daheim? Zwei für mich und zwei für Matija, das heißt Matthias, und ich heiß Pera, wir lernen boxen, wir dürfen doch, dürfen wir?“ Griff nicht nach Lottes Hand, sondern nach dem Ärmel ihrer Jacke, nach dem Stoff, zog daran, zwang die Mutter, die sich zwingen ließ, zum Mitkommen, weil er ihr zeigen musste dringend, was sie geschafft hatten in so kurzer Zeit. Und dass er ein Boxer werden würde, größer als. Besser als. Der Beste überhaupt. Weltbester. Ging zögernd auch der Ältere mit, warf Dragan vorher einen Blick zu, wie einem Verbündeten, lächelte erwachsen.

Dragan streckte sich lang aus auf der Bank. Im Giebel die Hornissen. War die Königin umgeben von ihrem Volk. Und hatte als einzige Pflicht, es zu vermehren. War ein Kommen und Gehen da oben, stundenlang könnte er liegen und zusehen. Warten, bis der Rücken nicht mehr schmerzte. Es ließe sich auch gut schlafen hier, wenn nicht dauernd

Menschen kämen. „Du solltest glauben, es ist still auf einem Friedhof“, murmelte Dragan, einen Arm über die Augen gelegt.

Agnes lockte Bonnie zu sich und schloss das Gatter. „Was ist …“, begann sie. Verstummte. Dragan nahm den Arm von den Augen. Sah zu Agnes, die den Kinderstimmen lauschte, das Lächeln schief: In Gedanken verloren war die Frau.

Hanslglas

Sehen und hören. An Sonntagen sind die Leut in der Kirche. In der Früh- oder der Vormittagsmesse. Danach beim Frühschoppen im Wirtshaus die Männer und die Frauen auf einen g'schwinden Kaffee in der Konditorei. Muss daheim das Mittagessen gekocht werden und die Apfelschlangerl für den Nachmittag gebacken. Oder ein Kuchen, um etwas mitzubringen, ist man eingeladen als Familie. Eine Kleinigkeit, nicht der Rede wert. Geht ganz flott, wird die Frau sagen, und dass sie das Rezept gern aufschreiben kann. „Dabei war sie gestern den ganzen Abend am Kuchenbacken", erzählt der Mann am Stammtisch, und lachen die anderen.

Sehen und hören, wie stolz er ist auf seine Frau.

Die Teller servieren, Würstl mit Saft, Einspänner mit Kren, Debreziner mit Senf. Das Beuschl lieber von der Mutter oder der Schwester oder dem Bruder servieren lassen, der sagt: „Nie darfst ansehen, was du in der Hand hast." Beim Kaffee auf den ovalen Silbertabletts geht das gut. Aber die großen, heißen Beuschlteller. Mit beiden Händen tragen und die Augen nicht abwenden können, schon ist es passiert. Im Weg stehen und steht die Langsamkeit daneben.

Verlangt ja keiner. Teller abräumen ist auch eine Hilfe.

Der Lieblingstisch am Sonntagvormittag ist der erste Tisch links. Braune und schwarze Sakkos aus dickem Stoff und Krawatten umgebunden oder schon in die Taschen gesteckt und den Hemdkragen gelockert. Darüber die Gesichter rot und gemütlich. Die Männer hören nicht auf zu diskutieren, während sie Platz machen und das Geschirr herreichen und dabei kleine Bemerkungen fallen lassen. Sie reden über Zwentendorf und ob das Atomkraftwerk einmal ans Netz gehen wird, was immer das heißen mag.

(„Kannst den Teller noch tragen?“) Sie reden über Preise, die sinken oder steigen und was sicher teurer werden wird demnächst. („Bringst noch ein paar Semmerl? Hast noch welche?“) Sie lachen über einen Witz und werden ernst, wenn einer gestorben ist und das Begräbnis ansteht. („Ich hätt noch gern ein Bier. Sagst es der Mutter.“)

Als ob. Das Bier selbst zapfen, den Schaum mit dem durchsichtigen Abstreifer ins Hanslglas streichen, den Hebel nach hinten drücken für frischen Schaum, bis es eine schöne Krone hat. Längst gelernt.

Sehen und hören. Teil sein von diesem Gebrumm und der Geschäftigkeit, und als zweitliebsten Tisch jenen der Frauen haben, der neben der Schank ist. Gibt eine Ordnung wie bei den Männern, hat jede ihren fixen Platz und lässt sich Woche für Woche dasselbe servieren. Es geht ein wenig feiner zu bei den Frauen und sie kommen erst nach dem Schlusssegen aus der Kirche, eine nach der anderen.

Wir kennen uns, wir kennen einander, wir sind uns nicht fremd, nichts Fremdes kommt am Frühschoppen ins Haus, alle Tische sind immer gleich und jede Abweichung ein Hallo, und jeder und jede wird begrüßt und freut sich, und das ist unser Leben an Sonntagen, wo uns die Stutzen dauernd rutschen und wir Röcke tragen, die uns die Mutter genäht hat, und weiße Schürzchen haben wir umgebunden beim Servieren, und in der Küche hängen kleine Kochschürzen, wie der Vater sie hat in groß, und alles ist Spiel und Ernst und Familie und Geschäft.

Nie aber kommen die Söhne und Töchter der Männer vom Stammtisch, nur zu Allerheiligen, wenn das Familiengrab am Eferdinger Friedhof liegt und der Weg nicht weit sein darf aus der Kälte in die warme Gaststube, wenn die Pflicht erledigt ist und der Pfarrer fertig mit seinen Gebeten und die Pelzmäntel (sagt der Vater, lacht dabei) ausgeführt und hergezeigt.

Nur dann, einmal im Jahr, bringen sie ihre Familien mit, sitzen an anderen Tischen, die reserviert wurden, die nicht reserviert hätten werden müssen, weil: „Frau Peschka, wissen S' eh, für Allerheiligen, da kämen wir wieder." Und die Mutter weiß es und schreibt den Namen auf den Bierblock von der Stiegl-Brauerei, wie viele Personen, Uhrzeit, auch hier ändert sich nichts.

Und dann wird ein Stammgast mit seiner Familie da sein und mit den Enkeln und darunter dieser *eine*.

Auf diesen *einen* jedes Jahr neugieriger werden, auch weil sein Großvater über ihn spricht, wenn er, der Enkel, zu Allerheiligen am anderen Ende der Tafel sitzt, weil zwei Tische müssen zusammengeschoben werden, damit alle Platz haben. „G'fallt er dir?" Ganz leise fragt der Stammgast, und nicht rot werden, nix sagen und das Essen auftragen. Der Enkel ist ja fast erwachsen, der fährt Moped. (Aber. Werkt es, träumt sich was dahin, lässt sich nicht abstellen.) „In sieben bis neun Jahren wird's zum Heiraten", sagt der Großvater vom feschen Enkel und wird – über Winter und Jahreswechsel – wieder zum normalen Stammgast am ersten Tisch links mit einem großen Bier und danach einem zweiten Bier und Würstl mit Senf und Kren.

Das Bild vom Enkel verblasst, bis der an einem Sonntag, mitten im Frühjahr, weit entfernt von jedem Allerheiligen, im Gastzimmer steht. Den Großvater abholen will er, weil der schlecht geht, hat was mit den Beinen. Steht da und wird begrüßt und herumgezeigt und gefragt, ob er sich geschlägert hat um ein Mädl, weil die rechte Braue verpickt ist mit einem Pflaster und die Wange auf einer Seite blau und rot gefleckt.

„Zeig die Faust", heißt's, und der Enkel, dunkle Augen hat er und ignoriert alles, was jünger ist, hat's freundlich eilig, der Vater warte draußen im Auto, zeigt aber die

Faust wie verlangt, denn er boxt. Vom Boxtraining, erzählt er, wären der Cut und die Flecken und die wunden Fingerknöchel. Ganz frisch, vom Vortag. Ob er beim Pera in der alten Sporthalle trainiert? Wird er gefragt. Und: „Wirst ein Champion wie der Muhammad Ali", sagen die Männer.

Schlagzeilen und Bilder, und der Vater hat den Bruder aufgeweckt, sich einen Boxkampf anzusehen mitten in der Nacht. Aber wir Schwestern waren angeblich zu jung.

Buben

An Sonntagen gingen die Leut in die Kirche. Die, die seit jeher in den übers Land verstreuten Bauernhöfen lebten, die dort aufgewachsen waren und den Hof übernommen haben, die Eltern im Nebengebäude oder im Altersheim untergebracht oder gestorben, die nächste Generation in den Kinderzimmern, die Wohnräume modernisiert, hellbraune Möbel mit glatten Oberflächen, die alte Kredenz in die Werkstatt geschoben, um statt Geschirr darin Draht, Hammer, Nägel, Zangen und Schmierfett aufzubewahren.

Und die, die sich in den neuen Siedlungen ein Haus gebaut hatten vom Geld, mit denen die Hoferben sie auszahlen mussten oder die überhaupt zugezogen waren, nach dem Krieg, vor dem Krieg, Hergeholte und Dagebliebene.

In der Deinhamer Siedlung gab es jene, die nach Hartkirchen in die Messe fuhren oder bei trockenem Wetter zu Fuß unterwegs waren. Und die, denen das Hochamt in Pupping besser gefiel oder das in Eferding. Dann kamen sie am Serbenfriedhof vorbei, am Sonntagvormittag, und sollte ein friedlicher Tag sein. Sollte jeder eine Ruh geben.

Natürlich, wenn es sein musste, dass ein Feld bestellt werden sollte, weil ausgerechnet der beste Tag dafür. Oder zum Düngen. Ein Lostag nach dem Hundertjährigen Kalender. An den keiner glaubte, als Ausrede war er halt gut. Dann war es so. Und gab keinen Unfrieden deswegen, außer die Störung kam vom Friedhof her, wo dieser Dschomba (und was war das für ein Name?) seit dem Frühjahr lebte.

Vorher die Gruberin, mit der man sich hatte gut abfinden können. War zwar eine Grantige, hatte zwar im Lauf des Älterwerdens Probleme mit der Ordnung. Aber waren Lösungen gefunden worden, hatten die Ordensbrüder vom Puppinger Kloster dafür gesorgt, dass sie ab und zu rund um die Hütte aufräumen musste. Oder es selbst getan, wenn die Gruberin am Freitag auf den Markt gegangen war, um ihren Salat, ein paar Gurken, wild gebundene Blumen und ihr Räucherwerk zu verkaufen, diese alte Hexe.

Erzählten sich die Kirchgänger jede Woche aufs Neue im Vorbeigehen, verstummten, grüßten, falls jemand vor der Hütte auf der Bank saß und Hornissen beobachtete. Hoben, nachdem sie schweigend einen gehörigen Abstand hinter sich gebracht hatten, leise wieder an mit dem Gerede. Die Gruberin, werden sie gesagt haben, die war uns bekannt und eine von hier. Die war vor dem Friedhof schon da und vor dem, was dazugehörte. Aber der?

Waren nicht alle, die so redeten. Gab genug, die am Gatter stehen blieben, durch die Bretterspalten den Hund streichelten, der wundersam zahm geworden war, und wussten das, weil Genzl es ihnen erzählte. Weil sie sich mit ihm unterhielten. Mit dem alten Dechant, war denn nicht Sonntag? „Herr Dechant, wie kommt es, dass Sie heute frei haben?“

Weil er seine Pflicht bereits erfüllt hatte. Die Frühmesse gelesen und sich danach hat herbringen lassen. „Aber für euch wird es Zeit, hopp, auf in die Kirche.“ Scheuchte Genzl die Leute weg, während die neugierig lauschten. Hinter der Hütte war rhythmisches Schlagen zu hören und Kindergelächter. „Ihr versäumt noch das Kyrie. Abmarsch.“ Sagte er und war ihm keiner bös deswegen.

„In die Sonne“, wird er verlangt haben nach der Frühmesse. War kalt gewesen im Altarraum und in der Sakristei, bot der Glaube allein zu wenig Wärme für den Leib, reichte kaum mehr für den Geist. Verriet Genzl seinem Freund und Arzt: Seit der Rückkehr aus dem Krankenhaus fehlte es an vielem. Rausam verordnete Schonung, die Diözese bot in aller Deutlichkeit den Rückzug in den Ruhestand an, schickte zur Vertretung im Wechsel Geistliche aus der Umgebung nach Eferding, bis sich einer finden würde, um das Dekanat ganz zu übernehmen. War zudem aus Thomas Raidinger ein brauchbarer Pfarrpraktikant geworden, durch den Ausfall, den Niederfall des Dechants ins kalte Wasser gestoßen.

Zwei Messen in der Woche und jedes Begräbnis, das war der Kompromiss, den sich Genzl ausgehandelt hatte. Mit dem er versuchte, der Fremdwerdung Einhalt zu gebieten. Er nahm seine Tabletten pulverisiert, wie Dragan es ihm gezeigt hatte, so einfach kann es sein. Er verzichtete auf die Zigarren, er aß, was ihm an Schonkost vorgesetzt wurde. Nach den Predigten, die er kurz hielt, hob er bei der Wandlung die Hände und suchte, die Augen geschlossen, nach dem Fehlenden. Wandelte sich nichts, waren die Hostien nicht einmal Brot und der Messwein kein Blut Christi. Und spürte Genzl, dass er aufhören würde müssen, um nicht alles zu verlieren. Um sich ein wenig von dem zu bewahren, was er für seinen Glauben halten wollte. Weil wofür sonst hätte er sein Leben geweiht. *Dem* geweiht. *Dem.*

Die Pfarrersköchin, pardon, die Haushälterin im Pfarrhof, sie wird den Herrn Dechant hergefahren haben, der bald kein richtiger Dechant mehr sein würde, sondern einer a. D., außer Dienst, wie ein General nach dem Krieg. Sie hatte ihn hergefahren, gewartet, bis der greise, kranke Mann schwer schnaufend auf der Bank saß, wo sich die Sonne so schön anlegte, wie er sagte. Sie wartete, bis Dragan neben ihm war, um dann in der Siedlung hinter dem Friedhof Lotte zu besuchen. Deren Buben, da der Vater es verlangte, in Pupping ministrierten, bei der Frühmesse, danach könnten sie tun, was immer sie wollten. Ein Zugeständnis, auch, dass Lotte den Gottesdienst verweigerte, keine Kirche mehr von innen sehen wollte, dafür ging der

Mann nach der Zehn-Uhr-Messe ins Wirtshaus und blieb dort bis zum Mittag.

Blieb, weil diese Agnes, mit der sich seine Frau angefreundet hatte, bei ihm daheim am Küchentisch saß oder auf der Terrasse, mit ihrem deutschen Akzent und einer Unnahbarkeit, die ihn abstieß. Und gleichzeitig hatte sie etwas Anziehendes, ein weiterer Grund, ihr aus dem Weg zu gehen, bis sie mit Sicherheit heimgefahren war, mit dem Dechant an ihrer Seite. Den sie bald würde wickeln müssen und mit einer Schnabeltasse den Cognac einflößen. Lottes Mann überlegte, das am Stammtisch zu erwähnen und einen Lacher zu ernten. Dass der Eferdinger Dechant ein Genießer war, wusste jeder. Würde ihm die Deutsche mehr machen als den Haushalt. Lottes Mann lag es nach dem zweiten, dritten Bier schon auf der Zunge, wartete auf die Gelegenheit. Auf den Schenkelklopfer. Auf den Pfarrerwitz.

War der Hartkirchner Pfarrer auch nicht zimperlich. Sollte es ihm zugetragen werden. Könnte er beichten, könnte seine Sünden dem Herrgott gestehen und sich freisprechen lassen. Machte den Mund schon auf, waren die Männer angeheizt und in Erwartung einer festen Gemeinheit, Lottes Mann war gut für Späße dieser Art. Und schwieg. Sagte nichts. Saß diese Agnes in seinem Haus und bei seiner Frau und machte sie ihm fremd. Eines Tages wird's passen. Dachte er, überließ anderen das Derbe, trank.

Die Buben radelten nach der Frühmesse nach Hause, frühstückten schnell und bescheiden, denn beim Trainieren darf der Magen nicht voll sein. Sagte der Jüngere, der sich von seinen Freunden nur mehr Pera rufen ließ. Wie eine Auszeichnung war ihm der Name, weil von einem Fremden, den sie nicht mehr fürchten mussten, weil von Dragan Džomba verliehen. Der ihn aufzog: „Eigentlich sollte ich dich Kliker nennen." Im Serbischen ist das die kleine Murmel, die ständig herumrollen muss und keine Ruh gibt.

Und der andere, der größere Bruder, der sich jedes Wort aus der Nase ziehen ließ? „Dein Name passt“, sagte Dragan, und zeigte den Buben, wie die Fasche über die Hand gewickelt werden muss, zwischen den Fingern hinein und hinaus und übers Kreuz. Und die beiden es ihm Schritt für Schritt nachmachten. Während der Dechant vor der Hütte döste. Und Bonnie sich zu Genzls Füßen zusammengerollt hatte und nieste, wenn sie ein Halm an der Schnauze kitzelte. Und Fliegen und Bienen, deren Stöcke längst aufgebaut waren. Und ein leichter Wind wehte, strich leise über die Gräser zwischen den Kreuzen, bewegte die Blätter eines Kranzes, der frisch abgelegt worden war hinten bei den Italienern, trug den Geruch vom frühen Sommer heran und raschelte in der Plane, die in der Wiese lag und den Boxsack, den sie endlich hatten aufhängen können, vor der Witterung schützte.

„Matija“, sagte Dragan und prüfte den Sitz der Faschen auf den Händen. „Das heißt so viel wie Geschenk Gottes. An den muss man nicht glauben, aber dass einer, der wenig spricht ein Geschenk ist, das steht fest.“

Matija und Pera. „Auf, jetzt wird trainiert.“ Springschnüre hatten sie dabei, und sprangen, wie Dragan es ihnen beigebracht hatte.

Und er? Sah zu, sah dahinter die Felder und das, was darauf wuchs, sah die Dachfirste der Baracken wieder deutlich sich abzeichnen im ländlichen Muster. Zwang sich, nicht hinzusehen, nicht das Rollen der Erde zu hören, das Graben unter der Grasnarbe. Wusste, dass er in der Nacht würde wandern müssen, die Grenzen abschreiten und die Lagerstraßen finden. Und das war es, an das sich die Einheimischen auf keinen Fall gewöhnen konnten, die seit jeher hier Lebenden, die Zugezogenen und Dagebliebenen: dass einer im Dunkeln, oft erst nach Mitternacht, mit einem Licht in der Hand, einer Taschenlampe oder einer Laterne, in mondhellen Nächten auch so, über die Felder ging, sich an keine Flurgrenze, an keinen Rain haltend. Die Angst war bei den Kindern gewesen, hatte diese verlassen und war zu den Erwachsenen übergelaufen.

Nacht

Manchmal war es schlimmer, manchmal war es leichter. Nacht für Nacht anders und ließ sich nicht vorhersagen. Konnte ein sehr heller Tag sein mit guter Arbeit, die den Kopf vom Denken abhielt, vom Sinnieren, wie Silvester Moor es nannte. „Sinnierst wieder“, hätte er sagen können, fand er Dragan reglos, die Hände im Zaun verkrampft oder tief in den Hosentaschen vergraben, auf nichts reagierend als darauf, gewaltvoll aus dem Zustand gezerrt zu werden.

„Sinnierst wieder“ zu sagen erfüllte keinen Zweck. Besser war's, hatte Silvester gelernt, das unheilvolle Nachdenken, um es zu verhindern, gleich im Ansatz zu erkennen. Was möglich war für jemanden, der Augen im Kopf hatte und am eigenen Leib erfahren: Überlegen und nachdenken sind zwei verschiedene Sachen. Der Kleinhäusler kannte die Leere des Anstrandens. Wie Treibholz auf einer Sandbank. Was wissen schon jene, die nie. Die niemals. Die. (Gab es eine Kiste mit Bildern hinter der Wand, gab es im ganzen Kleinhäusler-Haus nichts, das an die Frau erinnern durfte.)

Es machte einen Unterschied, ob Dragan grübelte, wie sich ein Gehege für die Hühner ohne Umstände auf einen frischen Fleck Wiese versetzen ließ. Oder darüber, wo die Lagerstraßen verlaufen waren, wo die Baracke für die Kranken gestanden hatte und ob Pavle darin vor Schmerz gekrümmt gestorben war, ausgezehrt vom Typhus oder der Ruhr. Wo dieses war, wo jenes. (Paja, dachte Dragan, und begann sein Blick zu suchen.)

So hatte sich Silvester angewöhnt, den Freund zu beobachten, nicht heimlich. Er sah ihm ins Gesicht, ob der Mund mitdachte, ob sich im Berechnen von Material und Länge und Breite die Lippen bewegten, sich im Zweifel verzogen oder ob sie unbewegt blieben, schlaff. Wie die Arme, wie der ganze Mensch erst weich wurde, der Leib ihm zwischen die Schultern sank und diese mit. Danach sich etwas verfestigte und Dragan sich auf andere Art aufrichtete, bis in den Scheitel hinauf fremd in Besitz genommen, und ja, es konnten auch Dämonen sein, wieso nicht.

Bahnte sich das Unheilvolle an, gab es Arbeit, andere. Dringende. Fiel Silvester etwas ein, das unbedingt jetzt zu erledigen wäre. „Himmelherrgott", fing er an, fluchte gegen seine Gewohnheit, er habe übersehen, dass. Etwa so: Dem Hofinger versprochen, beim Hochstand in der Aulichtung die Leiter zu reparieren. Hätte gestern geschehen sollen, also wirklich. „Wo hab ich mein Hirn", schimpfte er. „Komm, Dragan, musst mir helfen." Möglichst weit weg von da, wo sie grad waren.

Der Serbe kam mit und ließ den Zustand zurück. Möge der Wind ihn verwehen. „Warst du schon einmal im Kino, Dragan?" Mit solchen Fragen ließ er sich ablenken vom Nachdenken, manchmal gelang es gut. War es leichter.

War es schlimmer, übersah Silvester die ersten Anzeichen, nutzte keine der Gelegenheitsarbeiten, die angeblich dringend waren. Dann kam vor, dass er sich einen Hammer auf die Zehen fallen ließ. Oder knapp daneben. Tanzte auf einem Bein. Jammerte und führte sich auf. Dass er sich heimlich in den Handballen ritzte und das Blut so verschmierte, dass es schlimm aussah. Sich die Hand hielt und Hilfe brauchte. Dass er sich den Kopf stieß, ihm die Bierflasche auskam und zerschellte, er dumm stolperte, ein Fass umkippte. Bis Dragan aufsah und Silvester zu Hilfe kam.

Aber war es am schlimmsten. Dann standen zwei nebeneinander. Half kein Zerren mehr, nur das Warten. Auf das Ausfliegen der Dämonen. Weil von Dragan eine unheimliche Kraft ausging, die konnte nicht die seine sein. Die unterschied sich von der Kraft eines Menschen wie ihm. Die war nicht menschlich. Dachte Silvester und zwang sich, nah zu bleiben. Wollten Körper und Verstand sich entfernen, um mindestens die Länge eines ausgestreckten Armes zwischen sich und den Erstarrten zu bringen, der, war es so weit, anfing zu flüstern, und unverständlich war das. Für einen wie Silvester unverständlich, und hätte sein können, der Freund, dieses unverhoffte Geschenk, das ihm die Einsamkeit linderte, redete mit Engelszungen. Hatte seine Frau erzählt davon und die wusste es von ihrer Pflegemutter.

Die Erna Zeisig nämlich war recht gläubig gewesen, und das über den rechten Glauben hinaus. Hatte den Kindern, den eigenen und den in Pflege genommenen, in ihrem armen Sacherl mitten im Wald von den Seelen berichtet, die auf der Suche, die im Fegefeuer, die ruhelos, die in den Mooren und Sümpfen.

Konnte somit sein, dass Silvester zwar eng an der Seite Dragans blieb in diesen ewigen Momenten, auf Tuchfühlung, um ihn spüren zu lassen, dass da einer war und mit ihm wartete auf das Ende des Zustands. Dass er aber selbst anfing zu flüstern, die Kindergebete, die er gelernt hatte, um den Gottseibeiuns fernzuhalten, wie lang war's her.

Bis Genzl dazukam eines Tages, sich, auf einen Stock gestützt, an die andere Seite Dragans an den Zaun stellte und lauschte. „S tobom smo. Nisi sam.“ Sagte der Dechant. Dass sie hier wären, hieß das, bei ihm und er nicht allein. Sagte es auf Serbisch, waren die Engelszungen Dragans Vatersprache. Hätte es wissen können, Silvester, aber die Furcht.

Nun. Die Zustände und die Nächte. Waren schlimmer, waren leichter. Ließ sich nichts vorhersagen.

Vielleicht so: Wenn Dragan tagsüber nur ins leichte Sinnieren kam und nie ganz hineinfiel in das dunkle Loch, dann schien es besser zu gehen mit dem Schlaf in der

Nacht, dann war es, als hätte das Hirn seine ihm wichtigste Arbeit getan und durfte ruhen. Allerdings, umgekehrt, wenn er gar nicht über das Lager nachdachte, dessen Position, den Ort, wo Pavle, sein Bruder, geschlafen haben könnte, wo er gestorben war, wo begraben. Wenn er sich mit schwerer Arbeit ablenkte oder ablenken ließ von Silvester. Lag Dragan Džomba abends auf der Pritsche und wollte schlafen. Aber das Nachdenken musste noch erledigt werden.

Dann war der Körper bettschwer, Arme und Beine wie Blei und setzte eine Verzweiflung ein im Widerstreit zwischen dem Schlaf und der anderen Pflicht. Die ihm sein Kopf auftrug, die ihn jäh aus jedem Einschlummern auffahren ließ, die Augen aufreißen, mit dem unsichtbaren Blei nach wie vor an Händen und Füßen. Kamen ihm Geräusche zu Ohren, die nicht da waren und doch da waren, und waren Schritte um die Hütte und Stoffe, die an den Wänden entlangstrichen, das Tappen von Knochenfingern an den Fenstern, schwarze Vierecke im Dunkelgrau, und wurden Blicke in das Innere geworfen, von draußen oder einem andern Drinnen, rasselte den Toten der Atem | war Wind in den Ästen | und husteten sie und keuchten | können auch Rehe husten und Igel keuchen und gab es genug davon | irrlichterte es oder glühten Augen auf | Johanniskäfer, ein fallender Stern über der Au | lachten die Toten, die Angst riechen konnten | kamen Betrunkene vorbei, späte Heimkehrer aus den Gaststuben.

Bis Dragan am Tisch saß, Schweiß auf der Stirn, ein Licht angezündet, den Fenstern den Rücken kehrte und die vergilbten Lagerpläne studierte, die er im hintersten Dachbodenwinkel in einer Ledertasche gefunden hatte.

Oder sich in der Nachtluft ein Schall fortsetzte, ein Rhythmus sich in der Siedlung ausbreitete und bei den Schlafzimmerfenstern hinein, bis die Frau den Mann weckte und sagte: „Jetzt boxt er schon wieder mitten im Finstern." Und lagen somit viele wach, aufgeklopft von der Faust auf den Boxsack, zurück in den Schlaf geklopft die meisten, weil eine Stunde konnte das dauern und war wie das dumpfe, ruhige Ticken einer großen Uhr.

Denen, die Dragan kannten und genug verstanden, um zu wissen: Der Mann hat Arges in sich. Die Mitleid hatten mit dem, der auf einem Friedhof wohnte und dafür seinen Grund haben würde. Ihnen fielen die Augen zu, das Bild im Kopf vom Halbnackten, der sich die Fäuste blutig schlug, den man am nächsten Tag im Vorbeigehen grüßen konnte, und seine Hände waren eingebunden, und ein leeres G'schau würde er haben, wie oft nach solchen Nächten.

Denen, die dem Serben misstrauten, die, besonders in den Hundstagen, den viel zu heißen Sommernächten, ohnehin jammerten wegen der Hitze im Schlafzimmer und kein Lüfterl wär zu spüren, obwohl eh alles aufgerissen, die Fenster weit offen, die Türen. Denen stieg der Ärger auf. Sie warfen die dünnen Sommerdecken von sich, stellten sich ans Fenster, als ob sich etwas sehen ließe auf die Entfernung und ohne Licht. Die hohen Eichen trennten als dunkles Gebirge Siedlung und Serbenfriedhof. Dazwischen der Rhythmus von Haut auf Leder, ein langsames Trommeln.

Bis einem der Geduldsfaden riss, er brüllte: „A Ruh is!" Und so auch die Hunde weckte, die das Schlagen wahrgenommen, eingeordnet und ignoriert hatten. Den Kopf gehoben, kurz geknurrt, gelauscht, Schnauze zurück auf die Pfoten, mehr nicht. Aber, durch das Brüllen alarmiert, zu bellen und zu heulen anfingen. Das Gebell setzte sich fort und fort und fort, sprang über die Höfe in alle Nachbarschaften, und wälzte es sich unruhig in vielen Betten. Und Bonnie, die Dragan manchmal zu sich nahm, dem Drang nachgeben musste und leise jaulte, winselte und sang. War ihre Kehle vom Gift angegriffen, und Dragan ließ die Fäuste sinken.

An Tagen aber, an denen ihm ein Zustand richtig eingefahren war in den Körper, an denen sich Dragan dem nicht erwehren konnte oder wollte. Fühlte er sich am Abend auf eine eigentümliche Art frei. „Dann ist mir leichter“, beschrieb er Silvester in einer seltenen Stunde. So viel sie miteinander sprachen und schwiegen bei der gemeinsamen Arbeit. Kaum einmal ging es um das, was sie antrieb, das musste kein Thema sein. „Dann ist mir“, sagte Dragan, „als wüsste ich alles ganz genau.“ Und dass er in der Nacht nach einem solchen Tag nie schlafen würde, sondern. In der dunkelsten Stunde, kurz bevor die Dämmerung einsetzte, aufbrach. Die Linien abging, die er sich zuvor am Tisch in seiner Hütte eingeprägt hatte, die Umrisse des Lagers, die Baracken.

„Hier“, sagte er und zog einen Packen Butterpapier heraus, „hier halte ich fest, wo ich war.“ Pauste die alten Pläne ab, markierte seine Wanderungen und kennzeichnete Wegmarken. Ein frei stehender Baum, die kleine Kapelle, ein Grenzstein. Und Reihen um Reihen, und da war Pupping, da Hartkirchen und dort floss die Aschach und dort die Donau. „Siehst du, Silvester?“

So genau studierte er die Pläne und zeichnete sie nach, dass er sie im Schlaf (sagte er) auswendig wisse, dass er mitten in der Nacht sie Schritt für Schritt (und wusste seine Schrittlänge) abgehen würde. Niemand würde ihn stören, einzig ein Fuchs begegne ihm oft, er habe sogar den Eindruck: Der Fuchs begleite ihn.

„So ist das“, sagte Silvester und befühlte das dünne Papier mit seinen groben Händen. „So ist das.“

Brandstatt

Fahrradprüfung vor den großen Ferien. Am Parkplatz bei der Schule zwischen Kegeln Achter radeln und keinen einzigen berühren.

Beim Frühstück in der Zeitung die Schlagzeile: *Zufallsfund: Meteorit in Ybbsits geborgen. Der sechste und zweitschwerste Meteorit auf österreichischem Staatsgebiet.* (Steckte im Waldboden. Musste ausgegraben werden.)

Sommerferien und ein Zeugnis, nicht allzu gut, nicht allzu schlecht. Die Schulsachen, die wir aus unseren Fächern im Klassenzimmer räumen mussten, in den ersten Stock tragen, ins Magazin, wo neben der Bügelmaschine die alte Küchenbank steht; ihr Sitz klappt auf wie eine Truhe und darin das Zeug verstaut.

Auf der niedrigen Mauer beim Konsumparkplatz sitzen. Schwalben schreien. Die Augen schließen. Prickelt die Hitze auf der Haut. Acht lange Wochen und endlich ein Fahrrad, das einen überallhin tragen darf. Nur dann und dann wieder daheim sein müssen. Tag für Tag den Kreis erweitern. Erst die kleine Schaden-Runde. Später die große. Immer stehen bleiben können. Trödeln dürfen. Keiner sagt: „Trödel nicht."

Der Eferdinger Kirchturm ist der Leuchtturm. Braucht es ein paar Kurven, um ihn zu finden, schlägt das Herz schneller. Bis er auftaucht und herschaut mit einem seiner vier Augen.

Mit der Schwester zum Brandstätter See. Drei Kilometer, durch Wörth, Waschpoint und Gstöttenau, nichts kann passieren. Die Schwester weiß den Weg, hat sich Bauernhöfe und Brücken gemerkt und eine Hausmauer, vom Efeu überwuchert. Am Badesee trifft sich die Schwester mit Freundinnen. Wir beschweren unsere Decke mit unseren Schuhen. Springen vom kleinen Felsen, der aus dem Wasser ragt ein paar Schritte vom Ufer entfernt. Dahinter wird es tief, wir fürchten die weißen Schwäne und die großen Fische. Die kleinen Fische locken wir mit Kugeln, pflücken dafür das Weiche aus den mitgebrachten Semmeln.

Die Aschach spiegelt hinter dem Badesee versteckt einen grünen Himmel. Trampelpfade führen die Gstetten hinunter und spitzig ist es und rutschig und ein Meer auf seine Art, ein dichtes BlätterWasserÄste-Meer, und zum Teufel mit den anderen.

Allein über nasse Steine steigen, im Uferschlamm sitzen, Wasserwege bauen mit Zu- und Ableitung. Ist der Badeanzug dreckig, wird es kalt im Schatten. Wieder auftauchen bei unserer Decke und den Handtüchern, viel heller ist es hier und klingen auch die Geräusche anders.

Auf dem Heimweg in Gedanken bei der Landstraße sein, die ja nicht endet in der Brandstatt, die wegführt vom Badesee, am Ufer der Aschach entlang. Ob noch Zeit wäre, ein Stück in diese Richtung zu fahren?

Nein.

Der Schwester folgen und schweigen und träumen und fallen, weil knapp so knapp und gleich und jetzt und tatsächlich. Weil der Schwester beinah ins stehende Rad gefahren und scharf gebremst und auf dem Schotter am Straßenrand ausgerutscht.

„Devojka!“, ruft Herr Džomba. Hebt das Rad auf, stellt es zur Seite, hilft beim Aufstehen. Weinen wollen, weil das rechte Knie aufgeschürft ist, und winzige Steine kleben im Blut. Ist auch die Schwester erschrocken, kann nichts dafür.

„Devojka“, wiederholt Herr Džomba. Der Schwester stolz sagen: „Das bin ich, das Devojka bin ich.“ Erklären, dass es „Mädchen“ heißt, während Herr Džomba sich das Fahrrad ansieht, den Lenker ausrichtet, die Kette ist herausgesprungen, er hängt sie wieder ein und macht sich die Hände schmutzig. „Dann bin aber auch ich ein Devojka“, fängt die Schwester an und werden wir streitlustig. Beißen uns auf die Lippen, halten den Streit zurück, heben ihn auf für daheim, wissen schon, wie es endet, weil es jedesmal so endet. Die richtigen Worte werden bei der Schwester sein, sie wird damit herumwerfen.

Nach den richtigen Worten suchen, nach etwas suchen, das stattdessen geworfen werden kann auf die Schwester. Ein Schlüssel oder ein Buch oder ein Häferl mit Kakao nicht über sie, aber über die Wand schütten. Dann rausgehen müssen und gehen und gehen. Dann zurückkommen und sie wird, die Schwester wird, sie wird dastehen und die Kakaoflecken weggewischt haben und mit weißer Farbe übermalt und immer noch werden die richtigen Worte bei ihr sein.

Aus der Vorschau geweckt. „Mädchen", sagt Herr Džomba. Er wischt sich die kettenschwarzen Hände an einem Büschel Gras ab. Ob wir ein Taschentuch dabei hätten. Bluten täte es ja kaum, obwohl das gut wäre, weil es den Dreck aus den Wunden spült, und das hätte sich die Natur gut ausgedacht, oder?

Fragen, was Blut auf Serbisch heißt, während die Schwester ihr feuchtes Handtuch nimmt und mit einem Zipfel davon über das wunde Knie fährt. „Du hast eine brave Schwester", antwortet Herr Džomba, und wie schön das sei, Geschwister zu haben.

Das Reiben des Stoffs auf den Wunden tut weh. Stillhalten. Fragen, um vom Brennen abzulenken, von den Tränen, die kommen: „Haben Sie auch Geschwister?"

Wendet sich ab, Herr Džomba. Steigt in der Wiese herum, als hätte er etwas verloren, bückt sich und schüttelt den Kopf, wo das bloß sei, es müsse auch hier, er habe es einmal genau da. „Superrr!", ruft er, „superrr", mit einem gerollten R, das klingt fremd und schön, dieses Superrr. Und kommt zurück zur Straße, wo wir stehen, wo die

Schwester fertig ist mit der Reinigung der Wunde und der Handtuchzipfel rot gefärbt. Das wird sich vor der Mutter nicht verbergen lassen. Kommt zurück zur Straße, Herr Džomba, hat grüne Blätter in der Hand, fällt ihm das Wort dafür auf Deutsch nicht ein. Dass es Spitzwegerich sei, sagt die Schwester. Und ja, das stimme, aber eine Schnur bräuchte er noch oder ein Stück Stoff zum Zerreißen, dann könne er einen Wundverband anlegen, denn die Blätter würden heilen, und das habe er in seiner Heimat gelernt, von einem alten Mann, der an einem Fluss lebte.

„An der Donau?" (Die Schwester in der Wiese, sucht nach langen Gräsern.) „Fast", sagt Herr Džomba, „an der Save, der Fluss heißt Save, und wenn du – er zeigt zur Donau, die ganz nah ist – hier ins Wasser spuckst, dann schwimmt die Spucke Richtung Meer und kommt dort vorbei, wo die Save in die Donau mündet." Und könnte die Spucke flussaufwärts schwimmen, wäre es nicht weit bis zu dem Ort, wo er aufgewachsen ist.

Die Geschwisterfrage bleibt ohne Antwort, aber Herr Džomba hat einen Ausdruck im Gesicht. So ist es halt. Und kommt die Schwester zurück mit leeren Händen. Hat nichts Langes zum Binden gefunden. Tupfen wir so die Wunden mit dem Spitzwegerich ab, zerdrücken ihn davor ein wenig, damit der Saft austritt aus den grünen Blättern.

„Du hättest woanders umfallen sollen", sagt Herr Džomba zum Abschied. Näher bei seinem Zuhause, dort hätte er richtige Faschen und Desinfektion. Das muss gemacht werden und wir sollen es der Mutter sagen. Oder der Großmutter. Herr Džomba zwinkert. Stürzen gehöre zum Radfahren dazu.

Näher bei seinem Zuhause? „Ist es weit?" Und: „Wie weit?" Und: „Ist es tatsächlich ein Haus auf einem Friedhof?" Und. „Komm endlich", sagt die Schwester. Herr Džomba lacht, entfernt sich in die andere Richtung. Geht wie in ein anderes Land. Dreht sich noch einmal um. „Krv“, ruft er, „das heißt Blut auf Serbisch.“ „Krv“, murmeln, ihm beim Weggehen zusehen. Bis es genug ist. In die Pedale steigen und die Schwester einholen.

Schuss

Dass ein Schuss gefallen war am sehr frühen Morgen und ein Schrei dem Schuss nachhallte, ein Nachschuss und ein Nachschrei und das Bellen eines Hundes, das war wegen der Jagd gewesen. Hatte nichts zu tun gehabt mit einem Kriegsgeschehen, erschreckte aber jene Leute, denen sich schlaftrunken, weil aus dem Schlaf gerissen in aller Herrgottsfrüh, die Zeit verwirrte. Die Zeiten. Die sich geändert haben. Österreich war frei seit vielen Wochen, die Verträge unterschrieben und abgeheftet, und die Zeitungen, die darüber berichtet hatten, längst benutzt. Als Unterlage für Pflanzkübel, in nasse Schuhe hineingestopft, verbrannt.

„Verdammte Jäger", raunzte es in den Betten. Waren einige der unruhig Schlafenden durch die Knallerei zurück an die Front geschossen worden oder hatten sich im Keller versteckt | in den Erdäpfeln vergraben | hatten dem vor Angst brüllenden Kind den Mund zugehalten bis kurz vor der Erstickung. Und waren Träume gewesen; die schweißige Haut hätte auch von einer sommerheißen Nacht kommen können. Die durchs Fenster ziehende Morgenkühle sprach dagegen.

„Hoffentlich haben s' den Serben nicht erwischt", flüsterte es oder das Gegenteil. Wurde der Wunsch, es sollte dem Fremden, dem Eindringling, dem nächtlichen Wanderer, zumindest ein kleiner Streifschuss die Haut einritzen, ein Ohr mitnehmen, einen unwesentlichen Finger, muss nicht der Daumen sein. Wurde dieser Wunsch (halbernst natürlich nur) ausgesprochen beim Frühstückskaffee, weil man eh nicht mehr einschlief nach dem Schreck. Die Frau daher gleich das Frühstück machen konnte.

„Wennst schon munter bist", sagte der Ihrige schlecht gelaunt. Während sie das Brot aufschnitt bei der Kredenz (die sie hasste, wollte das alte Klumpert weg), begründete der Mann in ihren breiten Rücken hinein, warum der Streifschuss völlig gerechtfertigt gewesen wäre und er nicht allein mit seiner Meinung: Nämlich habe der Serbe die Frau Gruber aus der Hütte vertrieben. Gut könnte sie dort noch leben, wäre nicht der Fremde gekommen, der hier nix zu suchen habe, aber die Gruberin sei im Altersheim Leumühle komplett verblödet ohne ihren Garten und ohne den Serbenfriedhof, hätte sich weiter brav gekümmert darum, und das bisserl Unordnung, ja und (sagte der Mann und wieder war ihm der Kaffee zu heiß), darf man denn in dem Alter nicht ein wenig schlampig werden? Ohne diesen Dragan, der das Maul nicht aufbringt, geht man vorbei. Würd die Gruberin vor der Hütte sitzen und ihre Kräuterbündel drehen, statt im Heim zu verfaulen. „Willst wetten?"

Schwieg die Frau und stellte den Brotkorb auf den Tisch, auf dass sich der Ihrige eine Scheibe nehmen konnte und dick Butter drauf. Deutete der Mann zum Honig hin, hätte auch drum bitten können. Ob er jetzt alles hat, was er braucht? Ob sie sich hinsetzen kann und nicht sofort wieder aufspringen muss, weil ihm was anderes einfällt? Für die Zeitung ist es zu früh, dachte die Frau, und an den Serben, der freundlich war, war man es selbst zu ihm. Und still, mit so einem Stillen würd es sich fein leben lassen, wie das wär? Setzte sich endlich hin, die Frau, zum eigenen Kaffee und brach sich das Brot auf eine Weise, dass der Mann es fast nicht aushielt. Wegsah. Spürte, dass es reichte für diesen Tag. Aber den Mund verbieten ließ er sich nicht durch ihr Schweigen. Sagte abschließend, dass er sich, „und glaub mir das ruhig", lieber die Kugel geben würd, als in der Leumühle zu verrecken. „Im eigenen Bett sterben will ich, wenn's so weit ist", sagte er, und die Frau schaute auf ihre Hände.

Beim Abwasch, das Kaffeehäferl des Mannes weniger sorgfältig abwaschend als das ihre, schwieg es in der Frau weiter.

Sie dachte an die Kirchgänge, an die Spaziergänge, die „Gemma-Runde" nach dem Essen am Sonntag. („Gemma", sagte der Ihrige. Und. „Tu weiter." War sie nicht fertig mit dem Weg- und Aufräumen, war die Küche ein Saustall und keine Ruh zu finden daher.) Dachte daran, während sie das Häferl seifig auf das Tropfgestell stellte und am Porzellan kleine Blasen herunterliefen. Hätt er das gesehen, hätt er sie gefragt, ob sie blind wäre oder zu deppert für den Abwasch. Wer da blind ist, dachte die Frau, ihr Häferl langsam im Wasser drehend.

Waren hundertmal vorbeigekommen an der endlich leeren Hütte, war die Gruberin seit Jahren bereit fürs Altersheim gewesen, nur zu stur, um sich umpflanzen zu lassen. Hatte der Mann das selbst gesagt, Monate, bevor dieser Herr Dschomba eingezogen war auf dem Serbenfriedhof. Dass er, der Ihrige, es sich wieder so richtete, wie er es braucht, dachte die Frau, und dass sie froh war, dass er heute früher zur Arbeit gefahren war. Und zuckte ein weiteres Mal zusammen an diesem Morgen, zerbrach ihr das ohnehin recht dünnwandige Häferl, und musste die Frau nach diesem dritten Schuss sich ein Pflaster suchen, obwohl der weit nicht so laut gewesen war und in großer Distanz zum Haus gefallen.

Drei Schüsse insgesamt. Der erste war vom Hochstand am Rand einer nahen Auwald-Lichtung gekommen. Die Leiter neu ausgebessert. Ein guter Platz, um Wild zu beobachten, um zu lernen, es anzusprechen, wie es heißt in der Jägersprache. Zu erkennen, ob ein Einserbock in der Dämmerung äste, ob dessen Geweihgewicht einen Abschuss rechtfertigte oder ob er geschont werden musste. War es ein Schmalreh oder gar eine führende Geiß mit einem Kitz an ihrer Seite? War es Dragan Džomba, der durch die Gegend stapfte und Spuren suchte, wo keine sein konnten?

Nicht Spuren hatte er gesucht, sondern wollte sich nach einer durchwachten Nacht in den Hochstand setzen und den Morgen abwarten. Zusehen, wie der Bodennebel aufstieg, sobald es lichter wurde und wärmer. Das Flocken und Schweben von Geistern; auch über dem Friedhof fand sich dieses Bild, wo Dragan es kaum ertrug. Sah, übermüdet, Gestalten sich formen und auf ihn zutreiben wie Greifbares; griff er hin, war es leer, aber griff es nach ihm.

Konnten auch im Wald und auf der Lichtung und überall sonst Leichen verscharrt worden sein, Mordopfer, Kriegsopfer, Selbstmörderinnen, zu früh Geborene, Ungewolltes. Diese Toten hatten nichts mit ihm zu tun, ihre Nebelhände strichen an Dragan vorbei ohne Konsequenz, strichen über das Fell (über die Borste, sagt der Jäger) des Schwarzwilds, und sträubten sich dessen Haare oft aus diesem Grund.

Der erste Schuss fiel, als Dragan Džomba die Lichtung erreichte. Kreisrund war sie: Auf zwölf Uhr der Hochstand, auf sieben Uhr der Pfad aus dem Auwald heraus, auf zehn Uhr ein schwarzes Fahrrad halb verdeckt von einem Holunderstrauch, auf vier Uhr Bewegung, ein Aufstand und Gewusel. Brach ein Wildschwein mit sieben acht neun Frischlingen aus dem Unterholz.

„Abschuss nicht erlaubt“, schrie der Eferdinger Mesner Ludwig Kollauer, der sich seit Wochen auf die Jagdprüfung vorbereitete und alles ganz genau wusste. Er hielt einen zitternden Jagdhund an der Leine und hörte, einen Fuß auf der untersten Sprosse der Hochstandleiter, nicht auf zu schreien: „Das ist eine führende Bache, nicht schießen, Hans, nicht!“ Als Antwort kam der zweite Schuss und kreischte es heftig, ein Blutgekreisch, das Džomba in den Ohren hallte. Er hatte sich bei der Einmündung des Pfades geduckt und sprang zur Seite, um von der Muttersau nicht umgerannt zu werden. Dann suchte er Schutz hinter einem dicken Stamm, weil: Wurde nachgeschossen? Ging es um ihn?

Den Hund solle er loslassen, befahl Hans Reinanker von oben (vom Hochstand) herab dem Mesner, und dem Hund befahl er aus gleicher Höhe: „Bring's!" Folgten beide dem Kommando. War aber so, dass der Hund den angeschossenen, vor Schmerz und Panik sich windenden Frischling nicht bringen konnte oder wollte, nur ihn anbellte und versuchte, ihm in die strampelnden Beine zu zwicken. Bis knapp vor Dragans Deckung war das Tier gelaufen, bevor es die Kugel niedergestreckt hatte.

Der Hund roch den versteckten Mann und geriet völlig außer sich. Aber erst, als Kollauer langsam (als befürchtete auch der Mesner einen weiteren Schuss Reinankers) zu dem Frischling gegangen war und den Hund einfing, ließ Dragan sich blicken. Trat in die Lichtung und behielt den Mann auf dem Jägersitz im Auge. Der ließ sein Gewehr sinken.

„Oh, der Serbe", schrie er. „Da haben wir einen kapitalen Bock verpasst, Ludwig!" Kollauer, den Hund am Halsband zerrend, schrie zurück, dass Reinanker sein besoffenes Maul halten solle. Vergeblich. „So derb, der Herr Mesner, so derb ist er heut? Verzeihung, habe die Ehre!" – „Runterfallen soll er und sich den Hals brechen, der verdammte B'suff", fluchte Kollauer. Und zu Džomba: „Tut mir leid, zu viel Schnaps im Jagatee, der weiß nicht mehr, was er sagt." – „Oder was er schießt."

Dragan hockte neben dem Frischling, dem die hellen Streifen in der Borste keinen Schutz geboten hatten. Dem Tier brachen die Augen und es verendete, bevor ihm einer der Männer durch einen Messerstich den Garaus machen konnte. Blieb ihnen erspart, obwohl. „Hast eh immer einen Feitl dabei, g'hört sich doch so in deiner Kultur." Hans Reinanker war unbeschadet die Leiter heruntergestiegen. Waren deren Sprossen fest, sogar für einen Betrunkenen, der mit einem ungesicherten Gewehr herumfuchtelte. „Tu's weg", wollte Kollauer. Er griff danach und ließ dabei den

Hund los, der sofort davonlief, in den Wald hinein und der geflüchteten Bache nach.

Half kein Rufen und kein Kommando, der Hund war weg. Gehörte weder Kollauer noch Reinanker. Besaß keiner der beiden einen Jagdschein. Aber der Mesner, der ihn machen wollte, begleitete einen Bauern, der auch ein Jäger war, oft auf die Pirsch. Der Bauer, Hofinger hieß er, hätte zum Treffpunkt, zum Hochstand bei der Lichtung, längst dazukommen sollen und war nicht gekommen bislang. Hatte ihnen nur die Ausrüstung mitgegeben in der Früh, das Gewehr, Feldstecher, Munition und den Hund. Kalbte ihm die Kuh ausgerechnet heut. Hätt sich's denken können. „Die Viecher scheißen mir immer rein", hatte er gesagt, in der halb offenen Stalltür stehend im Jägergewand und drinnen brüllte die Schwarz-weiß-Gescheckte und verdrehte die Augen. „Wird nicht mehr lang dauern." Vorgehen sollten sie, das Zeug mitnehmen, den Hund aber nicht von der Leine lassen, Kollauer wisse ja, wie mit ihm umzugehen wäre. Hatte der Bauer gesagt und zu Reinanker, dass er das Wild nicht verschrecken solle.

So unsichtbar wie der Mesner solle er sein, weil: „Den hört, sieht und spürt man nicht im Wald." Hatte Hofinger gelacht, und Kollauer hatte die Leine genommen und das Gewehr, und ungeladen war es gewesen, und nicht laden hätten sie es dürfen, war ihnen extra noch aufgetragen worden, die Munition im Rucksack, dort sollte sie bleiben. War das Letzte gewesen, was der Bauer ihnen zugerufen hatte, schon im Stalldunkel verschwunden, die Jägerjacke hatte er ausgezogen und an einen Nagel gehängt.

„Und jetzt ist der Hund weg und ein Frischling geschossen und wenn das aufkommt." Jammerte der Mesner und schnitt ihm sein Freund das Wort ab: „Hörst auf. Was erzählst dem da (er zeigte auf Džomba) deine Lebensgeschichte. Ist er dein Pfarrer, beichtest?" War ein Lallen in der Stimme und genug Hass. „Was geht's ihn an", fuhr er fort. Faselte etwas von Freiheit, davon, dass ihm seit dem verdammten Staatsvertrag kein Ausländer mehr etwas zu sagen hätte. „Verstehst?", flüsterte er und beugte sich dabei tief zum immer noch hockenden Dragan, musste sich am Mesner anhalten, der ihm endlich das Gewehr abnehmen konnte. „Ich erschieß dich", flüsterte er (und war es klar, das Geflüsterte, war kein Lallen mehr darin), „vergrab dich und keiner wird dich vermissen."

Und schwankte, denn der Hockende war aufgestanden, ohne auszuweichen, hatte im Aufstehen mit seinem Körper Reinanker verdrängt, Kollauer zugenickt, sich umgedreht und war im Wald verschwunden, wie der Hund, der immer noch der Bache nachschnüffelte.

Es dauerte seine Zeit, dann war Dragan daheim. Schlief traumlos auf seiner Pritsche, Fenster und Tür fest geschlossen, hinter der Hütte der Galgen mit dem Boxsack, die Hühner im Staub sich aufplusternd und nach Futter pickend. War längst und von Dragan unbemerkt der dritte Schuss gefallen und lag, als er gegen Mittag wieder vor die Hütte trat, vor der ersten Reihe der Grab-Stelen ein toter Fuchs, der Pelz von Schrotkugeln durchlöchert.

Wunden und Blut ausgetreten. Die Hinterläufe mit Kot verschmiert, das Maul offen, die Fangzähne weiß. Dragan strich über das rotbraune, im Licht glänzende Fell. Vorsichtig drehte er das Tier auf den Rücken, hatte die Totenstarre zum Teil begonnen. „Zuerst erstarren die Augenlider, dann die Kiefergelenke, dann." Flüsterte Dragan. (Draško, schau hin, hatte der Alte an der Save gewollt. Schau immer genau hin und sei vorsichtig.) War bei allen Leichen so, machte es keinen Unterschied, das entwichene Leben. Schlich sich von oben nach unten aus dem Körper, und furchtbar musste das sein für diesen. Dass er so starr wurde vor Schreck. (Alles ist Natur, hatte der Alte gesagt, eine Ratte aus der Falle gezogen, das Genick frisch gebrochen. Schau hin, Draško, schau genau hin. Sie waren am Ufer gehockt, zu zweit, barfuß der Alte und er, das Kind, in den zu großen Schuhen des Bruders, von denen er vergessen hatte, warum er sie damals trug.)

„Jadni moj mrtvi brat", flüsterte Dragan und war sich selbst nicht sicher, ob er mit dem *armen, toten Bruder* Paja meinte oder den Fuchsrüden. Ein ausgewachsener Fuchsrüde mit hellem Bauchfell, und streckte sein Körper sich hinein in die Erstarrung wie die Ratte am Fluss. (Hatte ihm der Alte einen Stecken in die Hand gedrückt, mit dem er, Draško, die Ratte berühren sollte, testen, wo noch Leben war im toten Körper, was sich biegen ließ, was nicht. Dass es bei kleinen Tieren schneller ging und bei großen Tieren langsamer, dass Kälte verhindere und Wärme befördere, dass sich ein sterbendes Ding erleichtere vom Dreck in ihm, also Scheiße und Pisse und Speichel und Tränen. Mit alldem musst du rechnen, mein Kleiner, und wirst dich nicht erschrecken, weil jetzt weißt du es.) „Mokraća i govna", sagte Dragan und hörte seinen Namen rufen, und das

Schreien kam von früher her, vom Hang über dem Verschlag des Alten, vom Haus über dem Save-Ufer, und Pavle, der liebe, sanfte Paja war es, der seine Schuhe gesucht hatte, der ihn am Fluss wusste, weil Draško, dieses Aas, dieser mali kreten, immer dort war, obwohl die Mutter es verboten hatte.

„Und dann“, lachte Dragan und schlug mit der flachen Hand auf den Tisch, „dann ist er wie ein Wilder über die Böschung zu uns gesprungen und ist gestolpert und hat sich überschlagen, die ganze Länge heruntergekugelt ist er, fast wär er auf der Ratte gelandet, und“ (wischte sich Lachtränen aus den Augen, dieser verrückte Serbe) „und hat noch im Liegen mir den Stecken aus der Hand gerissen und mit der anderen die Ratte weit in den Fluss geschleudert und“ (beruhigte sich kaum, schüttelte den Kopf im Unglauben an die Erinnerung, die ihn überfallen hatte beim Anblick des erstarrenden Fuchses) „ach, Gendarm, das hättest sehen müssen: Dann ist Paja mit dem Stecken über den Alten hergefallen, dass er mir nur Blödsinn beibringe, gluposti, verstehst?“ Und geschrien haben beide, und er, der kleine Draško, habe sich am Bruder gerächt.

„Wie?“, fragte Stephan Hintersteiger, der seine Dienstkappe neben das Glas gelegt hatte, seinen Rock ausgezogen und mit Dragan in der Hütte saß, an einem kleinen, etwas wackeligen Tisch, der einmal sein eigener gewesen war.

„Ich hab seine Schuhe ausgezogen und auch in die Save geworfen.“

„Ah so“, sagte Hintersteiger, „eine schöne Geschichte.“ Und: „Gemütlich haben Sie es sich eingerichtet hier.“ Sah sich um mit einem dienstlichen Auge, aber privat war er genauso neugierig, der Gendarm, der aus Eferding geschickt worden war zum Serbenfriedhof. Wegen eines abgeschossenen Frischlings, dessen noch warmer Kadaver gefunden worden war in einem Garten, der an den Auwald grenzte.

Zwischen Karotten und Kohlrabi, von der Hausfrau beim Unkrautjäten entdeckt, ein großer Schreck sei das gewesen für die Frau. Wusste Hintersteiger und erzählte Džomba die ganze Geschichte, das Bild von im Wasser treibenden Schuhen im Kopf. Und verwirrt durch die Tatsache, Džomba niemals hatte lachen sehen bislang, bei keiner Begegnung. Vielleicht den Mund zu einer Art Lächeln verzogen, kam nicht unfreundlich daher, aber immer auf Abstand. Herzlich? Nein. Niemals. Das war befremdlich und ungemütlich war es auch, als hätte einer, von dem man sich kein Geständnis wünschte, etwas gestanden.

„Zwischen Karotten und Kohlrabi", wiederholte Dragan, und aufgelegt wäre der Scherz gewesen, dass das die passenden Beilagen für ein Spanferkel seien, das sich jetzt hoffentlich am Spieß drehe, mit Schnaps und Paprika eingerieben. Aber kam nicht, der Scherz, sondern zog sich das Freundliche wieder in seine Distanz zurück.

Eine Erleichterung für Hintersteiger, der die Wiederholung aufgriff. „Ja, mitten im Gemüse. Wird durch ein Loch im Zaun gekrochen sein und dann verendet. Ich fahr später hin und schau mir das an." Räusperte sich das Dienstliche in die Rede hinein: „Die Frau, Sie verstehen, dass ich ihren Namen nicht nenne, hat daraufhin versucht, ihren Mann zu erreichen, der als Färbermeister in der Gerberei in Eferding beschäftigt ist und sofort nach Erhalt der Nachricht die Gendarmerie verständigte."

„Und nun sitzt du bei mir in der Hütte." Sagte Dragan. Konnte sich kein Sie abringen der Obrigkeit gegenüber, denn so etwas wie eine Obrigkeit gibt es nicht. (Wer Obrigkeit sagt, akzeptiert die Existenz einer Untrigkeit, und somit ein Gefälle, das es im wahren Humanismus nicht geben darf. Antwort des Dechants Genzl auf die Beschwerde Hintersteigers über den fehlenden Respekt des Zimmergastes im Pfarrhof, ein halbes Jahr zuvor. Was man sonst sagen könne? Arm. Reich. Mit Macht versehen. Ohnmächtig.)

Es war an Hintersteiger, den Kopf zu schütteln über die Unruhe, die ihn befiel bei jeder Begegnung mit dem Serben. Zurück zum Thema, zum Anlass des Aufsuchens der Adresse Deinham Nr. 20, der Hütte am Serbenfriedhof: „Um es kurz zu machen, Dragan, dieser Färbermeister hat dich gesehen heut in der Früh."

Zuvor waren zwei Schüsse gefallen, da war es noch dämmrig gewesen. Der erste Schuss, der die Eheleute aus dem Schlaf gerissen hatte, war von ihnen einem Jäger zugeordnet worden, konkret dem Bauern Hofinger, der in der Nähe seinen Hof habe, wie Dragan wohl wisse. Er habe mit Silvester Moor für diesen Bauern bereits gearbeitet. Und sogar – Hintersteiger nahm sein Glas und trank einen Schluck, stellte es wieder genau auf den Wasserring, den es am Tisch hinterlassen hatte – und sogar die Leiter beim Hochstand ausgebessert im Auftrag des Bauern. Es sei zudem bekannt, dass er, Dragan, oft bis zum Morgengrauen in der Gegend herumstreifen würd. „Nicht jeder hat eine Freud damit", sagte Hintersteiger, eine Pause einlegend. Zwei, drei Atemzüge lang. Sah zum Fenster, über das die Blätter des wilden Weins hingen, der an der Hütte hinaufkletterte. Ein schönes Bild. Sah auf die Tischplatte und fuhr mit den Fingern ein darin eingeritztes Zeichen nach. „Gibt schon auch welche, Dragan, die sagen, du solltest daheimbleiben wenn's finster wird, wie ein normaler Mensch halt."

„Gut", sagte Dragan. „Das ist meine Angelegenheit. Und nicht der Grund, warum du da bist."

„Nein."

Der Grund war, dass ihn eben der Färbermeister beobachtet habe; ausgerechnet heute sei er früher in die Arbeit gefahren mit seinem Moped, weil nach der Knallerei putzmunter, so habe er es beschrieben. Habe viel zu tun und sei daher nach dem vorgezogenen Frühstück aufgebrochen, und wie er sein Moped aus der Einfahrt schiebt und starten möchte. „Sieht er dich aus dem Auwald kommen, hinten, Richtung Deinham, und ganz eigenartig sollst gewesen sein, als hättest was zu verbergen, und das hat er sich gleich gedacht."

Dragan: „Aha. Gedacht hat er es sich."

Hintersteiger: „Ja."

Dragan: „Und dass ich ein Gewehr getragen hab, hat er das auch gesagt?"

Hintersteiger: „Nein, das hat er nicht gesagt."

Dragan: „Aha."

Hintersteiger strich sich über Mund und Kinn. Lag ein Gewitter in der Luft? Stickig ist es hier herinnen, dachte der Gendarm. Eine Fleischfliege prallte und prallte und prallte gegen das Fensterglas. Auf der Pritsche lag eine Decke, auch die kam Hintersteiger vertraut vor, das Muster kannte er von irgendwoher.

Dragan: „Na dann. Komm, Gendarm, ich zeig dir was." Erhoben sich beide. Hintersteiger drehte den Fenstergriff, zog daran und scheuchte die Fliege ins Freie. „Lass offen", sagte Dragan, der bei der Tür wartete. Im Luftzug fiel eine Karte um auf dem schmalen Brett, das ein Regal darstellen sollte. Hintersteiger, an Ordnung gewöhnt, stellte sie im Vorbeigehen wieder auf. Aber beschäftigte sich nicht länger damit, war Dragan Džomba bereits hinter der Hütte, wo ein toter Fuchs neben dem Hackstock lag.

„Hat mir wer über den Zaun geworfen. Hat nicht viel gefehlt und er wäre über einer der Stelen gehängt wie ein Pelz um den Hals einer Frau."

Ob das ein Scherz war und er dazu lachen sollte? Der Gendarm, die Kappe auf dem Kopf, hockte nun seinerseits vor der Erstarrung. Zog einen Stift aus der Brusttasche, suchte und zählte die Löcher im Pelz, im Balg, im nutzlosen Mantel. Und nutzlos war das Zählen auch. „Willst Anzeige erstatten?“, fragte er Džomba, von unten hinauf, gegen die Sonne blinzelnd, da half der Schirm der Kappe wenig. „Nein.“ Wollte er nicht.

„Aber Friedhofsschändung wär's, die vom Schwarzen Kreuz sollten Bescheid wissen, ich kümmer mich drum.“

„Nein“, sagte Dragan zum zweiten Mal. Ein drittes Mal: „Nein.“ Er habe ihm den toten Fuchs gezeigt, damit es später nicht heißen würde, er, Dragan, wäre ein Wilderer. „Du kannst dich überall umsehen, auf dem Dachboden, überall. Kein Gewehr, nix.“ Hintersteiger wollte etwas einwenden und wurde unterbrochen. Dragan: „Ich weiß, im Auwald kann man viel verstecken, ohne dass es je gefunden wird.“ Er sah dem Gendarmen, der sich aus der Hocke erhoben hatte, fest in die Augen. „Ich hab nichts versteckt, ich hab nichts geschossen. Ich war's nicht.“ – „Aber beweisen kannst du es nicht.“

Gut wär's, wenn er es könnte, dachte Hintersteiger. Der als Kind die Tischplatte verziert hatte mit einem Messer, zum Spaß und weil er es schön fand, und der Vater hatte die Hand gehoben und den Gürtel geholt und ihn geschlagen. Der Tisch in der Hütte des Serben war der aus seinem Kinderzimmer, das jetzt das Zimmer von Agnes Kern war. Und die Decke, die auf Džombas Pritsche lag, war auch aus diesem Zimmer, sie hatte blaue Flecken, das war Tinte, war aus der Schulzeit, war die Feder ausgelaufen und die Decke oben im Kasten gut verborgen, hatte lange überlebt.

„Nein, beweisen kann ich's nicht“, sagte Dragan. Dehnte sich in den Schultern, gähnte und streckte sich, lehnte sich an die Hüttenwand, war von Bienen umsummt und oben gab es Hornissen. „Aber sein kann es schon, Hintersteiger, Gendarm zu Eferding, dass dir heut einer was zuträgt. Von wegen, der Serbe hätte einen Fuchs geschossen, und dass du auf dem Serbenfriedhof nachschauen sollst deswegen." Er deutete zum Kadaver, der für die Fliegen interessant wurde; krabbelte eine große, dicke Fleischfliege mit grünschillerndem Glanz im Fuchsauge herum und probierte dessen Geschmack. Hintersteiger wurde es flau im Magen. Wandte sich ab. Verstand aber, was der andere meinte: „Und wer einen Fuchs schießt ohne Berechtigung und Jagdschein, der schießt verbotenerweise auch auf eine kleine Wildsau. Oder auf die Bache und hat sie halt verfehlt."

„So ist es, Gendarm, so ist es."

Und dass er das Schwarze Kreuz draußen lassen solle. Die bräuchten nichts zu wissen. Alles regle sich ohnehin von selbst.

Bienen

Weit länger als er wollte war der Gendarm auf dem Serbenfriedhof geblieben. Hatte Tisch und Decke gesehen, seinen früheren Besitz, der übergegangen war in das Besitztum des Serben, oder waren es Leihgaben, ein zerkratzter Kindertisch, an dem zwei Personen mehr schlecht als recht sitzen konnten, zu niedrig war er auch, und eine tintengefleckte Decke, die jahrzehntelang in einem Sack im Kasten gesteckt hatte. Ob er Džomba hätte drauf ansprechen sollen? Wäre eine launige Unterhaltung geworden, hätte die Männer einander nähergebracht. Hätte sagen können: Schau, Dragan, das sollte mein Name werden, war ein Bub, hab begonnen, ihn einzuritzen, aber der Vater ist nach den ersten Buchstaben gekommen und hat mir den Rest versaut. Hätten lachen können über die Schläge der Kindheit, als ob die je fröhlich gewesen wären.

Hintersteiger schüttelte den Kopf über sich, war auf dem Weg zu seinem Dienstauto. Der Färbermeister würde längst warten auf ihn, würde sich beschweren, dass er extra von der Arbeit gekommen sei, um seiner Frau bei der Einvernahme, bei der Anzeigenaufnahme, bei was auch immer, zur Seite zu stehen, und die Zeit sei ausgemacht gewesen, und jetzt und da und dort.

Silvester Moor grüßte. „Grüß dich, Hintersteiger." War freundlich wie immer. Sah einen uniformierten Gendarmen aus dem Friedhof kommen, auf dem der Freund wohnte, und war kein Zeichen von Besorgnis zu erkennen. Dass Dragan in Schwierigkeiten sein könnte. Kein Zeichen.

„Grüß dich, Moor", antwortete der Gendarm und tippte sich an die Kappe.

„Hab's schon g'hört", sagte der andere. „Soll jemand g'wildert haben im Auwald. So was spricht sich schnell herum."

„Aber du warst es nicht, oder?“, fragte Hintersteiger, stieg in sein Auto, wartete keine Antwort ab, startete und fuhr davon.

Zu seinen Bienenstöcken zog es Silvester, nachschauen, ob alles in Ordnung war damit, und mit Dragan ein Bier trinken; hatte zwei Flaschen dabei und wollte ihn bei der Gelegenheit zum Abendessen einladen, etwas Einfaches.

„Würd mich freuen, wennst vorbeikommst heut Abend, Dragan“, sagte er, nachdem er den Fuchs bestaunt hatte. Zur Feier des Tages würde er ein, zwei Hendl rupfen, und der Anlass war: „Ich hab Geburtstag.“ Dürfe ihn halt nicht stören, dass die Zimmergäste auch dabei wären, die wären hier fremd und ganz passabel. Vielleicht könne man Karten spielen, aber wenn er lieber allein sein möcht: „Dann heb ich dir ein Hendlhaxl auf und bring's morgen mit.“

Klang das Klirren von Flaschenglas auf Flaschenglas, wurde über einem toten Fuchs, der eine schwarze Pfote erhoben hielt wie einen Gruß, angestoßen auf Silvesters sechzigsten Geburtstag, ein runder war es, sonst würd er eh nicht feiern. Sagte der Kleinhäusler, der, was Dragan nicht wusste, seit Jahren keinen Geburtstag gefeiert hatte, seit dem Tod der Frau keinen einzigen, aber diesen und ausgerechnet.

Und hätte Dragan geschlafen in der vorherigen Nacht. Und wäre er nicht abgelenkt gewesen von dem Trubel seit der Früh und der Frage, ob der tote Fuchs jener sein könnte, der ihm bei seinen Wanderungen über die Felder oft begegnet war? Der gebellt und gekeckert hatte und zwischen den Ackerfurchen geschnürt war und kaum auszumachen im Finstern? Nur zwei helle Flecken, die Schwanzspitze, die Brust.

Hätte Dragan etwas bemerken können beim Freund und der ihm sagen, was es war.

„Kommst?“, fragte Silvester, und Dragan nickte. Ja, ja, gern, und was sonst anstehe an diesem Tag, welche Arbeit am Nachmittag geplant wäre, denn nie war der Herr Friedhofsimker ohne Arbeit und ohne Plan.

Heute wolle er faul sein, antwortete Silvester, und anderen bei der Arbeit zuschauen, den Bienen zum Beispiel. Zu denen er gleich ging, und ohne jede Ausrüstung nahm Silvester Moor einen Rahmen aus dem ersten Bienenstock, zeigte Dragan die vollen Waben, schätzte ab, wie viel Honig es geben würde, Ackerbohnenhonig, und da die Stöcke auf seinem, Dragans, Grund stünden, würde für diesen ein gerechter Anteil herausspringen. „Ein gerechter Anteil“, wiederholte der Kleinhäusler mit dem wetterbraunen Gesicht und den tiefen Augen darin, das ewige Lächeln in die Wangen geritzt wie die Schnitzer im Kindertisch des Stephan Hintersteiger. Beides nicht fertig, dachte Dragan.

Kam in ein Wundern hinein, kam ihn das Befremdliche an wie so oft, und wie so oft sah Silvester die Anzeichen und begann, eine Geschichte zu erzählen, um kein Nachdenken aufkommen zu lassen. War aufgeräumt, und mochte es an seinem Geburtstag liegen, dass es seltsam war an ihm, das Aufgeräumte.

Ob Dragan wisse, wo er die Bienenstöcke her hatte? Es wären keine aus seinem eigenen Bestand, sondern vom Bruder eines Eferdinger Wirts habe er sie günstig bekommen. „Der Karl“, sagte Silvester und schob den Rahmen zurück in den Stock. Setzte den Deckel darauf, ohne Ausrüstung, kein Netz und keine Handschuhe, mit bloßen Händen machte er das, und Dragan stand mehrere Schritte entfernt und hatte die Bienen abzuwehren, aber ihn, Silvester, ließen sie in Ruh. Krochen ihm über die Haut, über die Handrücken, setzten sich ihm ins Gesicht und in den Nacken. Und stachen nicht. Wird ein Geruch von ihm ausgehen, dachte Dragan, ein Geruch von Freundlichkeit.

Musste keiner Silvester erzählen, dass die Hornissen, die sich im Giebelwinkel der Hütte ihr Nest gebaut hatten, unter den Bienen wilderten, sie abfingen im Flug oder von den Blüten pflückten, sie totbissen und auffraßen, und schön war das nicht. Dragan sorgte dafür, dass an einem guten Platz nahe der Flugbahn des Hornissenvolks, auf einem Blechteller immer eine Kleinigkeit lag, ein Stückchen Fleisch oder Speck, etwas, das auch die Wespen anzog, und dann war dieser Tisch gut gedeckt. Lottes Buben waren vorsichtig damit, war ihr erster Weg vor dem Boxtraining und ihr letzter beim Heimgehen. Brachten Kuchenbrösel, wetteiferten darin, wessen Einfall die meisten Insekten anzog, und wenn eine Hornisse sich statt auf den Kuchen auf eine Wespe stürzte und die ins Verderben zog: Dann jubelte der Kleinere und der Große drehte sich weg.

Aber heute, an diesem Fuchstag, waren die beiden noch nicht hier gewesen, und erinnerte sich Dragan daran, den Kadaver zu verräumen, zu verstecken, bis ihn der Gendarm vielleicht doch holen würde.

Silvester erzählte von eben erwähntem Karl, dem Bruder des Eferdinger Wirts, der baumlang war und, jetzt kommt's, allergisch auf Bienengift, aber der Imkerei mit einer Leidenschaft verfallen: „Du glaubst es nicht." Sagte Silvester und folgte Dragan, der das tote Tier, den toten steifen Pelz, in eine Kiste packte, die Kiste mit Spagat fest verschnürte und dann, ja, wohin damit? Ging rund um die Hütte, unterm Dach wär's zu warm, Keller hatte er keinen, im Brunnen versenken? Schnapsidee. Hinter ihm der Freund, das Geburtstagskind, vom allergischen Karl redend, und wie der ständig umkippte, sobald ihn eine Biene stach. Ein netter Mensch sei das, „wie sein Bruder", aber vom Honigmachen sollte er besser die Finger lassen.

Eine Prozession war das: Der Serbe schweigend eine Kiste tragend und an seinen Fersen klebend, sodass sie zusammenstießen, wenn Dragan sich umdrehte, der Kleinhäusler, der Einfältige, die Bierflasche in der Hand, gestikulierend und lachend und völlig aus der freundlichen Stille herausgefallen, die ihm sonst eigen war.

Die Kiste ganz hinten, bei den Gräbern von den Italienern, im letzten Winkel des Friedhofs unter die sich grünbauschende Hecke geschoben. Durch die sich Hasen und Igel Zugang verschafften und lebende Füchse und mehr. Dragan hob die Äste der Hecke an, sah das Loch im Zaun, von Tierkörpern beständig erweitert und angelockt von der *serbischen Zehrung*, wie es die Leute nannten und sich schon beschwert hatten, weil so etwas tut man nicht.

„Haben s' dir wieder alles wegg'fressen?“, fragte Silvester, der keinerlei Obst oder Gemüse bei den schlichten Stelen und den steinernen Kreuzen hatte liegen sehen. Dragan, der sorgfältig die Kiste verdeckte vor den neugierigen Augen der Buben und sich dann ins Gras setzte. Der von dieser Tiefe aus, dieser Ebenerdigkeit, Silvester betrachtete, überlegte. Wo hatte er gestern in der Abenddämmerung die Gaben hingelegt? Und hatten sich die Hasen oder die Krähen den schönen roten Paprika geholt, oder der Fuchs, den er fast hatte brechen müssen, um ihn in die Kiste zu packen. Dann wär's womöglich sein letztes Mahl gewesen, seine Henkersmahlzeit und nun. War ein gutes Versteck.

„Ist Brauch bei uns“, sagte Dragan leise und rappelte sich auf. Steckte ihm die Müdigkeit in den Knochen. Muss einer keine sechzig sein, konnte noch Jahre hinhaben bis zu seinem Sechziger, um den fehlenden Schlaf genauso zu spüren wie ein Alter. „Ist Brauch bei uns“, sagte er lauter, die Hände in die Hüften gestemmt, breitbeinig, überhaupt breit und kräftig im Vergleich zu Silvester Moor, der grinste, kein Lächeln war das und wurde ihm, dem Freund, dem prijatelj, beinah unheimlich.

Dragan legte dem anderen die Hand auf die Schulter. Schüttelte Silvester ein wenig. (Der alte Mann an der Save: Draško, begreifst einen nicht, dann greif ihn an. Spürst ihn, ist er aus Fleisch und Blut.) Silvester lachte und tat, als würde er schwanken unter dem Griff Dragans. „Ich weiß, ich weiß", sagte er und befreite sich. „Es sind Gaben für eure Toten. Ein Paprika, ein Apfel, ein Stück Brot, ein Glas Schnaps, eine Zigarette." Ging zu den italienischen Kreuzen, die hier in dichter Reihe standen, und zwischen ihnen herum, blieb bei einem stehen, hob die Flasche, sagte „Prost, Kameraden", nahm einen großen Schluck und goss den Rest dem Kreuz vor die Füße. Waren fünf Namen zu lesen auf dem Schild, fünf Geburtsjahre und das Sterbedatum mit Tag, Monat und Jahr. Hatten beschlossen, sich zusammenzutun beim Verrecken, die fünf jungen Burschen, und hatte eher die Seuche den Beschluss für sie gefasst. „Wird den Italienern auch nicht schaden, wenn sie bedacht werden mit einem Geschenk."

Silvester bückte sich, um die Namen der Toten zu lesen, um das Alter auszurechnen, in dem sie gestorben waren, verharrte in dieser Haltung, richtete sich wieder auf, drehte sich zu Dragan um, der ihn beobachtete, und deutete auf das Kreuz: „Da liegt einer, heißt Adolfo Bragari, der ist im selben Jahr geboren wie ich, 1895. Und gestorben ist er ... Was meinst, wann er gestorben ist?" Silvester hob die leere Bierflasche, war sie wirklich leer? Ein paar magere Tropfen fanden den Weg in seine Kehle. Dann flog die Flasche, flog, aber zerbrach nicht, Dragan ging, sie aufzuheben. Silvester, die Hand auf dem Kreuz (streichelte er es?): „Heut ist er gestorben, alle, die da drin liegen in dem Grab: genau heut vor achtunddreißig Jahren."

Und dass der Adolfo Bragari wie er heuer seinen Sechziger feiern hätt können, hätt's ihn nicht erwischt damals. Dass er in seinem italienischen Dorf mit den Enkeln auf dem

Schoß Nudeln hätt essen können und einen Kuchen hätt er bekommen, den hätt seine Frau ihm gebacken, einen Zitronenkuchen, weil die Zitronen wachsen in Italien, ganz unten im Süden, und die Söhne und Töchter wären da und säßen im Garten an einem Tisch und. „Was würden sie trinken mit dem alten Adolfo, Dragan?“ Silvester wartete die Antwort nicht ab. „Hätt er alles haben können, wär, was wär er geworden, wär ein guter Tischler geworden und hätt seinen Betrieb bald übergeben an einen Sohn oder einen Schwiegersohn und wär trotzdem gebraucht worden. Hätte, hätte.“

Silvester sah aus, als wollte er spucken. „Weißt, Dragan, wie es ausgeschaut hat in dem Lager? Unter welchen Umständen die leben mussten? Wenn ein, wenn ein, wenn einer, ich mein, hustet einer, kannst dich wegdrehen in so einer Baracke, waren viel zu viele drinnen, was nutzt es, steckst dich an. Und die Aborte, musst ja gehen. Steckst dich an. Ich mein.“

Silvester nahm die Hand vom Kreuz und wischte sich die Augen. „Ein Drecksloch war das. Du denkst nur an deine Serben, was ist mit den, mit den, ich mein, mit den anderen? Die hocken sich zusammen in der Nacht und sagen, dass der Mann in der Hütte nichts übrig hat für, für sie.“ Die Stimme des Kleinhäuslers, jetzt, wo sie lauter wurde, war deutlich: Silvester Moor war betrunken. Der Freundliche, der Einfältige, der Hilfsbereite, der Hansl für jede noch so unangenehme Arbeit, und wenn es darum ging, die Jauchegrube auszuschaufeln oder den Misthaufen zu verlegen oder das Klohäusl abzureißen und die über die Jahre angesammelte Scheiße gleich mitzuentsorgen, hatte an seinem Freudentag (ein solcher hat ein Geburtstag zu sein) einen Rausch.

Und da er nie mehr trank, als nötig war, war es nötig gewesen an diesem Tag.

„Komm“, sagte Dragan. War zu Silvester hingegangen, nahm dessen Hand, die immer noch die Augen verdeckte, in die seine, und Hand in Hand gingen die beiden Männer über den Friedhof zurück zur Hütte, der eine einen halben Schritt hinter dem anderen.

Schanktisch

Das mit dem Alter muss nicht stimmen. Schaut die Schwester jünger aus, weil sie kleiner ist und zart gebaut. Und ist die Ältere, um neunzehn Monate und einundzwanzig Tage.

Am Schanktisch die Frau sieht aus wie uralt. Und ist angeblich kaum älter als unsere Mutter.

Auf einem Bierblock das Alter der Mutter ausrechnen. Es kann nicht sein, dass die Frau, die bei ihr sitzt an leeren Nachmittagen. Dass die Frau mit dem verhutzelten Gesicht und den Knochenarmen und den Haaren, die so dünn und wenig sind, dass die Kopfhaut durchschimmert. Dass diese Frau nur drei Jahre älter ist als unsere Mutter. Die jung aussieht und die Haare schöne Dauerwellen und eine Zeitung vor sich oder das Strickzeug dabei. Und sich unterhält mit der doch nicht so alten Frau. Die Haustür und die Gastzimmertür aufgespreizt, fahren Autos, ab und zu bleibt jemand stehen und liest die Speisekarte, und jeden Tag tippt der Vater die Tageskarte frisch mit zwei Fingern. Adlersuch-System nennt er das.

Bleiben Leut stehen und lesen die Karte und kommen nicht rein, weil zu spät zum Mittagessen und zu früh für eine Kleinigkeit und wegen Kaffee geht man ins Kaffeehaus, oder? Meint die Mutter, ihren Kopf über ein Strickmuster gebeugt. „Die Kaffeehäuser müssen auch ein G'schäft machen", sagt sie, und Frau Tröger lächelt. Sie hält sich dabei, wie immer, wenn sie lächelt oder lacht, die schmale Hand vor den Mund. (Warum sie keine Zähne hat? Wer kein Geld hat, hat keine Zähne, wer nicht gesund ist, dem können keine neuen eingesetzt werden.)

„Jetzt hätt ich gern einen Verlängerten", sagt Frau Tröger; weil die Frau Wirtin davon gesprochen hat, hat sie einen Gusta drauf bekommen. „Geh, mach der Frau Tröger einen

Verlängerten." Die Dose mit dem Kaffee öffnen, der Duft, die Sudlade, eine Serviette auf das kleine Silbertablett, der Zuckerstreuer, ist noch Maresi da?

Dass zum Verlängerten etwas Süßes gehöre, sagt die Mutter und steht auf, bringt aus der Küche ein halbes Stück Wachauertorte, ein schmaler Spitz, ein Klecks Schlagobers, nicht viel. Und dass das ein Resterl sei und Frau Tröger darauf eingeladen. Und beugt sich wieder über das Strickmuster. Redet über dieses und jenes, und dass sie uns Kindern Hosen nähen möchte, Latzhosen. Und wir morgen eine Zehrung hätten. Die Totensemmeln wären schon bestellt, und da es ein großes Begräbnis sein werde, würden alle helfen müssen.

Schaut auf und schaut auf uns, auf die Wirtskinder, und wir kennen unsere Rolle. Und stehen hinter der Schank, im Kopf die Bilder vorab, die übergroßen, mit Anis bestreuten Semmeln, die heißen Schüsseln mit Semmelkren, genug für jeden Tisch, und zu jeder Schüssel einen Schöpflöffel, die Teller mit Rindfleisch und Erdäpfelgröstl und vorher Suppe und danach Wachauer- oder Linzertorte und so viele Kaffees, und dass die trauerschwarzen Leute auch lachen können bei einer Zehrung. Die Schwester zeigt mir die Totenparte und das Foto des Verstorbenen und weiß, dass „Thal-Bauer" der Hausname ist. Hat jeder Bauernhof seinen Namen. Und jeder Gasthof auch.

„Sie haben brave Töchter", sagt Frau Tröger. Isst winzige Bissen. Ob der Sohn auch helfen würde morgen? Wenn sie ein wenig gesünder wäre, sagt sie, dann käme sie selbst. „Ich hab Kellnerin gelernt." Beim Kirchenwirt. Aber jetzt wär sie zu schwach für die schweren Teller. Und legt die Kuchengabel weg. Sucht etwas, wird ein Taschentuch sein, wird sich schnäuzen und dann ist es still. Legt sich etwas Stilles rund um den Schanktisch, klappern die Stricknadeln der Mutter leiser.

Traurig sein wegen dieser Frau, sich aber auch ein wenig grausen vor ihrem Mund und den Haaren und den langen Fingern mit den gelblichen Nägeln. Immer hat sie eine Jacke an, kann noch so heiß sein draußen. Mitten im Sommer wie mitten im Herbst. Kommt, wenn kaum Gäste da sind. Manchmal dreht Frau Tröger im Vorhaus um. Bleibt stehen vor der Tür und lauscht, wer da ist.

Einmal war am Nachmittag der Vater in der Küche, hat ihn einer vom Stammtisch zur Küchentür geholt, hat zum Vater gesagt, dass das nicht gut wär fürs G'schäft, dass geredet wird, die Frau hat vielleicht was Ansteckendes. Sie sitzen zu lassen am Schanktisch und die Wirtin daneben, was das für ein Bild wär. Brach der Vater gleich ab. Sagte dem Stammgast, dass er gehen könne. Und nix zahlen brauche. Einfach gehen und nicht wiederkommen.

Die Mutter nickt am Tisch. Frau Tröger erzählt aus dem Kellnerinnenleben. Sie habe das gern gemacht. Sagt sie. Und ihr Traum wär gewesen, in München beim Oktoberfest viel Geld zu verdienen, sie hätte sicher viele große Bierkrüge tragen können. „Maß" heißen die in Bayern, sagt sie, wären doppelt so groß wie die unsrigen.

Die Mutter nickt und sagt nicht, dass das wieder gut werden würde mit der Kraft und der Krankheit. Sagt nichts vom Bald-Gesundwerden. Sitzt da und hört zu und redet selbst etwas und verschenkt die Torte, den schmalen Spitz. (Der kein Rest ist, im Kühlraum steht die Torte frisch angeschnitten.)

Sind Schritte im Vorhaus und räuspert sich jemand die Kehle frei. Herr Džomba kommt zur Unzeit, ist nicht seine Zeit, hatte, sagt er, etwas zu erledigen in der Stadt und wollte sich einen Schnitt holen: „Machst mir einen, Devojka?" Und sieht, wer am Schanktisch bei der Mutter sitzt.

„Susanne", sagt er, „ich freu mich, dich auch wieder einmal zu sehen." Und setzt sich nicht an den Stammtisch, nicht an seinen üblichen Platz. Setzt sich zu Frau Tröger und zur Mutter, auf einen Sessel, den er sich ein wenig umständlich herzieht. Sieht anders aus als dort, wo er hingehört. Dass ein neuer Platz einen Menschen fremd machen kann.

„Ein Schnitt wird das nicht“, sagt die Mutter und nimmt das Glas. Wo die Schwester ist, fragt sie. Grad erst in den Garten gegangen. „Na, geh auch.“

Aber im Vorhaus bleiben, wo es kühl ist, wo die Geräusche sich mischen von der Straße und aus dem Gastzimmer und dem Garten. Fast übersehen, dass der Querulant, Herr Reinanker, bei der Gastzimmertür steht und den Hals streckt und den Kopf wiegt und ein Gesicht macht und den Mund verzieht und sich umdreht und geht. Trägt eine schwarze Trauerbinde um den Oberarm.

Frau Tröger kommt nur, wenn Herr Reinanker nicht da ist. Oder? Überlegen, ob die beiden schon einmal gemeinsam. Zur Schwester in den Garten laufen, sie fragen, ob sie sich daran erinnern kann.

Ruine

In der Hütte auf dem Serbenfriedhof schlief Silvester seinen Rausch aus. Der weniger dem Bier geschuldet war als dem anderen: Dragan konnte es nicht benennen, aber da war's gewesen. War hinter ihm hergestolpert, während er dem toten Fuchs ein Versteck gesucht hatte, war ein Aufruhr in Silvester, der besoffener machte als das bisschen Alkohol.

Könnte sein, der Freund, der heute Geburtstag hatte, schlief gar nicht. Lag mager und hager und in sich gekrümmt auf der Pritsche, zur Wand gedreht, das Gesicht verborgen, die Augen offen und den ruhigen Atem vorgetäuscht. Glaubst halt, ich schlaf. Mochte das heißen. Glaubst halt, ich wär rauschig und sonst nichts.

Hell war's in der Hütte, keine Vorhänge vor den kleinen Fenstern, damit jeder und alles und jedes und niemand und nichts in der Nacht und bei Tag und immer hereinschauen konnte. Das Luftgehauchte genauso wie das Fleischgeborene. (Draško, hatte der Alte an der Save gesagt und mit seinem Stecken Zeichen in den Uferschlamm geritzt, damit sie von den Wellen mitgenommen wurden und woanders einen Zauber einlösten. Draško, was sich versteckt, wird gesucht und gefunden. Was sich nicht versteckt, wird nicht gesucht. Dann hatte er gelacht und gelacht und war ein Funkeln gewesen in seinen Augen, von dem Pavle, der Bruder, gesagt hatte, dass er, Draško, drauf aufpassen solle. Dass mit dem Alten nichts mehr recht stimme. Dass. Wenn er so schaut. Und wirr redet, wirrer als sonst. Draško, versprich mir, dann hältst dich fern von ihm.)

Dragan in der offenen Hüttentür, die Bruderstimme im Ohr. Auf dem Regalbrett glänzte der Goldstoff, glänzte die Karte, die Paja geschickt hatte aus dem Lager, und draußen, unter irgendeinem Baum oder einem Kreuz oder dazwischen, würde er wohl liegen. Und zeigte sich nicht.

Leise schloss Dragan die Tür, blieb draußen in der Sonne, war unschlüssig, was tun mit seiner Zeit.

Während nicht weit entfernt, am Fuß der Schaumberger Leithen, der Pfarrpraktikant Thomas Raidinger den Weg durch den Hügelwald zur Ruine Schaumberg suchte. Der Weg sei leicht zu finden, hatte es geheißen. „Leicht zu finden", schimpfte er und lehnte das Fahrrad, er hatte es sich von Agnes geliehen, an einen Bretterzaun. Aber gut war es hier und roch nach Waldboden und säuerlich, vielleicht war ein Ameisenhaufen in der Nähe und ein Eichelhäher hatte sich draufgesetzt mit ausgebreiteten Flügeln, um sich einzuemsen. Ein Mal hatte er das beobachten können, daheim noch, als Kind. Als Bub, der nicht wusste, was aus ihm werden sollte. Den der Vater als Nachfolger haben wollte, aber die Höhe. Und die panische Angst davor.

Das Rad hatte geächzt unter seinem Gewicht und er war ordentlich ins Schnaufen gekommen. Dass der Praktikant eine stattliche Figur habe, hieß es in seinem Beisein, dass er schlicht fett sei, hinter seinem Rücken. Als wüsste er es nicht, als müsse er verschont werden von einer ewigen Wahrheit. Er, der einer Familie schlanker Menschen entstammte, hatte bereits lange vor Eintritt in die Pubertät begonnen, über das normale Maß zuzunehmen. Half keine Diät, kein Sport, kein Arzt. War bald die Befürchtung gewachsen: Der Sohn, der als dritte Generation den vom Großvater gegründeten Betrieb übernehmen und weiterführen hätte sollen, würde zu ungelenk für einen Rauchfangkehrer werden. Außerdem, nähme er weiter zu, und davon war auszugehen: Jedes Dach drohte einzubrechen, setzte der dicke Thomas einen Fuß darauf. War besser gewesen, den Vater schimpfen zu lassen, als ihm beim Lästern über die Höhenangst des Sohnes zuzuhören, die sich der, und so war es doch, nur einbildete. Die er mit etwas gutem Willen hätte überwinden können. Schau die

Schwester an, hatten die Eltern gesagt, sie klettert wie ein richtiger Bub in den Bäumen herum. Schad, dass sie ein Mädl ist. Und fanden sich damit ab: Ihr Sohn würde für keinen ordentlichen Handwerksberuf taugen. War schließlich in ein katholisches Gymnasium gesteckt worden, ins Internat. Kam er in den Ferien nach Hause, wurde er geprüft und mit Blicken gewogen und weiter für zu schwer befunden. Ein Einserschüler, verweichlicht, vergeistlicht, verloren für den Familienbetrieb. Die abschätzigen Blicke des Vaters, die mitleidigen der Mutter, die enttäuschten des Großvaters, die spöttischen der Schwester. Und die ermutigenden des Pfarrers seiner Heimatgemeinde, der einzige, der zufrieden war mit dem Werdegang des Rauchfangkehrer-Sprosses.

Raidinger hatte den Weg gefunden: Er führte hinter einem Haus ein Stück über eine Wiese und verschwand, leicht ansteigend, zwischen den Bäumen. Der Pfeil mit dem ins verwitterte Holz geschnitzten Schriftzug „Fußweg zur Ruine Schaumberg“ konnte übersehen werden in all dem Braun und Grün. Ging auch der Wind und trocknete Raidinger die schweißnasse Stirn.

„Alsdann“, sagte er zu sich und putzte sich die Brille. Durch einen schattigen Wald bergauf zu gehen in weiten, angenehmen Serpentinen. Sich zu drehen nach allen Seiten, die Ruhe zu hören und die eigenen Schritte kaum auf dem weichen Boden. Stehen zu bleiben, wenn der Atem zu schwer wurde, weiterzugehen, war er wieder leichter. Ein bisschen zu pfeifen und rundherum ein Duftgemisch, würzig, süß, faulig, erdig. Raidinger kam an moosbewachsenen Steinmauern vorbei, Überreste von Wirtschaftsgebäuden und Außenanlagen der verfallenen Burg. Eine feste Brücke überspannte einen tiefen Graben, wird früher eine Zugbrücke gewesen sein, und besser nicht zu nah an den Rand gehen und hinuntersehen ins Tief-Verwachsene. Noch eine

Brücke, der nächste Graben, dann war Raidinger im Innersten der Anlage, staunte über deren Ausdehnung und darüber, wie gebaut worden war damals. Wird der Klerus sein Scherflein dazu beigetragen haben, dass nicht zu viel gemurrt worden war unter den leibeigenen Bauern im Hand- und Spanndienst für ihre Lehnsherren, dachte Raidinger. Gebt dem Kaiser, was des Kaisers ist.

Kinderstimmen zwitscherten in den Mauern und Kellern und Luken, in den grasbewachsenen Höfen und der ehemaligen Kapelle, deren Wände dachlos in den Himmel ragten. Auf den Stufen, die zum Bergfried führten (ein riesiger, zerbrochener Zahn), saßen zwei Frauen, eine ältere, eine jüngere. Ob er hinauf möchte?

„Wie bitte?" Raidinger war mit dem Kopf im Nacken dagestanden, schwindlig allein vom Anblick der Höhe. Die jüngere Frau hielt ein kleines Döschen in der Hand, drückte ihre Zigarette darin aus, klappte es zu und verstaute es in ihrem Rucksack. „Ob Sie auf den Turm wollen", wiederholte sie. „Ein Stück weit geht es ja." Und dass im uralten Stiegenhaus, in dessen meterdicken Mauern, schmale Fensterluken wären, ganz original, wie im Mittelalter. Es sei sehr interessant, sagte sie.

„Das glaube ich gerne", antwortete Raidinger freundlich. Dass ihm die Vorstellung genügte, sagte er nicht. Er wolle sich vorher umsehen, er sei zum ersten Mal hier.

Er müsste ohnehin warten. Einige Schüler waren mit dem Lehrerkollegen oben, die letzte Gruppe für heute. „Die anderen haben wir durch", sagte die ältere Lehrerin und stand auf. Klopfte sich den Staub vom Rock. „Ich kenne hier jeden Stein. Was glauben Sie, jedes Jahr mindestens mit zwei, drei Klassen. Heimatkunde."

Ergab sich kein nettes Geplauder. Begann ein Rufen und ein Gesuche, ein Abzählen, ein Fragen, wo denn dieser sei und jener, während vom Turm ein Geschnatter sich nach unten bewegte; es wurde lauter, kamen die Kinder ins Freie, es wurde leiser, verschwanden sie hinter den intakten Mauern. Wie eine Girlande, die sich um den Bergfried windet, dachte der Pfarrpraktikant, der verhinderte Schornsteinfeger, die väterliche Enttäuschung. Eine Girlande unbeschwerter Kindheit. Und dass es so etwas gar nicht gibt, dachte er. Dass das ein Lug sei. Jede Kindheit trägt die Last der Erwartungen der Eltern.

Raidinger sah die Schüler und sah sie so: Du willst Bäcker werden und wirst Schuster. Du träumst von einer Buchdruckerlehre und musst daheim den Hof übernehmen. Du willst Musiker werden, aber der Vater ist Notar und hat seine Kanzlei auf den Kriegstrümmern errichtet, und du kannst nicht die Eltern im Stich lassen.

„Wie bitte?“, fragte Raidinger. War angesprochen worden zum zweiten Mal. Die jüngere Lehrerin stand neben ihm. Sie trug schmale Hosen, dreiviertellang, um die Schultern hatte sie sich einen hellen Pullover gelegt, eine Sonnenbrille steckte im Ausschnitt ihrer Bluse; sie mochte der Schwarm der Buben sein, hatte Ideale und war erst im zweiten oder dritten Jahr ihrer Lehrerinnentätigkeit. Raidinger musste sich zwingen, der jungen Pädagogin, deren zum Pferdeschwanz gebundenen Haare hin und her wippten, zuzuhören. „Das wäre uns eine große Hilfe“, sagte sie, und dass sie wüsste, wen sie vor sich habe. „Sie sind der Pfarrpraktikant beim Dechant Genzl in Eferding“, sagte sie, gab ihm die Hand und stellte sich vor.

Hatte Raidinger ihren Namen aber gleich wieder vergessen. Weil im Turm. Ob er nachsehen könne? „Wonach?“, fragte Raidinger und füllte sich ihm der Magen mit Angst. „Na, nach der jungen Frau, von der ich gerade gesprochen habe.“

Raidinger: „Die junge Frau …?“

Lehrerin: „… mit den verweinten Augen.“

Raidinger: „Und die ist …?“

Lehrerin: „… in den Turm gestiegen, wir glauben halt, die hat was.“

Raidinger: „Und was soll sie …?“

Lehrerin: „Also, wissen Sie!“

Hatten sich die Gruppen schon zum Abmarsch formiert, aber im Bergfried saß, auf den nicht zerbrochenen Stufen, im steindunklen Gang, eine junge Frau mit verweinten Augen, hatte geschluchzt beim Vorbeigehen an den Lehrerinnen, hatte abgewunken auf die Frage, ob sie Hilfe brauche, sich bedankt, aber nein, alles gut. Und nichts war gut.

Nur, dass ein angehender Geistlicher anwesend war, das war ein Glück, man hätte nämlich keine Zeit mehr, habe die Zeit überhaupt übersehen, müsse sich schleunigst auf den Weg machen. Die junge Lehrerin tastete nach ihren Zigaretten. „Aber nun, da wir wissen, Sie kümmern sich, können wir beruhigt gehen.“ Sagte sie. Ließ die Zigaretten, wo sie waren, verabschiedete sich. Rief den Kollegen zu, ja, der Herr Pfarrpraktikant wolle hinauf und ja, das würde er sicher sofort machen. Und als sich der Lärm entfernte, aus dem Burggelände hinaus und die Serpentinen durch den Wald zum Fuß der Schaumberger Leithen hinunter, wo vielleicht ein Schulbus wartete oder der Zug genommen werden würde in der nächsten Ortschaft. Legte sich ein anderes Gefühl in die Stille, ein Gerücht, ein mögliches Unglück.

Wetter

Wer Angst hat, darf nicht lange zögern. Auch Raidinger kannte den Rat, aber was nutzte er, lähmt einem die Angst die Beine. Er stand am ersten Absatz der Stiege, die den Bergfried hinaufführte, und freundete sich mit den kühlen Mauersteinen an. Legte beide Hände darauf. Versuchte, sich mit geschlossenen Augen den Geruch einzuprägen, den Steingeruch. Mehr als dreißig Meter ragte das, was vom Turm übrig geblieben war, in die Höhe, und irgendwo in ihm saß ein Leid. Musste nachgesehen werden, damit nichts geschah. War seelischer Beistand zu erwarten von einem, der Pfarrer werden sollte.

„Hinauf", sagte Raidinger. „Du kannst das. Geh." Befahl er sich. „Geh!" Eine Stufe nach der anderen, immer zur Wand gedreht, sich mit beiden Händen am Geländer festhaltend. Atmete auf, kam er zu den intakten Passagen der alten Stiege. Beidseitig dicke Wände, schmal der Gang, und eine gute Enge war das. Kam er an einen der offenen Teile – dem Turm war vor über hundert Jahren (so stand es auf einer Tafel) der Nordteil abgebrochen –, wo Raidinger auf das hölzerne Gerüst treten musste. Und sicher war es solide und hatte schon tausend Menschen ausgehalten. Dann war Raidinger überzeugt, der Tausendunderste zu sein und schwer über das Maß noch dazu, und jetzt und jetzt würde alles zusammenfallen und der Turm endgültig zerbrechen und ihn und die junge Frau in seinen Trümmern begraben.

„Geh!", befahl er sich wieder, legte sein Schicksal in die Hände, ja, in wessen. Und ging, gegen die Übelkeit ankämpfend und gegen das Blei in den Gliedern und gegen den Schwindel und den Drang, sich hinzusetzen, sich hinzulegen, oder aber auf allen vieren zu kriechen.

Im letzten, im obersten Abschnitt des begehbaren Teils des Bergfrieds stützte Raidinger sich an den Wänden des schmalen Gangs ab und versuchte, im Dämmer die nächsten Stufen zu erkennen. Sie waren von unterschiedlicher Höhe, und er wollte nicht stolpern. Grünes, waldgefärbtes, schwaches Licht kam aus einer Luke, durch die sich nur ein unachtsames Kind oder eine schlanke Person mit Vorsatz zwängen konnte. Aber waren ein Schluchzen und ein Lachen zu hören, eine Mischung aus beidem, und eine Stimme, die er kannte.

„Susanne?", fragte er und blinzelte. Gewöhnten sich die Augen an das Dämmerlicht. War darin ein Mensch mit einem tränennassen Gesicht. Saß ein paar Stufen über ihm, dieser Mensch, stand auf und kam zu Raidinger herunter.

„Ich wollte einen klaren Kopf bekommen", sagte Susanne, die junge Kellnerin vom Kirchenwirt in Eferding. Jene, die Raidinger an seinem ersten Tag in der Stadt die Augen zugehalten hatte und die ihm seither oft das Essen servierte. „Wie du die Gewürze erraten hast mit der Nase", sagte sie. Kamen ihr auch andere Bilder in den Sinn, von denen sie nichts erzählte. Damals der Mutter nicht und heute nicht dem dicken Pfarrpraktikanten. Von einem schwarzen Fahrrad und einem Hans, der in seiner Wut. In seiner Mannhaftigkeit. Und wie er sich dem *Dschomba* gestellt hatte. Dachte sie. Und dass sie den Serben auf den Tod nicht ausstehen konnte.

Susanne pflückte einen Grashalm und kaute darauf herum. „Schau, hier ist Schatten, da sitzt es sich besser. Oder ist dir die Bank auch zu hoch?" Wischte sich die vom Weinen geschwollenen Augen und rückte zur Seite. Sie hatte dem zitternden Mann aus dem Bergfried geholfen, hatte ihn an seinen weichen Händen genommen, ihn geführt und nach seinem Vornamen gefragt. Ihm Stufe für Stufe angesagt. „Jetzt kommt ein tiefer Schritt, Thomas, jetzt kommt ein Stück im Freien."

Sie saßen in einem der Innenhöfe der Burgruine. Hollunderstauden, junge Weiden und große Disteln dort, wo früher Herrschaft, Ritter und Gesinde gehaust hatten. Bald war überall Schatten, waren Wolken aufgezogen; dunkelgrau, was gut war, sagte Susanne, denn gelb hätte Hagel bedeutet. „So bedeutet es ein Gewitter“, erwiderte Raidinger, der sich wunderte über die Ruhe der jungen, mädchenhaften Frau, von der er befürchtet hatte, sie würde.

Aber sie saß da mit dem Grashalm im Mund, als wäre nichts. Als wäre es nicht an der Zeit, sich auf den Heimweg zu machen. Es blitzte aus den sich hoch auftürmenden Wolken. Raidinger zählte die Sekunden bis zum Donnerschlag. Er wollte aufbrechen, aber traute sich nicht, das Leid hier zurückzulassen, denn wer weiß. Er überlegte. Sollte er es aussprechen?

„Ich tu mir nix an“, sagte Susanne frei heraus. Unbekümmert. So wie man sagt: „Ich bleib heut daheim.“

Raidinger: „Aber der Turm, und die Lehrerinnen, die hatten alle Angst, dass.“

„Ich tu mir nix an“, wiederholte sie. „Und von den Lehrerinnen hab ich die eine, die Alte, in der Schule gehabt.“ Sie spuckte den Grashalm aus. „Ein böser Kramp’n. Wegen der hab ich viel g’heult, und nicht ich allein.“ Wieder blitzte es und zählte Raidinger. „Das Wetter kommt näher“, sagte er. „Wennst nicht so feig wärst, dann könnten wir es uns von dort oben anschauen“, antwortete Susanne und sah zu den Stufen, über die man auf die Ringmauer kam. „Aber da geht’s halt auch tief runter.“ Sagte sie. Und gleich drauf: „Ich mein’s nicht bös.“

Erzählte, dass sie als Kind immer rausgelaufen war, hatte sich ein Gewitter angekündigt. Um die Blitze zu sehen. Sie war im Sturm so lange draußen geblieben, wie es ging. Im Sturm zu laufen und die Arme dabei auszubreiten. „Hast das mal gemacht? Das ist wie fliegen.“ Raidinger sah das

Sturmkind in der Frau schimmern, sah, wie jung sie war, ein Mädchen noch eher, staunte über die Veränderung. Das war ein stärkerer Zauber als Wein zu Blut und Brot zu Leib. Aber diese Wandlung hier: eine Trostlose in ein leuchtendes Wesen. (Gott vergib.)

Fragte, um etwas zu sagen, um aus dem Staunen nicht ins Schweigen zu fallen: „Und die Eltern? Haben die sich keine Sorgen gemacht um dich?“ Susanne schüttelte den Kopf, streckte die Hand aus, um die ersten Regentropfen zu spüren. „Die Mutter hat geschimpft. Aber oft hat sie es gar nicht bemerkt.“ Und Vater habe sie keinen, der wär. Brach ab. „Ist er im Krieg geblieben?“ Fragte Raidinger. Sind so viele im Krieg geblieben. Oder in der Gefangenschaft. In Lagern wie in dem von Deinham.

Der Vater sei ihr nicht bekannt, sagte Susanne. Und dass ihr das auch lieber wär. Die Mutter habe ihr nur verraten, dass der Vater ab und zu Geld schicke, dass das so mit ihm vereinbart wäre, weil. „Der hat schon eine Familie. Der braucht uns nicht. Dem sind wir ein Klotz am Bein“, sagte sie, ohne bitter zu klingen. „So schwer wie die Kanonenkugeln dort.“ Zeigte auf die zu einem Haufen geschichteten Steinkugeln. Munition für Steinbüchsen, verwendet im vierzehnten und fünfzehnten Jahrhundert. Wusste Raidinger noch aus dem Gymnasium. Wollte es sagen, aber wichtiger war, dass der Regen stärker wurde, dass die Tropfen Flecken in das helle Grau der Kugeln tupften, dass es grollte über der Burg und dass Susanne wieder seine Hand nahm und ihn von der Bank wegzog. „Schnell“, rief sie, und sie rannten zum Eingang der Burganlage, wo sie im Trockenen warten würden.

„Es dauert nicht lang“, sagte Susanne, die Raidingers Hand nicht losgelassen hatte während des Laufens. Sich das nasse Haar glatt strich. Raidinger keuchte, suchte seinen Atem, war dem Flinken nicht gewachsen. „Bis das

Gewitter vorbei ist?", fragte er und wünschte sich die Hand zurück.

„Nein. Dort." Auf der anderen Seite der Brücke stand die Gerichtslinde, vor fünfhundert Jahren gepflanzt, hieß es, waren Urteile gefällt worden und hatten Schwerter Köpfe abgehauen, und boten Linden einen guten Schutz vor Gewittern, sagte der Volksglaube, aber auf nichts davon wollte Susanne hinaus. Sondern: „Dort, ich wusste es." Blieb ein Auto stehen, war das ihres Nachbarn, war mit der Mutter gekommen, um das Kind, das Windkind, das Sturmmädchen heimzuholen. „Die alte Hexe, die Lehrerin, hat es ihr gesagt. Wär die nicht gewesen." – „Was dann?" Raidinger rüstete sich, durch den schweren Regen zur Linde zu laufen, sicher würde er mitgenommen werden, würde darauf bestehen.

„Was wäre sonst passiert?", fragte er. „Nix", sagte Susanne. Lief los, blieb stehen, wartete, bis er ihr folgte. „Fahrst mit!", schrie sie durch den Regenvorhang, übertönte das Donnern beinah ihre Stimme, und zur Mutter: „Ich komm schon, Mutter, brauchst nicht alles glauben, was man dir erzählt."

Hahn

Dragan hatte im Wald in einem Unterstand auf das Ende des Gewitters gewartet. War im trockenen Laub gesessen, in der Nähe des verfluchten Hochstands, von dem aus ihn Hans Reinanker hätte erschießen können am frühen Morgen. Wäre der nicht so besoffen gewesen. Besoffener als Silvester, der nicht mehr auf der Pritsche schlief, als Dragan zurückkam und sah, dass die Hütte leer war. Die Decke ordentlich gefaltet, die Fenster geschlossen vor dem Wind.

Drei Äpfel lagen neben der Goldkarte auf dem Regal. Zwei davon nahm Dragan in die Hand und drehte den dritten so, dass er seine schönste Seite zeigte. Rot und Gold, dachte er. Der Mutter hätte es gefallen. Der Gedanke ließ sich nicht einfach verscheuchen. War ein Auftrag zu erfüllen, hatte der Mutter versprochen, den brate, den Bruder zu suchen und zu finden, und dann hatte sie die Augen zugemacht und ihre verbrannten Hände sich an die Seite gelegt und die verbrannten Lippen zu einem verzerrten Lächeln geschlossen und war gestorben. „Moja draga mama“, murmelte Dragan, und nein, an die Schwestern, die beiden Mädchen in ihren leichten Kleidern, an den Geruch von verbranntem Haar würde er jetzt nicht denken. Müssen Erinnerungen rationiert werden wie Vorräte.

Glitzerten die Tropfen auf den Kreuzen und im Gras, war Zeit, auf dem Soldatenfriedhof, den sie hier Serbenfriedhof getauft haben, herumzugehen, sich ein Grab zu suchen, auf das ein Apfel gelegt werden sollte als Gabe, als späte Wegzehrung, und war nicht lang zu überlegen: Die fünf jungen Italiener, darunter dieser Adolfo Bragari, der im selben Jahr geboren war wie Silvester Moor und dessen Todestag sich heute, an Silvesters Geburtstag, jährte.

Stand dort, Dragan. Biss in einen der Äpfel, bevor er den zweiten unter das Kreuz legte, das sich Bragari teilen musste mit vier Kameraden. „Musst dir auch den Apfel teilen“, sagte Dragan kauend. „Hätt ich mehr, würd ich dir trotzdem nur einen geben. Esst nicht viel, ihr Toten, oder?“ So ein Apfel reiche für fünf Luftsoldaten, und beim nächsten Mal würde er ihnen einen Paprika bringen.

„Dragan! Dragan!“ Er richtete sich auf, sah Lottes Buben, Matthias und Peter, mit einer Kiste in der Hand auf ihn zukommen. Dachte an die Kiste unter der Hecke, an den Fuchs, dessen Steifigkeit sich bald verlieren würde und dessen Pfoten ihm an die Seite sinken. Und deutete den Buben, zu bleiben, wo sie waren. „Matija, Pera, wartet“, rief er und ging zu ihnen. Langsam, zum Ärgernis des Jüngeren, dieser Murmel, vor Ungeduld herumhüpfend und auf die Kiste in den Händen des Älteren zeigend: „Wir haben ein Geschenk für dich, von Silvester.“

Ein junger Gockel war es, ein schöner Vogel mit prächtigem Gefieder, einem rotgeschwellten Kamm, kleinen, bösen Augen und unter dem Schnabel große Kehllappen. Dragan hatte ihn aus der Kiste gehoben und hielt ihn vorsichtig fest. Silvester, so erzählte Matthias, ruhig und wortkarg wie immer, war ihnen auf der Straße begegnet. Sie sollten mitkommen und ihm, Dragan, den Hahn bringen. Weil er keinen Wachhund habe auf dem Friedhof. Und weil er Bonnie nur mehr selten zu sich hole, die träge geworden war, hatte ihr das Gift den Giftzahn gezogen. Lag den ganzen Tag mit grauer Schnauze beim Dechant, wich Genzl bei dessen mühsamen Spaziergängen, seinen kurzen Runden durch die Stadt, nicht von seiner Seite.

Dragan klemmte sich den Vogel unter den Arm und befühlte mit der freien Hand seine Klauen. Der Sporn über der Hinterzehe war noch weich, trotzdem: „Gut, dass der psić nicht da ist. So ein Hahn kann einen Hund arg verletzen, noch dazu, wenn der Hund ihm grad an die Brust reicht.“ Warum Silvester ihn weggegeben hat? Denn ja, einen zuverlässigen Wächter könne er immer gebrauchen, aber dennoch.

Dass er sich nicht mit Silvesters Hahn vertrage, sagte Matthias. Der junge Gockel müsse weg, der alte noch eine Zeit lang seine Pflicht erledigen. „Welche Pflicht meint er?“, fragte Peter, Matthias und Dragan lachten und Peter, Pera, die Murmel, wurde rot.

Der Hahn wurde zu den Hennen gesetzt, die erst auseinanderstoben und dann dem Herrn im Haus zeigten, wer die Hosen anhat im Hühnerstall. Was lustig aussah und ablenkte von den Unregelmäßigkeiten. Ein wenig Gnade an diesem ungnädigen Tag. Ein wenig Freude.

Bis zum Abend geschah nicht mehr viel, kam kein Gendarm nach Deinham oder ein anderer, um sich zu erkundigen, ob Dragan der Wilderer sei. Richtete er eine Tasche voller getrockneter pečurke, Eierschwammerl und Herrenpilze. Ein Geschenk für Silvester, zum Rösten in der Pfanne, ein paar Zwiebeln dazu, vielleicht zwei, drei Eier drüberschlagen, fertig. Muss man am Abend keine Umstände machen.

Die Buben trainierten, Matthias eifriger, Peter weniger eifrig, weil er immer wieder zum Gockel laufen musste oder zum Hornissenteller. Dragan mahnte ihn, Abstand zu halten. Wespen wie Hornissen schienen nervös zu sein, wie vor einem Gewitter, dabei war gerade erst eins gewesen.

Ein, zwei, drei Männer fuhren auf Fahrrädern vorbei und schauten. Ein altes Ehepaar tuschelte im Vorbeigehen. Der Hofinger-Bauer, der eine Fuhre Grünfutter für seine Kühe einbrachte, grüßte vom Traktor herunter. Klärte sich die Lage im Hühnergehege. Kehrte Ruhe ein mit dem Längerwerden der Schatten und die Buben verabschiedeten sich. „Bis morgen“, riefen sie, und dass dem Hahn noch ein Name fehlte. Er würde sich einen überlegen, antwortete Dragan und sah den beiden nach. Lauschte den Geräuschen, die um diese Zeit leiser wurden, und denen, die sich verstärkten.

Galgen

Vier Hennen hatten dran glauben müssen. Vier seiner besten, schönsten Hennen hatte Silvester Moor anlässlich seines sechzigsten Geburtstags den Hals umgedreht. Dragan schüttelte im Heimgehen den Kopf darüber. Würden ihm die Eier nicht fehlen? Wo er sie doch brauchte für den Verkauf. Sonst war der Mann so sparsam. Na, soll er sich nichts gönnen?

Dragan trug, in Zeitungspapier eingewickelt, die Überreste eines ganzen Brathendls mit sich, hatte Silvester gemeint: „Wenn du die Teile zusammensetzt, kann sein, es fängt zu gackern an. Da fehlt nix." Außer das Herz und das Hirn, dachte Dragan und hob das Paket an die Nase: Es roch gut. Das Papier fettete sich. Zu den Hendln hatten sie die von ihm gebrachten Pilze gegessen, mit Speck und Zwiebeln geröstet. Wäre ein Essen gewesen für sieben, acht Leute, waren aber einzig die zwei Zimmergäste da (ein Vertreter und ein Handwerker) und Dragan und Silvester, und der eifrig um alle bemüht und kaum auf seinem Platz zu halten. Geschweige, dass er selbst richtig zugegriffen hätte. „Esst, esst", forderte er wiederholt, und „trinkt, nehmt, fragt nicht. Nehmt, so viel ihr haben wollt."

Fehlten vier Hennen zum Eierlegen, war der alte Hahn im Hühnerstall verwirrt? Krähte zur Unzeit. „Freut er sich, dass er den jungen Gockel los ist, dass ich ihn auf den Serbenfriedhof zu Dragan geschickt hab?", hatte Silvester zu spekulieren begonnen. „Oder er vermisst ein paar Hendln", war die Antwort des Vertreters gewesen, er hatte sich den fettigen Mund gewischt, und der Handwerker drauf: „Der ist froh, dass er sie los ist." Hatten gelacht und Silvester am lautesten und Dragan nur gelächelt.

Jetzt, auf dem Heimweg, lächelte er nicht. Es war eine gute, eine laue Sommernacht, der Mond nicht mehr ganz voll, ab und zu schob sich eine Wolke leicht über ihn, zog weiter, schrie ein Käuzchen sein „Ku-witt! Ku-witt!“ und würde es diejenigen, die wach in ihren Betten lagen, gruseln. Würden beim Frühstück erzählen, dass sie den Totenvogel gehört hätten weit nach Mitternacht und sich darüber wundern, wie lang die Märchen der Alten nachwirkten ins Erwachsenenleben hinein.

Aber noch war Nacht und ging einer nicht über die Felder, um ein versunkenes Lager abzumessen, ging über die dunkle Landstraße. Raschelte es um ihn, waren Katzen, war Wild auf den Feldern, war eine Bache im Auwald und fehlte ihr ein Frischling. Unter einem mannshohen Strauch, der am Straßenrand seine Blattarme ausstreckte und die Blätter wie schwarze Federn, schnaufte es laut. Ein Igel lief Dragan knapp vor die Füße, war kaum auszumachen. Dragan hob das Bein, hatte das Bein schon gehoben, hatte schon ausgeholt und ließ es bleiben. Hockte sich hin stattdessen. Glänzten schwach die Knopfaugen in dem bisschen Mondlicht. Der Igel schnupperte spitz, roch das Hühnerfleisch. Und bekam seinen Teil. „Hier kommst her, Kollege“, sagte Dragan.

War gut die Nacht, besser als das Sitzen beim Kleinhäusler, mit den beiden Fremden, die sich den Bauch vollgeschlagen hatten auf Kosten ihres Zimmerherrn. Der sie eingeladen hatte, der aufgetischt hatte, als müsste er seine nicht gefeierten Geburtstage nachfeiern. Was er erzählte, als er selbst genug getrunken hatte, dass er seit Jahren nicht, seit damals nicht, seit dem Tod der Frau nicht, weil sie hätte nämlich. Ihm einen Geburtstag bereitet jedes Mal anders. Sich immer etwas einfallen lassen. Tage vorher schon in Vorfreude gestrahlt und war ein Geheimnis gewesen und sogar die Mutter und der Vater hatten mit der Frau, der Schwiegertochter, geflüstert und waren verstummt vor ihm, aber hatten gelacht dabei und gesagt:

Warte, Silvester, warte, Augen wirst machen. Oder: Heuer gibt's nichts Besonderes, heuer gibt's bloß ein trockenes Stück Brot. Und immer war's besonders gewesen.

„Was ihr alles eingefallen ist“, hatte Silvester erzählt nach dem siebten Schnaps, oder war es der neunte, und hatten der Vertreter und der Handwerker glasige Augen und die Lider halb geschlossen im Suff, aber hatten zugestimmt: „Hast eine Gute erwischt, Silvester Moor.“ Und der nickte und trank weiter und jammerte, er hätte sich mehr überlegen können, hätte sich nie genug bemüht, ihr auch eine Freude zu machen. „Aber, aber in meinen blöden Schädel“, er hatte begonnen, sich mit der Faust an den Kopf zu schlagen, wurde immer heftiger dabei, „aber in diesen blöden, sturen Holzschädel geht nix rein, da geht nix rein und nix raus!“

Dragan, der kaum getrunken hatte, den das Gefühl nicht verließ, dass es besser wäre, nüchtern zu bleiben an diesem Abend. Dragan hatte über den Tisch nach Silvesters Faust gegriffen. „Hör damit auf.“ Hatte dem Vertreter und dem Handwerker über die enge Stiege hinauf in ihre Zimmer geholfen, unten Silvesters Bettbank gerichtet, den weinenden Mann gezwungen, sich das Gesicht zu waschen, Wasser zu trinken, sich hinzulegen, auf der Seite zu liegen, falls ihm schlecht würde; und das nicht, hatte Silvester gesagt. Es ginge schon wieder. Schlafen wolle er und: „Danke, Dragan.“ Hatte ihm die Hand gedrückt, sich umgedreht, zur Wand gedreht wie in der Hütte. War eingeschlafen; und Dragan war leise gewesen beim Aufräumen, war nicht mehr viel, hatte Silvester zuvor schon die Reste von den Brathendln verpackt, alle Schüsseln verräumt, war wie einer, der weiß: Steh ich still, denk ich nach.

Der Igel fraß und Dragan ging weiter. War gleich daheim und alles ruhig. Schloss zögernd das Gatter hinter sich und wusste keinen Grund für sein Zögern. Leichter

Dunst lag über dem Friedhof und leuchtete wie von innen heraus, wenn keine Wolke. Vor dem Mond. Dragan verstaute das Fleisch, prüfte, ob der Hühnerstall verschlossen war. Wusch sich am Brunnen, stand mit nassem Gesicht, bildete sich einen Fuchs ein beim Zaun zu den Feldern. Die unbewegt waren. Keine Zeichen zeugten von einer Vergangenheit. Konnte aufatmen, der Serbe, sich schlafen legen, schlief.

Und fuhr auf aus dem Schlaf. Saß mit einem Mal hellwach auf seiner Pritsche in der stockdunklen Hütte. War ihm, als wäre. Etwas an einem der Fenster vorbei. Klopfte ihm die Angst in der Brust und war das Herz und schlug zum Hals und krähte der junge Gockel laut und dauernd und hörte nicht auf. „Silvester", sagte Dragan, schlüpfte in Hose und Schuhe und wusste, er hatte es übersehen.

War schon zur Tür und zum Friedhof hinaus, das Gatter blieb offen, lief vorbei an allen keuchenden Igeln und allen schwarzgefiederten Sträuchern zum Haus des Kleinhäuslers, weil: Der war gewesen wie einer, der sich auf eine Reise vorbereitet. Der seine Freunde einlädt und sagt: Esst! Dort, wo ich hingeh, kann ich es nicht mitnehmen. Soll nicht verderben. Wie einer, der seine Sachen ordnet und alles gut zurücklassen will und niemandem eine Arbeit machen. Der keine Eier mehr verkauft, keinen jungen Gockel brauchen kann, seine Bienenstöcke aufgehoben weiß bei einem andern, der.

Dragan lief und lief und stolperte und fiel und lag und starrte in den Himmel, kein Anzeichen von einem Morgen. Trieben nur die Wolken, und wie schwach die Sterne waren. (Draško, schau. Hatte der Alte an der Save gesagt. Waren am Ufer gelegen, nebeneinander, war auch Nacht gewesen und hatten Mutter und Pavle nach ihm, Draško, gerufen und gesucht am falschen Ort. Und war ein Stern gefallen, hatte der Alte gesagt: Schau, dein Bruder.)

Kam Dragan eine Ahnung an, auf der Landstraße liegend, auf dem vom späten Sommertag noch restwarmen Asphalt. Er riss sich in die Höhe, hatte sich beim Stürzen den Knöchel aufgeschlagen, aber: Schmerzen konnte er nachher haben. Zurück zur Hütte, stob die Welt vor ihm auseinander, machte ihm Platz, das Gatter stand nach wie vor offen, Dragan griff sich die Axt vom Hackstock und umfasste Silvesters Beine, balancierte dieser mit den Zehenspitzen auf der Sessellehne, wo hatte er den fragilen Sessel her, die Arme ausgestreckt, ein Traumtänzer, ein Seiltänzer, um Balance ringend, aber war das Seil nicht unter seinen Sohlen, sondern lag ihm eng um den Hals, würgte ihn, und Dragan hob den schmalen Leib, hackte mit der Axt auf den Galgen ein, hackte ihn – Silvester mit der Linken haltend, ihn stützend so gut es ging –, hackte den Galgenbaum um und ärgerten sich die Menschen in der nahen Siedlung, die nicht einschlafen konnten nach dem „Ku-witt!" des Totenvogels, ärgerten sich über die Unart, mitten in der Nacht Holz zu hacken, als wäre das rhythmische Schlagen auf den Boxsack zur Unzeit nicht genug gewesen und hatte man gehofft, auch diese Anwandlungen hätten sich gelegt.

Und legte sich das Hacken, krachte und knirschte es kurz und war es still bis auf das „Ku-witt!", „Ku-witt!", bis auf das Krähen eines Hahns, wem zum Teufel mochte dieses Mistvieh gehören und es gehörte Dragan Džomba, der Silvester, den Kleinhäusler, den Einfältigen, neben den Boxsack in die schon taufeuchte Wiese legte.

Jetzt muss weitererzählt werden, jetzt sollen die beiden Männer nicht allein bleiben auf dem Friedhof, der hier von allen nur „Serbenfriedhof" genannt wurde und wird, und auf dem neben den fünftausenddreihundertzweiundsechzig Serben auch vierhundertzwanzig Italiener, hundertvierzig Russen, vierundsiebzig Unbekannte, fünfzehn Österreicher, sieben Albaner, sechs Rumänen, ein Franzose, und, im

Zweiten Weltkrieg dazugekommen, weitere eintausendsiebenundzwanzig russische Soldaten eine letzte Ruh gefunden haben sollen, die keine war und keine sein konnte.

Jetzt muss weitererzählt werden, muss hingeschaut werden, wie sich ein Kreis bildete im ziehenden, im vom Mond geworfenen Licht, wo jenes Geisterheer, das Dragan Džomba spürte bis auf den Knochengrund, und das er fürchtete und brauchte, um darin den Bruder zu finden. Wo dieses Heer aus Luftgehauchten sich um die beiden Männer scharte, und ein Flüstern kam und war wie Wind in den Bäumen, ein Blätterrascheln, aber täuschte Dragan nicht. War ihm alles deutlich. Kniete beim Freund, hielt ihn so, dass er atmen konnte, falls er es noch konnte, und wusste nicht, was tun. Sah Reihen von Stiefeln, lösten sich die Reihen auf, kamen zurück ins Halbfeste. Beugten sich mit ihm andere (Durchscheinende) über Silvester und drängten und wollten sehen, und fing er wieder an, dieser Rumor auf den Feldern, dieses Bröckeln und Rollen von Erde und das Schieben der Baracken.

Dragan hatte ihn rechtzeitig gefunden, aber Silvester atmete zu flach. Nahmen ihm die Soldaten den Raum und einer streckte seine Hand aus und wollte sie ihm auf die Brust und Dragan schrie und wischte hin zu dieser Hand und durch die Luft natürlich, war ja nichts zu greifen, und wich das Ungreifbare zwar zurück, aber schrie Dragan, um Hilfe schrie und brüllte er.

Jetzt muss weitererzählt werden.

Wie Silvester Moor sich mühsam an den Hals griff, dort, wo sich ein roter Striemen abzeichnete, ein rotes Mal. Wie Silvester Moor ebenso mühsam den Mund öffnete und seine Stimme suchte und klang wie ein Krächzen, so leise, dass alles verstummte. (Und Blätter können nicht stumm werden. Muss erst der Wind sich legen.) Still war es, lauschte die Versammlung der Siebentausend. Silvester berührte Dragans Arm, zeigte dann zu einem der Kreuze. „Dort", krächzte er und musste arge Schmerzen haben beim Sprechen, „dort hättest mich hintragen sollen, hättest halt ein wenig gewartet." Er versuchte zu lachen und lachte es vereinzelt auf in den Stiefelreihen. „Dort wär Platz gewesen für einen wie mich und", wieder schluckte er und griff sich an den wunden Hals, „vielleicht hätten sie mich hier bleiben lassen, die."

Und verstummte, war ihm die Kraft ausgegangen, aber hingen seine Augen, hing sein Blick an Dragans Gesicht und der hielt dem Blick stand. „Hättest was gesagt", sagte Dragan, nachdem er seine Stimme gefunden hatte, die normale, nicht das Gebrüll, das ihm die Kehle verlegte. „Hättest vorher Bescheid gegeben", sagte er und drehte den Kopf, sah den zerborstenen Galgen neben dem Brunnen liegen, wo er umgefallen war nach dieser Mordsanstrengung, dieser Unmöglichkeit.

Wie hatte er das zustande gebracht? Den Balken umzuhauen, den Mann dabei zu halten, sich mit ihm, als es so weit war, das Holz mit einem Fußtritt zu brechen, so hinzuwerfen, dass der sich spannende Strick Silvester nicht das Genick brach, dann die Schlinge mit Gewalt lockernd, sie dem Bewusstlosen über den Kopf ziehend, wütend, voller Wut, voller Weltekel.

„Hättest vorher was gesagt", wiederholte Dragan, „ich hätt den Boxsack für dich abgehängt, hättest ihn nicht abschneiden müssen." Und wunderte sich, dass er das Geräusch nicht gehört hatte. „War ein Stück Arbeit gewesen", krächzte Silvester, und dass er die Klinge von seinem Taschenfeitl schleifen müsse, war stumpf, beim nächsten Mal. Und verstummte wieder, schloss die Augen. Lag mit dem halben Körper auf Dragans Oberschenkeln, hielt dieser ihn so, dass nichts ihm die Luft nehmen konnte, und strich ihm das graue Haar aus der Stirn.

Hilfe

Lange konnten sie so nicht bleiben. Aber lange blieb Dragans Vision, blieben die Luftigen, die Luftgehauchten, das Heer in Geisterstiefeln und Uniformen und Kappen und glänzenden Abzeichen an den Revers geheftet. Blinkten Medaillen und Ehrenkreuze auf wie Tieraugen, aber wurde auch diese Schau schwächer und verschwand. Die Nacht fing an, sich zu ändern Richtung Morgen hin. Hieß: Zog ein dunkles Grau ins Schwarz und hellte es nach und nach auf, zeigte sich am Himmel der Osten und krähte der Hahn ordnungsgemäß.

Ganz bald in der Früh waren eilige Schritte zu hören auf der Landstraße. Das Gatter ging auf und fiel wieder zu, der Kies knirschte und Lotte war sofort neben Dragan und Silvester, die beide vor Kälte zitterten. (Zeigte sich in den Nächten bereits der Herbst.)

Lotte brauchte nicht viel zu fragen, hatten ihr die Zeichen – der zerborstene Galgen, die Schlinge im Gras, das rote Mal am Hals Silvesters, dessen flaches Atmen – alles erzählt. „Kannst du aufstehen, Dragan?“, fragte sie. Dragan weinte. Sie ließ ihn. Wartete ein wenig, eine Hand auf seinem Arm, die andere leicht auf Silvesters Brust. Der sie anlächelte, bebten ihm die Lippen dabei. „Dragan, kannst du aufstehen?“, fragte sie wieder. Er schüttelte den Kopf. Spürte seine Beine nicht mehr. Waren taub, waren ihm eingeschlafen. „Gut“, sagte Lotte. „Dann müssen wir uns etwas überlegen.“ Sie wollte ihren Mann holen, aber der war bereits da.

Er war seiner Frau gefolgt, die im ersten Licht des Morgens aus dem Haus gelaufen war, um nachzusehen, ob nicht doch jemand beim Friedhof um Hilfe geschrien hatte mitten in der Nacht. Als die ungewohnten Geräusche sie geweckt hatten, behauptete der Mann stur, sie habe sich verhört, und wenn nicht, habe sie sich nicht zu kümmern. War auch gleich wieder still geworden. „Was willst also“, hatte er gesagt.

Aber im ersten Licht sah der Ehemann, der Vater zweier Buben, die in ihren warmen Betten schliefen. Sah er eine andere Pflicht. Und half. Stellte, wie Lotte, keine Fragen. Hob Silvester auf, trug ihn in die Hütte, legte den Kleinhäusler auf die Pritsche und ließ sich von Lotte wieder zu Dragan schicken, um ihm beim Aufstehen zu helfen. „Und dann musst du ein Feuer im Ofen anmachen, und heißes Wasser brauch ich und von daheim die große Email-Schüssel. Du weißt schon, die weiße mit dem blauen Rand. Und nimm Decken mit und Tücher und Waschlappen.“ Der Mann nickte, war wieder beim Serben, der in der Morgendämmerung verlassen und reglos in der Wiese kniete. Tränen und Rotz liefen ihm über das Gesicht, konnte nicht aufhören mit dem Weinen. Aber das Taschentuch, das Lottes Mann ihm gab, war ein Trost. Er wischte sich zitternd Augen, Wangen und Nase, und dass er es waschen und zurückgeben werde, sagte Dragan, sagte Draško, sagte leise das Kind in ihm.

Ließ sich aufhelfen und halten. Dragan Džomba humpelte, von Lottes Ehemann gestützt, in seine Hütte, wurde zum Fußende der Pritsche geführt, setzte sich, lehnte sich an die Wand. „Danke“, sagte er, „danke.“ Rieb sich die schmerzenden Beine, in denen das Blut wieder floss, und war eine unendliche Traurigkeit in ihm. So ein unendlicher Verlust.

Während ihr Mann sich um Feuer, heißes Wasser, Schüssel, Decken und saubere Tücher kümmerte, knöpfte Lotte Silvesters Hemd auf. Der Kleinhäusler lag da und ließ alles wortlos über sich ergehen, sein Zittern und Schütteln wurde immer stärker, würde ein Fieber dazukommen. „Einen Arzt werden wir brauchen“, sagte Lotte ruhig zu ihrem Mann, der dabei war, Wasser aufzusetzen, bald würde auch die Ofenwärme zu spüren sein. „Ruf den Rausam an“, sagte Lotte, „keinen anderen.“ Dann: „Dragan, du musst mithelfen. Ich kann ihn nicht allein ausziehen.“ Aber sitzen bleiben könne er, nur hier halten und dort ein wenig den Körper anheben und. „So.“

Zu Silvester: „Herr Moor, ich muss Ihnen die nassen Sachen ausziehen, alle. Es geht nicht anders. Verstehen Sie?“ Er verstand, lächelte mit Mund und Augen, schluckte und war zu sehen, wie sehr ihn das Schlucken schmerzte. „Sobald wir Sie im Trockenen haben, Herr Moor“, fing Lotte wieder an, ebenfalls lächelnd, als wäre kein Unglück knapp verhindert worden und müsste kein Mensch am Leben erhalten werden. „Dann mache ich Ihnen einen Tee mit viel Honig“, versprach Lotte, und dass das gut sei für den geschundenen Hals. „Mein Honig“, krächzte Silvester, der nun nackt unter der Decke lag und schwach zum Regal wies, wo das Glas stand, das er Dragan geschenkt hatte.

Dem wieder die Tränen kommen wollten. (Lotte wandte sich ab, sammelte die schmutzige Wäsche ein.) Dragan schnäuzte sich geräuschvoll, atmete tief. Ruckte sich wieder zusammen in ein lebendiges Wesen, in einen Mann, der zu viel erlebt hatte, um länger in rührseliger Weichheit zu bleiben. Dachte er und wusste, es war nur Vorwand, nur Fassade, was er vorzuweisen hatte.

„Dein Honig ist der beste, Silvester“, sagte er und versuchte aufzustehen. Es ging. Lotte lief sofort und hängte ihm seinen Rock über die Schultern. „Ja, den hätte ich anziehen sollen, als ich raus bin in der Nacht“, lachte Dragan, der noch seine taunassen Hosen anhatte, aber recht glauben konnte man ihm das Lachen nicht.

Als Lottes Mann zurückgekommen war und die weiße Schüssel auf den Tisch stellte, war das Wasser heiß geworden. Lotte goss etwas davon in die Schüssel, mischte es mit kaltem Wasser, suchte und fand ein Stück Kernseife und wollte beginnen, Silvesters Leib zu waschen. „Lass mich das machen“, sagte Dragan und nahm Lotte Seife und Waschlappen aus der Hand, „und vielleicht ist es besser, du lässt uns allein.“

Lotte stand unschlüssig, war geschäftig gewesen vom Herlaufen bis jetzt. Und ihr Ehemann? War hiergeblieben, hielt sich im Hintergrund, beobachtete und sah seine Frau werken und tun. „Komm“, sagte er. „Wir gehen heim, wir können beide einen Kaffee vertragen und die Buben sind auch bald wach.“ Und dann, sagte er weiter, könne sie zurückkommen, dann wäre auch der Arzt hier, Rausam hätte es am Telefon versprochen, und er selbst würde eine Kanne Kaffee für alle richten. „Die bringst du dann mit. Wenn es recht ist.“ Sagte er. Fragte er in Dragans Richtung, und ja, das war es. (Besagte der Blick von Lottes Mann: Glaub nicht, dass wir jetzt Freunde werden. Aber was zu tun ist, ist zu tun.)

Die dreckige Wäsche hatte Lotte draußen vor die Tür gelegt. Wollte sie auswaschen, wollte auf halbem Weg zu ihrem Haus noch einmal umkehren, hatte vergessen, Dragan aufzutragen, sich schnell umzuziehen, aber. Sagte ihr Mann: „Lass ihn. Es ist genug. Das ist kein Kind mehr, Lotte.“ Und dachte an die karge Nacktheit des Kleinhäuslers, und dass es seiner Frau egal gewesen wäre, ihn zu waschen wie die Buben früher, wenn sie sich angemacht hatten. Eine Bemerkung fiel ihm dazu ein, ein böses, hartes Wort. Lag ihm im Mund. Sagte aber nur: „Jetzt komm.“

In der Hütte wusch Dragan Silvesters Leib. Wusch ihn mit groben Bewegungen, rieb ihn fest ab, damit er sich wieder zu spüren begann. Ob er sich unten selbst waschen wolle, fragte Dragan, und da Silvester nicht reagierte, erledigte er auch das. „Stellst dir halt vor, du bist in einem Spital“, brummte Dragan, holte frisches Wasser und drehte den Freund auf eine Seite, um Rücken und Hintern zu säubern. „Mokraća i govna“, murmelte Dragan, und laut: „Gut, dass du so wenig gegessen hast.“ Kam sogar ein leises Lachen von Silvester, eins von der Art, die sich schwer von einem Schluchzen unterscheiden lassen, aber als Dragan ihn zurückdrehte, er hatte zuvor das beschmutzte Leintuch eingerollt und dem schmalen Mann ein sauberes untergelegt, sah er in ein fast gleichgültiges, in ein ruhiges Gesicht.

„Du bist mir einer.“ Dragan setzte sich schwer neben die Pritsche. Das war ein guter, stabiler Sessel, den er da hatte. Der Sessel, auf dessen Lehne der Tod balanciert war (dachte Dragan, war ein Bild in seinem Kopf) und der jetzt in der Wiese lag, war so leicht, stand auf so dünnen Beinen und die Sitzfläche wie geflochtenes Stroh und voller Löcher. „Hätt ich mich draufg'stellt, wärst weg. Aber dein Gewicht hat er getragen. Weißt, was ich mein?“ Silvester nickte. „Ist gut“, krächzte er und schluckte. „Was?“ – „Dass d' mich g'funden hast rechtzeitig.“ – „Ah, doch. Na ja.“ Dragan fuhr sich mit der Hand über die Augen, ließ den Kopf im Nacken kreisen, seufzte. Stützte seine Arme auf den Oberschenkeln ab, legte das Gesicht in die Handflächen. War bleischwer müde. Waren es beide.

Und wachten nicht auf, als Rausam zur Hütte kam. Überhörten dessen Klopfen. Der Arzt öffnete leise die Tür, besah die Szene und dachte, er sei zu spät gekommen. So sah es aus. Eine Leiche und ein Mensch, der trauert. Aber dann bewegte die Leiche den Kopf, sah zu ihm herüber, lächelte, und der trauernde Mensch, Dragan, gähnte, streckte die Arme und stand auf. „Doktor“, sagte er und hielt ihm die Hand hin. „Gut, dass du gekommen bist.“

Diagnose

So berichtete Rausam dem Dechant vom Unglück: „Ich hab gedacht, ich komm zu einer Totenwache. Einer liegt kerzengrad und bis zum Kinn zugedeckt mit offenem Mund, wie eine Leich. Und daneben sitzt ein anderer und verbirgt sein Gesicht, als tät er tief trauern."

Rausam war direkt vom Krankenbesuch in den Pfarrhof gefahren, immerhin war Dragan eine Art Schützling vom Dechant, und bevor sich die Leute das Maul zerreißen würden. Dachte er. Weil eh schon ein Gerücht umging, der Serbe hätte gewildert. Zuerst war von einem Frischling die Rede, dann soll es ein Fuchs gewesen sein und der Frischling von einer verirrten Kugel getroffen, ein Fehlschuss, obwohl. Wusste es jeder besser und niemand etwas Genaues.

Alle schwiegen, auch Raidinger, dessen Kopf sich mit wilden Gedanken füllte. Dieser freundliche, warmherzige Silvester, dieser kleine, lebenskluge, zähe Mensch, dem bei der Imkerei die Bienen über die Haut krochen und nicht ein Mal war er gestochen worden. Dieser friedfertige Mann. Hatte versucht. Sich. Heimlich. „Warum?", fragte er schließlich und keiner der drei wusste es. Auch Rausam nicht, der verschwieg, wie er den Kranken behandelt hatte. Als Arzt natürlich mit der nötigen Distanz. Aber halt wie ein Kind. Berief sich dabei auf den Spitznamen des Mannes, der sicher nicht umsonst als einfältig bezeichnet wurde. Oder? So sah er doch aus, war er in der Stadt unterwegs mit seinen Eiern im Strohkorb und dem Gemüse im Leiterwagen. Immer ein blödes Grinsen im Gesicht und grad, dass er nicht den Hut vor einem zieht und einen tiefen Buckel macht beim Grüßen, und war er nicht auch zahnluckert? Fehlten ihm nicht drei, vier Zähne? Hatte Rausam gedacht und sich damit gerechtfertigt vor sich selbst, weil er Silvester Moor eine besondere Güte hatte zukommen lassen wollen. Die er sonst nur für Kinder und sehr alte Weiber aufbrachte.

„Na, was haben wir denn angestellt?“, hatte er den Kleinhäusler gefragt und das Handgelenk umfasst, um den Puls zu messen. Und, den roten Striemen am Hals betastend, den Adamsapfel, Silvesters Kopf vorsichtig nach allen Seiten drehend: „Tut uns das weh, das darf auch ein wenig weh tun, aber bis zum Hei…“ Hatte er angesetzt und war Dragan dazwischengegangen. Hatte dem Arztkoffer einen Rempler versetzt, sodass das ganze Ding auf den Boden gerutscht war und die Instrumente lärmig rausgefallen.

Erst wollte Rausam sich beschweren, von wegen, Džomba solle doch aufpassen und dass jetzt alles im Dreck läge. Aber dann hatte er verstanden. Ganz plötzlich und einfach hatte er begriffen, dass das kein Einfältiger war, kein Zurückgebliebener, der da unter seinen Händen die Untersuchung erduldete. Keiner, dem man sagen konnte wie einem kleinen Mädchen, dass es bis zum Heiraten wieder gut sein würde. Dem Arzt war bewusst geworden, dass bei diesem Mann nichts mehr gut werden konnte; nur lernen konnte er, mit dem Nichtguten umzugehen und weiterzuleben. Das war die einzige Option, die ihm blieb.

„Aber warum sollte er weiterleben wollen?“, fragte Rausam. Zog sich das nüchterne Gehabe des Mediziners über seine Unsicherheit, über das schlechte Gewissen, einen Mann wie einen Narren behandelt zu haben, und über die Ahnung, dass es mit seiner von ihm selbst viel gerühmten Menschenkenntnis nicht weit her war.

„Nein, wirklich“, sagte er, denn Genzl und Raidinger sahen ihn erstaunt an. „Er wird wohl einen Grund gehabt haben dafür, mit sich ein End machen zu wollen.“ Tickte die Uhr. Seufzte der Hund. Lag auf einer Decke neben Genzl, der ihn gedankenverloren streichelte.

„Haben Sie Silvester denn nicht nach dem Grund gefragt?" Das wäre doch die erste Frage an einen, der gerade. Meinte Raidinger. Aber Rausam dazu gleich: „Die erste Frage ist keine Frage." Der Arzt war aufgestanden und schritt in der Küche auf und ab, die Hände im Rücken verschränkt. „Die erste Antwort geb ich mir selbst." Kam ins Dozieren, auch das eine Flucht. Häufelte sich im Reden aus einer kleinen, runden Dose Schnupftabak auf die Daumenwurzel, je eine winzige Portion für das linke und für das rechte Nasenloch. Zog auf, wischte sich mit einem Taschentuch die Nase ab und sprach weiter. Dass er sofort beim Eintritt in ein Krankenzimmer den ersten Eindruck beurteile, die vitalen Zeichen überprüfe, dabei ein Auge auf das Umfeld habe, die Lebensumstände, die Anwesenden, wie arm, wie reich, war das Heim mager, war es fett, und – einen Einwand des Pfarrpraktikanten abwehrend – das wisse er selbst, dass der Moor nicht beim Džomba wohne. Dennoch, jedes Detail sei wichtig. Falls er, Rausam, vor der ersten stummen Anamnese überhaupt den Mund aufmache, wäre es nur für Geplauder, um den Patienten zu beruhigen, um ihn von den Schmerzen abzulenken, vor allem aber, um dem Kranken zuvorzukommen, denn davon hätten die Kirchenmenschen keine Ahnung: „Jeder kranke Mann und jede kranke Frau kommt mir mit einer selbst gestrickten Diagnose. Und das lehne ich ab." Kategorisch nämlich. Sagte er und funkelten ihm die Augen und war ihm eine Ader geschwollen an der Schläfe. Schrie fast: „Ja, bitte?", als die Tür aufging, als wäre er in seiner Ordination gestört worden, als müsse er sich ein Stethoskop aus den Ohren reißen und tatsächlich tasteten seine Hände danach.

Agnes war es. Kam herein und sah erst Rausam an, dann zum Tisch, zu Genzl und Raidinger. Hatte sich der Hund aufgerichtet, wollte hinuntergehoben werden, war Zeit, ihn ins Freie zu bringen.

„Was ist passiert?“, fragte Agnes, die in der offenen Tür stehen geblieben war.

Rausam ließ die Hände sinken. „Heut Nacht“, sagte er, „hat sich Silvester Moor, Sie kennen ihn, oder? Er hat sich umbringen wollen. Hat überlebt.“ Der Arzt schüttelte den Kopf, hob wieder die Schultern, ließ sie mit einem tiefen Atemzug fallen. „Und nein, ich weiß nicht, warum. Ich hab ihn nicht gefragt.“

Das war dann das Nächste, dass Agnes und Raidinger nach Deinham fuhren. Im Auftrag des Dechants waren sie unterwegs, er selbst konnte nicht, durfte nicht, war der Blutdruck zu hoch und der Kreislauf zu niedrig oder umgekehrt: Rausam hatte ihm abgeraten. „Bleib hier, ich geb dir etwas, ruh dich aus.“ War das Ausruhen alles, zu dem Genzl noch gut war, ihm ging mehr und mehr die Kraft verloren. Früher, sagte er, wäre er sofort aufgesprungen und hätt sich gekümmert um den armen Menschen. Hätt ihn zu sich geholt und.

Er solle sich nicht zu viele Gedanken machen, meinte Rausam. Und sich lieber hinlegen, er würde ihm ins Schlafzimmer helfen.

Genzl stand auf. Er käme von selbst die Stiegen hinauf. Aber der Hund.

Rausam: „Was ist mit dem Hund?“

Genzl: „Den nimmst mit. Der muss raus.“

Rausam: „Aber.“

Genzl: „Hast selbst einmal gesagt: Dreimal um die Kirche und eine Schüssel Weihwasser.“

Er legte dem Arzt die Hand auf den Arm. Sagte ihm, sein eigenes Gesicht ganz nah an dem des anderen: „Tu dir nix an, Heinrich. So eine Sache, so ein knapp vorbeigezogenes Unglück, das wirft den Stärksten aus der Bahn, auch wenn er nur dazukommt.“ Rausam ließ den Kopf sinken, nickte, und Bonnie ging mit ihm mit, ohne Leine und ohne Widerstand.

Trauerzug

Wir stehen vor der Haustür, die Musik ist schon zu hören. Den Anfang macht die Musikkapelle. Männer und Frauen, darunter sehr junge, marschieren in blauen Uniformen und die Kappen auf dem Kopf, und auf den Klarinetten und den Trompeten und auf allen anderen Instrumenten stecken kleine Notenhalter, und dass das gleichzeitig geht: spielen und marschieren und den Takt halten und Noten lesen.

Wir schauen zu, wie der Trauerzug die Schmiedstraße quert. Von der Kirche kommend, windet er sich heraus bei der einen Straße und um den Gasthof Zum goldenen Kreuz herum auf die Linzer Straße und biegt ab zum Friedhof. Ein Polizist hat die Ampeln ausgeschaltet und regelt den Verkehr. Alle müssen stehen bleiben und warten. Und keinen Schritt schneller. Keinen Schritt schneller. Ganz langsam muss so ein Trauerzug sein, wegen der Würde.

Unheimlich ist es, verstummt die Musik. Wenn nur der Mann mit der großen Trommel, die von einem Buben gezogen wird, dreinschlägt. Bumm. (Schritte, Schritte.) Bumm. (Schritte, Schritte.)

Nach der Kapelle, wir sehen es nicht genau auf die Entfernung, doch, es tauchen Männer in Jagdkleidung auf, das ist, weil der Verstorbene Jäger war und, wie die Mutter erklärt (steht neben uns in ihrem weißen Arbeitsmantel), seine Jagdkameraden ihm die letzte Ehre erweisen. Das letzte Geleit geben. Sie haben die Gewehre über die Schulter gehängt, beim Einzug in die Kirche damit ein Spalier für den Sarg gebildet, und, nein, nicht geschossen.

All diese Bilder im Kopf haben, dazu die letzte Ehre, das letzte Geleit, die Worte flüstern, sie ins Denken eingraben. „Aber Weidmannsheil gerufen?“ – „Und aus dem Sarg dann: Weidmannsdank?“ Sich das vorstellen, während es lacht hinter uns. Sind noch Gäste da, müssen bald zahlen, das Gastzimmer ist für die Zehrung fast fertig hergerichtet. Wollten aber auch den Trauerzug sehen, war ein bekannter Bauer. Werden viele kommen? „Genug", sagt die Mutter, steckt die Hände in die Taschen und geht hinein.

Hinter den Jägern kommen die Kranzträger, hinter den Kranzträgern kommt der Kreuzträger, hinter dem Kreuzträger geht unser dicker Pfarrer, und die Ministranten schwenken Weihrauch, in diesen an silbernen Ketten hängenden Gefäßen, die bei jedem Schwenker ein Geräusch machen.

Jetzt kommt der Sarg ums Eck, wird begleitet von sechs Männern. Dahinter alles schwarz, schwarz, schwarz. Die Familie, die Frau, die Kinder, die keine mehr sind, die Kinder der Kinder, und näher heran könnten wir gehen, aber das tut man nicht. Der Zug windet sich, und dass das ein „schöner Kondukt" sei, sagt einer der Männer und ein anderer fragt ihn, warum er so g'schroben daherredet. Und gehen hinein, austrinken.

Während sich bei der Kreuzung die Autos stauen und still sind, weil der Motor abgestellt. Dass die Trauernden am Schluss nicht schweigen, sondern sich unterhalten, sieht man an ihren Händen.

Sagt Herr Džomba. Hat eine Tasche bei sich, was ist drin? Ob er den Toten gekannt hat?

„Ja. Aber seinen Bruder hab ich besser gekannt. Den kennst du auch, Devojka." Und dass er sich auf den Weg machen wird, er habe noch zu tun. In der Tasche sind Paprika und Äpfel und zwei Flaschen Bier. „Die haben ihre Zehrung", sagt Herr Džomba, „und ich hab in Deinham die meine."

Bericht

Es staut sich alles so lange, bis es raus muss. Das habe die Pflegemutter seiner Frau immer gesagt. Flüsterte Silvester, war ihm die Stimme noch rau und weh. Krächzte, ein wenig lauter: „Staut sich auf und muss dann raus!“ Hatten er und seine Frau gelacht darüber, ein Wandtuch hatte sie, die Seinige, mit dem Spruch besticken wollen als Geschenk für die Erna Zeisig. Aber dann war Silvesters Frau gestorben. War umgefallen und tot und aus. War ihr im Hirn etwas geplatzt. „Wie hat das sein können?“, fragte der Kleinhäusler und sah Raidinger an und der senkte den Kopf.

In der Hütte schwiegen alle, die bei der Pritsche saßen und standen. Oder an der Wand lehnten wie Dragan Džomba, der sich fürchtete vor dem, was da kam. Was rauskommen musste, weil angestaut. (Der Alte an der Save, Pavles Schuhen nachwinkend, die Draško im Zorn über den Bruder ins Wasser geschleudert hatte: Alles treibt ans Ufer zurück, mein Kleiner, findet ein anderer die Schuh, trocknet sie und zieht sie an.)

Dragan ging, um die Fenster zu öffnen. Mit dem Tag war Wärme gekommen, Herbstwärme, satte Farben, Laubgeruch, und von der Au her duftete es nach Springkraut und guter Fäule. Raidinger sog den Duft ein, schloss die Augen für den Moment, wollte auch die Tür öffnen. Ob er es anregen sollte, darum bitten, es einfach tun? Luft hereinlassen, den schweren Atem hinaus, der sich angesammelt hatte, die Schwere an sich.

Aber stand reglos am Fußende der Pritsche, auf der Silvester Moor lag, der Honigmann. Der Bienenfreund. Im weißen Hemd, den Oberkörper aufgestützt durch drei, vier Pölster, die Lotte ihm in den Rücken gestopft hatte. „So atmet es sich besser“, meinte sie. Saß am Kopfende.

Hatte Platz dort, der Mann war schmal und zarter als vorher. Agnes saß auf dem Sessel, hatte ihn herangerückt, sah Silvester ernst an. Beim Betrachten der Frau und der Art, wie sie schaute, kam Dragan in den Sinn, dass ihr die Gedanken an ein selbst gewähltes Ende vertraut sein könnten.

Draußen waren Lottes Buben, waren Matija und Pera, wie sie hier hießen, auf dem Deinhamer Kriegerfriedhof von Dragan Džomba frisch getauft. Und deren neue Namen sich zu verbreiten begannen, da die Brüder sich vor ihren Freunden gegenseitig so nannten. Peter hatte damit angefangen. „Matija", schrie er und klang seine helle Stimme durch die offenen Fenster wie eine Farbe (dachte Raidinger), orange und gelb und waren Südfrüchte, die ihm einfielen. „Matija, schau, komm her!" War Dringendes zu zeigen. Aber Matthias wollte nicht. „Lass mich in Ruh", sagte er, saß wahrscheinlich, der Stimme und Richtung nach, aus der sie kam, beim zerstörten Galgen im Gras und versuchte zu verstehen, was geschehen war. Oder hatte begonnen, die Bruchstücke zu ordnen, hatte die Plane ausgebreitet und darauf alles Holz gelegt.

Auch Silvester lauschte hinaus. Kratzte sich am Kopf. Drehte sich halb um, griff hinter sich nach Lottes Hand und kam sie ihm mit ihrer entgegen: „An die Buben hab ich nicht gedacht", sagte er, stockte, setzte wieder an. Dass es ihm leidtäte, er hätte dran denken sollen, als er. Und was den Buben das Boxen bedeute und das Trainieren. Aber dass halt Dragan gleich mit der Axt kommt, wer hätte das. Sagte er in einem Flüsterton, der über den Boden kroch, so klein war der Mann in seiner Verzagtheit, so verdorrt auf seinem Lager. Weil, hätte er ihn hängen lassen, hätte er. „Mich einfach ein wenig baumeln lassen, dann wär er draufgekommen, dass." (Die Stimme fast tonlos.) „Dass er seinen schönen Galgen nicht umhauen muss wegen dem einfältigen Silvester Moor."

Bedeckte sich die Augen mit den Händen, so ein schmerzverzerrter Mund. Ein Bild lag auf seiner Decke, wo er es hingelegt hatte und nicht mehr angerührt. Lotte hatte es gebracht; es war feucht geworden, weil Silvester es am Leib getragen hatte in dieser Nacht, war in der Innentasche seiner Jacke gesteckt, einmal in der Mitte gefaltet, eine alte Fotografie. Mit weißem Zackenrand und leicht gewellt und fleckig. Als sie die Hosen- und Jackentaschen leerte, hatte Lotte es gefunden. Vielleicht hätte sie es verstecken sollen, es nicht wieder mitbringen. War sonst nichts in den Taschen gewesen, kein Schlüssel, kein Schnäuztuch, einzig diese sepia-farbene Fotografie von sieben nebeneinander stehenden Frauen in Festtagstracht, mit Goldhauben, und eine hielt einen bestickten Schirm in der behandschuhten Hand. Eine andere stemmte die Rechte in die Hüfte und zeigte ihren linken Schuh unter dem Saum des schweren Rocks, der Kopf einer dritten war leicht verwischt, hatte nicht aufgepasst beim Stillhalte-Kommando des Fotografen, hatte ihr jemand etwas zugerufen und sie hinübergelächelt. Standen sieben Goldhaubenfrauen in einer schönen Reihe auf einer Wiese unter dicht belaubten Bäumen und waren junge darunter und ältere und blickten alle (bis auf die Verwischte) direkt in die Kamera.

„Wer ist das, woher hast du es?“, fragte Agnes.

„Gefunden hab ich’s.“ Silvester, den Arm über den Augen. Nur Haut, nur Knochen.

Was sich anstaut, braucht einen Bruch, damit es fließen kann. Und so ein Bruch kann kommen, wenn einer in seiner Holzhütte herumkramt ohne großes Ziel. Um sich abzulenken von der Tatsache, sechzig Jahre alt geworden zu sein. Schwer war es Silvester gefallen, die Gedanken zu verscheuchen, die Vorstellung, was sich die Frau hätte einfallen lassen zum runden Geburtstag, und ob vielleicht doch noch ein Kind kommen hätt können, wenn es ihr nicht die Ader zerrissen hätt. Wär noch Zeit gewesen.

Also aufwachen am frühen Morgen, vom alten Hahn geweckt, den Kaffee für die Zimmergäste gemacht und in die Holzhütte. Ganz hinten wusste Silvester einen stattlichen Haufen Klumpert. „Der war mir grad recht gewesen“, sagte Silvester. „Die halbe Holzhütte hab ich ausgeräumt, wär viel Holz für dich abgefallen, Dragan, hätt dich morgen oder übermorgen g'holt zum Helfen, zum Kleinschlagen. Waren ganz alte Trümmer dabei, kaputtes Zeug, was sich so ansammelt über zwanzig Jahr und mehr.“ Alte Tischplatten, zerborstene Kastentüren, morsche Fensterläden. Auch den Sessel habe er gefunden, den mit den Löchern im Flechtwerk, den zarten. „Hab ihn rausgestellt, hab mir gedacht, den kann ich vielleicht herrichten und der Lotte schenken, weil sie den Hund vom Dechant gerettet hat.“

Es tat weh, Silvester beim Reden zuzuhören, es kratzte Raidinger im Hals, an den er sich griff. Aber hörte nicht auf, der Kleinhäusler, erzählte, dass die Arbeit gut gewesen wäre und immer tiefer sei er in den Holzhüttenberg eingetaucht, habe sein eigenes Fest gefeiert.

(Die Kinder draußen waren verstummt, kann sein, sie lauschten heimlich vor dem offenen Fenster.)

Ganz hinten, ganz unten, im letzten Eck der Holzhütte. Silvester hatte Schicht für Schicht abgetragen. In die Hände genommen und ins Freie gebracht und auf verschiedene Haufen gelegt. Einen zum Kleinhacken, einen zum Verbrennen, einen zum Alteisen.

Im hintersten, letzten Eck fand er die Truhe. Die Aussteuertruhe, die muss ihm jemand dort versteckt haben. Dabei hatte er sie nach der Trauerzeit hergegeben, wollte nichts von der Frau im Haus haben, weil die Trauer eh nie endet; weil er dachte, so endet sie vielleicht doch. Hatte jemand, wem hatte er sie geschenkt, die kniehohe Truhe in der Holzhütte verborgen, um sie nicht behalten zu müssen. Hatte sich eingeredet, dass die Sachen einer Toten Unglück bringen. Oder dass der Witwer sie zurückfordern könnte. Was weiß einer, schaut keiner in den anderen hinein.

Aber war nix drinnen. „War eh nix drinnen", sagte Silvester, den Arm wieder von den Augen genommen. „Aber das Bild, es ist mir eingefallen, die Frau hat es mit Reißnägeln im Deckel der Truhe befestigt." Er schluckte, griff nach der Fotografie. „Weil sie da eine Goldhaube aufhatte, eine richtige, war geborgt von einer Freundin."

Für das Rot-Kreuz-Fest im Mai 1916, vom Lagerkommando veranstaltet drüben im Park vom Aschacher Schloss, hatte der Graf extra seinen Garten für das Volk geöffnet. Erzählte Silvester, dem das Fieber eingeschossen war, Lotte fühlte ihm die Stirn. „Da, schau", sagte er, zeigte auf die junge Frau ganz rechts auf dem Bild, die, deren Schuh zu sehen war unter dem Saum, glücklich sah sie aus. „Und dachte, einmal besitze ich meine eigene Haube und hab ein Haus und Kinder und einen ordentlichen Mann." Sagte Silvester, zeigte nun allen, die da waren und weiter schwiegen, seine Frau, damals war sie es noch nicht gewesen. Auf dem Fest waren sie sich zum ersten Mal begegnet. Sie hatte beim Sammeln der Spenden für das Rote Kreuz geholfen. Und er war Teil des Lagerpersonals gewesen, war eine der Wachen, einem der Oberen zur Seite gestellt für die Feierlichkeiten.

War der Damm gebrochen und immer heiserer wurde die Stimme, immer fiebriger der Mann, der nicht aufhören konnte, sich die Erinnerung von der Seele zu reden – erzählte später Raidinger dem Dechant.

Der sich an Lottes Arm anklammerte wie die verwundeten Soldaten im Spital in Passau – dachte Agnes.

Der zur selben Zeit wie Pavle hier vor Ort gewesen war, der ihm begegnet sein musste zwingend – Dragan sah die beiden vor sich.

Lotte nahm zwei der drei Pölster weg, zwang den Redenden, sich hinzulegen, deckte ihn zu, holte kaltes Wasser, wischte ihm das Gesicht, machte Umschläge, war im Werken, und die Kinder, Pera und Matija, saßen still am Brunnenrand und beobachteten den Hahn, der im Staub badete und in der Erde scharrte, als wäre er nicht erst gestern hier eingezogen.

Susanne

Raidinger schritt zur Tür, beinah feierlich, um sie endlich aufzumachen. War die Last im Raum viel zu groß geworden, war Silvester verstummt, lag fiebernd und zur Wand gedreht. Noch bevor der Pfarrpraktikant bei der Tür war, wurde diese zögernd von außen geöffnet und erschien Matijas Gesicht im Spalt. „Da ist ein Gendarm", sagte er. „Er will zu Dragan." Verbesserte sich. „Zu Herrn Džomba." Dragan schob ihn sanft zur Seite und schickte ihn hinter die Hütte zu Pera, wo die Buben warten sollten.

Raidinger, Agnes und Lotte standen am Fenster, beobachteten, wie der Serbe (der Fremde) mit dem Gendarmen Stephan Hintersteiger, einem älteren Paar und einer jungen Frau die Hecke entlang in Richtung der Italiener ging. Vorne Dragan, hinter ihm Hintersteiger in Uniform, neben ihm der Mann, gut gekleidet, grauer Hut, kein Armer. Am Ende der kleinen Prozession die beiden Frauen, die eine – Kopf tief gesenkt, hängende Schultern, die Hände in den Taschen einer braunen Strickjacke, stolpernder Gang – etwas vor der anderen, die andere sie antreibend, ihr immer wieder die flache Hand in den Rücken stoßend.

„Das arme Kind", sagte Lotte und Agnes stimmte ihr zu. „Meinen Sie nicht, dass", begann sie, wollte vom nötigen Beistand reden. Da war der Pfarrpraktikant schon zur Tür hinaus. Das Kind, die mädchenzarte Frau, war Susanne, Kellnerin beim Kirchenwirt. Auch Agnes hatte sie erkannt und wusste, da schon weit länger in Eferding als Thomas Raidinger, um ihre Eigenheiten. Oder, wie es hier hieß: „Sie spinnt." In der Art: „Die junge Tröger hat schon wieder das Spinnerte." Gab es was zu erzählen. Erinnerte sich die Lehrerin, deren Schülerin Susanne gewesen war, laut vor allen Leuten an das „dumme Mensch", das sich mitten im Unterricht Schuhe und Stutzen ausgezogen hatte und ohne zu fragen hinausgelaufen war, um, „stellen Sie sich vor", barfuß im Frühlingsregen herumzutanzen. „Hat sich gedreht wie ein Kreisel, so viel ich auch g'schrien und g'schimpft hab vom Fenster her, die hat nicht g'folgt." Oder im Winter ist sie, schon in der Kellnerlehre, einmal mitten in der Nacht auf dem Stadtplatz aufgegriffen worden, halb erfroren, aber weil es so schön geschneit hat. Hat sie gesagt, dass sie das sehen wollte. „Was?" – „Eine heile Schneedecke, und deswegen. Ohne Mantel natürlich." So redete die Lehrerin und redeten die Leut und endeten die Gespräche meistens mit: „Die Mutter ist g'straft mit so einer Tochter."

Während sie weiter die kleine Gruppe beobachteten, die bereits im italienischen Teil des Friedhofs angekommen war. Erzählte Agnes, was sie von Susanne wusste. Dass das seltsame Verhalten mit der Pubertät so gut wie verschwunden sei, nur manchmal blitze es auf, in einer Aussage, in einer Bewegung. In der Begeisterung und Unruhe, wenn ein Gewitter aufzog. „Aber es hieß da schon von ihr, sie wäre vernünftiger geworden. Das, wie sagen die Leute? Das Spinnerte hat sich ausgewachsen." Verzog sich ihre Lippe nach oben in ein seltsames Lächeln. Fügte, recht leise, hinzu: „Als ob sich etwas je auswachsen kann, was einem eingeschrieben ist."

Die beiden Frauen sahen, dass Thomas Raidinger sich zur Gruppe gesellt hatte, Hände schüttelte und nah bei Susanne blieb.

Die Situation war diese: „Wo ist der Fuchs?", hatte Hintersteiger gefragt, und Dragan war, ohne ein Wort, losmarschiert. Die anderen ihm nach. Am Ende der Hecke bückte sich Dragan, zog die Kiste unter den Zweigen hervor und wies darauf. „Hier." Stand die Gruppe und schaute. Auf das Holz, auf den Deckel, auf den Spagat, der rundherum gewickelt und fest verknotet war, auf ein paar Fellhaare, die sich durch die Spalten drückten. Die ältere Frau, Susannes Mutter, zog ihre Tochter neben sich. „Da hast dein Werk", sagte sie kalt.

„Aufmachen." Das kam von dem Mann, dem Nachbarn von Mutter und Tochter Tröger, ein alleinstehender, etwas besser gestellter Herr mit kühlen Augen und tiefen Querfalten auf der Stirn, der sich, wie er später wiederholt versicherte, „wie ein Vater" um das vaterlose, schwierige Kind angenommen habe. „Von klein an nämlich."

Auf dem Kriegerfriedhof, dem Lagerfriedhof, dem Ehrenfeld, forderte er ein zweites Mal: „Aufmachen. Die Kiste." Hintersteiger sah Dragan Džomba fragend an. Der zuckte mit den Schultern. Wurde keinen Deut kleiner, eher größer, eher wuchs er. Was wiederum Raidinger auffiel, dem alles in Erinnerung blieb, vor allem der strenge Geruch nach Wild und Beize, der von diesem Gönner ausging.

„I hob heid kan Feitl ei'gsteckt", sagte Džomba langsam in tiefster Nachahmung des heimischen Dialekts. Verzog keine Miene, höchstens dass ihm die Augen ein wenig schmäler wurden. „Aha. Kein Messer will er dabeihaben." Der Gönner zog ein kleines Taschenmesser, schildpattverbrämt, ein sehr schönes Ding, aus dem Hosensack und hielt es Džomba hin. „Na, dann nehmen wir doch meines." Dragan schüttelte langsam den Kopf. „Ein fremdes Messer greif ich nicht an." – „Ah. Greift er nicht an. Ist das so bei euch in Serbien?"

Woher diese Feindseligkeit kam, war nicht auszumachen. Raidinger reichte es langsam, war genug geschehen, wollte hingreifen und sagen, dass er, und angesichts des Ortes, an dem sie sich befänden, da müsse man doch, und zögerte und tat nicht. Bis Susanne, die stumm zugehört hatte, zwei Schritte machte, dem Gönner das Messer aus der Hand zupfte, sich neben die Kiste ins Gras kniete, die

Schnur durchtrennte und den Deckel hob, nach hinten klappte. Ihre rechte Hand über dem toten Tier schwebend für einen Augenblick. Und dann den toten Fuchs streichelte. Weich war er geworden, war die Totenstarre vorüber, waren die Veränderungen, die beginnenden Prozesse, offensichtlich. Aber noch war es ein Fuchs, und war geschossen worden vom Gönner, vom väterlichen Nachbarn, am Morgen des Vortages, war in der Nähe, aber mehr zu Eferding hin, auf der Pirsch gewesen.

„Der Fuchs war krank. Eindeutig." Der Mann stieß mit der Schuhspitze an die Kiste, schob sie ein Stück weg von der knienden Susanne. Die sie wieder richtete, den Fuchs weiter streicheln wollte, aber da war die Mutter neben ihr und riss sie hoch. „Dass d' dich nicht schämst", schimpfte sie. Und bat, der genervten Geste des Nachbarn zufolge, sicher nicht zum ersten Mal um Verzeihung. Für die Tochter. Dass man den Schaden ersetzen werde.

„Welchen Schaden?" Dragan legte den Deckel wieder auf die Kiste, hob sie hoch und drückte sie dem Gönner an die Brust, der, so überrumpelt, nicht anders konnte, als zuzugreifen. „Jetzt hat er ja den Fuchs wieder. Und ist nichts passiert damit. Kann ihm das Fell über die Ohren ziehen." Lasse sich ein schöner Halspelz draus machen. Ein glänzender. Recht krank habe er nicht ausgesehen. Sagte Dragan, sagte es nach und nach. Ließ die Sätze fallen, lag noch das Messer offen in der Wiese. „Aber wenn eins einmal gestorben ist, dann schaut es oft lebendiger aus als vorher." Dragan deutete auf das Taschenmesser. „Dein Feitl deafsd fei ned vagess'n." Susanne, die hinter der Mutter stand, lachte auf. Und hob die Mutter im Umdrehen die Hand, wollte ins Tochtergesicht damit. Aber flink war die junge Frau, war außer Reichweite und wieder ernst. „Ich wollt's nicht", sagte sie, und dann: „Ich wollt's, aber nicht so."

Dem Dschomba eine Wilderei anhängen. Sagte sie grad heraus. Den Verdacht auf ihn lenken. Dass er ohne Jagdschein und Erlaubnis. Sie habe davon gestern am Vormittag gehört, im Wirtshaus, und dass am Stammtisch geredet worden war und gestritten, dass ein anderer es hätt sein können. Und war heimgelaufen, hatte gelogen, hatte von Kopfweh und Leibschmerzen geredet und der Wirt sie gleich gehen lassen. „Der hat Angst, dass ich erzähl, dass ich meine Regel hab, der meint, den Leuten graust es dann, wenn ich das Essen bring."

War ein schöner Tag im Spätsommer, im Frühherbst, im Altweibersommer. Spinnenfäden schwebten durch die Luft, glänzten und verfingen sich in Susannes Haar, legten sich über ihre Wangen, und redete die junge Frau weiter, ohne sich darum zu kümmern. Wollte sich erklären und durfte es. Unterbrach Hintersteiger jeden Versuch des Gönners und der Mutter, der jungen Frau dreinzureden.

„Ich bin heimg'laufen, hab ja g'wusst, dass der da", Susanne meinte den Nachbarn, „dass der wieder was g'schossen hat, weil er der Mutter erzählt hat davon, dass es so ein schöner Fuchs war." Den habe sie aus der Garage gestohlen, weil in der Garage: „Da hat er seine Strecke, da legt er alles auf in einer Reihe, was er erwischt hat, bis die Mutter kommt und ihm hilft. Hinten im Garten abbalgen und ausnehmen und zerteilen und." Ein bisschen was dürfe sich die Mutter behalten, meistens Hasen- oder Rehfleisch, aber sie, Susanne, sie möge das nicht, den Wildgeschmack, und das Gönnerhafte, sagte sie: „Das mag ich auch nicht. Dass er so tut, als wären wir ohne ihn nichts."

„Weiter", sagte Raidinger, der gebannt gelauscht hatte. „Erzähl, warum hast den Fuchs genommen?" War wie eine Beichte, und tatsächlich war Susanne dem Pfarrpraktikanten zugewandt die ganze Zeit über. „Weil ich nicht wollte, dass ein anderer verdächtigt wird." Sie hatte den

Fuchs in einem Korb versteckt, sich aufs Fahrrad gesetzt und war nach Deinham gefahren. Hatte, ohne sich umzusehen, ohne darauf zu achten, ob sie beobachtet wurde, das tote Tier über die Hecke auf den Friedhof geschleudert, beim Gatter vorn, bei der Hütte. War heimgefahren, hatte sich ins Bett gelegt und war mit offenen Augen dagelegen und mit pochendem Herzen (sagte sie) und habe gewartet. „Worauf?“, fragte Raidinger.

„Ich weiß es nicht.“

„Und wer der andere ist, der, den sie schützen will, das weiß sie auch nicht.“ Die Mutter wollte wieder an der Tochter herumreißen. Traute sich nicht recht, aber später. Wenn sie daheim wären.

Thomas Raidinger nahm Susanne bei der Hand, so, wie sie ihn im Bergfried der Burgruine an der Hand genommen hatte. „Komm“, sagte er und führte sie weg von Mutter und Nachbarn und Kiste und Fuchs und Gendarm und Dragan. Sie standen abseits, sprachen miteinander. Nahm der Pfarrpraktikant seine erste richtige Beichte ab, würde fortan immer empfinden, dass es so gewesen war. Auf dem Deinhamer Friedhof, zwischen den Gräbern der italienischen Kriegsgefangenen.

Während Susanne sich aussprach, stellte der Nachbar die Kiste ab, hob das Messer auf, putzte die Klinge am Stoff seiner Hose und brummte, dass das was werden könne, und dass es im Grunde eine Frechheit sei, ihn als Geschädigten so dastehen zu lassen. „Wie dastehen?“ Hintersteiger fühlte sich angesprochen. Der andere sagte, was ihn störte. „Das gibt kein gutes Bild von der Gendarmerie, wenn Sie als Beamter hier die Führung abgeben.“ Ob er eine Anzeige machen wolle gegen Susanne? Wegen Entwendung des Eigentums aus der Garage? „Wegen Diebstahls?“ Der Nachbar verzog die Mundwinkel. Überlegte. Die Mutter rang die Hände. Faltete sie, hob sie, wollte sprechen. „Lass. Brauchst nicht. Ich zeig das Mädel nicht an. Hast sie falsch erzogen und basta. Hab ich dir vor Jahren schon gesagt, dass es in ein Heim gehört, das Kind. Wo ihm Manieren und Ordnung …“

„Gluposti.“ Dragan war das. Schnaubte, musterte den Mann von oben bis unten. Wiederholte. „Gluposti.“ Und sagte, dass es alle verstanden, sagte es schon im Gehen, weil Raidinger nach ihm gerufen hatte: „So ein Blödsinn.“

Ließ sich der Nachbar aber nicht den Hochmut nehmen. Tat keinen Blick auf den sich entfernenden Mann, sagte lediglich: „Den werd ich anzeigen, der das Mädel angestiftet hat. Wie heißt das, Gendarm?“ – „Anstiftung zu einer Straftat?“ – „So ist es. Einer muss dafür gradstehen. Weil, schau, der Fuchs ist verdorben. So ein Tier muss man schnell abbalgen. Den greif ich nicht mehr an.“ Zufrieden klappte der Nachbar, der Gönner, der Jäger aus Leidenschaft, das Messer zusammen. Sah mit dem Gendarm und der Mutter zu aus der Distanz, wie schließlich Susanne und Dragan sich die Hand gaben, die junge Frau sich die Augen wischte und lächelte. Worauf der Nachbar sich nicht verkneifen konnte, seiner Nachbarin zu sagen, dass ihre Tochter „wieder einen um den Finger gewickelt“ hat.

Vergleich

So war Dragan Džomba zu einem Fahrrad gekommen: Er hatte es nicht gestohlen oder sich ausgeborgt und vergessen, es zurückzubringen. Hätte ihm Reinanker auch niemals sein Fahrrad geliehen, verlieh an keinen und: „An den Ausländer, an den dreckigen Serben schon gar nicht." Damals, in den Fünfzigerjahren, war Reinanker kein Gelegenheitsarbeiter gewesen, der sich mehr schlecht als recht über Wasser hielt. War fest angestellt im Ziegelwerk, legte sich auch dort mit jedem an, der ihm etwas vorschreiben wollte. Aber er hatte einen Schulkollegen zum Vorarbeiter bekommen, einer von denen, die ihn in die Aschach geworfen hatten oder es zumindest oft versucht. Den drückte das schlechte Gewissen, sah eine Verbindung zwischen den Vorfällen früher und dem unleidlichen Verhalten des erwachsenen Hans Reinanker, des Querulanten. Wenn man ihn in Ruhe lasse, ihm eine Arbeit zuteile, die er allein machen könne. „Dann passt es." Antwortete der Vorarbeiter stets auf die Frage, wie er es aushalte mit dem schwarzen Hans.

In den Fünfzigerjahren war dieser Hans noch ein Mann gewesen, den manche Frauen anziehend fanden, nur gaben das die meisten nicht zu. Er war trotz allem ein Armer, einer, der kein eigenes Haus besaß, zur Miete wohnte, zwei kleine Zimmer mit vom Rauchen gelben Vorhängen, in einem schlief er, im anderen besuchte ihn kaum jemand. Abgesehen von Ludwig Kollauer, seinem einzigen Freund. Aber sein direktes Wesen, sein Widerstand gegen jede Form von Autorität. Das konnte einen Reiz ausüben. Reinanker brachte manchmal aus Linz oder Wels eine Frau mit. Einmal war eine bei ihm eingezogen. Wehten weiße Vorhänge aus den Fenstern, frischgewaschen, hing dort das Bettzeug am Morgen zum Lüften und schauten alle, die vorbeigingen und wussten, wem die Wohnung gehörte, hinauf zum zweiten Stock. War eine nette Frau gewesen, erzählten die Nachbarn. Hatte gegrüßt, und sogar dem Reinanker war das Grüßen ausgekommen, und so etwas wie gelächelt habe er.

War tatsächlich eine Zeit lang gut gegangen mit der Frau, die da in wilder Ehe quasi. War dem Mann anzusehen die Veränderung, begann, sich ordentlicher anzuziehen, fiel etwas von seinem finsteren Wesen ab, wie man einen Apfel schält und hinter der Schale kommt das Weiße zum Vorschein. Und dann, nach ein paar Monaten, war kein Jahr gewesen, war Streit und Schreierei und musste die Polizei gerufen werden und kam es zur Anzeige wegen Körperverletzung, die fallengelassen wurde, aber die Frau war ausgezogen am nächsten Tag. Kaum vierzehn Tage danach sollen die Vorhänge wieder gelb gewesen sein und Reinanker finsterer und schlechter gelaunt als je. Der Vorarbeiter hatte viel zu tun, um die fortgesetzte Beschäftigung des ehemaligen Schulkollegen im Ziegelwerk zu rechtfertigen.

Beruhigte sich Reinanker auch wieder ein wenig, was vielleicht am Einfluss des Mesners lag. Kollauer blieb an der Seite seines Freundes, was ihm gutgeschrieben wurde in der Stadt: „Brav, dass du zu ihm stehst. Sonst bringt der jemanden um. Hast einen Einfluss auf den Fisch.“ Der Fisch-Bändiger war er. Der Einzige, der mit ihm auskam, und das wurde als Leistung anerkannt.

Vielleicht lag es auch am neuen Feind und bündelte Reinanker seinen Welthass auf den Serben, der in der Stadt aufgetaucht war im November 54, halbnackt auf dem Friedhof tanzend, ohne jede Gottesfurcht. „Gehst ja selbst nie in die Kirche, Hans.“ – „Und woher willst das wissen? Stellst dich am Sonntag in der Früh vor meine Tür und rennst mir nach?“

Das war noch ein Mann gewesen in den Fünfzigern, dieser Reinanker, mit einer dunklen Geschichte und einer ebensolchen Ausstrahlung. Konnte als verwegen empfunden werden von einer jungen Kellnerin, die sich abmühen musste, das eigene Wilde zu unterdrücken. Sich einzufügen in die Norm beim Umbinden der Schürze in der Früh. Im Haus zu bleiben, kündigte ein Sturm sich an mit dieser Stille, die ihm vorangeht und die hineinzieht in alle Stuben und die Leute entweder träge macht oder unruhig.

An jenem Tag, an dem der Dschomba (soll zumindest sein Name sich anpassen an die hiesigen Gewohnheiten) seine Hütte in Deinham bezogen hatte. Aber vorher dem Reinanker gegenübergestanden war auf der Straße vor dem Kirchenwirt. Weil er ihn provoziert hatte mit dem Fahrrad. Und Susanne in der Gaststube beim Fenster gestanden und alles gesehen. Reinanker im Profil. Dessen Männerhände und die Muskeln an den sehnigen Unterarmen. Die Art, wie er nicht zurückgewichen war. Im Gegenteil. War nach vorne gebeugt, war einer, der hinwollte, den anderen kaputt machen, zwanzig Kilo schwerer muss der Dschomba gewesen ein.

„Da hab ich mich in ihn verschaut“, sagte Susanne zu Thomas Raidinger. Das war im Frühjahr gewesen, jetzt kam der Herbst. „Es ist eh nichts geschehen“, sagte sie, dieses Mal zu Dragan, den Raidinger gerufen hatte. „Aber es hätt sein können“, fuhr Susanne fort und sah zur Mutter hinüber, ob sie sicher nichts hören konnte von dem, was hier gesprochen wurde. „Wir haben uns ein paarmal getroffen, ich hab halt g'schaut, dass ich ihm begegne. Und er hat's dann auch gemerkt, aber gemeint, ich wär zu jung.“ Sie sah in die andere Richtung, über die Gräber hinaus, wo die Felder begannen hinter dem Zaun. Sah einen Hasen dort sich ducken zwischen den Ackerfurchen, die Ohren angelegt. „Weiter, Susanne.“ Raidinger berührte sie vorsichtig an der Schulter. „Sprich.“

Und sie sprach, erzählte. Dass der Reinanker, dass der Hans gar kein so schlechter Mensch sei. Wenn man ihn erst kennenlerne, und er wisse, dass man ihm gut sein möcht. Dann habe er ein anderes Gesicht, das wär. „Als würd er eine Maske abnehmen, Herr Dragan, entschuldigen Sie bitte, ich schreib Ihren Namen sicher immer falsch, ich weiß nicht, wie man das Ausländische schreibt."

Dragan war verwundert, wo brauche sie denn seinen Namen? „Im Tagebuch, ich hab eins, aber das weiß keiner und das findet auch keiner, da oben ist es, wo wir uns gestern getroffen haben, Thomas, aber ich will nicht hinzeigen, weil die Mutter schaut her." Raidinger nickte. „In der Ruine." – „Ja, dort ist ein loser Stein im Turm. Aber besser, ich verbrenn es." Weil alles drinstünde. „Aber es ist wirklich nichts geschehen, nur geküsst hat er mich einmal." Davon, wie sie ihn überzeugen wollte, dass er nicht zu alt wär und sie nicht zu jung. Und wo sie sich getroffen hätten, wie er immer gewusst habe, wann sie arbeite und wann sie heimginge, und. „Susanne", sagte Raidinger. „Sag, was gestern passiert ist."

Das war schnell erzählt: „Am Vormittag ist der Mesner am Stammtisch gesessen. Dann ist einer gekommen und hat davon angefangen, dass in einem Haus bei der Au ein toter Frischling im Garten gefunden worden ist. Und dass das verboten wär, einen Frischling zu schießen. Und weil der Mesner vorher was vom Jagen gesagt hat und vom Reinanker. Hat's geheißen, dass der Hans es gewesen sein könnt." Der Kollauer habe zwar dagegengeredet. Er müsse das wissen, weil er sei ja dabei gewesen. „Aber auf den hört keiner." Sagte Susanne. Waren ihre Wangen rot und glänzten die Augen. Der Mesner sei bald aufgestanden und gegangen. Kurz darauf habe Reinanker sie abgepasst im Hof, sie habe den Mist rausgetragen. Susanne griff nach Dragans Hand. „Der ist kein schlechter Mensch." Aber dann habe er es zugegeben, und dass es ein Versehen gewesen war und keine Absicht. Die junge Frau ließ Dragans Hand los. Sagte, dass der Hans gemeint habe, es wär gut, wenn der Verdacht auf jemand anderen gelenkt werden würde. „Aber er hat keinen Namen genannt, nur so geschaut, wie damals, als Sie ihn mit dem Fahrrad geärgert haben. Ich hab mich gleich ausgekannt." War unter einem Vorwand nach Hause gelaufen, hatte den Fuchs gefunden, genommen. „Und jetzt bin ich schuldig und werd's bleiben."

Beim Erzählen war ein Schatten in ihr Gesicht hineingekommen von der Frau, die sie einmal sein würde, und keine schöne Aussicht war das. Susanne weinte, Thomas Raidinger und Dragan Džomba standen daneben und sahen sie an, dann sich, dann zu Boden, dann, wie zuvor Susanne, über die Felder. Dragan schaute prüfend hin: Kein Anzeichen von Barackendächern, die sich aus der Erde hoben. Kein Grollen, kein Pumpern, still war es unter den Bäumen und zwischen den Grabsteinen. Hatten auch die Luftgehauchten, die sich zusammendrängten unter ihren Füßen, gelauscht und fühlten etwas, das Mitleid sein könnte. (Der Alte am Ufer der Save: Brauchst nicht glauben, Draško, dass ein Toter tot ist.)

„Was meinst du, Dragan, was hältst du davon?"

„Wovon?"

Raidinger, der Pfarrpraktikant, wusste, dass er bei dieser Beichte keine Absolution erteilen konnte. Wofür auch? Was war das für ein Vergehen? Hatte einer einen schönen Fuchs geschossen, war dem Schützen zuzutrauen, dass das Tier gesund gewesen war, nicht krank, wie er behauptete.

Susanne bat die beiden inständig, wie sie sagte, der Mutter nichts zu verraten und dem Nachbarn auch nicht. Der drohe, wann immer sie fehlginge seiner Ansicht nach, die Mutter von der Notwendigkeit zu überzeugen, die Tochter aus dem Haus zu jagen. Dass sie noch nicht zu alt für ein Heim sei, und dass man ihr früher die Flausen ausgetrieben hätte, aber heut die Leute schon zusammenzuckten, wenn man „Führer“ sage. Erzählte sie und lächelte unter Tränen. Weil, lächerlich war er, der Nachbar. Ein lächerlicher Mensch.

„Von mir wird keiner ein Wort erfahren“, sagte Dragan, „aber.“ Er überlegte. Kniff die Augen zusammen und spitzte den Mund. Den Reinanker, der auf ihn hatte schießen wollen im Suff, einfach so davonkommen lassen? Er dachte daran, wie er hatte rennen müssen, um zu Silvester zu kommen, wie sehr ihm die Lunge gebrannt hatte nach der Anstrengung, wie knapp er ihn verfehlt hatte. Und wer weiß, wie es weitergehen würde mit dem Kleinhäusler, der in der Hütte schlief mit einem Mal am Hals.

„Was: aber?“ Raidinger wollte die Unterredung zu einem Ende bringen, wollte die Angelegenheit gelöst haben. Wiederholte: „Was meinst du mit ‚aber‘, Dragan?“ Auf Susannes Wangen zeigte sich wieder das Rot.

„Ein Fahrrad könnt ich brauchen. So eins, wie es der Reinanker hat. Hat mir schon einmal gefallen.“ Sagte Dragan zu Susanne. Und weiter: „Weißt, dir möcht ich nicht schaden. Du trägst genug Last, das spür ich dir an. Sagt man das so? Mir kommen oft die Sprachen durcheinand.“ Sagte er, leutselig, die Idee gefiel ihm. „Dein Hans aber, der muss was lernen. Der soll mich in Ruh lassen und mir sein Fahrrad geben, er kann es mir auch borgen, weiß halt nicht, wann er es zurückbekommt. Richtest ihm das aus, und dass der Serbe den Mund halten wird.“

Und, da Susanne ihn fragend ansah: „Wird sich auskennen, wird wissen, worauf ich hinauswill.“

Raidinger zögerte. Putzte die Brillengläser mit dem Taschentuch. Was, wenn von ihm eine Aussage verlangt werden würde? Wo er noch kein Geistlicher war, der eine Beichte abnehmen konnte, zur Verschwiegenheit verpflichtet. Der Dechant steht hinter mir, dachte er dann aber und: „Ich erzähle es auch niemandem, Susanne. Wenn eine wie du in einem Menschen etwas Gutes findet, dann kann der nicht durchwegs schlecht sein." Sagte er und setzte sich die Brille wieder auf die Nase.

Susanne wischte sich die Augen, gab den Männern die Hand, bedankte sich und versprach, dass sie dafür sorgen werde. Wofür? „Dass Sie ein Fahrrad bekommen." – „Sein Fahrrad, Susanne." – „Sein Fahrrad, gut, und dass er anständig bleibt."

Dachte sie damals noch, es könnte ihr gelingen. Der jungen Susanne Tröger, dem Sturmkind, gefangen war sie in diesem Irrtum.

Zehrung

Als ob es sirren, als ob alles einen höheren Ton anschlagen würde, das Gastzimmer und die Küche und das Vorhaus und hinten das Stüberl, das auch gerichtet ist für die Zehrung. Auf dem Herd die Töpfe, ab und zu rührt der Vater um, dann wieder öffnet er mit dem Eisenhaken den Ring, den Feuerring, stierlt in der Glut, schiebt noch ein Scheit ein oder schüttet Kohlen drauf.

Die Sargträger sind die ersten. Wie eine Erlösung treffen sie ein. „Grüß Gott", sagen sie, haben rote Gesichter, nicken, während uns die Geschäftigkeit einfahrt nach dem Luftanhalten und Warten. Klirren die Gläser, wird Bier gezapft. Die Vorfreude der Männer auf das Essen, auf das Rindfleisch mit Erdäpfelgröstl und Semmelkren und eine der schönen Totensemmeln.

Füllt sich das Gastzimmer.

Von der Mutter gesagt bekommen, was zu tun ist. „Frag den Herrn dort, was er trinken will." Hat einen der Sargträger beim Getränkeaufnehmen übersehen. Jede Red-Scheu, jede Leut-Scheu vergessen und aufgehen im G'schäft. Bierdeckel austeilen, einer hat ein Glas umgestoßen, gleich ein Hangerl bringen, und alle helfen mit, das Tischtuch zu wechseln, das nasse Tischtuch schnell in den kleinen Hof tragen, in den Korb neben der Waschmaschine werfen, zurück durch die Küche, dampfen die mit Semmelkren gefüllten Schüsseln und der Vater: „Gibst g'schwind zu jeder Schüssel einen Schöpfer."

Aber drinnen im Gastzimmer staut es sich. Die Mutter schafft an, mit dem Anrichten zu warten, was dem Vater nicht passt, bei dem muss alles Schlag auf Schlag gehen.

„Die engere Familie sitzt im Extrazimmer, bitte herhören, die engere Familie sitzt hinten im Stüberl!" Steht ein Herr bei der Schank und ruft laut, sodass das Klappern und Klirren und das Reden auströpfelt und es still wird. Ein großer Herr in einem schwarzen, schimmernden Anzug, der bestimmt aus Seide ist. Hat die Ärmel hochgeschoben und eine goldene Uhr am Handgelenk. „Danke“, sagt er. „Danke, dass Sie mir zuhören.“

Der Vater in der Küche will das Essen rausschicken. In einem ordentlichen Gasthof bekommt der Gast das Essen heiß auf den Tisch. Baut sich wieder eine Ungeduld auf, und wenn es noch länger dauert, wenn der Herr bei der Schank den Betrieb weiter aufhält. Wird sich der Vater den Schurz frisch binden und ins Gastzimmer kommen.

Der große Herr klatscht in die Hände, nur ein einziges Mal: „Die engere Verwandtschaft bitte mir in das Stüberl zu folgen.“ Er deutet auf den und die und jene, die er meint, und die (das ist ihnen anzusehen) gern sitzen geblieben wären. Oder die sich freuen, zur engeren Verwandtschaft zu gehören. Wollen ihre Getränke mitnehmen, aber der Herr meint, nein, stehen lassen: Er habe extra einen besonders guten Wein mitgebracht aus Wien. „Für die Familie“, sagt er.

„Für die Besseren“, murmelt es, als der Herr im Vorhaus ist und dort denen, die ihm folgen, den Weg zeigt. „Ganz hinten links“, sagt er. Sucht die Mutter. „Frau Wirtin“, sagt er, „aber schon im Stüberl zuerst servieren.“ Sagt er so laut, dass es wieder welche hören können. Und geht. Und hinter ihm heißt es: „Großkopferter.“ Und dass er, der Konrad, der jüngste Bruder des Verstorbenen, immer so gewesen sei. Früher schon, als Kind.

Stehen bleiben wollen, lauschen.

Aber die Zehrung.

Bekommen alle ihr Essen, müssen weder die im Gastzimmer warten noch die im Stüberl. Die Pendeltür zwischen Küche und Gastzimmer steht nie still.

Dann schiebt einer ein Fahrrad ins Vorhaus.

„Hans“, sagt der Vater, der in der Küchentür steht zum Durchschnaufen zwischen Hauptspeis und Nachspeis. Gleich wird er die Torten aus dem Kühlraum holen. „Hans“, sagt er. „Machst mir keinen Wirbel heut.“ Dass sich das nicht auszahlt, wär der falsche Ort und die falsche Zeit.

Herr Reinanker, der Querulant. Mit der schwarzen Binde am Jackenärmel. „Brauchst keine Angst haben, ich misch dir die Leut nicht auf. Hast noch was?“ Der Vater nickt.

Am Stammtisch rückt der zur Seite, den die Mutter übersehen hat beim Getränkeaufnehmen. „Hans, da setz dich her“, sagt der Mann, und Herr Reinanker tut es. „Grüß dich, Ludwig.“ Und grüßt die anderen, die schon längst gegessen haben, die Mutter bringt ihm ein Bier, die Kellnerin sein Essen.

Und dann kommt der feine Herr wieder zur Schank, hat einen Auftrag oder schaut, ob ihm jemand von der Familie entgangen ist. Ob er noch einmal mit seiner lauten, tiefen Stimme sagen kann: „Die nähere Verwandtschaft speist im Extrazimmer, im Stüberl. Bitte mir zu folgen.“ Aber noch bevor er den Mund aufmacht, steht Herr Reinanker vom Stammtisch auf. Wieder wird es still. Knistert es, wie es die elektrisch geladenen Zäune tun.

„Willst mich sicher zur Familie holen, Konrad“, sagt Herr Reinanker. Ist kleiner als der andere, aber eine Ähnlichkeit ist in den Gesichtern. Der andere, der Größere, sagt etwas Seltsames: „Wieso? Damit du mir wieder die Gabel in die Hand stechen kannst?“ Lacht jemand und macht daneben wer: „Pscht!“

Auf den Zehenspitzen stehen und alles beobachten.

Da geht Herr Reinanker auf den größeren Mann los, dass es den zur Tür hinaus ins Vorhaus treibt. Und die Männer vom Stammtisch hintennach und verstopfen den Ausgang.

Aber von der Haustür will einer herein. Ruft: „Auseinand, aber g'schwind!“ Das ist der Herr Raidinger, unser dicker Pfarrer. Hat er sich verratscht nach dem Begräbnis, weil er so spät zur Zehrung kommt? „Hab ich mir 'dacht, dass ich den Ärger riech“, schimpft er, scheucht die Leute zurück ins Gastzimmer. Steht auch der Vater jetzt im Vorhaus: „Dass euch nicht schämts, am Tag vom Begräbnis eures Bruders.“ Und dass sie das unter sich austragen sollen. Und woanders. Dass der Wirt recht hat, sagt der Pfarrer.

Richten sich zwei das Gwand und dann Schritte und wortlos. Will einer sein Rad nehmen, sagt der Pfarrer: „Dann müsst ich allein essen. Bleiben S' da. Ist am Stammtisch noch Platz?“ Und zu Torte und Kaffee käme er später ins Stüberl. Ob die Wirtin so nett wär, das dort auszurichten?

Teller abräumen, die leeren Schüsseln zur Abwasch tragen. Fragen: „Möchten Sie Wachauer- oder Linzertorte?“ Stricherl machen auf dem Bierblock.

Jemand sagt: „Was der Raidinger sagt, hat Gewicht.“

Sich vorstellen, Worte in die alte Küchenwaage zu legen und sie aufzuwiegen mit den hübschen goldenen Gewichten, von denen das kleinste leider verloren gegangen ist.

Baum

Dem Mostbirnbaum, der sich vor dem Deinhamer Friedhof neigte, hatten sich die Blätter schon lang gefärbt und lagen neben den schwarz-verfaulten, von Insekten angefressenen Früchten. Blühte als Letzter, nach allen anderen. Gab als Erster auf. War niemand gekommen, um die kleinen Birnen einzusammeln und sie zu Most zu pressen. Im Friedhof selbst regnete es Eicheln von den Bäumen und knirschte es bei jedem Schritt. In hellen Nächten saßen Dragan und Silvester auf der Bank, hörten Tiere zwischen den Bäumen und in den Grabreihen, waren Hasen und Rehe und einmal eine Rotte Wildschweine, die sie mit Stecken vertrieben, bevor sie zu wühlen beginnen konnten und eine Vergangenheit ausgraben. Dann, am nächsten Tag, verschlossen die Männer ein großes Loch im Zaun.

Immer öfter schlief der Kleinhäusler wieder in seinem eigenen Haus. Aber erst, nachdem er mit Dragan in der Holzhütte das unterste nach oben gekehrt hatte. Keine Überraschung wollte er mehr erleben. Kein Zettel mit der Handschrift der Frau sollte ihn unvorbereitet treffen.

Das Mal am Hals verschwand. Rausam, der Arzt, sah nach Silvester, sprach mit ihm. Erzählte von Spätfolgen lang vergangener Schicksalsschläge, es gäbe dazu eine Forschung. Dass sie sich einprägten ins Wesen, wie Narben, die aufbrechen können beim geringsten Anlass. Hielt dabei die alte Fotografie in der Hand, von den sieben Goldhaubenfrauen beim Aschacher Rot-Kreuz-Fest im Mai 1916. „Das war Ihre Frau?“, hatte er gefragt und auf diese eine gezeigt. Silvester, der Einfältige, der keiner war, hatte genickt und Rausam ihm ein spätes Beileid ausgesprochen. „Sie müssen sich der Trauer stellen, Herr Moor.“ Und dass ihm die Gespräche mit dem Dechant sicher helfen würden. „Er hat mir auf meine Nachfrage versichert, Sie würden regelmäßig vorstellig werden im Pfarrhof." Wieder hatte Silvester genickt, obwohl es so nicht stimmte. Er und Genzl trafen sich bei Dragan Džomba.

Der Geistliche war es gewesen, der Silvester in sein Haus zurückbegleitet hatte, als es so weit war. Die Zimmergäste waren in der Zwischenzeit ausgezogen. Hatten keinen Saustall hinterlassen, waren selbst erschüttert gewesen von der Nachricht über den knapp verhinderten Selbstmord. Über ihr Nicht-Erkennen der Absicht am Vorabend. „War alles normal", hatten sie jedem erzählt, der es hören wollte. Hatten sie sich gegenseitig versichert und beruhigt damit. „Hat gefeiert, war fröhlich, hat uns aufgetragen, dass sich der Tisch gebogen hat. Hat seine Speis leer geräumt und gesagt: Heut fressen wir, bis nichts mehr da ist." Und die, die den Kleinhäusler näher kannten und dessen Sparsamkeit, dachten sich ihren Teil.

In Dragans Hütte stand ein Feldbett. Alt und grau, aber stabil. Gespendet vom Hartkirchner Bürgermeister, organisiert von Lottes Mann. „Dann braucht keiner von euch auf dem Boden zu schlafen", hatte er gesagt und war gleich wieder gegangen. Hat jeder und jede sein eigenes Maß an Freundlichkeit. Lotte brachte das Bettzeug.

War die Zeit der Herbstneige. Die Scheunen und Speicher füllten sich, die Karotten wurden im Keller in Sand eingegraben, und glänzte in den umgeackerten Feldern die Erde im frühen Licht. Wurde alles gerichtet, was zu richten war.

Hinter der Hütte, wo der Galgen für den Boxsack gewesen war und nur ein kleines Betonfundament von ihm zeugte, lehnte ein schwarzes Fahrrad am Brunnen. Hans Reinanker war wenige Tage nach der Unterredung mit Susanne, nach ihrer Friedhofsbeichte, damit beim Gatter gestanden. Ohne ein Wort. Ohne zu rufen. Was hätte er rufen sollen? Den Namen des Serben? Nein. Er hatte gewartet, bis der von selbst auftauchte. „Hier. Ich halt mein Versprechen, auch wenn es die Susanne für mich gegeben hat. Und du hältst deines." Und dass er sich schon ein neues besorgen werde, ein besseres, hätte er vorgehabt ohnehin.

Aber eines wollte er noch vom Serben wissen. Woher er gewusst hätte, dass der Brief an die Diözese vom Kollauer gewesen war. Und wer ihm den Brief zugesteckt hatte. Dragan sagte, dass nicht alle seine Landsleute in alten Hütten hausten und sich ihr Brot bei den Bauern verdienen müssten. Es gäbe vielleicht auch einen oder zwei, die in der Linzer Diözese ein und aus gingen.

Wie das möglich wär, wo die Serben doch keine Katholiken waren in dem Sinn.

„Jeder darf sein, was er will", sagte Dragan, „und dass der Mesner das nicht allein gewesen sein kann mit dem Brief, sondern aufgehetzt worden sein muss von einem andern. Von einem *Freund*." Sagte er weiter. „Dazu braucht es zwei Augen im Kopf und ein bisserl Verstand. Mehr nicht." Und ließ den anderen stehen. Kein Händeschütteln zwischen den Männern. Ist auch das Sich-nicht-Mögen eine Gemeinsamkeit.

Auch Thomas Raidinger behielt etwas für sich. Susanne hatte ihm erzählt, warum ihr Hans. (Der nicht ihrer war, der nie ihrer werden sollte.) Warum ihr Hans den *Dschomba* verachtete bis zum Hass. Sie hatte es sich so erklärt: „Als der nach Eferding gekommen ist im letzten November, hat er dem Hans ein Paket vom Rad gerissen, hat er gesagt, und das, was drin war, ist kaputtgegangen. Das hab ich von ihm."

„Was war es?", hatte Raidinger gefragt.

„Eine Kerze, hat er selbst gezogen aus Bienenwachs. Für die Erna Zeisig, die war da gerade aufgebahrt. Hat gesagt, dass sie ihm wie eine Mutter war. Weil von seiner und von ihrem Mann, nie hat er ‚Vater' gesagt, hat er nichts mehr wissen wollen. Warum, weiß ich nicht."

Die Erna Zeisig also. War auch zu sehen auf der Fotografie mit den Goldhaubenfrauen. Stand neben der Jungen, ihrer Pflegetochter, die vor bald vierzig Jahren, an dem Tag, an dem das Bild aufgenommen worden war, Silvester Moor kennengelernt hatte ganz in der Nähe, keinen Kilometer vom Serbenfriedhof entfernt.

„Und die da“, sagte Silvester an einem dieser schönen Herbsttage, „das ist die Gruberin, glaub ich.“ Der Dechant nahm ihm die Fotografie aus der Hand. „Tatsächlich“, sagte er. „Das könnte sie gewesen sein.“ Es war die Einzige, deren Gesicht verwischt war, die nicht auf das Stillhalte-Kommando des Fotografen hatte hören wollen. Oder können. „Manche können nicht“, sagte der Dechant.

Heimat erkunden

Das andere? Wurde über das andere gesprochen? War Zeit genug dafür gewesen in den Wochen, in denen sich Silvester Moor kaum hinausgerührt hatte aus Hütte und Friedhof. Zeit, die er brauchte, um aus dem Zittern zu kommen, das ihm tagelang geblieben war nach seinem Versuch. Übernahm Dragan die Arbeit des Kleinhäuslers, versorgte, was zu versorgen war, kümmerte sich um die Bienenstöcke, die Ziegen, den Hahn und die Hühner, die Silvester nicht alle hatte schlachten können für sein Fest, und das war gut, sagte Dragan, weil sonst wäre nur mehr ein Hungertuch da, an dem er nagen könne.

Lottes Buben halfen. Misteten den Ziegenstall aus, sammelten die Eier ein, brachten sie vor der Schule und an freien Tagen zu den Gasthöfen, die Silvester beliefert hatte, und wurden dort bald mit Matija und Pera begrüßt. Neue Namen verbreiten sich schnell in einer kleinen Stadt. Die Brüder gaben Silvester das Eiergeld, behielten das Trinkgeld, sparten, wie der Ältere verriet, auf Boxhandschuhe. „Werden wir wieder trainieren, Dragan?"

Den beschäftigte anderes (eben: das andere), er rückte ab vom Freund, bloß ein Stück, aber weit genug. (Bist du zu nah, siehst du nichts. Gehst ein paar Schritte weg. Siehst deutlicher. Der Alte an der Save, wie oft hatte der es ihm gesagt.)

Dragan war im Alter von Matija gewesen und sein Bruder, Pavle, in den Krieg gezogen und verschwunden und lange keine Spur von ihm. Bis die Goldkarte gekommen war, mitgebracht von einem, der sie wieder von einem zweiten hatte und der von einem dritten, aus dem Lager geschmuggelt und von Hand zu Hand weitergegeben. Pavle hatte, erzählte Dragan, ihm ins Gewissen geredet, bevor er aus dem Haus gegangen war für immer und keiner ahnte, dass es für immer sein sollte.

„Sagt man so? Jemandem ins Gewissen reden?“ – „Ja.“

Der Kleinhäusler und der Serbe in der Hütte, die Tür offen, Nachmittag, die Luft schon kühler und stand die Sonne tief, reichte das Licht bis zum Regalbrett. Glänzte das Gold der Karte, daneben zwei rote Äpfel und das Foto der Goldhaubenfrauen. Dragan hatte Silvester von seiner Kindheit berichtet, vom Haus auf dem Hang über der Save in der Nähe von Šabac, wo der Vater herstammte. Von der Mutter, die als Tochter eines bessergestellten deutschsprachigen Beamten im slowenischen Maribor aufgewachsen war, von der Ehe der beiden gegen den Widerstand ihrer Familien, vom Vater, der im Dezember 1914 fiel.

„In der Kolubara-Schlacht, falls dir das ein Begriff ist. Die Serben waren siegreich, heißt es. War kein Trost für die Mutter.“

Von Pavle, Paja, dem großen Bruder, der den Vater rächen wollte und.

Dragan sah aus dem Fenster, zu den Kreuzen.

Von der Mutter und den Schwestern und dem Feuer, das ausgebrochen war, als er am Fluss. Oder gelegt. Und weil. Nein. Ein andermal.

Vom alten Einsiedler am Ufer der Save. „Bei dem war ich öfter als in der Schule.“ Dragan, lächelnd: „Hab auch mehr gelernt von ihm als von einem Lehrer.“ Dass das ein eigener Mensch war, sprach vier, fünf Sprachen und wechselte von einer in die andere. Kannte sich mit allen Insekten aus, fror nie, brauchte wenig, sammelte Treibholz, sagte gegen Brot und ein Stück Sremska kobasica den Leuten die Zukunft voraus. „Sremska kobasica, Silvester! Das ist eine Wurst, so eine habt ihr hier nicht.“

Um die Zukunft zu lesen, warf der Alte ein paar Zweige ins Wasser und sah zu, wie sie davontrieben. „Alle wussten, dass es ein Schwachsinn ist, aber wollten dran glauben.“ So der Vater, bevor er Soldat wurde. Bevor er seine Stellung aufgab. „Hat ein Gut verwaltet, wir waren keine armen Leute. Großes Haus, Veranda, schöner Garten." Der Vater mit seinem dichten Schnurrbart und der braunen Kappe, wie oft war er mit seinen Söhnen beim Alten gesessen, hatten Fische auf Stecken gespießt am Lagerfeuer, hatten sich Geschichten erzählen lassen. Die Mutter mit den beiden Schwestern nie dabei, wollte nichts zu tun haben mit dem Verrückten, wie sie ihn nannte.

„‚Eure Mutter ist meine Vernunft', so hat der Vater immer gesagt." Der eine Pflicht fühlte, als den Serben im Juli 1914 der Krieg erklärt worden war. War daher dem Pfad gefolgt, der über den Hang hinunter zur Save führte. Mitten in der Nacht. Paja ihm heimlich nach und belauscht. Und hat Zweige treiben sehen im Schein einer Fackel. Und der Alte gefaselt, dass es gut stehe, dass er wiederkäme, dass ihm die Flussgeister, ach was. „Hat mir ins Gewissen geredet, unser Paja, als wir vom Tod des Vaters erfahren haben. Hat mir alles erzählt. Nie wieder dürfe ich hinunter zum Fluss." Hatte versucht, den Alten zu vertreiben. Hat ihn bedroht und geschlagen und. „Und ich war stur und hab's mir nicht nehmen lassen. Hab's ihm nicht glauben wollen." Dragan war aufgestanden, hatte sich den Kopf gekratzt. Sich wieder hingesetzt. Schwer den Arm auf den kleinen Tisch gelegt. „Was erzähl ich dir da, Silvester." Befühlte die in die Tischplatte geritzten Zeichen, deren Kanten rund und weich geworden waren. (Werden alle Spuren undeutlich, schleifen sich ab.) Hob den Blick, sah dem Freund ins Gesicht. Erkannte der die Frage nicht?

Wieder stand Dragan auf. Ging hinaus. Lauschte Silvester den Schritten. Kies, Gras, das Knirschen der Eicheln unter den Sohlen. Wusste, wohin der andere ging.

Und standen bald beide nebeneinander am Zaun. Die Felder abgeerntet, nur der Futtermais noch nicht, der Kukuruz. Stoppelfelder, Acker. Kukuruz.

„Wennst ein Bild hättest von deinem Bruder, Dragan."

Wuchs dem ein Dröhnen im Kopf, ein Poltern und Geschiebe.

„Dann könnt ich mich vielleicht erinnern an ihn."

Schoben sich wieder die Schornsteine aus dem Boden, rollte Erde über die Dächer, roch es nach Rauch und war nicht ungewöhnlich für die Jahreszeit.

„War Pavle dir ähnlich? Ich weiß doch nichts mehr, weiß keinen, der dir ähnlich war."

Der Bruder war nach der Mutter geraten, so ein feiner Mensch. Und Dragan nach dem Vater.

Silvester: „Ich hab wenige mit Namen gekannt, war mehr bei den Italienern eingesetzt, als Wache, weißt. Oder bei den Internierten. Waren internierte Zivilisten auch da, nicht nur die Kriegsgefangenen, die Soldaten."

Dragan hob den Arm, wies in weitem Bogen über das Land, über Reihen von Baracken und Baracken und Lagerstraßen und Telefonmasten und Stromleitungen. Und diese vielen Menschen, die er vor sich sah, die sich bewegten und alte Uniformen trugen und in Gruppen oder zu zweit oder allein. Entlang der Barackenwände, auf den freien Flächen dazwischen, gruben sie im Boden und manche lagen oder saßen. Raschelte der Wind im dichten Mais. Schreckte ein Fasan auf und bellte ein Hund in der Siedlung.

„Erzähl mir vom Lager, Silvester."

So standen sie. War es am Kleinhäusler zu reden, hatte sich seine Stimme gut erholt vom Strick, war noch ein wenig heiser und sollte es bleiben sein restliches Leben lang.

Er erzählte Dragan, dass er als junger Bursch Arbeit gesucht hatte und in der Nähe der Eltern bleiben wollte, um ihnen zu helfen, und er der einzige Sohn. „Waren arm, du kennst ja, wo ich herkomm. Das Haus hat der Vater geerbt, ich bin drin geboren. Immer hat er gesagt, dass er anbauen wird, wenn ich groß bin, und mehr Grund pachten wollt er auch. Und alles für mich. Ich hab dann bei einem Tischler gelernt."

Er war dabei gewesen, als im Juni 1915 mit dem Bau des Lagers begonnen wurde, den Bauern die Felder entschädigt oder die Entschädigung groß angekündigt, auch der kleine Pachtgrund der Familie Moor war betroffen. Aber Arbeit hatten sie, Vater und Sohn, und die Mutter hat in der Großküche geholfen.

Silvester war dabei gewesen, als die Architekten kamen mit ihren Plänen, das Land abgesteckt und vermessen wurde und es ein Murren gab hier und eine Begeisterung da. Als die Fremdarbeiter kamen, schon die ersten Kriegsgefangenen, die beim Lagerbau eingesetzt wurden. „Das Lager, die ganze Anlage, war gut zwei Kilometer lang, Dragan, das verfluchte Lager, und an seiner breitesten Stelle fast eineinhalb. Da bist schon eine Zeit g'angen, von einem End zum andern."

Der Oberbauführer habe Max geheißen, an den erinnere er sich noch deutlich. „Aber nur", sagte er mit einem Seitenblick zum Serben, „weil wir ständig mit ihm zu tun hatten. War ja so, dass wir, vor allem der Vater, dass wir den Grund hier kannten und wussten, wo er lehmig war und wo sandig, hatten bei den Bauern ausgeholfen immer schon." Änderte sich nichts an Lebensentwürfen, gestalteten sich von einer Generation zur nächsten gleich. Dachte Dragan und schwieg und sah übers Land, über den sich im Wind biegenden Kukuruz, während er Silvester zuhörte.

„Wir haben gut verdient", fuhr der fort, „die heimischen Handwerker wurden gut entlohnt, der Vater konnte seine Schulden tilgen und die Holzhütte bauen und die Bienenstöcke kaufen." Haben viele ein Geschäft gemacht mit dem Lagerbau. Aber die anderen, erzählte er und wuchsen auch ihm die Bilder im Kopf, zeichneten sich klarer ab, herausgelockt durchs Reden. Die Drecksarbeit mussten die

Russen aus dem Lager Kleinmünchen machen. Weit über tausend waren hergeschafft worden, wenn nicht mehr. Untergebracht in Notbaracken. „Dort hinten waren die aufgestellt." Silvester zeigte in die Richtung. „Sieht man nicht von hier. Zwischen Pupping und Karling." Und als es dann fertig war, das riesige Lager, war es ein Wunder. War plötzlich eine Stadt, wo sie vorher Getreide und Gemüse angebaut hatten oder die Kühe auf die Weide getrieben. „Dragan, das hat alle begeistert. Wir sind auf die Ruine Schaumberg rauf und haben von oben die Lichter bestaunt am Abend oder in der Nacht. Sind die Leut von weit hergekommen deswegen." Und dass es Platz gab für über dreißigtausend Insassen und er aber glaube, dass es sogar mehr waren. „Das war ein Wunder", wiederholte Silvester. „Die Bäckereien hättest sehen müssen, vier gab es davon, sechzehn Backöfen insgesamt, und alles war elektrisch beleuchtet, die Lagerstraßen, da hat sich keiner verstecken können, selbst wenn er es gewollt hätt!"

Dragan brummte. Dass ihm das wohl gefallen hätte. Dieses „Wunder".

Verstummte der Kleinhäusler kurz. Wurde ruhiger. Sagte, die Hände am Zaun, dass das damals etwas sehr Neues war für alle. Und dass er, als keine Handwerker mehr gebraucht wurden, den Posten als Wache angenommen hatte. Wollte nicht in den Krieg als Soldat.

Silvester Moor steckte die Hände in die Taschen. War die Sonne hinter dem Hügelzug der Schaumberger Leithen verschwunden und der Wind kälter geworden. „Ich glaub, ich sollt heimgehen, Dragan, muss den Bock aus dem Stall lassen, damit er an die Luft kommt. Bevor's finster wird."

„Nein."

„Was nein?"

„Nein. Bleib da. Bist noch nicht fertig. Red weiter."

Alles wollte Dragan wissen, jede Kleinigkeit, jedes Detail, das Silvester Moor sich aus dem Hirn ziehen konnte, aus der Erinnerung nacherzählen. Ließ ihn nicht weg, nicht einmal ins Warme. Musste bleiben, wo er war, und: Er blieb, wo er war, neben dem Serben am Zaun. Hatte gewusst, dass der nach seinem Bruder suchte, hatte aber nie von seiner eigenen Rolle im Lager gesprochen, die winzig gewesen war, unwesentlich, ohne Macht, kaum Verantwortung, aber: „Grausam war's. Was hätt ich dir sagen sollen? Alles, was ich gesehen hab, was ich erlebt hab an den Leiden, die Seuchen, die gewütet haben unter den Männern, die Strafen, dass sie gestorben sind wie die Fliegen. All das hätt deinem Pavle genauso passieren können und ist es wahrscheinlich auch, aber."

Er packte Dragan am Stoff seiner Jacke, damit er genau zuhöre: „Ich hab ihn nicht gekannt, das musst du mir glauben. Und wenn du ihn nicht in den Listen gefunden hast, im Archiv, ich weiß, der Dechant hat da einiges gesammelt." Dann war er, der Bruder, vielleicht unter anderem Namen hier, ein Versehen bei der Niederschrift, eine Verwechslung, oder war gar nicht hier gewesen oder nicht lang.

„Oder", sagte Dragan, und hart war die Stimme, „er ist gleich verreckt." Und: „Red. Erzähl."

Silvester atmete tief, griff sich an den Hals. War ihm die Kehle trocken. Wollte trinken. Aber sprach. Erzählte von den internierten Zivilisten, die oft völlig geschwächt im Lager ankamen, in viel zu dünner Kleidung für die Jahreszeit, Richter, Professoren, Ärzte aus serbischen und anderen Städten deportiert oder aus solchen, die zu Österreich gehört hatten, aber zur falschen Zeit am falschen Ort.

Dragan nickte. „Ich weiß."

Und die vielen gewöhnlichen Soldaten und die von ihnen getrennt untergebrachten Offiziere, wurden so und so behandelt. Wurden Vergehen, sogar geringe, mit Strafen geahndet, wie das Anbinden, das war besonders gefürchtet, mit den Armen am Rücken an einen Pfahl, sodass die Füße kaum den Boden berührten. Bei jeder Witterung über Stunden. Das habe er selbst einmal ausführen müssen bei einem alten Soldaten. „Dragan", sagte Silvester, „der war beinah älter als mein Vater, wie kann so einer noch Soldat sein, und hat geschrien und gebettelt, dass ich ihn losbind und ich durft's doch nicht, ich wollt das alles vergessen und jetzt zwingst mich, dran zu denken." Drehte sich um, ließ sich zu Boden sinken, lehnte am Zaun und Dragan, nach einer Weile, setzte sich neben ihn. „Weiter", sagte er, „bitte, ich muss es hören."

Silvester holte wieder Atem. Sprach von anderen Strafen, strengem Fasten, Arrest, Schreibverboten, der Verrichtung besonders ekelhafter Arbeiten, Demütigungen. Wobei zusätzlich noch die Zwangsarbeit zu verrichten war, und wehe, wenn einer sich draußen, bei den Bauern oder im Steinbruch oder sonst wo, etwas zuschulden hatte kommen lassen. War der Kontakt mit der Bevölkerung streng geregelt. War dies, war das. War Elend und Hunger und Schmutz und Dreck. „Brauchte es nicht viel, Dragan, kannst dir vorstellen, einer fängt an und wird krank, trägt sich alles weiter sofort, wennst schwach bist und kannst so viele Kranke nicht separieren und sterben dann, wie die Fliegen sterben sie, und war auch der Italiener einer der ersten, der Adolfo Bragari, der so alt war wie ich, mit dem hab ich mich unterhalten können, der hat im Lager unsere Sprache gelernt, war ein kluger Kerl, Dragan, haben uns fast angefreundet, hat gesagt, wenn der Krieg aus ist, soll ich ihn besuchen kommen, in seinem Dorf, seine Familie hat Zitronen angebaut, ganz unten am italienischen Stiefel, ich hab den Namen von seinem Dorf vergessen, aber das wollte er mir zeigen, weil es das schönste Land wär und er ein Bauernsohn und ich ein Bauernsohn. Hab ihm erzählt von den Feldern, die vorher hier gewesen waren, und genickt hat er immer und sich alles vorstellen können."

Legte die Hände offen hin, der Kleinhäusler. Saß im Gras am Zaun des Kriegerfriedhofs, die Beine von sich gestreckt, die Hände mit den Handflächen nach oben auf den Oberschenkeln, den Kopf zurückgelehnt. Saß da und sagte es wie ein Geständnis, dass dieser Adolfo, der so elendig verreckt war am Typhus, bis zu seinem Ende von den Zitronen gesprochen hatte.

Und dann?

„Dann war er weg und verscharrt und mich hat's auch erwischt, aber ich hab's überlebt, bin aus dem Dienst ausgeschieden und hab so getan, als wär mir von der Krankheit oder von der Arbeit im Lager was geblieben. Bisserl dumm im Kopf. Verstehst?"

Dragan verstand. Silvester, der Einfältige, fragte: „Genug? Weißt jetzt genug?"

Saßen noch, die beiden, bis es ganz finster geworden war. Erinnerten sich auf ihre Weise, jeder für sich. Einer an das, was gewesen war, einer an das, was hätte sein können.

Halfen sich dann gegenseitig auf, gingen in die Hütte, um sich aufzuwärmen.

Regen

Die letzten Trauergäste sind gegangen. Steht noch der Pfarrer beim Vater und der mit den Händen hinter der Schurzbrust. Reden miteinander, und war die Küche schon blitzblank, bevor im Gastzimmer und im Stüberl alle Tischtücher gewechselt sind. „Holst noch ein paar Deckservietten", sagt die Mutter und dass wir dann fertig wären. „Schau, so viel Trinkgeld für euch." Und dass sie noch ein bisserl Luft brauchen würd nach der Arbeit. Ob wir mit ihr auf den Friedhof gehen wollen? Wird wohl kein Gewitter kommen, aber schwül ist es. Meint die Mutter und sagt der Schwester, sie soll das kleine Heindl bringen zum Unkrautjäten, es wird in der Krautkammer sein.

Stocken die Wolken auf. Zwischen den Gräbern wandern, nachsehen, wer wo liegt. Auch das frische Grab sehen, fertig hergerichtet und schöne Kränze hat er bekommen, der Verstorbene. Die Mutter hat viele gekannt, die hier begraben sind. Liest die Inschriften der Grabsteine vor. Fragen, ob sie weiß, wo der Dechant liegt. Zu dem Herr Džomba Blumen bringt. „Na, hier", sagt die Mutter, ist ein schmales, unscheinbares Grab. „Wollt er so haben", sagt sie, und davor ein ganz schlichtes Begräbnis.

„War die Zehrung bei uns?"

„Nein." Beim Kirchenwirt. Waren einige beleidigt, weil er so arm begraben werden wollte. Steht eingraviert: Herbert Genzl. Pfarrer in Eferding. Gestorben 1957. „Vor zwanzig Jahren", sagt die Schwester, beugt sich und zupft ein Unkraut.

Bauen Wolken weiße und dunkelgraue Berge über die Stadt. Es grollt, es donnert. „Flott", sagt die Mutter und nimmt uns an den Händen, tröpfelt schon. Und genau als wir den Eingang vom Friedhof erreichen, wo das große Tor ist mit seinem hohen Gitter und die Aufbahrungshalle und in den beiden Schaukästen die Totenbilder der letzten Monate. Genau da fällt es schwer vom Himmel. Aber wir sind im Trockenen. (Schauen uns die Toten von ihren Bildern aus an.) Vor und hinter uns ein nasser Vorhang. Sprüht es herein. Die Mutter erzählt vom Hochwasser 1954, und dass sie damals auf den Kirchturm gestiegen sind, und bis ganz nah an die Stadt: ein einziger See.

Warum der Schwester ausgerechnet jetzt einfällt, dass sie für Handarbeiten fünf Knöpfe braucht, blaue Nähseide, weißes Heftgarn und mindestens einen Meter Schrägband. „Ob die Frau Kern noch offen hat?“, fragt sie. (Stoffballen übereinandergestapelt, Regale voller grauer Schachteln mit je einem Knopf als Muster vorn drauf, Nadeln, Schneiderkreide, gelb-schwarze Maßbänder. Das Bild an der Wand von den Vorbesitzerinnen, viel jünger als in echt. Gehen immer in der Stadt herum, die beiden alten Damen, im Gleichschritt und gleich angezogen und eingehängt.)

Die Mutter winkt, Frau Tröger winkt zurück, sie wartet drüben bei der Kreuzung auf Grün. Hat gelbe Gummistiefel an und schaut glücklich aus. Als wär sie ein Mädchen, das wieder über Pfützen springen will.

Es hat noch nicht aufgehört, aber ist weniger heftig. Und wirklich, die Wolken reißen auf und wie es duftet. Nichts riecht besser als Regen auf heißem Asphalt, und wie warm der noch ist. „Zieht die Schuhe aus“, sagt die Mutter und tut es auch.

Räucherwerk

Dass er ihr wieder etwas zum Binden geben soll, wollte die Gruberin von Genzl. Die beiden saßen nebeneinander vor der Deinhamer Hütte. In der die Frau, schmal war sie und zittrig, ewig gelebt hatte, bevor sie ins Altersheim übersiedelt worden war gegen ihren Willen. Hatte sich schwergetan mit dem Umzug, haben es alle gut gemeint, hat sie sich nie ganz abfinden können.

„Die Frau Gruber!“, riefen die ehemaligen Nachbarn, die am Kriegerfriedhof vorbeikamen und den Dechant und die alte Frau bemerkten. War nicht mehr so, dass jeder und jede übers Gatter zur Hütte hinschauen musste und neugierig war, was der Serbe anstellte, der Dschomba oder Džomba oder wie er sich auch schreiben mochte. War gemeldet und am Gemeindeamt falsch eingetragen worden, aber egal. Warum ändern, ist ein Aufwand, gibt Wichtigeres zu tun. Warum einen Hatschek einführen, wenn es ein Sch auch tut. Wo ist der Unterschied? Braucht wenigstens der Name nicht zu fremdeln.

„Grüß Gott, Frau Gruber! Sind S’ auf Besuch, schaun S’ nach, ob alles in Ordnung ist daheim?“ Über das Gatter gerufen und hörte die alte Frau auf, ihren langen, schlohweißen Zopf zu streicheln, den ihr am Morgen die Pflegerin im Heim frisch geflochten hatte. „Wer sind denn die?“, fragte sie, rückte näher an den Dechant heran. „Soll ich die Mutter holen?“ Kaum zu hören, so viel Schüchternheit. Meinten die Nachbarn beim Weitergehen, nach ein paar Worten mit dem Geistlichen und dem Verabschieden und dem: „Ist schon recht, Frau Gruber. Und kommen S’ bald wieder vorbei. Gell?“

Werden sich unterhalten und verbreiten, dass „die Gruberin da war, stellt’s euch vor, der Genzl hat’s g’holt, damit sie eine Abwechslung hat vom Heim.“ War ungewöhnlich warm für einen späten Oktobertag. Und dass der Genzl immer ein Herz gehabt hatte für die Alten und Kranken und besonders für die Armen. Wär kein Geheimnis gewesen, dass der seit jeher ein verkappter Kommunist war.

Sagten die Leute und erzählten vom Korb voller Stroh auf der Bank, und dass die Gruberin aus den Strohhalmen, die ihr der Genzl in die Hand drückte, Räucherbündel gebunden habe. Und geglaubt, es wär getrockneter Lavendel oder der weiße Salbei. Erinnerten sich die Nachbarn, wie schön die quer über die Hüttenwand gespannten Schnüre gewesen waren mit den aufgehängten Kräuterbüscheln. Und wie schad, dass es kein Räucherwerk mehr gab von ihr. Weil, man könne schlecht mit Stroh räuchern. „Kannst gleich die Feuerwehr rufen." Sie warfen im Weitergehen noch einen Blick auf die zwei Alten. „Ist halt schon recht verloren, die Frau Gruber."

Und manchmal war zu hören: „Aber dieser Serbe hält eh auch eine Ordnung."

Und manchmal war zu hören: „War mir die Gruberin trotzdem lieber als der."

Und manchmal schwiegen die Nachbarn und dachten nichts, war alles normal und konnte so bleiben und würde sich ohnehin weisen mit der Zeit.

Die alte Frau? Saß da in ihrer Verlorenheit. Strich sich wieder über den Zopf. Hielt alle Pflegerinnen im Heim für ihre Mutter.

„Macht mir die Haare, damit ich fesch bin für meinen Verlobten", sagte sie, bald würde er zurückkommen. Von wo? Sie runzelte die Stirn, schaute in die Ferne, suchte, fand nichts außer Nebel. Öffnete den Mund, probierte ein paar Worte, kam kein Laut heraus.

Nach einer Weile: „Gibst endlich den Salbei her?" Wand und band und zeigte dem Dechant ein sauber gewickeltes Bündel. „Riech!"

Genzl roch, nickte. „Das hast also nicht verlernt, Pauline", sagte er. Die alte Frau lächelte das Lächeln einer jungen Frau. „Stimmt, das hab ich nicht verlernt."

Unter dem Strohkorb aber. Lagen die alte Fotografie und die Goldkarte, mit dem Goldhaubenstoff aufgeklebt, aus dem Lager und auf Umwegen ans Ufer der Save, zum Elternhaus Dragan Džombas gebracht vor beinah vierzig Jahren.

Hatte sich Pauline Gruber, ehemals wohnhaft Deinham 20, in der Hütte umsehen wollen und Dragan ihr die Tür aufgehalten. War ihr der Raum fremd. Sah so die Stube der Mutter aus? „Nein", hatte sie gemeint, und dass es hier viel zu finster wär und daheim viel heller. Aber die Karte auf dem Regal fiel ihr auf und die Fotografie daneben. Nahm beides in die Hand und mit hinaus ans Licht.

Draußen die Männer neben ihr, sie flankierend links und rechts. Warteten, ob und was sie erkennen würde. „Die Erna", rief die Gruberin und meinte Erna Zeisig. „Die Hilde", rief sie und meinte Silvesters Frau. „Und das hier bist du?", fragte Genzl und zeigte auf die in der Mitte, die mit dem verwischten Gesicht. „Nein, nein, die da bin ich, schau, siehst es ja gleich!" Hielt sich die Fotografie neben den Kopf. Strahlte. „Das war doch erst." Wieder runzelte sich ihre Stirn. „Im Mai?"

Die Verwischte sei ihre Schwester, die würde auch. Aber wo die grad. Schüttelte sich Nebel-Ärger in die Gruberin. Genzl nahm das Bild an sich, sagte, er wolle es genauer betrachten, und ja: „Das bist du, eindeutig."

Blieb die Karte mit dem Goldhaubenstoff. Die Alte setzte sich damit auf die Bank und befühlte jede Einzelheit. Saß darüber gebeugt, hielt sich das Gestickte und die Pailletten und die kleinen Perlen nah vor die schwachen Augen. Begann das Muster zu erklären und erzählen, dass.

„Was?" Dragan setzte sich schwer neben sie.

„Fürs Lagertheater ist das. Gehst nicht zur Aufführung?" Sah Dragan lange an. „Und wieso hast rausdürfen aus dem Lager? Warst arbeiten? Bist bei einem Bauern? Hast einen braven erwischt? Musst schauen, dass d' wieder reinkommst zur rechten Zeit. Dass d' nicht g'haut wirst oder an'bunden."

Setzte sich auch der Dechant zu den beiden. Die Gruberin zu Dragan, auf Genzl deutend: „Der wird helfen, der ist ja von hier." Und zu Genzl: „Gell, hilfst ihm." Der Dechant nickte. Das würde er natürlich tun, aber was es mit dem Stoff auf sich habe?

Ach, nicht viel. Die Lagerleute hätten die Eferdinger Goldhauben um ein paar Restln gebeten, für ein Kostüm. „Was ist das für ein Stück, das sie spielen wollen?" Es würde ihr wieder einfallen. Die Zeisig hatte jedenfalls ein kleines Fetzerl übrig von einer neuen Goldhaube, die in Auftrag gegeben worden war bei ihr. „Ich kenn doch die Handschrift der Erna", sagte die Gruberin und meinte die Art, wie die Goldfäden verstickt worden waren. „Wir wunderten uns, dass sie so großzügig ist, aber hat halt Mitleid, sind ja auch nur Menschen, oder? Und hat man ihr vielleicht versprochen, dass sie was bekommt dafür. Ich kann sie fragen, wennst willst." Sie drehte die Karte um. Wollte von Dragan wissen, was auf der Rückseite stünde. „Das ist doch eure Schrift? Ist die nicht verboten worden? Was steht da?"

Dragan, den es zu schmerzen begonnen hatte in der Brust, der eine Nähe spürte, die er gesucht und gefürchtet hatte gleichzeitig. Sagte, leise sagte er es, wusste es auswendig: „Liebe Mama, meine Seele, ich schicke Dir ein Glänzen. Zeig es den Mädchen, unseren hübschen Sternchen, sag ihnen, ihr Bruder denkt immer an sie. Draško soll auf sie und dich aufpassen und den Jovanjdan mit euch feiern. Ich umarme und küsse dich. Dein Paja"

Dragan, Draško schluckte und drehte sich weg. Aber fasste ihn die Alte am Kinn und sah ihm lang und prüfend in die Augen. Fand eine Ähnlichkeit darin mit einem. Kam ihr bekannt vor, dieser Mensch, aber wusste nicht, wohin mit ihm. „Fällt mir wieder ein“, sagte sie, „fällt mir alles wieder ein.“

Mutter

Bevor Agnes die Tür leise hinter sich schloss, lauschte sie auf den Atem der alten Frau, versperrte dabei der Katze mit dem Fuß den Weg. „Du darfst nicht hinein“, flüsterte sie, überlegte es sich anders und gab den Spalt frei. Die Katze schlich grau und weich ins Zimmer, sprang mit einem Murren auf das hohe Doppelbett, schnupperte an den Händen der unruhig Schlafenden und rollte sich auf dem Kopfpolster zusammen. Auf dem zweiten, denn Tuchent und Polster des spät im Krieg gefallenen Gendarmen Hintersteiger waren gemacht, wurden regelmäßig ausgelüftet und frisch bezogen, und zwar bei jedem zweiten Wechsel des Bettzeugs seiner Witwe. Ein kleines Kreuz lag auf dem Polster des Abwesenden, oder war gelegen. Jetzt lag dort die Katze.

Im Wohnzimmer warteten der Dechant und Dragan Džomba auf den Gendarmensohn, der im Einsatz war und noch nicht hatte benachrichtigt werden können. War bald November mit Allerheiligen und Allerseelen und ein Jahr herum, seit der Serbe nach Eferding gekommen war. Dragan saß still, rührte sich kaum und legte, als Agnes ins Zimmer kam, den Finger an die Lippen. Genzl schlief. Im Ohrensessel, der Kopf zur Seite gesunken, eine von der Witwe gehäkelte Decke über den Knien. Seine Haushälterin, seine Pfarrersköchin, die Deutsche mit dem schiefen Mund, ließ den Arm sinken, sie hatte Licht machen wollen, die neun Glühbirnen des verstaubten Deckenlusters hätten dem Raum das Dunkel genommen.

Im Zwielicht dieses altmodischen Zimmers mit seinen braunen Möbeln und dem dicken Teppich, saßen Dragan und Agnes auf dem Sofa, rot-schwarz-grün karierter Stoff, jeder auf einer Seite, getrennt durch einen flachen Polster mit einer aufgestickten Katze. Ob er Tee wolle oder Kaffee oder etwas anderes? Flüsterndes Fragen, Kopfschütteln, nicht jetzt. Ob Dragan wüsste, wo und welcher Einsatz den Sohn der Witwe aufhielt? Kopfschütteln, nein.

Die Zeit verging langsam. Agnes wusste nichts anzufangen mit sich, mit dem Untätigsein. Das Wohnzimmer war kein Ort für sie, wollte die alte Frau Hintersteiger sie gar nicht in diesem Raum haben. Der sei „für die Familie“, erzählte Agnes, als sie mit Dragan in der Küche saß; leise waren sie hinübergegangen, um den Dechant nicht zu wecken.

„Das Wohnzimmer und der Dachboden und ihr Schlafzimmer, dort will sie mich nicht haben.“ Es gab auch ein Esszimmer im Haus, in der Küche nur einen schmalen Tisch und zwei Hocker, kein Platz zum Verweilen. „Im Luster züchtet sie Spinnen, hast du gesehen, wie der aussieht? Hab einmal staubgewischt, hat sie einen Aufstand gemacht. Hat mich hinausgeschmissen.“ Agnes lachte ein falsches Lachen. War nichts zu sehen von einer Bewegung in ihrem Gesicht.

Sie war aufgestanden, wischte Brösel von einem Schneidbrett in die Abwasch, begann, ein kaltes Essen vorzubereiten. Dragan war wie im Wohnzimmer: Er rührte sich nicht. Hing seinen eigenen Gedanken nach.

Er war im Pfarrhof gewesen, hatte sich dort über die Bücher gebeugt, die ihm Genzl aus dem Pfarrarchiv im Keller herausgesucht hatte, als oben in der Pfarrkanzlei das Telefon läutete. Es hatte geläutet und geläutet, bis er selbst die Stiegen hinaufging. Der Dechant kam zu gleicher Zeit aus seinem Schlafzimmer ins Erdgeschoss herunter, hatte sich hingelegt, wollte rasten ein wenig, war müde, oder war es sein Herz. Er winkte ab, als Dragan ihm den Hörer geben wollte, deutete, der andere solle sprechen, ihm fehle es an Luft. Musste Atem holen und nickte, als Dragan wiederholte, worum Agnes bat: dem Dechant auszurichten, dass Frau Hintersteiger stirbt.

Hart hatte sie das gesagt. Ohne Mitleid. War nicht zu glauben. War unglaubwürdig. War das Harte ein Schild und würde fallen das Schild.

Was war geschehen? „Es ist ihr bereits die letzten Tage nicht gut gegangen“, fing Agnes an, beugte sich über die Anrichte, fächerte Essiggurken auf eine große, ovale Platte aus geblümtem Porzellan. Es war der Witwe nicht gut gegangen, sie wollte aber nicht, dass ihr Sohn davon erfuhr oder der Arzt geholt wurde. Keinesfalls. Sie wollte nur im Bett liegen und dazwischen stapfte sie im Haus herum, in Nachthemd und Schlafrock, und die Haare wirr und im Kopf muss sie es auch gewesen sein. „Sie hat mir leid getan, Dragan, so schwierig es ist, mit ihr auszukommen. So wollte ich sie nicht sehen.“ Deswegen habe sie, Agnes, heute doch den Sohn verständigt. Sie war direkt zur Wachstube gegangen, hatte dort den Zustand der Mutter angezeigt. Sagte sie. Nahm den Aufschnitt aus dem Papier, formte kleine Trichter aus dem Schinken, kleine Blumen aus der Salami.

Stephan Hintersteiger hatte Agnes später im Pfarrhof angerufen und Bescheid gegeben. War der Arzt bei seiner Mutter gewesen, und war es leider Rausam, weil ihr üblicher Hausarzt verreist. Dass die Mutter, die Rausam nicht leiden konnte, dessen Untersuchung geradezu mit Engelsgeduld über sich ergehen hatte lassen, war beunruhigend, meinte Hintersteiger am Telefon. Er bat Agnes, ob sie vielleicht. Nachschau halten. Eventuell.

„Als wär ich die Krankenpflegerin der Hintersteiger.“ Und ja, so war es auch, sie hatte sich zu kümmern und war besorgt, das wolle sie gern zugeben. Obwohl ihr die Alte das Leben oft genug schwer gemacht hatte, seit sie bei ihr wohnte: Sie hatten sich arrangiert. War stillschweigend eine Übereinkunft gefunden worden; ein wenig Gekeife von Zeit zu Zeit seitens der Witwe, wie ein Spiel, auf das sie, Agnes, hatte eingehen können, wenn ihr danach war, wenn auch sie sich nach Streit fühlte.

Und war ihr nicht danach, wollte sie ihre Ruhe haben: Auch das war kein Problem gewesen. Die alte Frau keifte für sich. Um ihr, Agnes, eine Stunde später eine angebrochene Packung Konfekt zu bringen, sie ihr grob in die Hand drückend mit den Worten: Die wären nicht gut, die schmeckten ihr nicht, aber für den Müll wären sie doch zu schade. „Also hier, nehmen Sie." Agnes lächelte, fand sich etwas Weiches in ihrer Miene.

Sie füllte zwei Gläser mit Wasser und setzte sich hin. Der Aufschnitt stand auf der Anrichte bereit, daneben zwei Schüsseln mit Petersilie und Perlzwiebeln, ein Brett mit Käse und dem Käsemesser, die weiße Butterdose, ein Brotkorb, Teller, Gabeln und Messer, Servietten.

Das Licht in der Küche war Dragan zu grell. Draußen war es dunkel genug und würden die luftgehauchten Geistersoldaten auf dem Kriegerfriedhof, auf dem Serbenfriedhof, auf dem Ehrenfeld sich bald zu rühren beginnen unter dem Gras. (Der Alte an der Save: Lastet schwer, die Erde, liegt sie erst auf deiner Brust.)

Agnes zupfte sich ein Zweiglein Petersilie vom Ärmel und rieb es zwischen ihren Fingern. Roch daran, spielte damit, während sie weitererzählte. „Als ich heimkam vom Pfarrhof, hat sie mich schon erwartet. War wie eine Furie, Dragan, so schlimm habe ich sie bisher nie erlebt. Warum ich Stephan Bescheid gegeben habe, und dass sie den Rausam hatte ertragen müssen, und dass dann sogar die Schwiegertochter vorbeigekommen war." Sagte Agnes. Die ungeliebte Schwiegertochter hatte es gewagt, eine Thermosflasche mit Suppe zu bringen, und waren sogar die Kinder dabei, und sie, die Großmutter, nicht darauf vorbereitet, waren im Schlafzimmer gestanden, hatte Stephan seiner Frau den Schlüssel gegeben, damit die Frau. Nicht anläuten.

Einfach so ins Haus. Mit den Kindern. Und sie, die Großmutter, gerade dabei, sich ein frisches Nachthemd anzuziehen; wäre schon schlimm genug gewesen, dass dieser furchtbare Arzt sie angegriffen und abgehorcht hatte und sie nicht gewaschen und gekämmt gewesen war.

Immer lauter sei die Witwe geworden, erzählte Agnes, immer hysterischer, hatte die Schwiegertochter aus dem Haus gejagt und hatten die Buben natürlich geweint, weil die Großmutter so desolat. Sie habe ja versucht, die Alte zu beruhigen, sagte Agnes und steckte sich die Petersilie in den Mund. Sie habe auf sie eingeredet, dabei wäre die Katze ihr maunzend um die Füße gestrichen, wie sie es immer tue, steht jemand bei der Tür. Und ganz vorsichtig habe sie, Agnes, das Tier zur Seite geschoben. Und dann.

„Und dann hat die Hintersteiger mir die offene Thermosflasche an den Kopf geworfen." Was sie sich einbilde, die Murli zu treten. „Sie hat mich verfehlt, hat die Wand erwischt, schau, sind noch Flecken dort, ich hab's weggeputzt, so gut es ging."

Aber vorher. „Vorher, Dragan, ich war schon lange nicht mehr so wütend auf jemanden, ich hatte so eine Wut im Leib. Ich konnte nicht anders." Als die Tür ganz weit aufzumachen. Augenblicklich war die Hintersteiger still geworden. Waren beide still. War es auch die Katze, die sanft zur Seite geschoben worden war von Agnes, keinesfalls aber getreten. Die sich darüber nicht beschwert hatte, nur am Schirmständer gerieben. Und als die Tür weit offen und die Katze davor gestanden war (die beiden Frauen sahen es, hielten den Atem an), erst ein Bein auf der Schwelle, dann ein zweites. Dann mit der Pfote ins Freie getupft, in die freie Luft geschnuppert, zitterten ihr die Barthaare. Sah Agnes auch jetzt wieder, beim Erzählen. War heute ein kühler, aber sonniger Nachmittag gewesen und hüpften Spatzen herum im Vorgarten und Amseln und alles.

Und als die Murli, wegen der jedes Fenster vergittert war, die nie das Haus hatte verlassen dürfen, die aber immer und bei jeder Gelegenheit darum gebettelt hatte. Als die Katze ein zweites Mal mit der Pfote hinaustupfte: brach die alte Hintersteiger zusammen. Sank auf den Boden, fiel um, lag da. War so leicht, dass Agnes sie mit etwas Mühe selbst ins Bett tragen konnte. Sie rief Rausam an, versuchte danach, Stephan zu erreichen, wartete auf den Arzt, der schnell kam, aber bald zu einem anderen Patienten eilen musste und ihr auftrug, Genzl zu verständigen. Und nun säßen sie hier in der Küche. Hatte die Alte die letzte Ölung bekommen (ein Glänzen auf der Stirn). Schlief in ihrem Bett. Der Dechant im Wohnzimmer. Der Sohn war im Einsatz.

Agnes seufzte tief und rieb sich die Augen.

„Und die Katze?“, fragte Dragan.

„Die ist vor der offenen Tür sitzen geblieben. Drinnen. Nicht draußen. Und irgendwann ist sie zurück ins Wohnzimmer, zu ihrem Polster auf dem Sofa.“

„Was hat dich so hart gemacht, Agnes?“ Kam unvermutet, die Frage, die Dragan stellte, die Hände unter dem Tisch zu Fäusten geballt. War die Wut der Agnes zu spüren, war nie vergangen, bloß schlecht verborgen. War eine Ähnlichkeit zwischen ihm und ihr. „Warum bist du nie zurück zu deiner Familie?“

Agnes hob den Kopf. Hob das Kinn. Hob sich die Frau. Straffte sich der Ausdruck, die Schultern, richtete sich ihr Körper auf.

„Meine Mutter hat mich verjagt.“

„Weswegen?“

Wie das ist, geht einem der Blick in die Ferne, und die Ferne liegt in der Vergangenheit. Wenn der Blick wandert und Nachschau hält, was es da gegeben hat. Wie sich die Augen verändern, der Mensch an sich, geht mit und wandelt sich für die Dauer, die es braucht. Die Agnes in der

Küche im Haus der Witwe brauchte, um donauaufwärts und über die Grenze in die Wohnung der Eltern zu gelangen, die eingemietet gewesen waren bei einem Bauern, nah genug, um mit dem Rad nach Passau zu fahren. Damit die Tochter in den Kriegstagen als Hilfskrankenschwester den Dienst am Volk ableisten konnte, an den Männern, denen ein Arm abgeschossen worden war, die ein Bein an den Feind verloren hatten und an der Front zu viel erlebt, um traumlos schlafen zu können, die sich an den Schwestern festklammerten und schrien, ohne aufzuwachen.

„Es ist zu viel geschehen", sagte Agnes. Sah Dragan nicht an. Der aufstand, das kleine Licht bei der Kredenz einschaltete, das große Licht abdrehte, sich wieder hinsetzte. Sagte, dass ihm die Augen schmerzten, wer weiß, warum.

Agnes zuckte mit den Schultern. „Ich habe in Passau als Hilfsschwester gearbeitet, ich war vorher beim Bund Deutscher Mädel, weil es die Mutter so gewollt hat. An freien Tagen haben wir alle den Bauern geholfen, in dem Dorf, in dem wir lebten. Wir waren früh umgesiedelt worden, der Vater war ein Rechtsanwalt gewesen, die Mutter Schneiderin, ich hatte einen Bruder, der ist 1943 gefallen, der liegt irgendwo begraben, abgeschossen mit achtzehn Jahren, sein erster Einsatz, freiwillig, der Vater hatte versucht, ihn aufzuhalten." Agnes sprach und sprach, das Wasserglas in der Hand, sah hinein wie in ein Buch.

„Aber der Bruder hatte einen älteren Freund und die Uniform vom Freund hat ihm gefallen. Und mir hätt er auch gefallen sollen, dieser Freund, der zurückgekommen war auf Heimaturlaub, aber ich habe ihn abgewiesen. Bei den Bauern haben wir alle gearbeitet, die Mutter als Weißnäherin, der Vater hat in der Dorfschule ausgeholfen, fehlten ja die Lehrer, die Männer. Meinen Schwestern war es nicht schwergefallen, die fanden sich zurecht in der neuen Heimat, die waren noch so klein gewesen oder gar erst hier geboren unsere Jüngste."

Die Jüngste. Stand vor Agnes, ließ sich die Zöpfe flechten, blonde Haare hatte sie, war der Liebling, das Kücken, das Küchlein, und Agnes hob die erdigen Hände, die Fingernägel mit Trauerrand vom Arbeiten im Bauerngarten, und tat, als würde sie. Und kreischte die Jüngste, und lief davon, lachte dabei und war alles ein Spiel gewesen mitten im Krieg. „Mitten im Krieg", flüsterte Agnes, ihr Gesicht im Schatten. „Es lag an mir, an mir lag es. Das war zu gefährlich geworden, weil die Kleine nicht ganz gesund war, weil sie, weißt du, Dragan."

War die Mutter schon recht alt gewesen, als sie noch einmal. Und das Kind dann, man sah es ihm an, nur ein wenig sah man, dass es anders war. „Die Augen wie zwei Mandeln, Dragan, das liebste Kind." Der Bauer und die Bäuerin, bei denen sie die Wohnung bekommen hatten, die waren ein Glück. Die nahmen das auf sich, hätten das Mädchen melden müssen, taten es nicht. Waren kinderlos. War die Jüngste wie die Katze Murli, durfte nicht hinaus, blieb auf dem Hof, im Garten höchstens, wo sie die Stauden extra wachsen ließen, höher als ein Kind war, ein kleines Mädchen. Ging nie mit auf die Felder, und kam Besuch, privat oder offiziell, war das Kind verschwunden, war auch nicht registriert, hatte man vergessen, Meldung zu machen von seiner Existenz.

Agnes tippte mit dem Finger gegen das Glas, zitterte das Wasser und musterte sich in kleinen Wellen. Sprach weiter. Erzählte von dem Freund des gefallenen Bruders, der es als seine Pflicht erachtete, die älteste Tochter zu ehelichen; wollte es deren Bruder schuldig sein, weil er ihn in den Krieg gelockt hatte. Und sie, um den Anträgen zu entgehen, blieb in Passau, wohnte dort bei einer Kollegin aus dem Krankenhaus, und wohnten und arbeiteten gemeinsam die beiden jungen Frauen, teilten sich das kleine Zimmer zur Untermiete, lasen Bücher, gingen ins Kino, wann immer es die Zeit erlaubte. Sie hatten einander gefunden. Und wäre nicht Krieg gewesen. Wäre alles. „Wir waren immer zusammen“, sagte Agnes knapp. Und: „Wir wollten zusammenbleiben.“

Die Türen standen offen, aus dem Wohnzimmer kam ein leises Geräusch, drehte sich der Dechant im Ohrensessel, setzte er sich bequemer? Gähnte und schnaufte, dann war es wieder still, bis auf das Ticken der Wanduhr. (Im Schlafzimmer auf dem Polster neben der alten Witwe zuckten der Katze die Pfoten, jagte sie die Vögel.)

Agnes hob das Glas, prostete Dragan zu und trank es in einem Zug leer. Verzog sich ihr Mund, wanderte die Lippe unschön nach oben. Dragan dachte, dass ein Verlust in der Frau war, und ob sich das so sagen lässt.

„Was dann?“, fragte er.

„Dann.“ Agnes lachte kurz. „Wir waren vorsichtig gewesen, aber Passau ist keine große Stadt. Wir wollten nach dem Krieg nach Berlin gehen, dort kann man eher untertauchen und leben, wie man es für richtig hält. Aber ich wollte warten, wollte in der Nähe meiner Familie sein, wollte sichergehen, dass nichts passiert.“ Und war eines Tages, erzählte Agnes, aufs Land gefahren, an einem freien Nachmittag, hatte sich angekündigt, hatte ausrichten lassen, sie käme dann und dann. Und als sie kam, standen ihre Sachen gepackt vor der Tür, eine Tasche und ein Rucksack – „Wie deiner, Dragan“ –, und die Mutter mit dem Schirm in der Hand daneben. Mit ihrem Schirm. Dem großen, grauen.

Hatte gedroht, wenn sie je wieder in die Nähe käme. Falls das stimme, was erzählt wurde. (Was der enttäuschte, der um die Wiedergutmachung betrogene Freund des gefallenen Bruders an Gerüchten der Mutter in die Ohren gesetzt hatte.) Ob sie wüsste, was mit solchen Frauen passiere? Ob sie die ganze Familie gefährden wolle und vor allem. „Agnes, die Kleine, was, wenn ihr etwas, wenn sie geholt wird, weil du aus der Art geraten bist? Werden sich alle ansehen, ob der Stamm auch faulig ist und die anderen Äpfel." War eine Wut und ein Stammeln und Weinen und ein Drohen, und ließ die Mutter ihre Älteste nicht vorbei, und drinnen schrien die Geschwister, die Bäuerin hatte sie eingesperrt in einer Kammer, damit sie nicht. Und sollten ruhig sein, und alles war Verzweiflung.

„Stimmt es also?", hatte die Mutter gefragt. Und Agnes: „Ja."

Der Vater nicht daheim. Der Vater nicht daheim. Der Vater, sagte Agnes und jetzt kam die Bewegung deutlich zurück in sie, der Vater versteckte sich hinter dem Silo, sie hatte ihn gesehen, als sie zurück zur Straße gegangen war, den Rucksack auf dem Rücken, den Koffer in der einen Hand, den Schirm, den die Mutter wie eine Waffe gegen sie gerichtet hatte, in der anderen. „Ich hab ihn gesehen, Dragan, er hat nur dagestanden, ein armseliger Anblick war das, und wie hab ich ihn gehasst."

„Devojka", sagte Dragan. „Daher kommt deine Wut." Agnes schwieg. Erzählte nicht weiter. Nicht davon, dass sie in einem Torbogen versteckt gewartet hatte, bis die Freundin in den Dienst gegangen war, in der Schwesterntracht und das Häubchen im Haar festgesteckt. Und sie ihr nachgesehen. Und dann ins Zimmer, eine Notiz geschrieben, kurz, eindeutig, unverfänglich. Hatte ihre Armbanduhr hingelegt als Geschenk und war gegangen. War sonst nichts von ihr zurückgeblieben. War die Donau entlanggewandert. Mitgenommen worden. Umwege, Glück, Zufall.

„In Eferding hat mich Genzl im Pfarrhof aufgenommen und sich um alles gekümmert. Es war mir egal, hätte es mich erwischt. Aber wegen der Kleinen, und wegen ihr.

Der Freundin." Sagte Agnes. Und: „Es ist, wie es ist. Ich hab den Richtigen nicht gewollt und die Falsche nicht haben dürfen."

„Es gibt keine Falsche", sagte Genzl. Stand in der offenen Tür, die schnurrende Katze auf dem Arm, stand da und schaute freundlich auf seine Haushälterin.

Siehst du, Devojka?

1979. Die ersten Wochen in der dritten Klasse der Mädchenhauptschule. Es riecht nach Essen, nach der Schulküche im Durchgang zur Bubenhauptschule, in die auch der große Bruder gegangen ist. Von der Schwester wissen, es kommt in der Dritten dieses und jenes und: „Oh, wenn du die eine Lehrerin kriegst!“ Sie verzieht ihr Gesicht. Die wär streng. Die andere aber, die wär nett.

In Geografie die Frau Klassenvorstand haben. Öffnet sie nach der Pausenglocke die Tür, stehen wir auf (erheben uns). Sie legt das große, schwarze Klassenbuch auf ihren Tisch, wartet kerzengrad, bis die letzten Kinder aufgehört haben zu reden, und dass sie sich das trauen vor ihr.

Zwei Schülerinnen holen die falsche Karte aus dem Kammerl mit den Lehrmaterialien und hängen sie über der grünen Tafel auf. Sie zeigt nicht Oberösterreich mit seinen Seen und Gewässern, sondern den Bezirk Eferding und seine Gemeinden.

Die Lehrerin sagt: „Aha. Na gut.“ Sie deutet auf einen blauen Fleck neben der Donau. „Wer von euch war in den Ferien mit den Eltern beim Brandtstätter Badesee?“ Die Hand unten lassen, weil mit der Schwester dort gewesen. Nicht mit den Eltern. An den kleinen Felsen denken, der aus dem Wasser blinzelt, und an den Algengeruch, an das Schwalbengeschrei und die Sonnbrenn und das Glitzern, und dass jeder noch so schöne Stein, vom Grund getaucht und ins Trockene geholt, die Farbe verliert.

Es lacht rundherum. Pocht die Scham mehr als die Stirn. Weil die Lehrerin mit dem Knochenfinger draufgeklopft hat: „Die Peschka hat wieder geträumt.“ Warum sie uns so anspricht. Nicht mit dem Vornamen. Mit dem Mädchennamen, auch die Mutter hat einen gehabt. Und die Großmütter und die Tanten.

Neben der Karte stehen müssen (den feuchten Schwamm zum Tafelwischen berühren wollen, die weißen Kreidestücke) und zeigen, was man kennt. Hinschauen und sich zusammennehmen und fragen: „Gibt es einen Friedhof in der Nähe vom Brandstätter See?“

Die Frau Klassenvorstand ist streng. Sie spitzt den Mund zum Faltenwurf. Werden ihre Augenbrauen zu hohen Bögen. „Meinst du den hier?“ Der Knochenfinger weit oben und hinten und entlang der Landstraße, und erklärt die Lehrerin, dass der Brandstätter See ein Baggersee sei und nicht der einzige im Bezirk. „Wer weiß noch einen?“ See, nicht Friedhof.

Stehen bleiben und schauen, wo der Finger hingegangen ist, dem Finger nachgehen bis zu einem seltsamen Kreuz. „Kriegerfrie“ lesen können, dann zurückgeschickt werden in die Bank und lernen müssen, aufzupassen. Aufzeigen und: „Ja?“ Warum dort ein Friedhof wär und was es mit ihm …

Dass das nicht Gegenstand der Stunde sei. Sagt sie. Ist eine große Frau. Hat ein Tuch eng um den Hals geknotet, es würgt einen beim Hinschauen. „Aber wann …“ – Die Frau Klassenvorstand sagt, dass sie bald die Geduld verliere. Und schickt die zwei Schülerinnen um die richtige Karte, ruft sie zurück, damit sie die falsche gleich mitnehmen.

Nie wird vom Friedhof in Deinham die Rede sein.

* * *

Ein heller Herbsttag, rund liegen die Kastanien, tiefbraun, das Grüne aufgeplatzt. Aus der Großmutter ist eine Witwe geworden. Sehnt sich still nach dem Großvater, der war beinah sechzig Jahre an ihrer Seite. Neben ihr sein und das Sehnen spüren.

Im Kinderzimmerkasten zerfallen zwei gepresste Margeriten in Trockenheit und liegt versteckt unter tausend Sachen ein Brief mit Tintenflecken, adressiert an Herrn Dragan Džomba, wohnhaft am Friedhof in Deinham. (Das Bücherregal vom Bruder ist ohne Lücken. Die Pressbücher längst zurückgestellt.)

Allein übers Land radeln und am liebsten die Augen zumachen wollen, weil es so gut ist. Die Felder umgeackert in breite Furchen, und „Scholle“ heißt das Wort. Schollenbruch.

Bei der Abzweigung zum Brandstätter See zögern. Ganz still ist es und ist es nicht. Ist die Grenze des Bisherigen. Wenn der Weg falsch ist und der Kriegerfrie…

Weiter. Hinter den Weiden der See, sind Angler dort und badet niemand mehr, gehört das spiegelglatte Wasser ganz den Schwänen und Enten und den treibenden Blättern.

Spalierobstbäume abgeerntet, Felder, Felder, eine kleine Kirche nähert sich und ist die von Pupping. Rechts abbiegen, auf der Landstraße der Dreck, der den Traktoren aus den Reifen fällt. Zieht die Angst ein in den Magen und war vorher schon da. Nirgends ein Friedhof.

So ein unbekanntes Land. Was, wenn jemand lauert hinter einer Kurve oder zwischen den Häusern? Hübsche Häuser mit Gärten und letzten Herbstblumen und immer noch kein.

Da ist er. Wie ein eigener Wald, hohe Eichen und Kastanienbäume.

Rundum ein langer Zaun und vorn die Hecke und ein Gatter in der Hecke, eine Hütte, die Hausnummer oben im Giebel: *Deinham 20*.

Stehen steinerne, niedrige Kreuze in Gruppen in der Wiese, immer drei, ein größeres in der Mitte. Beim Gatter bleiben, auf Zehenspitzen, nicht hineingehen in diese Unheimlichkeit.

Scheppert es. Schnell umgedreht mit Herzpochen und war nur das Fahrrad, war schlecht angelehnt an diesem schiefen Mostbirnbaum. Wie kann ein Baum so wachsen? Liegt fast und ist völlig kahl.

Dass sich der mit seinen Wurzeln in der Erde festkralle, sagt Herr Džomba. „Devojka, hast dich aber weit weggetraut von daheim." Ist kein Vorwurf.

Ob er da drinnen lebt?

(Auf die Hütte gezeigt.)

„Ja."

Auf einem Friedhof wohnen? Ob er keine Angst hat?

„Ich hab mich dran gewöhnt."

(Wie das geht, sich an Angst zu gewöhnen.)

Herr Džomba öffnet das Gatter. „Kommst herein?"

Durch die Fenster in seine Hütte schauen, ist nicht viel zu erkennen, ein Bett und ein kleiner Tisch und auf einem Regal Äpfel aufgereiht neben einer Karte, die ein wenig glänzt. „Manchmal", sagt Herr Džomba, „schlafe ich beim Moor, der hat Platz und ein kleines Zimmer für mich. Wird schon recht kalt in der Nacht." Und dass er die Kälte nicht mehr so vertrage wie früher.

Hinter der Hütte lehnt sein Fahrrad an einem Brunnen. Die Glocken der Puppinger Kirche schlagen die Zeit. Mitzählen. Bald heimfahren müssen und wird alles knapp.

Warum liegt dieser Friedhof hier zwischen den Feldern? Und warum ist er anders als normale Friedhöfe und haben die Kreuze eine eigene Form?

Herr Džomba meint, dass das in eine einheitliche Form gebracht worden war vor wenigen Jahren und die Kreuze auf allen Kriegerfriedhöfen so aussehen. Auf einem *Ehrenfeld*, so stünde es auf der Tafel beim großen Tor. Ein Ehrenfeld zwischen Getreide- und Gemüsefeldern. Auf dem wachsen statt Weizen und Gurken halt steinerne Kreuze.

Aber warum die Leute „Serbenfriedhof" sagen? „Weil Sie hier wohnen und ein Serbe sind?"

Der alte Mann lacht, er lacht und lacht und springt das Lachen herum, flattern Vögel aus den Baumkronen und regnet es Eicheln und trockenes Laub.

„Ja", sagt er und, „nein, nicht deswegen."

Aber. Wo doch nichts da ist. Außer Land.

Herr Džomba ist still. Was überlegt er?

Dem Mann über den Friedhof folgen. Ihm zusehen können, wie er geht. Bedächtig setzt er einen Fuß vor den anderen, die Hände lose an den Seiten und der Oberkörper in der braunen Jacke aus dem Lot geraten. Hängt ihm die linke Schulter. Ist ein Wiegen in seinem Gang, bräucht nur die Arme zu heben und sich drehen, wär wie nach einem fremden Klang. Über dem lockeren Kragen die faltige Haut nackt und der graue Haaransatz ausrasiert, auf dem Kopf der Hut, eine Taubenfeder ins Hutband gesteckt. Nie so genau angeschaut.

Unter den Sohlen knirschen die Eicheln.

Am Zaun stehen und zuhören. Herr Džomba erzählt von einem Lager und einem Pavle oder Paja, er zeichnet Baracken in die Luft und zeigt von hier nach da und weit nach hinten. „Siehst du, Devojka?"

(Dachfirste sich in langen Reihen aus dem Boden heben, Schornsteine und Rauch, ein Muster sich abzeichnen, das nichts zu tun hat mit den Mustern der Felder.)

Nachwort

„Unvergesslich inexistent", so umschreibt mein Freund Manfred Nürnberger das heutige kollektive Nichtwissen über das Kriegsgefangenenlager, das ab 3. Juni 1915 die Felder und Wiesen der Gemeinden Aschach und Hartkirchen in eine Stadt für über dreißigtausend Kriegsgefangene verwandelte. Mehr als vierhundertfünfzig Baracken, ein Lichtermeer in den Nächten, zu bestaunen von den Hängen der Schaumberger Leithen. Die an Not und Elend, Ruhr- und Typhus-Epidemien verstorbenen Gefangenen wurden auf dem Lagerfriedhof in Deinham begraben, das Lager selbst 1918 aufgelöst und abgebaut. Einzig der Friedhof* ist geblieben und verweist (ohne Erklärung) auf diesen Teil der Geschichte jenes Landstrichs, in dem Manfred und ich aufgewachsen sind.

Zur Vertiefung in die Historie und (u.a.) die Lebensumstände in den Lagern:

„Bilder einer vergessenen Stadt. Das k. u. k. Kriegsgefangenenlager Aschach/Hartkirchen 1915–1918", Dr. Adolf Golker, Johann Eggerstorfer, Sabine Birngruber (Schriftleitung und Organisation), 2015 herausgegeben und verlegt von der Marktgemeinde Aschach und der Gemeinde Hartkirchen. Das Buch ist in den jeweiligen Gemeindeämtern zu beziehen.

„Kriegsgefangenschaft in Österreich-Ungarn 1914–1918. Historiographien, Kontext, Themen", Verena Moritz/Julia Walleczek-Fritz (Hg.), Böhlau Verlag 2022

---

* 1941 wurde mit dem „Stalag 398 Pupping" erneut ein Kriegsgefangenenlager auf der wieder landwirtschaftlich genutzten Fläche errichtet und die unter den gleich schlechten Umständen verstorbenen Gefangenen auf dem Lagerfriedhof bestattet.

Glossar der serbischen Wörter und Sätze

prijatelj	Freund
ranac	Rucksack
sestra	Schwester
pope	Anredeform für „pop“: orthodoxer Priester
Dolazim u miru.	Ich komme in Frieden.
dobro	gut
devojka	Mädchen
psić	Hündchen
Umukni, psiću.	Halt die Schnauze, Hündchen.
magarac	Esel
hvala	Danke
Polako, polako, mali psu!	Langsam, langsam, kleiner Hund!
Dobar šnaps, vrlo dobar.	Guter Schnaps, sehr gut.
Laku noć.	Gute Nacht.
Soba u palati.	Ein Zimmer in einem Palast.
Da, devojko moja.	Ja, mein Mädchen.
Čekaj.	Warte.
Ja sam Dragan.	Ich bin Dragan.
Sada živim ovde, braćo moja.	Ich lebe jetzt hier, meine Brüder.
Budalo matora!	Alter Depp (Narr)!
Srbin?	Ein Serbe?
Vidimo se.	Wir sehen uns.
Kraljica gradi zamak.	Die Königin baut ein Schloss.
Dobro je.	Gut so.
Govoriš srpski?	Sprichst du Serbisch?
Spavaj, devojko moja.	Schlaf, mein Mädchen.

pivo	Bier
Sladoled? Vanila? Jagoda?	Eis? Vanille? Erdbeere?
Jedan, dva, tri.	Eins, zwei, drei.
mlada gospoda	junge Herren
S tobom smo. Nisi sam.	Wir sind bei dir. Du bist nicht alleine.
krv	Blut
Jadni moj mrtvi brat.	Mein armer toter Bruder.
Mokraća i govna.	Pisse und Scheiße.
mali kreten	kleiner Idiot (Kretin)
gluposti	Blödsinn
Moja draga mama.	Meine liebe Mutter.
pečurke	Pilze

Dank

Ein Projektstipendium des Bundeskanzleramts und das Robert-Musil-Stipendium 2020–2023, vergeben durch die Sektion für Kunst und Kultur des Bundesministeriums, ermöglichten mir, mich in den letzten Jahren ganz der Literatur und der Arbeit am Roman zu widmen.

Zeit, um unter anderem mit meinen Eltern Anton und Ulrike Peschka in Eferding und mit der wunderbaren Elisabeth Dienstl in ihrem alten Haus in Aschach an der Donau lange Gespräche zu führen und das dem Buch zugrunde liegende Thema ausführlich zu recherchieren.

Viel Zeit haben sich auch Ingrid und Max Neundlinger für ihre intensive Auseinandersetzung mit meinem Text genommen, so wie Nikolaus Meinhart, dem keine Unlogik entgeht. Gordana Ilić Marković stand mir bei allen Fragen zu serbischen Ausdrücken, Gebräuchen und mit ihrer eigenen Forschung tatkräftig zur Seite.

Dazu der geduldige Beistand meiner Lektorin Christine Rechberger und Ludwig Hartingers lichtes Geleit durch die Wortwelten: ein wertvolles Geschenk.

Ihnen gilt mein aufrichtiger Dank, außerdem dem Otto Müller Verlag rund um Arno Kleibel, Nadine Hötzendorfer-Fejzuli und einer Reihe von Menschen, die mir Orte eröffnet und mit größeren und kleineren, aber immer wichtigen Hinweisen, Richtigstellungen, Antworten und neuen Fragen geholfen haben: Gabriele Schlager (Schwarzes Kreuz), Fritz Aichinger, Helmut Goldfuhs (Pfarrarchiv), Irmgard Sallaberger (Goldhaubengruppe Eferding), Viktoria Schapfl (Pfarrhof Eferding), Hildegard Augdoppler, Markus Ecker,

Marianne Jungmaier, die Damen vom Salon und viele mehr. Nicht zu vergessen: Helmut Gollner.

Meiner Schwester Ursula Ecker danke ich (nicht nur) für den Morgenkaffee, meinem Bruder Christoph Peschka für seine ruhige Zuversicht und Taha Alkadhi, dem besten aller Gefährten, für die Rückendeckung.

Das Buch fängt mit Toni an, und ihm gebührt das Schlusswort: Dieser Roman ist meinem Sohn gewidmet, der wie sein Großvater heißt und wie dieser (wie ich, wie wir) ein Wirtskind ist.

PUTZT EUCH, TANZT, LACHT

Roman | 309 Seiten
€ 26,- (E-Book: € 21,99)
ISBN 978-3-7013-1274-0

Mit viel Zuneigung für ihre eigenwilligen Figuren erzählt Karin Peschka in diesem Roman von skurrilen Freundschaften, dem Umgang mit Verlusten und von alternativen Lebensentwürfen. Im Zentrum steht Fanni, die sich festgefahren sieht zwischen Alltag und Routine. Als Mutter zweier erwachsener Kinder, Ehefrau und stellvertretende Leiterin eines Supermarktes will sie nicht mehr zur Verfügung stehen. So geschieht, was nicht geplant war: Fanni läuft weg.

WATSCHENMANN

Debütroman | 296 Seiten
€ 25,- (E-Book: € 20,99)
ISBN 978-3-7013-1220-7

Wien, 1954. Lydia, Dragan und Heinrich finden keinen Halt in der Wiederaufbaugesellschaft, die von Krieg und Trauma nichts mehr wissen will. Als „Watschenmann" zieht Heinrich durch die Stadt und lässt sich schlagen, um den „Kriegswurm" aus den Menschen herauszuholen, den sie immer noch in sich tragen. Sprachgewaltig erzählt dieser Roman von der ambivalenten Beziehung dreier Menschen. Sie bekämpfen sich, geben sich Halt und glauben an die Hoffnung.

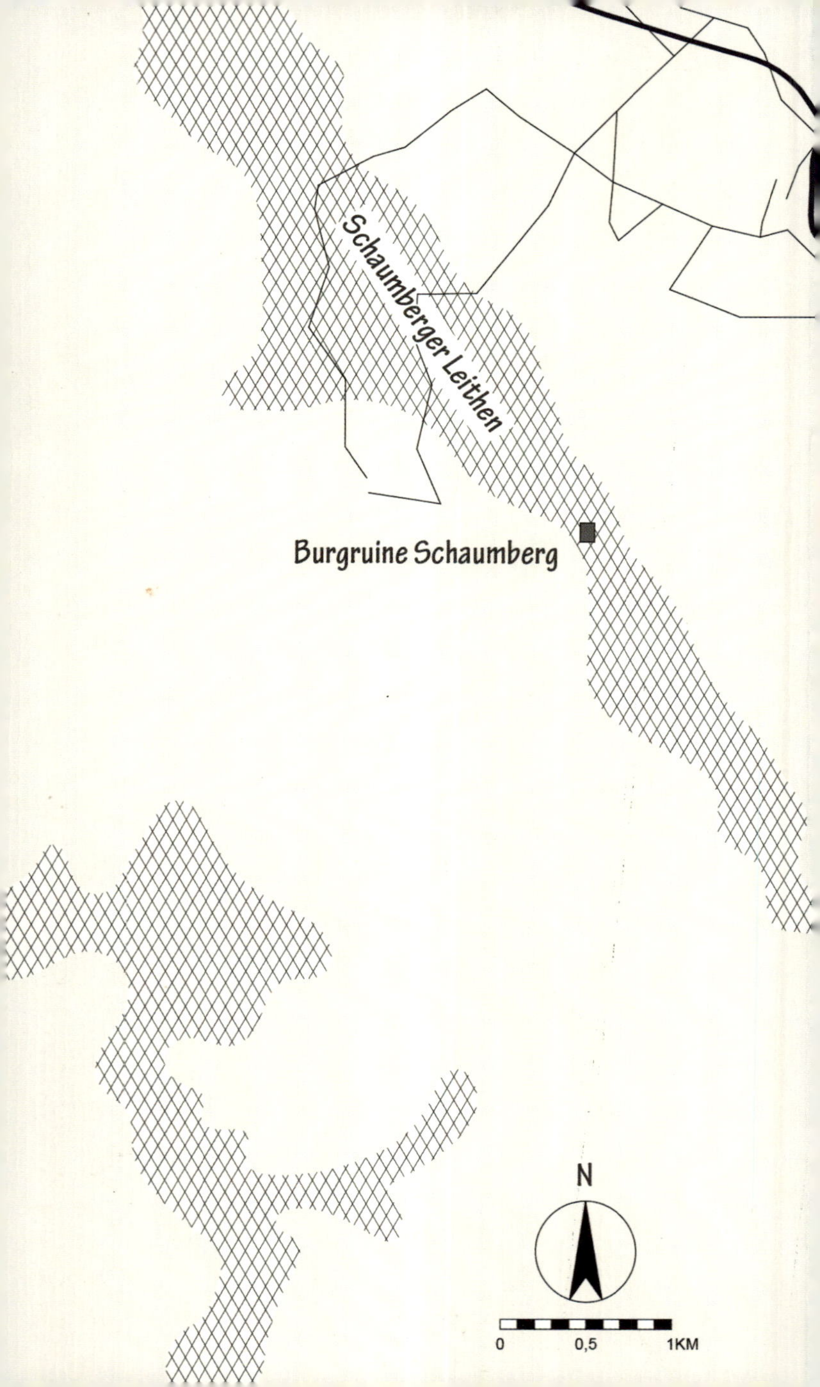

Schaumberger Leithen
Burgruine Schaumberg
N
0
0,5
1KM